용서로 가는 네 가지 길

FOUR WAYS TO FORGIVENESS
by Ursula K. Le Guin

Copyright © 1995 by Ursula K. Le Guin
All rights reserved.

Korean Translation Copyright © 2014 by SIGONGSA Co., Ltd.
This Korean edition is published by arrangement with Virginia Kidd Agency, Inc., USA. through Eric Yang Agency, Seoul, Korea.

이 책의 한국어판 저작권은 EYA를 통해 Virginia Kidd Agency, Inc.와 독점 계약한 ㈜SIGONGSA에 있습니다. 저작권법에 의해 한국 내에서 보호를 받는 저작물이므로 무단 전재와 무단 복제를 금합니다.

용서로 가는 네 가지 길

어슐러 K. 르 귄 지음
최용준 옮김

SIGONGSA

차례

배신 • 7

용서의 날 • 69

사람들의 남자 • 173

한 여자의 해방 • 261

웨렐과 예이오웨이에 관한 주해 • 373

FORGIVENESS

"행성 O에는 지금까지 5천 년 동안 전쟁이 없었다." 여자는 읽었다. "그리고 게센에는 단 한 번도 전쟁이 일어난 적이 없었다." 여자는 읽기를 멈추었다. 눈을 쉬는 동시에, 티쿠리가 음식을 꿀꺽 삼키는 식으로 단어들을 큰 덩이로 게걸스레 삼키지 않고 천천히 음미하려 혼자 훈련하고 있었기 때문이다. "단 한 번도 전쟁이 일어난 적이 없었다." 이 단어들은 여자의 마음속에서 분명하고 선명하게 우뚝 섰다가, 끝없고 깜깜하고 부드러운 의심에 둘러싸인 뒤 그 속으로 가라앉았다. 그런 세계는, 전쟁이 없는 세계는 어떤 곳일까? 그곳은 진짜 세계일 터였다. 평화야말로 진실한 삶, 즉 일하고 배우는, 아이들에게도 일하고 배우라고 가르치는 삶이었다. 일과 배움과 아이들을 삼켜버리는 전쟁은 진실의 부정이었다. 그러나 내 사람들은 부정하는 법밖에 몰라. 여자는 생각했다. 오용된 힘의 어두운 그늘 속에서 태어난 우리는 평화를, 우릴 안내해줄 얻기 힘든 빛을 우리 세계 밖으로 밀어냈어. 우리가 아는 건 싸우는 게 전부야. 우리가 우리 삶에서 만들 수 있는 평화는, 전쟁이 일어나고 있다는 걸 부정하는 게 다야. 그늘의 그늘, 불신의 불신.

구름 그림자들이 습지와 여자 무릎에 펼쳐진 책 위를 스쳐 지나갔고, 여자는 한숨을 쉬고는 눈을 감으며 생각했다. '나는 거짓말쟁이야.' 이윽고 여자는 눈을 뜨고 다른 세계들, 아득한 진실에 대한 글을 더 읽었다.

약한 햇빛 속에서 몸을 둥글게 말고 자던 티쿠리는 마치 여자를 흉내라도 내듯 한숨을 쉬고, 꿈버룩을 벅벅 긁었다. 구부는 밖의 갈대밭에서 사냥 중이었다. 모습은 보이지 않았지만 가끔씩 갈대의 수염이 흔들렸고, 한번은 물닭이 분개하여 꽥꽥 울며 날아올랐다.

이쓰시의 독특한 사회적 관습을 묘사한 대목에 푹 빠져 있느라, 여자는 와다가 알아서 대문으로 들어올 때에야 와다를 보았다. "아, 왔구나." 여자는 불시에 당한 기습에 놀라 말했고, 다른 사람과 함께 있을 때면 늘 그렇듯, 자신이 무방비 상태에 무력하고 늙었다고 느꼈다. 혼자 있을 때는 과로했거나 아플 때만 늙었다고 느꼈다. 어쩌면 결국은 혼자 사는 게 여자에게 맞는지도 몰랐다. "어서 들어오렴." 여자는 일어나며 말했고, 책을 떨어뜨렸다가 다시 주웠고, 뒷머리를 묶은 끈이 느슨해지는 것을 느꼈다. "난 그냥 가방만 좀 가져와서 나가마."

"서두르지 않으셔도 돼요." 청년은 부드러운 목소리로 말했다. "에이드는 좀 있어야 올 거예요."

내가 내 집에서 서둘러 나가지 않아도 된다고 말해주다니 참으로 친절하구나. 요스는 생각했지만, 이 젊은이의 얄밉고도 사랑스러운 이기심에 말없이 고분고분 따랐다. 요스는 들어가 쇼핑 가방을 집어 들고 머리를 다시 땋고 스카프로 묶은 다음, 작은 개방형 현관으로 나왔다. 와다는 이미 요스의 의자에 앉아 있었다. 와다는 요스가 나오는 걸 보자 벌떡 일어났다. 와다는 수줍은 청년이었다. 두 연인 중 와다가 더 유순한 것 같다고 요스는 생각했다. "즐거운 시간 보내렴." 요스는 자기 때문에 와다가 당황한 것을 보고 웃음 지으며 말했다. "난 두 시간 있다 돌아오마…… 해 지기 전에." 요스는 대문으로 걸어가 밖으로 나갔고, 와다가 온 길을 걷기 시작했다. 길은 구불구불한 나무 둑길로 이어졌고, 둑길을 걸어 습지를 건너면 마을로 갈 수 있었다.

길을 가다 에이드와 마주치는 일은 없을 것이다. 이 여자아이는 습지길 중 하나를 따라 북쪽에서 올 것이고, 와다와 다른 시간, 다른 장소에 마을을 떠났을 터였다. 두 젊은이가 매주 몇 시간씩 동시에 사라져도 누구도 눈치채지 못하게 하려는 것이었다. 둘은 벌써 3년 동안 미친 듯이 사랑에 빠져 있었고, 와다의 아버지와 에이드의 삼촌이 재분배된 법인 땅 중 일부를 놓고 다투다 양가가 반목하게 되지만 않았어도, 이미 오래전부터 짝을 이뤄 함께 살았을 터였다. 양가의 반목은 아직 유혈참사 수준은 아니었지만, 연애결혼이 불가능할 정도는 되었다. 땅은 귀중했다. 두 집안 모두 가난했지만, 그럼에도 마을 유지가 되고 싶어 했다. 이 원한은 그 무엇으로도 풀 수 없었다. 마을 전체가 이 싸움에서 각기 편을 갈랐다. 에이드와 와다는 갈 곳이 없었고, 도시로 나가 먹고살 만한 기술도 없었으며, 다른 마을에 자신들을 받아달라고 할 만한 부족적 연고도 없었다. 둘의 연정은 어른들의 증오 속에 갇혀버렸다. 요스는 1년 전 우연히 이 둘과 마주쳤다. 에이드와 와다는 습지에 있는 섬의 차가운 땅에서 서로를 껴안고 있었다. 요스는 전에 우연히 어미 사슴이 나가고 없는 풀 둥지 속에 꼼짝도 않고 있는 새끼 늪사슴 두 마리를 발견했을 때처럼 정말로 우연하게 이 둘을 발견했다. 이 연인들은 새끼 사슴들만큼이나 겁에 질려 있었고 똑같이 아름답고 연약했으며, "말하지 말아주세요"라고 절절히 애걸했다. 요스가 어쩔 수 있겠는가? 그 둘은 추위에 벌벌 떨고 있는 데다 에이드의 맨다리는 진흙투성이였고, 둘은 아이처럼 서로에게 달라붙어 있었다. "우리 집으로 와." 요스는 근엄하게 말했다. "제발 부탁이야!" 요스는 성큼성큼 걸어 그곳을 떠났다. 둘은 쭈뼛거리며 따라왔다. "난 한 시간쯤 뒤에 돌아올 거야." 요스는 연인들을 집 안으로, 굴뚝 바로 옆 구석진 곳에 침대가 놓인 자신의 방으로 들이며 말했다. "집 안을 온통 진흙투성이로 만들진 마!"

당시 요스는 길들을 어슬렁거리며 망을 봤다. 혹시 누가 나와서 그 둘을 찾고 있을까봐 걱정이 되어서였다. 이제 요스는 이 '새끼 사슴들'이 자신의 집에서 달콤한 시간을 보내는 동안 대개 마을로 가서 지낸다.

두 연인은 너무나 무지해서 요스에게 어떤 식으로든 고맙다고 인사할 생각을 하지 못했다. 토탄 채굴꾼인 와다는 남들의 의심을 사지 않고 요스에게 땔감을 날라다줄 수도 있었지만, 둘은 꽃 한 송이 남겨두는 법이 없었다. 그렇지만 언제나 침대는 아주 단정하고 깔끔하게 정리해두었다. 사실 그 둘은 그렇게 고맙지 않은 건지도 몰랐다. 왜 고마워해야 하겠는가? 요스는 그 둘이 받아 마땅한 것을 주었을 뿐이다. 침대, 한 시간의 기쁨, 잠시의 평화. 요스 빼고는 그걸 주는 이가 아무도 없는 건 그 둘의 잘못이 아니었고, 요스가 잘나서도 아니었다.

오늘 요스는 에이드 삼촌의 가게에 볼일이 있었다. 에이드의 삼촌은 마을에서 군것질거리를 파는 상인이었다. 요스는 2년 전 이곳에 오며 작정했던 모든 성스러운 금욕, 즉 맛을 내지 않은 곡물 한 그릇과 깨끗한 물 한 모금을, 시작하자마자 곧바로 포기해버렸었다. 곡물로 식사하자 설사가 났고, 습지의 물은 마실 수 없는 수준이었다. 요스는 사거나 기를 수 있는 모든 신선한 채소를 먹고, 도시에서 오는 와인이나 병에 든 물, 과일 주스를 마셨으며, 단것을 엄청나게 쟁여놓고 살았다. 말린 과일과 건포도, 브리틀*, 심지어 에이드의 어머니와 이모들이 만든 케이크까지 먹었다. 으깬 견과를 올린 이 지방 덩어리 원판은 퍽퍽하고 기름지고 맛이 없었지만, 묘하게 만족감을 주었다. 요스는 이런 걸 가방 하나 가득 담고, 원형의 갈색 브리틀까지 하나 구입

---

*견과류를 넣은 바삭바삭한 사탕 과자.

한 뒤 이모들과 떠도는 소문을 주고받았다. 이모들은 피부가 거무스름하고 눈을 재빠르게 굴리는 조그만 여자들로, 전날 밤 늙은 우아드의 장례 전야 고별식에 다녀왔고, 그 이야기를 하고 싶어 했다. "그 사람들"(눈짓, 어깻짓, 비웃는 표정으로 보아 와다의 가족을 말하는 것이었다)은 평소처럼 무례하고 술에 취하고 싸움을 걸고 거들먹거리고 역겨워하다가 사방에 토하는, 언제나처럼 탐욕스러운 어정뱅이 시골뜨기들이었다. 요스가 신문을 사러 신문가판대에 들렀을 때(깨진 지 오래인 또 다른 맹세였다. 요스는 《아르캄예》만 읽고 외우려 했었다), 와다의 어머니가 거기 있었고, 요스는 "그 사람들"(에이드의 가족)이 지난밤 고별식에서 거들먹거리고 싸움을 걸고 사방에 토했다는 이야기를 들었다. 요스는 그저 듣고 있지만은 않았다. 자세하게 얘기해달라고 부탁했고, 뒷소문을 일부러 끌어내서 들었다. 요스는 뒷소문을 좋아했다.

완전 바보였어. 집을 향해 천천히 둑길을 걷기 시작하며 요스는 생각했다. 내가 물만 마시며 조용히 살 수 있을 거라 여겼다니 정말 바보였어! 난 절대로, 절대로, 아무것도 버릴 수 없어, 그 무엇도. 난 절대 자유로워질 수 없을 거고, 자유를 누릴 가치가 있는 사람도 절대 못 될 거야. 심지어 나이가 들어도 날 놓지 못할 거야. 사프난을 잃은 일로도 날 놓지 못할 거야.

다섯 군데 앞에 그들은 서 있었다. 자신의 칼을 높이 들고, 에나르는 캄에게 말했다. 저의 두 손은 당신의 죽음을 쥐고 있습니다, 주여! 캄예가 대답했다. 아우여, 그 두 손이 쥔 것은 네 죽음이다.

요스는 어쨌든 이 구절을 알았다. 다들 이 구절을 알았다. 에나르는 자신의 칼을 내려놓았고, 이는 에나르가 영웅이며 성자이고, 주님의 동생이기 때문이었다. 그러나 나는 내 죽음을 내려놓을 수 없어. 난 끝까지 내 죽음을 붙들고 있을 거야. 내 죽음을 소중히 껴안고, 미워하고, 먹고, 마시고, 내 죽음에 귀 기울이고, 내 침대를 내어주고, 비통해하고, 죽음을 놓아주는 것만 빼고는 뭐든지 다 할 거야.

요스는 잠시 생각을 떨치고 고개를 들어 오후의 습지를 내다보았다. 구름 한 점 없이 흐릿한 푸른색 하늘이 멀리 떨어진 구불구불한 수로 하나에 반사되어 보였고, 평평한 암갈색 갈대숲 위와 갈대 줄기 사이를 비추는 햇빛은 금빛을 띠었다. 부드러운 서풍이 띄엄띄엄 불었다. 환상적인 날이었다. 이 아름다운 세상, 이 아름다운 세상! 내 손안의 칼, 내게로 돌려진. 어이하여 우리를 죽이려 이토록 아름다운 걸 만드셨나이까, 주여?

요스는 터벅터벅 걸어가면서 살짝 불만족스러운 태도로 머리를 묶은 스카프를 잡아당겨 좀 더 단단히 맸다. 이 속도로 가면, 곧 압버캄처럼 큰 소리로 외치며 습지를 헤매고 있게 될 것이었다.

그리고 그자가 있었다. 방금 한 생각이 그자를 불러냈다. 압버캄은 자기 생각 외엔 눈에 뵈는 게 아무것도 없다는 듯 장님처럼 비틀비틀 걸었고, 뱀이라도 죽이려는 듯 커다란 막대기로 길을 쳤다. 긴 회색 머리가 얼굴에 나부꼈다. 압버캄은 외치고 있지 않았다. 압버캄은 밤에만 외쳤고, 이젠 외치지 않은 지 오래되었다. 그러나 압버캄은 말하고 있었고, 요스는 그자의 입술이 움직이는 걸 보았다. 이윽고 압버캄이 요스를 보았고, 입을 다물더니, 갑자기 말이 없어지며 야생동물처럼 경계심을 보였다. 둘은 좁은 둑길을 걸어 서로에게 다가갔고, 갈대와 진흙과 물과 바람이 가득한 황야에 인간은 오로지 둘뿐이었다.

"안녕하세요, 압버캄 대장." 둘 사이 거리가 몇 걸음 정도로 좁혀지자 요스가 말했다. 압버캄 대장은 실로 몸집이 컸다. 요스는 다시 만나고서야 이 남자가 얼마나 키가 크고 육중한지 비로소 믿을 수 있었다. 남자의 거무스름한 피부는 아직도 젊은이처럼 매끄러웠지만, 목은 구부정하고 머리는 회색에 거칠었다. 커다란 매부리코와 불신이 어린 채 상대를 보고 있지 않은 눈. 압버캄은 뭐라 인사말을 중얼거리면서도 발걸음은 거의 늦추지 않았다.

요스는 오늘 장난기가 꿈틀거렸다. 자신의 생각과 슬픔과 단점들에 질려 있었던 것이다. 요스는 멈춰 서서 상대가 발을 멈추지 않으면 곧장 자신과 충돌하게 만든 뒤 말했다. "어젯밤 고별식에 갔었나요?"

압버캄은 요스를 내려다보았다. 요스는 압버캄이 자신에게 혹은 자신의 일부에 초점을 맞추는 중이란 느낌을 받았다. 마침내 압버캄이 말했다. "고별식?"

"사람들이 어젯밤 늙은 우아드를 묻었어요. 남자들은 모두 술에 취했고, 그럼에도 반목이 싸움으로 번지지 않아 얼마나 다행인지 몰라요."

"반목?" 압버캄은 낮고 굵은 목소리로 말했다.

어쩌면 압버캄은 더 이상 초점을 맞출 여력이 없는지도 몰랐지만, 요스는 압버캄에게 말할 수밖에, 이해시킬 수밖에 없었다. "데위스 가족과 카만너 가족요. 마을 북쪽의 경작지를 두고 다투는 중이에요. 그리고 불쌍한 두 아이, 그 둘은 짝을 이루고 싶어 하지만, 아버지들은 그 둘에게 서로를 보기만 해도 죽여버리겠다고 협박하고 있어요. 정말 멍청하지 뭐예요! 어째서 두 가족이 그 섬을 나눠 가진 뒤 아이들이 짝을 이루게 허락해서, 그 아이들이 섬을 공유하게 하지 않는 거죠? 이러다 결국은 피를 보게 되지 않겠어요?"

"피." 압버캄 대장은 반편이처럼 다시 요스의 말을 따라 하더니, 이윽고 천천히 말했다. 밤에 요스가 들은, 습지에서 고통스럽게 외치던 그 크고 깊고 낮은 목소리였다. "그자들. 그 소매상들. 그 사람들은 소유주의 영혼을 지녔습니다. 그 사람들은 살인하지 않을 겁니다. 하지만 공유하지도 않을 겁니다. 대상이 재산이라면, 그 사람들은 절대 놓지 않을 겁니다. 절대로."

치켜진 칼이 요스의 눈에 다시 들어왔다.

"아." 요스는 몸을 떨며 말했다. "그럼 아이들은 기다려야만 하는군요…… 어른들이 죽을 때까지……."

"너무 늦었습니다." 압버캄이 말했다. 압버캄의 눈이 순간 요스의 눈과 마주쳤다. 날카롭고 기묘했다. 이윽고 압버캄은 성마르게 머리를 쓸어 넘겼고, 뭐라 으르렁거리며 작별 인사를 한 다음 갑작스레 떠나갔다. 압버캄이 너무나 갑자기 걷기 시작한 탓에, 요스는 압버캄에게 길을 양보하기 위해 몸을 웅크리다시피 해야 했다. 이게 바로 대장들이 걷는 방식이라고 비꼬아 생각하며 요스는 다시 길을 나섰다. 대장은 크고 넓게, 공간을 차지하며, 땅을 쿵쿵거리며 가지. 그리고 이런 거, 이런 게 늙은 여자가 걷는 방식이야, 좁게, 좁게.

등 뒤에서 이상한 소리가 들렸다. 총성이라고 요스는 생각했다. 도시에서 들은 총성들이 아직도 뇌리에 박혀 있었던 것이다. 요스는 뒤로 휙 돌았다. 압버캄이 멈춰 서서 폭발이라도 할 것처럼 무시무시하게 기침을 하고 있었고, 넘어질 듯이 발작적으로 기침을 할 때마다 거대한 몸을 활처럼 구부렸다. 요스는 이게 무슨 기침인지 알아챘다. 에큐멘엔 치료약이 있을 터였지만, 요스는 약이 도착하기 전에 도시를 떠났다. 요스는 압버캄에게 다가갔고, 발작이 끝나고 압버캄이 숨을 헐떡이며 잿빛 얼굴로 일어나자 말했다. "버로트군요. 낫는 중인가요, 아니면 이제 시작인가요?"

압버캄은 고개를 흔들었다.

요스는 기다렸다.

기다리며 생각했다. 압버캄이 아프든 말든 내가 무슨 상관이람? 압버캄 자신은 상관이나 할까? 압버캄은 여기에 죽으러 왔어. 난 지난겨울 어둠에 잠긴 습지에서 압버캄이 악쓰는 소리를 들었어. 고통에 악을 썼어. 암에 모든 걸 다 먹혔지만 죽을 수 없는 암 환자처럼, 부끄러움에 먹혀버린 소리였어.

"괜찮습니다." 압버캄은 어서 요스가 멀리 사라지기만을 바라며 쉬고 화난 목소리로 말했고, 요스는 고개를 끄덕이고는 다시 길을 갔다. 죽게 내버려두자. 자신이 뭘 잃었는지 아는데, 권력과 명예, 그리고 자신이 이룬 것들을 다 잃은 걸 아는데 어떻게 살고 싶을 수 있겠어? 자신의 지지자들을 속이고 배신했고, 자금을 횡령했어. 완벽한 정치가. 훌륭한 대장 압버캄, 해방의 영웅, 세계당의 지도자, 자신의 욕심과 어리석음 때문에 세계당을 분쇄한 자.

요스는 뒤를 흘끗 돌아보았다. 압버캄은 아주 천천히 움직이고 있었는데, 실은 멈춰 있는지도 몰랐다. 어느 쪽인지 분명하지 않았다. 요스는 계속 걸었고, 둑길이 둘로 갈라지자 오른쪽으로 꺾어 자신의 작은 집으로 이어지는 습지길로 향했다.

300년 전, 이 습지는 비옥해서 경작이 가능한 거대한 골짜기였고, 농업 플랜테이션* 법인이 웨렐에서 예이오웨이 식민지로 노예를 데려왔을 때 처음으로 관개하고 개간한 곳 중 하나였다. 너무도 잘 관개되었고, 너무도 잘 개간되었다. 비료의 화학 성분과 땅의 염분이 계속 축적되다가 드디어 아무것도 자라지 않게 되자, 소유주들은 수익을 얻기 위해 다른 곳으로 옮겨 갔다. 용수로의 둑들은 여기저기서 주저앉았고, 강물은 물웅덩이를

---

*원래는 열대나 아열대 지방에서 저렴한 원주민 노동력을 이용하는 대규모 단일 경작을 말하지만, 이 책의 무대 예이오웨이에서는 광업, 임업, 해양 목장, 농업 등 여러 분야에서 저렴한 노예 노동력을 이용하는 대규모 단일 사업 및 부지를 일컫는다.

만들고 굽이치며 다시 자유롭게 흘러서 땅을 천천히 휩쓸었다. 갈대가 자랐고, 드넓게 펼쳐진 갈대밭은 바람에 살짝 고개를 숙이고 구름 그림자와 다리가 긴 새들의 날개 아래에서 흔들거렸다. 바위가 더 많은 척박한 섬 여기저기에 밭 몇 개와 노예 마을 하나가 남았고, 소작인들 몇 명이 남겨졌다. 쓸모없는 땅에 남겨진 쓸모없는 사람들이었다. 황무지가 준 자유였다. 그리고 습지 전체에 걸쳐 외로운 집들이 있었다.

웨렐과 예이오웨이의 사람들은 늙으면 자신들의 종교가 권하는 대로 침묵에 빠져들 수 있었다. 아이들을 다 키우고, 가장과 시민으로서 자신의 일을 마치고, 육체가 약해지면서 영혼이 스스로 강해질 수 있게 되면, 사람들은 자신의 삶을 떠나 빈손으로 외로운 곳들로 왔다. 플랜테이션의 보스들조차도 늙은 노예들이 황야로 가게, 자유롭게 가게 놓아주었다. 여기 북부에서는 도시에서 온 자유계약인 남자들이 습지대의 외진 집들에서 은둔하며 살았다. 해방 이후로는 여자들까지도 왔다.

집 중엔 버려진 곳들이 있었고, 영혼을 가꾸는 이는 누구라도 그런 집들을 요구할 수 있었다. 대부분은 요스의 초가지붕 오두막처럼, 마을 사람이 소유하고 관리하면서 은둔자에게 무상으로 임대했다. 그건 종교적 의무였고, 영혼을 살찌우기 위한 방법이었다. 요스는 자신이 집주인에게 영적 이익의 원천이란 걸 알게 되어 좋았다. 집주인은 요스가 아니었다면 하늘나라의 대차대조표에서 모든 표시가 필시 부채 칸에만 있을 구두쇠 남자였다. 요스는 쓸모 있다는 느낌이 좋았다. 요스는 캄예 주님이 자신에게 명령한 대로 세상을 놓아버리는 것을 자신이 무능하다는 또 다른 신호로 받아들였다. '넌 더 이상 유용하지 않아.' 요스가 예순 살이 넘자 주님이신 캄예는 그때부터 온갖 방법을 동원해 이렇게 말하고 또 말했다. 그러나 요스는 들으려 하지 않았다. 요스는 시끄러운 세상을 떠나 습지로 왔지만, 세상이 계속 자기 귀에 대고 재잘대고 수군대고 노래하고 울게 두었다. 요스는 주님의 낮은 목소리는 듣지 않을 것이었다.

집에 오자, 에이드와 와다는 가고 없었다. 침대는 아주 깔끔하게 정리되어 있었고, 여우개 티쿠리가 그 위에서 꼬리와 몸을 말고 자고 있었다. 얼룩 고양이 구부는 저녁을 달라고 깡충거리며 돌아다녔다. 요스는 구부를 들어 올려 비단처럼 부드러운 얼룩무늬 등을 쓰다듬었고, 구부는 요스의 귀 아래를 코로 부비며 끊임없이 행복과 애정을 담은 루루루 소리를 냈다. 이윽고 요스는 구부에게 먹을 것을 주었다. 티쿠리는 알은척하지 않았다. 이상한 일이었다. 티쿠리가 너무 많이 잤다. 요스는 침대에 앉아 뻣뻣하고 붉은 털이 난 티쿠리의 귀뿌리 쪽을 긁어주었다. 티쿠리는 잠에서 깨 하품을 하더니 부드러운 호박색 눈으로 요스를 보았고, 북실거리는 붉은 꼬리를 살짝 움직였다. "배 안 고파?" 요스가 티쿠리에게 물었다. 당신을 기쁘게 해주기 위해 먹을게요. 티쿠리는 대답하며 다소 뻣뻣한 동작으로 침대에서 내려왔다. "아, 티쿠리, 너도 나이가 드는구나." 요스는 말했고, 칼이 심장에서 꿈틀거렸다. 요스의 딸 사프난이 요스에게 티쿠리를 주었다. 그때 티쿠리는 조그맣고 빨간 새끼였는데 네 발과 북실북실한 꼬리로 종종걸음을 쳤었다. 그게 벌써 얼마 전인가? 8년이었다. 긴 시간. 여우개에게는 일생이었다.

사프난에겐 일생 이상의 기간이었다. 사프난의 아이들이자 요스의 손주들인 엔캄마와 우예에게도 일생 이상이었다.

만약 내가 살아 있다면, 그 애들은 죽었어. 요스는 생각했다. 언제나 하는 생각이었다. 만약 그 애들이 살아 있다면, 난 죽었어. 그 애들은 빛처럼 날아가는 우주선을 타고 갔어. 빛 속으로 들어갔어. 그 애들이 삶으로 다시 돌아올 때면, 헤인이라 불리는 세계에 도착해 우주선에서 내릴 때면, 그 애들이 떠난 날로부터 이미 80년이 지났을 테고, 난 죽었을 거야. 오래전에. 난 죽었어. 그 애들은 날 떠났고, 난 죽었어. 그 애들을 살아 있게 하소서. 주여, 인자하신 주님, 그 애들을 살아 있게 하소서, 전 죽어 있을 겁니다. 난 여기에 죽으러 왔어. 그 애들을 위해. 난, 난 그 애들이 날 위해 죽게 할 순 없어.

티쿠리의 차가운 코가 요스의 손을 건드렸다. 요스는 정신을 집중해 티쿠리를 보았다. 티쿠리 눈의 호박빛이 흐릿해지고 푸른빛이 돌았다. 요스는 티쿠리의 머리를 쓰다듬고, 조용히 귀뿌리를 긁어주었다.

티쿠리는 요스를 기쁘게 해주려고 몇 입 먹고는 다시 침대로 기어 올라갔다. 요스는 자기가 먹을 수프를 만들고 소다 케이크를 데워 저녁을 차렸고, 무슨 맛인지도 모르면서 먹었다. 요스는 저녁에 쓴 접시 세 장을 씻고 불을 피운 뒤 불가에 앉아 천천히 책을 읽으려 애썼다. 그동안 티쿠리는 침대에서 자고 구부는 벽난롯가에 누워 동그란 금색 눈으로 불을 응시하면서 아주 부드럽게 루루루거렸다. 한번은 구부가 일어나 앉아 습지에서 들은 무슨 소리에 대고 "후우우우!" 하고 전투적인 울음소리를 냈고, 잠시 성큼성큼 걸었다. 그러다 다시 누워 응시하며 루루루거렸다. 이윽고 불이 꺼지고, 별도 없는 암흑에 싸인 집이 완전히 어둠에 잠기자, 구부는 따뜻한 침대에 있는 요스와 티쿠리 옆으로 왔다. 좀 전에 젊은 연인들이 짧고 강렬한 기쁨을 나누던 곳으로.

그 뒤로 이틀 동안, 겨울에 대비해 작은 텃밭을 정리하면서 요스는 자기도 모르게 압버캄에 대해 생각하고 있었다. 대장이 처음 왔을 때, 마을 지도자 소유의 집에서 살게 된다는 것 때문에 마을 전체가 흥분해 들썩거렸다. 망신스럽게 자리에서 물러나고 명예도 잃었지만, 그래도 대장은 꽤나 유명한 사람이었다. 예이오웨이의 주요 부족들 중 하나인 헤이엔드에서 선거로 뽑힌 대장인 압버캄은 해방전쟁의 마지막 몇 년 동안, 자신이 인종적 자유라 부른 것을 위해 거대한 운동을 이끌면서 아주 유명해졌다. 심지어 마을 사람들 중 일부마저도 세계당의 주요 신념을 기꺼이 따랐다. 원래 주민이 아니면 누구도 예이오웨이에 살면 안 된다는 신념이었다. 웨렐인들, 조상 대대로 예이오웨이를 식민지화해온 이 증오받을 자들과, 보스들과 소유주들은 예이오웨이에 살면 절대 안 된다는 것이었다. 해방전쟁이 노예제도를 끝냈다. 그리고 마지막 몇 년 동안, 에큐멘의 외교관들이 교섭을 통해, 예전 식민지 행성에 대한 웨렐의 경제력 행사에 종지부를 찍었다. 보스들과 소유주들, 심지어 수백 년간 가족들과 함께 예이오웨이에서 살아온 이들조차 모두 웨렐, 즉 구세계로, 태양 바깥쪽으로 다음 행성인 그곳으로 철수했다. 그자들은 도망쳤고, 그자들의 병사들도 그 뒤를 따라 내몰렸다. 그자들이 절대 돌아오면 안 된다고 세계당은 말했다. 상인으로도, 방문자로도, 그자들이 두 번 다시 예이오웨이의 땅과 영혼을 오염시키는 일은 절대 없을 것이었다. 다른 어떤 이방인, 어떤 힘이 그렇게 하는 일도 없을 것이다. 에큐멘 외계인들은 예이오웨이가 스스로 해방되도록 도왔다. 이제 그 사람들 역시 가야 했다. 이곳에 그 사람들을 위한 자리는 없었다. "여긴 우리 세계입니다. 여긴 자유 세계입니다. 여기서 우리는 우리의 영혼을 검객 캄예의 모습 그대로 닮아가게 할 것입니다." 압버캄은 이 말을 하고 또 했으며, 그 이미지, 휘어진 칼의 이미지는 세계당의 상징이었다.

그리고 피가 흘렀다. 나다미에서의 반란 이후로 요스 인생의 반인 30년 동안 내내 싸움과 폭동과 보복이 이어졌고, 해방 이후에조차도, 모든 웨렐인이 가버린 뒤에도, 싸움은 계속되었다. 언제나, 언제나, 청년들은 밖으로 뛰쳐나가 어른들이 죽이라고 말하는 자를 누구든 죽일 준비가 되어 있었다. 상대가 서로이든, 여자든, 노인이든, 아이이든 말이다. 평화, 자유, 정의, 주님의 이름으로 늘 전쟁이 치러졌다. 새로이 자유를 얻은 부족들은 땅을 놓고 싸웠고, 도시 대장들은 권력을 놓고 싸웠다. 요스가 수도에서 평생 교육자로 일궈온 것들은 해방전쟁 때뿐 아니라 그 후에도 산산조각 났다. 도시가 연속적인 국지전 속에 붕괴했기 때문이다.

엄밀히 말해 캄예의 칼을 휘두르긴 했어도 압버캄은 세계당을 이끌면서 전쟁을 피하려 노력했고, 부분적으론 성공했다고 요스는 생각했다. 압버캄은 정책과 설득을 통해 권력을 얻는 쪽을 선호했고, 그쪽에 천부적 재능이 있었다. 압버캄은 거의 성공할 뻔했다. 어딜 가도 휘어진 칼이 보였고, 엄청난 수의 사람들이 집회에 참가해 압버캄의 연설에 환호했다. 도시의 큰길들에는 "압버캄과 인종적 자유!"라고 쓰인 거대한 포스터들이 내걸렸다. 압버캄은 자신이 예이오웨이에서 사상 최초로 열리는 자유선거에서 당선될 것을, 그리고 세계 의회의 의장이 될 것을 확신했다. 이윽고, 처음엔 사소한 것에 불과했던 소문들이 돌기 시작했다. 탈당. 압버캄 아들의 자살. 압버캄이 방탕하고 심하게 사치를 한다는, 압버캄 아들의 어머니가 쏟아낸 비난. 웨렐의 자본이 철수한 여파로 빈곤에 빠진 지역들을 구제하는 데 쓰라고 당에 들어온 엄청난 액수의 돈을 압버캄이 횡령했다는 증거. 에큐멘의 특사를 살해하고 압버캄의 오랜 친구이자 지지자인 데메예이에게 그 죄를 뒤집어씌우려 했다는 음모의 폭로……. 이것이 압버캄을 끌어내렸다. 대장이 성적 쾌락에 빠지고 힘을 오용하고 자신의 사람들을 착복해 부유해지고 그로 인해 찬탄받을 수는 있어도, 동료를 배신하는 것은 용서받지 못했다. 그게 노예의 규칙이라고 요스는 생각했다.

압버캄을 지지하던 무리는 압버캄에게서 등을 돌렸고, 압버캄이 쓰던 옛 예이오웨이 농업 플랜테이션 회사 관리자의 사택을 공격했다. 에큐멘을 지지하는 이들은 아직 압버캄에게 충성하는 세력과 힘을 합쳐 압버캄을 지켜냈고, 수도에 질서를 회복했다. 며칠에 걸쳐 시가전이 벌어지며 남자들 수백 명이 싸우다 죽고 대륙 여기저기의 폭동에서 수천 명이 더 죽은 뒤, 압버캄은 항복했다. 임시정부는 사면을 선언했고, 에큐멘은 그런 임시정부를 지지해주었다. 에큐멘의 사람들은 절대적인 침묵 속에서 압버캄을 데리고 폭격 맞은 피투성이 거리를 걸어갔다. 사람들이, 압버캄을 믿었던 사람들, 압버캄을 우러러보았던 사람들, 압버캄을 증오했던 사람들이 조용히 압버캄이 지나가는 것을 지켜보았다. 그것도 외국인들, 압버캄이 그들의 세계에서 쫓아내려 애쓰던 바로 그 외계인들의 호위를 받으며 압버캄이 가는 것을 지켜보았다.

요스는 신문에서 그 기사를 읽었다. 습지에 온 지도 벌써 1년이 넘었을 때였다. '꼴좋다.' 요스는 그렇게 생각했고, 그 정도가 다였다. 에큐멘이 진정한 동맹인지 가면을 쓴 새로운 소유주인지는 몰라도, 요스는 어떤 대장이든 간에 쓰러지는 모습을 보는 게 좋았다. 웨렐의 보스들, 으쓱대는 부족 감독들, 혹은 고함치는 선동가들이 끌어내려져 굴욕을 맛보는 모습을 보는 게 좋았다. 요스는 평생 그자들이 주는 굴욕을 실컷 맛보았던 것이다.

몇 달 뒤, 마을 사람들은 압버캄이 은둔자, 영혼을 가꾸는 자로서 습지에 온다고 말했고, 요스는 놀라는 동시에 그간 압버캄의 말이 모두 텅 빈 미사여구에 불과하다고 맘대로 생각했던 점에 잠시 부끄러움을 느꼈다. 압버캄은 그럼 정말로 종교적인 사람이었던 건가? 그 모든 사치, 방탕함, 도둑질, 권력 매매, 살인에도 불구하고? 아니! 압버캄은 돈과 권력을 잃었기 때문에, 자신의 가난과 신앙심으로 쇼를 하며 계속 사람들 앞에 모습을 드러내는 거였다. 압버캄은 부끄러움이란 걸 전혀 몰랐다. 요스는 자신이 얼마나 신랄하게 분개하는지에 놀랐다. 요스는 처음 압버캄을 보았을 때, 샌들을 신은 그 커다랗고 발가락이 두꺼운 발에 침을 뱉고 싶었다. 발이 요스가 본 압버캄의 전부였기 때문이다. 요스는 압버캄의 얼굴을 보려 하지 않았다.

그러나 얼마 후 겨울이 되었을 때, 요스는 얼어붙을 듯한 밤바람 속 습지에서 울부짖는 소리를 들었다. 티쿠리와 구부는 귀를 쫑긋 세웠지만, 이 끔찍한 소리 때문에 두려워하진 않았다. 그래서 요스는 이윽고 이 소리가 인간의 목소리란 걸 깨달았다. 어떤 남자가 큰 소리로 외치고 있었다. 술에 취했나? 미쳤나? 남자는 울부짖고, 탄원했다. 요스는 공포심에도 불구하고 일어나 그자에게로 갔다. 하지만 남자는 인간에게 도움을 청하느라 외친 것이 아니었다. "주여, 나의 주님이시여, 캄예!" 남자는 외쳤고, 요스는 문밖으로 둑길에 있는 남자를 보았다. 창백한 밤 구름을 배경으로 성큼성큼 걷고 머리를 쥐어뜯으며 동물처럼, 고통에 빠진 영혼처럼 울부짖는 시커먼 형체를 보았다.

그날 밤 이후로, 요스는 압버캄을 비난하지 않았다. 그 둘은 동등한 사람이었다. 다음에 압버캄을 만났을 때, 요스는 압버캄의 얼굴을 보고 말했고, 압버캄이 자신에게 말하도록 강요했다.

자주는 아니었다. 압버캄은 정말로 은둔하며 살았다. 누구도 압버캄을 만나러 습지를 가로질러 가지 않았다. 마을 사람들은 요스에게 식료품, 잉여 농산물, 남은 음식, 때로 성축일에는 요스를 위해 요리한 것을 줌으로써 자신들의 영혼을 풍요롭게 했다. 그러나 뭐라도 압버캄의 집으로 가져다주는 이를 요스는 본 적이 없었다. 어쩌면 사람들이 주려 했지만 압버캄의 자존심이 너무 세서 받지 않았는지도 몰랐다. 혹은 사람들이 주는 것 자체를 두려워하는지도 몰랐다.

요스는 엠 데위에게 받은 손잡이가 짧은 조악한 삽으로 텃밭을 파며, 울부짖는 압버캄에 대해, 그리고 압버캄의 기침에 대해 생각했다. 사프난은 네 살 때 버로트에 걸려 하마터면 죽을 뻔했다. 요스는 그 끔찍한 기침 소리를 몇 주 동안이나 들었다. 그날 압버캄은 약을 구하러 마을에 가고 있었던 걸까? 마을까지 갔을까 아니면 돌아왔을까?

요스는 숄을 걸쳤다. 바람이 다시 이쪽으로 불기 시작했던 것이다. 가을이 다가오고 있었다. 요스는 둑길까지 가 오른쪽으로 돌았다.

나무로 만든 압버캄의 집은, 나무 몸통으로 만든 뗏목 위에 올려져 습지의 토탄질 물 위에 떠 있었다. 이런 집들은 아주 오래된 것들로, 골짜기에 나무가 자라던 시절인 200년 전 혹은 더 이전에 만들어졌다. 원래는 농가였고, 요스의 오두막보다 훨씬 컸으며, 마구잡이로 증축됐고, 깜깜했다. 지붕은 수리 상태가 엉망이었고, 창문 일부는 판자로 막아놓았으며, 현관의 판자들은 헐거워서 걸을 때마다 삐걱거렸다. 요스는 압버캄의 이름을 불렀고, 다시 더 큰 소리로 불렀다. 바람이 갈대 사이를 윙윙댔다. 요스는 문을 두드렸고, 기다렸고, 무거운 문을 밀어 열었다. 집 안은 껌껌했다. 요스는 현관이라 할 만한 곳에 있었다. 옆방에서 압버캄이 말하는 소리가 들렸다. "절대 횡갱으로 내려가지 마, 맘도 먹지 마, 꺼내, 꺼내라고." 낮고 쉰 목소리가 말했고, 곧 기침 소리가 났다. 요스는 문을 열었다. 요스는 1분 정도 어둠에 눈을 적응한 뒤에야 여기가 어딘지 알 수 있었다. 지금 요스가 들어온 곳은 집의 오래된 거실이었다. 창문들은 덧문이 닫혀 있었고, 벽난롯불은 꺼져 있었다. 찬장과 탁자와 소파가 있었지만, 침대는 벽난로 근처에 있었다. 이불은 뒤엉킨 채 미끄러져 바닥에 떨어져 있고, 압버캄은 벌거벗은 채 침대에 누워 고열로 몸부림치며 울부짖고 있었다. "아, 이런!" 요스는 말했다. 거대하고 검고 땀에 흠뻑 젖은, 회색 털이 소용돌이치는 가슴과 배, 힘센 팔들과 더듬는 손들을 보고서 어찌 요스가 압버캄 옆에 다가가겠는가?

요스는 어찌어찌 압버캄에게 다가갔다. 압버캄이 고열로 약해진 걸 보고, 또 압버캄이 의식이 명료할 때는 자신의 요구에 고분고분 따른다는 걸 생각해내고는 훨씬 덜 겁내고 덜 조심스러워졌다. 요스는 압버캄에게 이불을 덮어준 다음, 압버캄이 가진 모든 담요를 끌어오고, 집 제일 위층의 안 쓰는 방 바닥에서 러그를 가져와 압버캄의 몸 위에 쌓아 올렸다. 요스는 불을 최대한 뜨겁게 피웠다. 두어 시간 뒤 압버캄은 땀을 흘리기 시작했고, 시트와 매트리스가 흠뻑 젖을 만큼 뻘뻘 흘렸다. "당신은 커도 너무 커요." 요스는 한밤중에 압버캄에게 욕을 퍼붓고 밀고 당겨가며 낡아 해진 소파로 비틀비틀 걸어가게 한 뒤 러그를 몸에 감고 거기에 눕게 했다. 침구를 불에 말리려는 것이었다. 압버캄은 몸을 떨며 기침을 했고, 요스는 자기 집에서 가져온 허브로 차를 끓인 뒤 압버캄과 함께 혀를 델 듯 뜨거운 차를 마셨다. 압버캄은 갑자기 곯아떨어졌고 죽은 듯이 잤으며, 온몸이 들썩이는 기침을 하면서도 절대 깨지 않았다. 요스 역시 갑작스레 곯아떨어졌고, 일어나보니 난롯가의 맨바닥에 누워 있었다. 불은 죽어가고 있었고, 창밖에는 하얗게 날이 샜다.

압버캄은 러그 아래에 산맥처럼 누워 있었고, 요스는 그제야 러그가 더럽단 걸 깨달았다. 압버캄은 쌕쌕거리며 숨을 쉬었지만, 호흡이 깊고 규칙적이었다. 요스는 삭신이 쑤시는 몸으로 힘겹게 일어나 다시 불을 피우고 몸을 덥힌 뒤 차를 우리고 식료품 창고를 뒤졌다. 식료품 창고에는 필수품들이 쌓여 있었다. 분명 압버캄 대장이 가장 가까운 마을인 베이오에서 주문한 것들일 터였다. 요스는 자신이 먹을 아침을 제대로 만들었고, 압버캄이 깨자 허브차를 좀 더 먹였다. 열은 내렸다. 이제 위험한 부분은 폐에 찬 물이라고 요스는 생각했다. 사프난이 아팠을 때도 요스는 그런 경고를 들었고, 게다가 지금 환자는 60대 남자였다. 압버캄이 기침을 멈추면, 그건 위험 신호였다. 요스는 압버캄이 상체를 좀 세우고 눕게 했다. "기침을 해야 해요." 요스가 압버캄에게 말했다.

"아프단 말입니다." 압버캄이 투덜거렸다.

"그래도 해야 돼요." 요스가 재촉했고, 압버캄은 학학 하고 기침을 했다.

"더요!" 요스는 명령했고, 압버캄은 온몸이 발작으로 벌벌 떨릴 때까지 기침을 했다.

"잘했어요." 요스가 말했다. "이제 자요." 압버캄은 잠들었다.

티쿠리와 구부가 배를 곯고 있을 텐데! 요스는 집으로 황급히 달려가 애완동물들을 먹이고 예뻐해준 뒤 속옷을 갈아입고 벽난롯가의 의자에 앉아 30분 동안 귀 아래에서 구부가 루루거리는 소리를 들었다. 이윽고 요스는 습지를 다시 가로질러 대장의 집으로 돌아갔다.

해 질 녘쯤 침대가 완전히 마르자 요스는 압버캄을 다시 침대로 옮겼다. 요스는 그날 밤 압버캄과 함께 지냈지만, 아침이 되자 "저녁에 돌아올게요" 하고 말하며 떠났다. 압버캄은 말이 없었고, 여전히 무척 아팠으며, 자신의 곤경이나 요스의 곤경에는 무관심했다.

이튿날 압버캄은 확실히 상태가 좋아졌다. 기침도 가래가 끼고 거친, 좋은 기침이었다. 요스는 사프난이 마침내 좋은 기침을 하기 시작했던 때를 똑똑히 기억했다. 압버캄은 때때론 완전히 깨어 있었고, 요스가 환자용 변기로 병을 가져다주면, 병을 받아 몸을 돌리고 거기에 오줌을 눴다. 창피해하다니 대장에게는 좋은 신호라고 요스는 생각했다. 요스는 압버캄에게, 그리고 자신에게 기쁨을 느꼈다. 요스는 쓸모가 있었다. "오늘 밤은 당신 혼자 두고 갈게요. 이불 꼭 덮고, 차내지 말아요. 아침에 돌아올게요." 요스는 압버캄에게 말했고, 자신에게, 자신의 단호함에, 반박 불가능한 자신의 위엄에 만족감을 느꼈다.

그러나 맑고 차가운 저녁 공기를 느끼며 집으로 돌아오자, 티쿠리가 방구석에서 몸을 말고 있었다. 전에는 한 번도 잔 적이 없는 곳이었다. 티쿠리는 먹으려고도 하지 않았고, 요스가 티쿠리를 끄집어내 쓰다듬고 침대에서 자게 하려 해도 다시 슬그머니 구석으로 가버렸다. 날 그냥 내버려둬요, 티쿠리는 말하며 요스에게서 시선을 돌렸고, 눈을 피했고, 마르고 검고 뾰족한 코를 앞다리의 구부러진 곳에 밀어 넣었다. 날 그냥 내버려둬요, 티쿠리는 끈기 있게 말했다. 날 죽게 내버려둬요. 그게 내가 지금 하려는 거예요.

요스는 잤다. 무척 피곤했기 때문이다. 구부는 습지에 나가 밤새도록 돌아오지 않았다. 아침이 되어도 티쿠리는 똑같았고, 전에는 절대 잔 적 없는 곳에서 몸을 말고 기다리고 있었다.

"난 나가야 해." 요스가 티쿠리에게 말했다. "금방 돌아올게. 아주 금방. 돌아올 때까지 기다려줘, 티쿠리."

티쿠리는 아무 말도 하지 않았고, 흐릿한 호박색 눈을 요스에게서 돌리고 딴 곳을 보았다. 티쿠리가 기다리는 건 요스가 아니었다.

요스는 습지를 성큼성큼 가로질렀다. 눈물은 나지 않았지만 화가 났다. 자신은 아무짝에도 쓸모없었다. 압버캄은 전과 다를 바 없었다. 요스는 압버캄에게 곡물로 만든 죽을 먹이고, 필요한 게 있나 살핀 뒤 말했다. "오늘은 여기 못 있어요. 제 아가가 아파요. 돌아가봐야 해요."

"아가." 몸집이 큰 남자는 우르릉 커다랗게 울리는 목소리로 말했다.

"여우개예요. 제 딸이 준 거예요." 왜 요스는 설명을, 변명을 하고 있을까? 요스는 떠났다. 집에 오자 티쿠리는 요스가 집을 나오며 본 곳에 그대로 있었다. 요스는 바느질을 좀 하고, 압버캄이 먹을 만한 음식을 좀 만든 뒤 에큐멘의 세계들에 대한, 전쟁이 전혀 없는 세계에 대한 책을 읽으려 애썼다. 그곳은 언제나 겨울이고, 사람들은 남자면서 여자였다. 오후가 반쯤 지나자 압버캄에게 돌아가야 한다는 생각이 든 요스가 막 일어나는데 티쿠리도 따라 일어났다. 티쿠리는 아주 천천히 걸어 요스에게 왔다. 요스는 의자에 다시 앉았고 허리를 숙여 티쿠리를 안아 올렸지만, 티쿠리는 뾰족한 주둥이를 요스의 입에 밀어 넣고 한숨을 쉰 뒤 자기 발에 머리를 얹고 누웠다. 티쿠리는 다시 한숨을 쉬었다.

요스는 앉아서 한동안 큰 소리로 울었다. 오래는 아니었다. 이윽고 일어나 정원 삽을 들고 밖으로 나갔다. 요스는 돌로 만든 굴뚝의 구석, 양지바른 곳에 무덤을 만들었다. 집에 들어가 티쿠리를 안아 올리면서 요스는 공포에 가까운 전율을 느끼며 생각했다. '티쿠리는 죽지 않았어!' 티쿠리는 죽었지만, 아직 몸이 식지 않은 것뿐이었다. 두꺼운 붉은 털가죽이 몸의 온기를 품고 있는 것이었다. 요스는 자신의 푸른 스카프로 티쿠리를 싸고 두 팔로 안은 뒤 티쿠리의 무덤으로 갔고, 스카프 천을 통해 아직도 남아 있는 희미한 온기와 나무 조각상처럼 가볍게 경직된 몸을 느꼈다. 요스는 무덤에 흙을 채우고, 굴뚝에서 떨어진 돌을 그 위에 세웠다. 아무 말도 할 수 없었지만, 맘속으로 기도하듯 티쿠리가 어딘가에서 햇빛 속을 달리는 모습을 상상했다.

요스는 하루 종일 나가 돌아오지 않는 구부를 위해 현관에 음식을 놓아두고 둑길을 따라 걷기 시작했다. 조용하고 흐린 저녁이었다. 갈대는 회색이었고, 웅덩이들은 께느른하게 번득였다.

압버캄은 침대에 앉아 있었다. 확실히 더 나아져 있었으며, 열이 조금 있는 것 같았지만 심각하진 않았다. 압버캄은 배고파했고, 이건 좋은 신호였다. 요스가 쟁반을 가져오자 압버캄이 말했다. "그 아가, 괜찮습니까?"

"아뇨." 요스는 말하고 나서 몸을 돌렸고, 잠시 뒤에야 말을 이을 수 있었다. "죽었어요."

"주님의 품 안에 있을 겁니다." 쉰 저음의 목소리가 말했고, 요스는 다시 햇빛 속에 있는 티쿠리의 모습을 보았다. 어떤 존재 안에, 햇빛처럼 친절한 어떤 존재 안에 있는 모습을 보았다.

"네." 요스는 말했다. "고마워요." 입술이 떨렸고, 목이 잠겼다. 요스는 계속해 자신의 파란 스카프의 무늬만 뚫어져라 바라보았다. 짙은 푸른색으로 날염된 잎사귀 무늬였다. 요스는 몸을 바쁘게 했다. 얼마 후 돌아와서는 불을 살피고 그 옆에 앉았다. 굉장히 피곤했다.

"캄예 주님은 칼을 잡기 전에는 목자셨다." 압버캄이 말했다.

"그리고 사람들은 그분을 야수들의 주님이자 사슴 목자라 불렀다. 캄예께서 숲으로 들어가자 사슴들이 그분을 둘러쌌는데, 사자들도 사슴들 속에서 그분과 함께 걸으며 아무 해도 끼치지 않았기 때문이다. 누구도 겁내지 않았다."

압버캄이 워낙 조용히 말해서 시간이 좀 흐른 뒤에야 요스는 압버캄이 《아르캄예》를 읊고 있음을 깨달았다.

요스는 불에 토탄 한 덩어리를 더 넣고 다시 앉았다.

"어디 출신인지 말해줘요, 압버캄 대장." 요스가 말했다.

"게바 플랜테이션 출신입니다."

"동쪽에 있는 곳요?"

압버캄은 고개를 끄덕였다.

"거긴 어떤 곳이었나요?"

불이 매운 연기를 뿜어냈다. 밤은 너무나 조용했다. 처음 도시에서 여기로 왔을 때, 요스는 이 조용함 때문에 밤마다 잠에서 깨곤 했다.

"어떤 곳이었을까……." 압버캄은 거의 속삭이듯 말했다. 그의 종족이 대부분 그러하듯, 검은 홍채가 압버캄의 눈을 꽉 채웠지만, 요스는 자신을 흘끗 보는 압버캄의 눈에서 흰빛이 번득이는 것을 보았다. "60년 전 우린 그 플랜테이션 집단 주거지에 살았습니다. 그 등나무숲들. 우리 중 일부는 거기서 일하며, 등나무를 베고 제조소에서 일했지요. 대부분 여자들과 작은 아이들이었습니다. 남자들과 아홉 살 열 살 남짓한 남자아이들은 광산으로 내려갔습니다. 여자애들 중 일부도 그랬습니다. 성인 남성이 들어갈 수 없는 수직굴에서 일할 작은 아이들이 필요했으니까. 난 몸집이 컸습니다. 그자들은 내가 여덟 살 때 날 광산에 내려보냈습니다."

"어땠나요?"

"깜깜했습니다." 압버캄이 대답했다. 다시 한 번 요스는 압버캄의 눈이 번득이는 것을 보았다. "그때를 돌아보며 나는 이런 생각을 합니다. 우린 어떻게 살았지? 어떻게 그곳에 머물며 살았지? 광산 속의 공기엔 먼지가 너무도 많아 온통 검었습니다. 검은 공기. 랜턴 불빛은 공기 속을 5피트 이상 못 비췄지요. 작업장 대부분에는 물이 어른 무릎 높이까지 찼습니다. 어느 수직굴에서는 연질탄 채벽에 불이 붙어 계속 타는 바람에 그곳 전체가 연기로 가득 찼습니다. 그런데도 사람들은 계속 작업을 했습니다. 광맥이 그 코크스 뒤로 지나갔거든요. 우린 마스크를, 여과기를 입에 썼습니다. 그러나 그걸론 별 소용이 없었습니다. 우리는 연기를 마셨지요. 난 늘 지금처럼 좀 씨근거립니다. 단지 버로트 때문만은 아니지요. 저 옛날에 마신 연기 때문입니다. 남자들은 검은 폐로 죽었습니다. 모든 남자가. 마흔 살, 마흔다섯 살이면 죽었습니다. 누가 죽으면 보스들은 죽은 자의 부족에게 돈을 줬습니다. 죽으면 나오는 보너스지요. 덕택에 죽을 가치가 있다고 생각하는 자들도 있었습니다."

"당신은 어떻게 빠져나왔어요?"

"내 어머니." 압버캄은 말을 이었다. "어머니는 그 마을 대장의 딸이었습니다. 어머니가 날 가르치셨지요. 내게 종교와 자유를 가르치셨습니다."

압버캄이 전에도 이 얘기를 한 적이 있다고 요스는 생각했다. 이건 그의 진부한 대답이고, 공인된 신화였다.

"어떻게요? 어머니가 뭐라 하셨는데요?"

잠시 침묵이 흘렀다. "어머니는 내게 성스러운 글을 가르치셨습니다." 압버캄이 말했다. "그리고 말씀하셨습니다, '너와 네 동생은, 너희는 진정한 사람이다. 너희는 주님의 사람이고, 그분의 하인이고, 그분의 전사이고, 사자이다. 오직 너희만이 그러해. 주님이신 캄예는 우리와 함께 구세계에서 왔고, 그분은 이제 우리 것이야. 그분은 우리 사이에 거하셔.' 어머니는 우리에게 압버캄, 즉 주님의 혀란 이름과 도머캄, 주님의 팔이란 이름을 지어주셨습니다. 진실을 말하고 자유를 위해 싸우라고요."

"당신 동생은 어찌 됐나요?" 요스는 잠시 후 물었다.

"나다미에서 죽었습니다." 압버캄의 대답에 둘은 다시 한동안 침묵을 지켰다.

나다미는 처음으로 거대한 반란이 일어난 곳이었고, 결국 그 덕에 예이오웨이는 해방을 맞았다. 나다미에서 플랜테이션 노예들과 도시 자유계약인들이 처음으로 손을 잡고 소유주들에 대항해 싸웠다. 만약 노예들이 소유주들, 법인들에 대항해 단합할 수 있었다면, 노예들은 몇 년은 더 일찍 자유를 얻어낼 수 있었을지도 모른다. 그러나 해방운동은 끊임없이 분열되며 부족 간의 경쟁으로 변질됐고, 대장들은 새롭게 자유 영토가 된 땅에서 권력을 놓고 다투며 자신들의 이득을 공고히 하려고 보스들과 흥정을 했다. 전쟁과 파괴 속에 30년을 보낸 뒤, 그토록 수적으로 우세하던 웨렐인들은 패배해 예이오웨이 세계에서 쫓겨났으며, 예이오웨이인들은 서로를 실컷 반격했다.

"동생분은 운이 좋았어요." 요스가 말했다.

이윽고 요스는 대장을 보며 압버캄이 이 도전을 어떻게 받아들일까 생각했다. 벽난로 불빛 속에 보이는 압버캄의 크고 거무스름한 얼굴은 표정이 부드러워져 있었다. 눈을 찌르지 않게 요스가 느슨하게 땋아둔 압버캄의 거친 회색 머리가 다시 슬금슬금 삐져나와 얼굴에 이리저리 흩어져 있었다. 압버캄은 천천히 그리고 부드럽게 말했다. "그 애, 내 동생은 다섯 군대의 전장에선 에나르였습니다."

아, 그래서 당신은 주님이신 캄예 바로 그분이고? 요스는 맘속으로 반박했고, 흥분하고, 분개하고, 냉소적이 되었다. 자부심이 지나치시구먼! 하지만, 확실히, 또 다른 함의가 있었다. 에나르는 그 전장에서 자신의 형을 죽이려고, 형이 세계의 주님이 되는 것을 막으려고 칼을 뽑아 들었다. 그리고 캄예는 동생이 든 칼이 동생 자신의 죽음이라고 동생에게 말했다. 삶에는 주권도, 자유도 없다고, 그런 건 오로지 삶을, 갈망을, 욕구를 놓을 때만 있는 거라고 했다. 에나르는 칼을 내려놓고 황무지로, 침묵 속으로 가버렸다. 오직 "형, 난 너야"라고 말했을 뿐이다. 그리고 캄예는 승리할 수 없을 것을 알면서도 고독의 군대들과 싸우려 그 칼을 집었다.

그래서 그자는, 이 남자는 누구였나? 이 커다란 자는? 이 아프고 늙은 남자, 깜깜한 광산 속의 작은 남자아이, 이 거만한 자, 이 도둑, 그리고 자신이 주님을 대신해 말할 수 있다고 생각하는 이 거짓말쟁이는?

"우리가 말이 너무 많았네요." 요스는 말했다. 비록 5분 동안 둘 다 한 마디도 않고 있었지만. 요스는 압버캄 몫으로 차 한 잔을 따르고, 그때까지 가습을 위해 계속 끓이던 주전자를 불에서 내렸다. 요스는 숄을 걸쳤다. 압버캄은 여전히 아까와 똑같이 부드러운, 거의 당황에 가까운 표정을 지으며 요스를 지켜보았다.

"내가 원한 건 자유였습니다." 압버캄이 말했다. "우리의 자유."

압버캄의 양심에 요스는 전혀 관심이 없었다. "따뜻하게 하고 있어요." 요스가 말했다.

"지금 나갈 겁니까?"

"둑길에선 길을 잃으려야 잃을 수가 없잖아요."

그럼에도 랜턴이 없었기에 길은 아주 낯설었고, 밤은 아주 시꺼멨다. 요스는 둑길을 더듬더듬 나아가며 압버캄에게 들은 광산 속의 빛을 삼키는 검은 공기에 대해 생각했다. 압버캄의 검고 육중한 몸을 생각했다. 밤에 혼자 걸은 적이 얼마나 드물었는지 생각했다. 아이 적 바니 플랜테이션에서 살 때, 노예들은 밤이 되면 집단 주거지에 갇혔다. 여자들은 여자들 공간에 머물렀고 절대 혼자 다니지 않았다. 해방전쟁 전에 자유계약인으로 도시에 와 직업 학교에서 공부하면서, 요스는 자유를 맛보았다. 하지만 참혹한 전쟁 동안, 그리고 해방 이후에조차도 여자는 밤거리를 안전하게 다닐 수 없었다. 노동 지역에는 경찰이 전혀 없었고, 가로등도 전혀 없었다. 지역 군벌들은 자기네 패거리들을 내보내 급습했다. 대낮에도 눈을 크게 뜨고 다녀야 했고, 사람들 사이에 묻혀 있으려 애써야 했으며, 언제라도 만일의 경우를 대비해 도망칠 경로를 확보해야 했다.

요스는 길을 꺾어야 할 때를 놓치고 지나칠까 봐 점점 걱정이 됐지만, 길을 돌 때가 되자 눈이 이미 어둠에 익숙해졌고, 심지어는 형체 없는 갈대숲 안에 있는, 흐릿한 얼룩 같은 자기 집까지도 알아볼 수 있었다. 외계인들은 야간 시력이 나쁘다고 요스는 들었다. 외계인들은 눈동자가 작았고, 겁에 질린 송아지처럼 눈동자 주위를 흰자가 온통 빙 둘러쌌다. 요스는 외계인들의 눈이 맘에 들지 않았다. 하지만 피부색은 좋아했다. 대체로 고동색 혹은 적갈색이었고, 요스의 회색 섞인 갈색 노예 피부나, 소유주가 압버캄의 어머니를 겁탈해 압버캄이 물려받게 된 청흑색 피부보다 따뜻한 색이었다. 이러한 피부의 청색증은 웨렐 행성계 태양의 복사 스펙트럼에 대한 시각적 적응이라고 외계인들은 예의 바르게 표현했다.

집에 가는 길에 구부가 요스 주위에서 춤을 추며 조용히 꼬리로 요스의 발을 간지럽혔다. "조심해." 요스는 구부를 꾸짖었다. "그러다 나한테 밟히겠어." 요스는 구부에게 고마움을 느꼈고, 집에 들어오자마자 구부를 들어 올렸다. 티쿠리의 품위 있고 기쁨에 찬 환영 인사는 없었다. 오늘 밤은 없었다. 앞으로도 절대 없을 것이다. 루루루, 구부는 요스의 귀 아래에서 소리를 냈다. 내 소리에 귀 기울여줘요, 나 여기 있어요, 삶은 계속되는 거예요. 저녁으로는 뭘 먹나요?

  대장은 결국 가벼운 폐렴기를 보였고, 요스는 마을로 가서 베이오의 병원에 전화했다. 병원에서는 의사를 보냈고, 의사는 압버캄의 상태가 좋아지고 있다면서 단지 계속 일어나 앉아 기침하게 하라고, 허브차가 도움이 되며 압버캄에게서 눈을 떼지만 않으면 된다고, 괜찮다고 했다. 참으로 다행이었다. 그래서 요스는 오후마다 압버캄과 함께 지냈다. 티쿠리가 없는 집은 너무나 생기 없어 보였고, 늦가을의 날들은 매우 춥게 느껴졌다. 어쨌거나 요스가 그 외에 해야 할 일이 뭐가 있었겠는가? 요스는 그 크고 어두운 뗏목집을 좋아했다. 요스는 그게 대장이든 누구든, 스스로 자기 집을 치우지 않는 사람을 위해 집을 청소해줄 생각은 없었지만, 집 안을 어슬렁대며 압버캄이 쓰거나 심지어 들여다보지도 않은 게 분명한 방들을 뒤졌다. 요스는 위층에서 방 하나를 발견했고, 서쪽 벽을 따라 길고 낮은 창문들이 쭉 달린 그 방이 맘에 들었다. 요스는 이 방을 쓸고, 작고 초록빛 나는 유리창이 달린 창문들을 깨끗이 닦았다. 압버캄이 자고 있을 때면, 요스는 이 방으로 올라와 방의 유일한 물건인 다 해어진 양털 러그에 앉아 있곤 했다. 벽난로는 헐거운 벽돌로 막혀 있었지만, 아래층에서 타는 토탄 불의 열기가 여기까지 올라왔고, 따뜻한 벽돌에 등을 대고 비스듬히 들어오는 햇빛을 받고 있으면 몸이 따뜻해졌다. 요스는 이곳에서 이 방과 방 공기의 형태, 흔들리는 초록빛 유리창들이 빚어내는 듯한 평온함을 느꼈다. 요스는 여기 말없이, 한가롭게, 만족스럽게 앉아 있곤 했다. 자기 집에서는 한 번도 그렇게 앉아 있어본 적이 없었다.

대장은 아주 천천히 기력을 회복했다. 종종 압버캄은 요스가 처음 생각했던 것처럼 부루퉁하고 뚱하며 거칠어졌고, 자신에 대한 부끄러움과 분노로 멍한 상태에 빠졌다. 그렇지 않은 날에는 말할 준비가 되어 있었다. 심지어 때로는 상대의 말에 귀 기울이기까지 했다.

"전 에큐멘의 세계들에 대한 책을 읽고 있어요." 요스는 콩전의 한 면이 다 익으면 뒤집어 반대쪽 면을 익히려고 기다리며 말했다. 요 며칠 동안, 요스는 늦은 오후마다 저녁 식사를 만들어 압버캄과 함께 먹고 설거지를 한 뒤 날이 어둡기 전에 집으로 가곤 했다. "아주 흥미로워요. 우리가 헤인인들의 자손이란 점엔 의문의 여지가 없어요. 우리 모두요. 우리도, 외계인들도요. 심지어 우리의 동물들도 헤인 동물들과 조상이 같아요."

"그자들은 그렇게 말하지요." 압버캄이 투덜거렸다.

"이건 누가 그런 말을 하고 말고의 문제가 아니에요." 요스가 말했다. "증거를 볼 마음만 있으면, 누구라도 알 수 있는 일이에요. 유전적 사실이라고요. 당신이 그 사실을 맘에 들어하지 않는다고 해서 사실이 아니게 되진 않잖아요."

"백만 년은 묵은 '사실'이 그래서 뭐 어쨌단 말입니까?" 압버캄이 말했다. "그게 당신과, 나와, 우리와 무슨 상관이 있습니까? 이건 우리의 세계입니다. 우린 우리입니다. 우린 그자들과 아무 상관이 없습니다."

"이젠 상관있어요." 요스는 콩전들을 뒤집으며 발끈했다.

"내가 내 길을 가고 있다면 상관없습니다." 압버캄은 말했다.

요스는 깔깔대며 웃었다. "당신은 포기를 모르네요, 그렇죠?"

"그렇습니다." 압버캄이 말했다.

압버캄은 침대에서 쟁반에 음식을 놓고, 요스는 벽난롯가에서 의자에 앉아 식사를 마친 뒤, 요스는 황소를 약올리고 무너져 내리는 눈사태에 겁없이 달려드는 기분으로 이야기를 계속했다. 아직 아프고 약한데도 불구하고, 압버캄에겐 위협적 분위기가 남아 있었다. 단순히 몸집의 문제가 아니라 전반적으로 힘이 느껴졌다. "정말로, 그게 전부예요?" 요스는 물었다. "세계당. 이 행성을 외계인들 없이 우리만의 것으로 하자? 그게 다예요?"

"그렇습니다." 압버캄은 특유의 어둡고 울리는 목소리로 답했다.

"어째서요? 에큐멘은 우리와 공통점이 그렇게 많은데요. 그 사람들은 우리에 대한 법인들의 지배를 무너뜨렸어요. 그 사람들은 우리 편이에요."

"우린 이 세계에 노예로서 끌려왔습니다." 압버캄이 말했다. "하지만 여긴 우리의 세계이고, 우린 이 안에서 우리만의 방식을 찾을 겁니다. 캄예는 우리와 함께 왔고, 목자이시며 사내종이시고, 칼의 캄예입니다. 이건 그분의 세계입니다. 우리의 땅입니다. 누구도 이곳을 우리에게 줄 수 없습니다. 우린 다른 사람들의 지식을 공유하거나 그자들의 신들을 따를 필요가 없습니다. 우리가 사는 곳은 여기, 이 땅입니다. 우리가 주께 다시 가게 되기 전 죽을 곳도 이곳입니다."

잠시 후 요스가 말했다. "제겐 딸이 있고, 손자와 손녀가 있어요. 그 애들은 4년 전 이 세계를 떠났어요. 헤인으로 가는 우주선에 타고 있죠. 제가 죽을 때까지 남은 모든 시간이 그 애들에겐 몇 분, 한 시간과 같아요. 그 애들은 80년 뒤 헤인에 도착해요. 이제 76년 남았죠. 그 다른 땅에 도착하려면요. 그 애들은 그곳에서 살고 죽을 거예요. 여기가 아니라요."

"당신은 그 아이들이 가는 데 이의가 없었습니까?"

"그 아이들의 선택이었어요."

"당신 선택이 아니라."

"제가 그 아이들의 인생을 사는 게 아니니까요."

"하지만 당신은 비통해하고 있잖습니까." 압버캄은 말했다.

둘 사이에 깊은 침묵이 내려앉았다.

"잘못된 겁니다. 잘못된 겁니다, 잘못된 거라고요!" 압버캄은 크고 강한 목소리로 말했다. "우리에겐 우리의 운명이 있고, 주님에게로 가는 우리만의 길이 있었는데, 그자들이 그걸 우리에게서 빼앗은 겁니다. 우린 다시 노예입니다! 그 똑똑한 외계인들, 그 모든 위대한 지식을 지니고 발명을 한 과학자들, 우리의 조상들, 그자들은 자기들을 그렇게 부르지요. '이렇게 하라!' 그자들이 말하면 우린 그렇게 합니다. '저렇게 하라!' 그럼 우린 그렇게 하고요. '당신의 아이들을 그 놀라운 우주선에 태우고 우리의 놀라운 세계들로 날아가라!' 아이들은 우주선에 태워졌고, 그 아이들은 절대 집으로 돌아오지 않을 겁니다. 자신들의 고향을 절대 모를 겁니다. 자신들이 누군지 절대 모를 겁니다. 자신들이 누구의 손에 조종당했을지 모른다는 사실도 절대 모를 겁니다."

압버캄은 연설을 하고 있었다. 아마도 이건 압버캄이 한 번 아니 백 번은 했던 연설일 테고, 압버캄은 마구 호통치며 위엄 있게 말하고 있었다. 눈에는 눈물까지 고여 있었다. 요스의 눈에도 눈물이 고였다. 요스는 압버캄이 자신에게 영향을 끼치거나 자신을 이용하거나 휘두르게 두지 않을 생각이었다.

"만약 제가 당신 말에 동의하더라도, 그래도, 그래도, 어째서 속였죠, 압버캄? 당신은 당신의 사람들에게 거짓말을 했어요, 도둑질을 했어요!" 요스가 말했다.

"절대 그렇지 않습니다." 압버캄이 대답했다. "내가 한 모든 것은 언제나, 내가 쉬는 모든 숨마저 세계당을 위한 것이었습니다. 맞습니다, 나는 돈을 썼습니다, 내가 긁어모을 수 있는 모든 돈을 썼습니다, 그게 그 대의를 위한 게 아니면 뭣 때문이었겠습니까? 맞습니다, 나는 그 특사를 협박했습니다, 나는 그 특사와 다른 모든 자들을 이 세계에서 몰아내고 싶었습니다! 맞습니다, 나는 그자들에게 거짓말을 했습니다. 그자들이 우릴 통제하고, 소유하고 싶어 했기 때문입니다. 내 사람들을 노예 상태에서 구할 수만 있다면 난 무슨 짓이라도 할 겁니다. 무슨 짓이라도!"

압버캄은 거대한 두 주먹으로 작은 산 같은 무릎을 쳤고, 숨을 헐떡이며 흐느꼈다.

"그렇지만 내가 할 수 있는 건 아무것도 없습니다, 오 캄예!" 압버캄은 울부짖었고, 두 팔로 얼굴을 가렸다.

요스는 조용히 앉아 있었고, 심장이 뻐근했다.

한참 후, 압버캄은 아이처럼 손으로 얼굴을 닦고, 마구 헝클어진 거친 머리를 뒤로 넘기며 얼굴과 코를 문질렀다. 압버캄은 쟁반을 들어 양 무릎에 놓고, 포크를 집어 콩전 한 조각을 잘라 입에 넣더니 씹고 삼켰다. 저 사람이 할 수 있다면 나도 할 수 있어. 요스는 생각했고, 똑같이 했다. 둘은 식사를 마쳤다. 요스는 일어나 쟁반을 가지러 압버캄에게로 갔다. "미안해요." 요스가 말했다.

"그때 이미 사라지고 없었습니다." 압버캄이 아주 조용히 말했다. 압버캄은 고개를 들어 요스를 똑바로 보았는데, 요스는 압버캄이 이런 식으로 보는 일은 무척 드물다고 느꼈다.

요스는 이해하지 못한 채 일어나 기다렸다.

"그때 이미 사라지고 없었습니다. 한참 전에 사라졌습니다. 나다미에서 내가 믿었던 것. 우리에게 필요한 건 그자들을 몰아내는 것뿐이고, 그럼 우린 자유로워질 거란 믿음. 전쟁이 끝없이 계속되면서 우리는 길을 잃었습니다. 난 그게 거짓말이란 걸 알았습니다. 내가 더 거짓말을 했다고 해서 무슨 상관이었겠습니까?"

요스는 압버캄이 깊이 동요하고 있으며 필시 어느 정도 화가 났다는 점, 그리고 자신이 압버캄을 자극한 게 잘못이었다는 점만 이해했다. 둘 다 늙었고, 둘 다 패배했으며, 둘 다 자신의 아이를 잃었다. 어째서 요스는 압버캄을 상처 입히고 싶었을까? 요스는 압버캄의 손에 자신의 손을 얹고 잠시 조용히 있다가 쟁반을 들었다.

요스가 개수대에서 설거지를 하는데 압버캄이 요스를 불렀다. "이리 좀 와주시겠습니까!" 압버캄이 부탁조로 말한 적은 처음이어서 요스는 재빨리 방으로 갔다.

"당신은 어떤 사람이었습니까?" 압버캄이 물었다.

요스는 가만히 바라보며 서 있었다.

"여기 오기 전에 말입니다." 압버캄은 성마르게 덧붙였다.

"전 플랜테이션에서 교육 학교로 갔어요." 요스가 대답했다. "도시에 살았죠. 물리학을 가르쳤어요. 학교들에서 행하는 과학 교육을 관리했고요. 딸을 키웠어요."

"당신 이름이 뭡니까?"

"요스. 바니 플랜테이션의 세데위 부족이에요."

압버캄은 고개를 끄덕였고, 잠시보단 조금 더 오랜 시간이 흐른 후 요스는 개수대로 돌아갔다. 압버캄은 내 이름조차 몰랐어. 요스는 생각했다.

요스는 매일 압버캄을 일으켜 조금 걷게 하고 의자에 앉혔다. 압버캄은 고분고분했지만, 힘들어했다. 그런 뒤 오후에는 압버캄을 꽤 걸어 돌아다니게 했고, 압버캄은 침대로 돌아오면 곧바로 눈을 감았다. 그러면 요스는 삐그덕거리는 계단을 슬그머니 올라가 서쪽 창이 있는 방으로 들어갔고, 거기에 오랫동안 앉아 완벽한 평화를 즐겼다.

요스는 압버캄을 의자에 앉혀놓고 저녁을 만들었다. 요스는 압버캄의 기운을 북돋워주려고 이야기를 했다. 압버캄은 요스의 요구들에 한 번도 불평하지 않았지만 우울하고 슬퍼 보였고, 요스는 전날 압버캄의 속을 뒤집어놓아 자책감이 들었던 것이다. 둘 다 모든 걸 뒤로하고 떠나려고, 모든 실수와 실패, 사랑과 승리까지 모든 걸 내려놓고 떠나려고 여기 온 게 아니었던가? 요스는 와다와 에이드에 대해, 실은 그날 오후 요스의 집 안 침대에 있던 불행한 연인들에 대해 압버캄에게 장황하게 이야기했다. "그 둘이 왔을 때 난 어디도 갈 곳이 없었어요." 요스가 말했다. "오늘처럼 추운 날에는 다소 불편할 수도 있었죠. 마을의 가게들을 돌아다녀야 했을걸요. 단연코, 이게 더 나아요. 난 이 집이 맘에 들어요."

압버캄은 줄곧 투덜대기만 했지만, 요스는 압버캄이 열심히 듣고 있다고 느꼈고, 모르는 언어를 이해하려는 외국인처럼 자신의 말을 이해하려 애쓴다는 느낌까지 받았다.

"당신은 집에 대해 신경을 안 써요, 그렇죠?" 요스는 말하고 깔깔 웃으며 수프를 대령했다. "당신은 적어도 정직해요. 여기서 난 신앙심이 좋은 척하고, 내 영혼을 가꾸는 척하지만, 사실 속세의 것들이 좋아졌고, 그것들에 애정을 느껴요. 난 속세의 것들을 사랑해요." 요스는 수프를 먹으려고 불가에 앉았다. "위층에 아름다운 방이 있어요. 앞쪽의 구석방이고 서향이에요. 그 방에서 뭔가 좋은 일이 일어났어요. 어쩌면 전에 연인들이 살았었는지도 몰라요. 난 그 방에서 습지를 내다보는 게 좋아요."

요스가 갈 준비를 마쳤을 때 압버캄이 물었다. "그 애들이 갔을 것 같습니까?"

"그 새끼 사슴들요? 아 네. 오래전에요. 증오에 찬 자신들의 가족에게로 돌아갔죠. 내 생각에 그 애들이 함께 산다면, 역시나 곧 똑같이 증오에 차게 될걸요. 그 애들은 아주 무지해요. 어쩔 수 있겠어요? 마을은 편협하고, 그 둘은 너무 가난해요. 하지만 둘은 서로에 대한 사랑을 고수하고 있어요. 마치…… 마치 함께 살면 똑같이 서로를 미워하게 될 거라는 걸 안다는 듯이요."

"'숭고한 것을 꽉 붙들라.'" 압버캄이 말했다. 요스는 이 인용구를 알았다.

"내가 읽어드릴까요?" 요스가 물었다. "나한테《아르캄예》가 있어요. 가져올 수 있어요."

압버캄은 고개를 저었고, 갑자기 환한 미소를 지었다. "필요 없습니다. 이미 외우고 있습니다."

"모두 다요?"

압버캄은 고개를 끄덕였다.

"난 여기 올 때《아르캄예》를 배울 생각이었어요. 어쨌거나 일부라도요." 요스는 경외심을 느끼며 말했다. "하지만 전혀 배우지 못했죠. 시간이 없다고 느꼈어요. 당신은 여기서《아르캄예》를 배웠나요?"

"오래전에. 감옥에서, 게바 시에 있는 감옥에서 배웠습니다." 압버캄이 대답했다. "거기선 시간이 흘러넘쳤습니다……. 요즘 난 여기 누워 혼자 《아르캄예》를 중얼대곤 한답니다." 요스를 쳐다보는 압버캄의 얼굴에 미소가 오랫동안 남아 있었다. "당신이 없을 땐 《아르캄예》가 내 벗이 되어주지요."

요스는 아무 말 없이 서 있었다.

"당신이란 존재는 내게 참으로 달콤합니다." 압버캄이 말했다.

요스는 숄을 걸치고 작별 인사도 없이 서둘러 밖으로 나갔다.

요스는 혼란스럽고 모순된 감정들에 휩싸인 채 집까지 걸어왔다. 저 남자는 참으로 괴물이었다! 압버캄은 요스를 유혹하고 있었다. 의심의 여지가 없었다. 아니, 요스에게 정욕이 동했다는 쪽이 더 맞는 말이었다. 쓰러뜨려진 거대한 수소처럼 침대에 누워서 그렇게 쌕쌕거리는 것하며, 그 회색 머리라니! 그 부드럽고 깊은 목소리, 그 미소, 압버캄은 자신의 미소를 이용할 줄 알았고, 미소를 감춰뒀다 필요한 순간에만 쓸 줄 알았다. 여자에게 다가가는 법을 알았고, 소문이 진짜라면 벌써 수천 번은 접근했으며, 접근해 여자들을 들었다 놨다 했다. 여기에 당신의 대장을 기억할 약간의 정액이 있답니다. 자 그럼 안녕, 사랑스러운 여인이여. 맙소사!

에이드와 와다가 자신의 침대에 있단 얘기를 압버캄에게 할 생각은 어쩌다 했지? 멍청한 년. 요스는 회색으로 변해가는 갈대들을 문지르는 짜증 나는 동풍을 뚫고 걸어가며 혼잣말을 했다. 멍청하고, 멍청한, 늙고, 늙어빠진 년.

구부가 요스를 마중 나와 깡총대며 부드러운 앞발들로 요스의 다리와 손을 탁탁 쳤고, 검은 얼룩과 끝 부분에 혹이 있는 짧은 꼬리를 흔들었다. 요스는 구부를 위해 혼자 밀어 열 수 있게 문의 걸쇠를 벗겨두고 나갔었다. 문은 조금 열려 있었다. 웬 작은 새의 깃털들이 온 방에 흩어져 있었고, 약간의 피와 창자 조금이 벽난로 앞 깔개에 보였다. "괴물." 요스는 구부에게 말했다. "죽이는 건 밖에서 해!" 구부는 자신만의 전투 춤을 추었고, 후! 후! 하고 울었다. 구부는 요스 허리의 잘록한 부분에 대고 몸을 말고 밤새 잤고, 요스가 몸을 돌릴 때마다 친절하게도 일어나 요스 몸을 넘어가서는 반대쪽 허리의 잘록한 부분에 대고 다시 몸을 말았다.

요스는 자주 뒤척였고, 육중한 몸의 무게와 열기, 자신의 두 가슴에 얹힌 손의 무게, 자신의 젖꼭지를 잡아당기며 생명을 빠는 입술을 상상하거나 꿈꿨다.

요스는 압버캄을 찾아가는 시간을 줄였다. 압버캄은 혼자 일어나 필요한 일들을 하고 알아서 아침을 차려 먹을 수 있었다. 요스는 압버캄의 토탄 상자를 채워 굴뚝 옆에 놓아두었고, 식료품실도 채워두었으며, 이제는 저녁만 가져다줄 뿐 남아서 함께 먹진 않았다. 압버캄은 대체로 침통하고 조용했고, 요스는 입조심을 했다. 둘은 서로를 경계했다. 요스는 위층의 서쪽 방에서 지내던 시간이 그리웠다. 하지만 그 시절은 끝났고, 꿈같은 시간, 달콤함은 지나갔다.

어느 날 오후, 에이드가 요스의 집에 찌무룩한 얼굴로 혼자 찾아왔다. "아무래도 다신 여기에 못 올 것 같아요." 에이드가 말했다.

"무슨 문제라도 생겼니?"

여자아이는 어깨를 으쓱했다.

"그 사람들이 널 지켜보고 있어?"

"아뇨. 모르겠어요. 어쩌면, 아시겠죠. 어쩌면 제 배가 찬 건지도 모르겠어요." 여자아이는 임신을 뜻하는 오래된 노예 용어를 썼다.

"피임약을 썼잖아, 안 그러니?" 요스는 이 연인들을 위해 베이오에서 피임약을 차고 넘치게 사다주었다.

에이드는 모호하게 고개를 끄덕였다. "잘못이었던 것 같아요." 여자아이는 입을 오므리며 말했다.

"사랑을 나눈 게? 피임약을 쓴 게?"

"잘못이었던 거 같아요." 여자아이는 복수심에 불타는 눈으로 빠르게 흘끗 보며 되풀이해 말했다.

"괜찮아." 요스가 말했다.

에이드는 몸을 돌렸다.

"잘 가라, 에이드."

에이드는 말없이 습지길로 떠났다.

숭고한 것을 꽉 붙들라, 요스는 씁쓸하게 생각했다.

요스는 집을 돌아 티쿠리의 무덤으로 갔지만, 너무 추워서 밖에 오래 서 있을 수가 없었다. 고요하고 뼛속으로 파고드는 한겨울의 추위였다. 요스는 집으로 들어가 문을 닫았다. 방은 작고 깜깜하고 낮게 느껴졌다. 둔중한 토탄 불이 연기를 뿜으며 탔다. 아무 소리도 없이 탔다. 집 밖에서도 아무 소리가 없었다. 바람은 잠잠했고, 얼음이 얼어붙은 갈대들도 조용했다.

난 땔감을 원해, 장작불을 원해. 요스는 생각했다. 불길이 확 피어오르고 타닥거리고, 이야기를 하는 불, 플랜테이션의 할머니 집에서 보던 그런 불.

이튿날, 요스는 습지길 중 하나를 따라 반 마일 떨어진 폐가로 갔고, 내려앉은 현관에서 헐거운 판자 몇 개를 떼어냈다. 그날 밤 요스는 벽난로에서 시끄럽게 활활 타오르는 불길을 지켜보았다. 요스는 매일 한 번 이상 그 폐가에 찾아가게 되었고, 침대에서 굴뚝에 이르는 구석에 놓아둔 토탄들 옆에 커다란 땔나무 더미를 쌓아 올렸다. 요스는 더는 압버캄의 집에 가지 않았다. 압버캄은 회복되었고, 요스는 걸어갈 수 있는 목적지를 원했다. 요스에겐 긴 판자를 잘라낼 방법이 없었고, 그래서 한 번에 조금씩 벽난로 속으로 밀어 넣었다. 그렇게 하면 판자 하나로 저녁 내내 버틸 수 있었다. 요스는 환한 불 옆에 앉아 《아르캄예》의 첫 권을 외우려 애썼다. 구부는 벽난롯가에 누워 가끔 불빛을 바라보며 루루 하고 나직하게 울었고, 때때로 잤다. 구부가 밖에 나가 얼어붙은 갈대밭에 들어가는 걸 아주 싫어했기에 요스는 구부를 위해 개수대에 작은 배변 상자를 만들어주었고, 구부는 그곳을 아주 깔끔하게 이용했다.

짙은 추위가 계속되었다. 이번 겨울은 요스가 이제껏 습지에서 겪어본 중 최악의 겨울이었다. 맹렬한 외풍 때문에 요스는 전에는 알지도 못했던 나무 벽에 난 틈들까지 낱낱이 알게 되었다.

요스는 틈들을 틀어막을 넝마가 없었으므로 진흙과 속을 채운 갈대를 써서 틈을 막았다. 불이 꺼지게 두면, 조그만 집은 한 시간도 안 되어 얼음장처럼 차가워졌다. 토탄 불을 안 죽게 잘 묻어두면 밤새 불이 계속되었다. 낮 동안 요스는 종종 토탄에 나무 한 조각을 더해 불이 너울거리고 밝게 타오르게 했다.

  요스는 마을로 가야 했다. 마을에 가는 걸 며칠째 미루면서 추위가 좀 잦아들길 바랐지만, 사실상 모든 게 바닥나버렸다. 날은 평소보다 더 추웠다. 이제 불 속의 토탄 덩이들은 흙이나 마찬가지였고 불길은 형편없었으며 연기가 피어올랐다. 요스는 불이 생생하게 타오르고 집이 따뜻해지라고 토탄 옆에 나뭇조각을 하나 넣었다. 요스는 가지고 있는 모든 재킷과 숄을 걸치고 가방을 들고 집을 나섰다. 구부가 벽난롯가에서 눈을 깜박이며 요스를 보았다. "게으른 시골뜨기." 요스는 구부에게 말했다. "현명한 짐승."

  추위는 무시무시했다. 얼음에서 미끄러져 다리가 부러져도 며칠 지나도록 누구 하나 지나가는 이가 없을 거야. 요스는 생각했다. 난 여기 누운 채 몇 시간 안에 얼어 죽겠지. 아아, 아아, 아아, 난 주님의 손안에 있고, 이러나저러나 몇 년 안에 죽어. 그래도, 주여, 제가 마을까지 가서 따뜻하게 지내게 해주소서!

  요스는 마을에 도착했고, 군것질거리 가게 난로 앞에서 그동안 못 들은 소문들을 듣고 신문가판대의 나무 난로 앞에서 동부 지방에서 새로 일어난 전쟁에 대한 지나간 신문들을 읽으며 한참을 보냈다. 에이드의 이모들과 와다의 아버지, 어머니, 고모들 모두가 요스에게 대장은 어떻냐고 물었다. 또한 다들 요스에게 집주인 집에 들르라고 말해주었다. 집주인인 케비가 요스를 위해 뭔가 준비했다는 것이다. 케비가 준비한 건 역한 맛이 나는 싸구려 차 한 묶음이었다. 순전히 케비가 영혼을 살찌울 수 있게 돕겠다는 마음에서, 요스는 케비에게 차를 주어 고맙다고 인사했다. 케비는 요스에게 압버캄에 대해 물었다. 대장이 아팠다면서요? 이젠 좀 나아졌나요? 케비는 꼬치꼬치 캐물었다. 요스는 심드렁하게 대답했다. 침묵 속에 사는 건 쉬워. 요스는 생각했다. 내가 참을 수 없는 건 바로 이런 목소리들과 함께 사는 거야.

요스는 따뜻한 방을 떠나는 게 정말 싫었지만, 가방은 이미 들기 좋은 무게를 넘어버렸고, 빛이 약해지면 길의 언 부분들이 잘 보이지 않을 터였다. 요스는 작별 인사를 하고 다시 마을을 가로질러 둑길로 갔다. 시간이 생각보다 늦었다. 태양이 상당히 낮아졌고, 고작 30분 온기와 빛을 나눠주는 것도 싫다는 듯이 딱한 점 있는 구름 뒤에 숨어 있었다. 요스는 집으로, 벽난로 불 옆으로 가고 싶은 마음에 끊임없이 발을 내디뎠다.

얼음이 무서워 내내 앞쪽에 눈길을 고정하느라, 처음엔 목소리만 들렸다. 요스는 그 목소리를 알아듣고는 압버캄이 다시 미쳐버렸다고 생각했다! 압버캄이 요스 쪽으로 달려오며 소리치고 있었던 것이다. 요스는 압버캄이 무서워 발을 멈췄지만, 압버캄은 요스의 이름을 외치고 있었다. "요스! 요스! 다 괜찮습니다!" 압버캄은 외치며 곧장 요스에게로 오고 있었다. 몸집이 크고 거친 이 사내는 온몸이 더러운 진흙투성이에 회색 머리엔 얼음과 진흙이 달라붙은 채였고, 온통 검어진 손과 옷 위 눈 속으로 흰자위가 허옇게 보였다.

"돌아가요!" 요스가 외쳤다. "오지 마요, 다가오지 마요!"

"괜찮습니다." 압버캄이 말했다. "하지만 집이, 하지만 집이……."

"무슨 집요?"

"당신 집, 타버렸습니다. 내가 봤습니다. 마을로 가고 있었는데, 습지에 연기가 나는 걸 보고……."

압버캄은 계속 말했지만, 요스는 마비된 채로 서서 아무 소리도 귀에 들리지 않았다. 요스는 문을 닫아두었었다. 걸쇠를 내려두었었다. 평소엔 절대 잠그지 않았는데, 이번엔 걸쇠를 내려놓았고 구부는 밖으로 나올 수 없었을 터였다. 구부가 집 안에 있었다. 문이 잠긴 채로. 그 반짝이는 절망적인 눈. 그 작은 목소리가 울면서…….

요스는 앞으로 나아가기 시작했다. 압버캄이 앞을 막아섰다.

"가게 해줘요." 요스가 말했다. "가봐야 해요." 요스는 가방을 내려놓고 달리기 시작했다.

압버캄이 요스의 팔을 잡았고, 요스는 파도에 둘러싸인 듯 발을 멈췄다. 거대한 몸과 목소리가 요스의 주위를 온통 감싸고 있었다. "괜찮습니다, 아가는 괜찮습니다, 아가는 우리 집에 있습니다." 압버캄이 말하고 있었다. "내 말 들어요, 내 말 들어요, 요스! 집이 불탔어요. 아가는 괜찮습니다."

"어떻게 된 거예요?" 요스가 거칠게 외치며 말했다. "놔줘요!

이해 못 하겠어요! 어떻게 된 거죠?"

"제발, 제발 좀 조용히 해봐요." 압버캄은 애걸하며 요스를 놓아주었다. "이제 거길 함께 지나갈 겁니다. 보게 될 겁니다. 볼 것도 별로 안 남아 있지만요."

요스는 압버캄과 함께 심하게 휘청거리며 걸어갔고, 그동안 압버캄은 요스에게 무슨 일이 있었는지 말해주었다. "하지만 어떻게 그런 일이 생겼죠?" 요스가 말했다. "어떻게 그럴 수가?"

"불똥이었습니다. 집에 불을 계속 피워두고 갔나요? 물론, 물론 그랬겠지요, 추우니까요. 하지만 굴뚝에 돌이 빠진 곳들이 있었고, 내가 직접 봤습니다. 불똥, 만약 조금이라도 나무에 불이 붙었다면 말입니다. 아마도 마루널이었거나, 어쩌면 초가지붕에 불이 붙었을 겁니다. 그런 다음 사방으로 번진 거지요, 날이 이렇게 건조하니까, 모든 게 말라 있었고, 비도 안 오고. 오 주여, 주님이시여, 난 당신이 그 안에 있는 줄 알았습니다. 당신이 집 안에 있는 줄 알았어요. 불을 보고, 둑길로 갔고, 그담엔 당신 집 문 앞이었고, 어떻게 갔는지 나도 모르겠습니다. 날아갔나, 모르겠습니다. 그리고 문을 밀었고, 걸쇠가 걸려 있었지만, 밀고 들어갔습니다. 검은 벽과 천장이 온통 활활 불에 타고 있었습니다. 연기가 너무 자욱해 당신이 그 안에 있는지 알아볼 수조차 없어 안으로 들어갔더니, 그 작은 녀석이 구석에 숨어 있더군요. 난 다른 녀석이 죽었을 때 당신이 얼마나 울었는지를 떠올리고 녀석을 잡으려 했는데, 녀석은 쏜살같이 문을 빠져나갔습니다. 난 안에 아무도 없는 걸 확인하고 문으로 갔고, 지붕이 무너져 내렸습니다." 압버캄은 의기양양해하며 거칠게 껄껄 웃었다. "머리를 맞았지요, 보이십니까?" 압버캄이 허리를 숙였지만, 요스는 키가 작아 그래도 압버캄의 정수리를 볼 수가 없었다. "난 당신의 양동이를 보았고, 집의 앞쪽 벽에 물을 부으려 했습니다. 뭐라도 건져보려고요. 그러다 그게 미친 짓이라는 걸 깨달았습니다. 몽땅 불이 붙었고, 남은 게 없었습니다. 그래서 나는 길을 따라갔습니다. 그 작은 녀석, 당신의 애완동물이 거기서 벌벌 떨며 기다리고 있더군요. 녀석은 내가 들어 올리는 동안 가만히 있었고, 난 어찌할 바를 몰랐습니다. 그래서 내 집으로 다시 달려가 녀석을 거기 두었습니다. 문은 닫아두었습니다. 내 집은 안전합니다. 그러고 나서 당신이 분명 마을에 있겠다 싶어 당신을 찾으러 가던 길이었습니다."

둘은 갈림길에 와 있었다. 요스는 둑길 가장자리로 가서 아래를 보았다. 온통 그을린 얼룩에 검댕뿐이었다. 검은 막대기들. 얼음. 요스는 온몸이 떨리며 속이 역겨워져 주저앉았고 차가운 침을 꿀꺽 삼켰다. 하늘과 갈대가 왼쪽에서 오른쪽으로 빙빙 돌았다. 요스는 빙빙 도는 하늘과 갈대를 멈출 수가 없었다.

"자, 이제 갑시다, 괜찮습니다. 나와 함께 갑시다." 요스는 목소리를 알아들었고, 그 손과 팔, 자신을 지탱하는 커다란 온기를 알아보았다. 요스는 눈을 감은 채 함께 걸어갔다. 잠시 후, 요스는 눈을 뜨고 길을 조심스레 내려다볼 수 있었다.

"아, 내 가방. 두고 왔어요. 그게 내가 가진 전부인데." 요스는 갑자기 깔깔 웃다시피 하며 말했고, 몸을 돌리다 다시 현기증이

이는 바람에 하마터면 넘어질 뻔했다.

"가방은 내가 가지고 있어요. 자, 갑시다, 이제 조금만 가면 됩니다." 압버캄은 가방을 팔꿈치 안쪽에 어색하게 걸어 들고 있었다. 다른 팔로는 요스를 안고 요스가 일어나 걷게 돕고 있었다. 둘은 압버캄의 집에, 껌껌한 뗏목집에 도착했다. 집은 주황색과 노란색으로 멋지게 물든 하늘을 마주 보고 있었고, 해가 진 곳에서 분홍색 줄들이 나와 위로 뻗어나가고 있었다. 태양의 머리카락, 요스가 어릴 때 사람들은 이 줄들을 그렇게 부르곤 했다. 둘은 이 광채에서 몸을 돌려 껌껌한 집으로 들어갔다.

"구부?" 요스는 말했다.

구부를 찾는 덴 시간이 꽤 걸렸다. 구부는 소파 아래에 몸을 움츠리고 있었다. 요스는 구부를 끄집어내야 했고, 구부는 요스에게 오려 하지 않았다. 털이 온통 먼지투성이였고, 요스가 쓰다듬을 때마다 손에 먼지가 묻어나왔다. 입에는 거품이 조금 보였고, 몸을 떨었으며, 조용히 요스에게 안겨 있었다. 요스는 얼룩무늬가 있는 은빛 등과 옆구리, 그리고 비단처럼 매끄러운 하얀 배 털을 쓰다듬고 또 쓰다듬었다. 구부는 마침내 눈을 감았다. 하지만 요스가 살짝 움직이자, 바로 풀쩍 뛰어올라 소파 밑으로 다시 도망쳤다.

요스가 쭈그려 앉아 말했다. "미안해, 미안해, 구부, 미안해."

요스가 말하는 걸 들으며 대장은 방으로 돌아왔다. 압버캄은 그동안 개수대에 있었다. 압버캄은 젖은 두 손을 몸 앞으로 내밀었고, 요스는 압버캄이 왜 손을 닦지 않는지 의아해했다. "녀석

배신 59

은 괜찮습니까?" 압버캄이 말했다.

"시간이 좀 걸릴 거예요." 요스가 대답했다. "불 때문에요. 그리고 낯선 집에 와 있고요. 애네는…… 고양이들은 영역 동물이에요. 낯선 곳을 좋아 안 해요."

요스는 생각도 말도 정리가 되질 않았고, 말이 띄엄띄엄 조각나서 나왔다.

"그럼 저게 고양이란 말입니까?"

"얼룩 고양이죠, 네."

"저런 애완동물들은, 저런 것들은 보스들의 것이었습니다. 보스들의 집에 살았습니다." 압버캄은 말했다. "우린 한 번도 저런 것을 가져본 적이 없었지요."

요스는 상대가 자신을 비난한다고 느꼈다. "녀석들은 보스들과 함께 웨렐에서 왔어요." 요스가 말했다. "네. 그리고 우리도 거기서 왔죠." 날카로운 말들을 뱉은 뒤, 요스는 어쩌면 압버캄의 말이 그것을 몰라본 데 대한 사과인지도 모르겠다는 생각이 들었다.

압버캄은 여전히 그대로 서서 두 손을 뻣뻣하게 내밀고 있었다. "미안합니다." 압버캄이 말했다. "아무래도 붕대가 좀 필요할 듯합니다."

요스는 압버캄의 두 손에 느릿느릿 시선을 집중했다.

"화상을 입었군요." 요스가 말했다.

"많이는 아닙니다. 언제 다쳤는진 모르겠습니다."

"좀 보여줘봐요." 압버캄은 가까이 다가와 손바닥이 위로 가게 커다란 두 손을 뒤집었다. 한 손에는 푸른빛 도는 손가락들 안쪽 피부를 가로지르며 심각해 보이는 빨간 물집이 길게 잡혀 있었고, 다른 손에는 엄지손가락 아래쪽에 피부가 벗겨져 피가 나는 상처가 하나 있었다.

"손을 씻으면서야 다친 걸 알았습니다." 압버캄이 말했다. "아프지 않았으니까."

"머리도 보여줘요." 요스는 머리를 다쳤단 말을 떠올리며 말했다. 압버캄이 무릎을 꿇고, 헝클어지고 텁수룩한, 검댕이 묻은 머리를 내밀자, 정수리를 정통으로 가로지르는 검고 붉은 화상이 보였다. "이런, 맙소사." 요스가 말했다.

압버캄의 헝클어진 회색 머리 아래로 커다란 코와 눈이 지척에서 요스를 걱정스럽게 올려다보고 있었다. "지붕이 내 위로 떨어진 건 압니다." 압버캄이 말했고, 요스는 깔깔대며 웃기 시작했다.

"당신 위로 떨어져 상처를 입히려면 지붕 정도론 어림도 없어요!" 요스가 말했다. "뭐라도, 뭐든 깨끗한 천 있나요? 개수대 찬장에 깨끗한 행주를 좀 놔두긴 했는데. 소독약은요?"

요스는 말하며 머리의 상처를 깨끗이 닦았다. "내가 화상에 대해 아는 거라곤 상처를 깨끗이 유지하면서 아무것도 덮지 말고 마른 상태로 두어야 한다는 게 다예요. 베이오의 병원에 전화해야겠어요. 내가 내일 마을로 가볼게요."

"난 당신이 의사나 간호사쯤 되는 줄 알았는데." 압버캄이 말했다.

"난 학교 행정 관리직에 있었어요!"

"날 돌봐줬잖습니까."

"당신이 걸린 병에 대해 알았으니까요. 화상에 대해선 전혀 몰라요. 마을에 가서 전화할 거예요. 하지만 오늘 밤은 말고요."

"오늘 밤은 말고." 압버캄은 동의했다. 압버캄은 두 손을 쥐었다 폈다 하며 얼굴을 찡그렸다. "나는 우리가 먹을 저녁을 만들려 했습니다. 손에 문제가 있을 거라곤 생각도 못 했으니까요. 언제 다쳤는지 모르겠습니다."

"구부를 구할 때 그랬겠죠." 요스는 사무적인 목소리로 대꾸하고는, 이윽고 울기 시작했다. "뭘 먹으려 했는지 보여줘요. 내가 할게요." 요스는 눈물을 쏟으며 말했다.

"당신 물건들이 없어져 유감입니다." 압버캄이 말했다.

"중요한 건 하나도 없었어요. 옷은 거의 몽땅 다 걸치고 있거든요." 요스는 훌쩍이며 말했다. "아무것도 없었어요. 심지어 음식조차 거의 없었어요. 딱 하나 《아르캄예》만 있었어요. 그리고 그 세계들에 대한 내 책요." 요스는 불길이 책을 읽으면서 책장들이 시꺼메지고 말려가는 장면을 상상했다. "친구가 도시에서 보내준 거예요. 그 친구는 내가 여기 오는 것에, 물만 마시며 입 다물고 사는 척하는 걸 절대 찬성하지 않았죠. 걔가 옳았어요. 난 돌아가야 하고, 여기 오지 말아야 했어요. 난 정말 거짓말쟁이고 바보예요! 나무를 훔쳤어요! 근사하게 불 좀 피워보려고 나무를 훔쳤어요! 그래서 따뜻하게 지내며 즐거워지려고요! 결국 내가 집에 불을 낸 거고, 모든 게 사라져버렸어요. 내가 망쳤어요. 케비의 집, 불쌍한 내 새끼 고양이, 당신 손, 다 내 잘못이에요. 난 나무로 불을 피우면 불똥이 튄다는 걸 깜박했어요. 굴뚝이 토탄용이란 것도 깜박했어요. 난 뭐든지 깜박하고, 내 마음이 날 배신하고, 내 기억이 거짓말을 해요, 난 거짓말을 해요. 난 주님께 의지할 수 없을 때, 세상을 놓아버릴 수 없을 때 주님에게 의지하는 척하며 주님의 이름을 더럽혀요. 그래서 내가 불을 내는 거예요! 그래서 칼이 당신 두 손을 베는 거예요." 요스는 압버캄의 두 손을 잡고 그 위로 머리를 숙였다. "눈물엔 소독력이 있어요." 요스가 말했다. "아, 미안해요, 미안해요!"

압버캄의 크고 화상 입은 두 손은 요스에게 쥐여 있었다. 압버캄은 앞으로 몸을 숙이고 요스의 머리털에 키스하며 입술과 뺨으로 머리털을 어루만졌다. "내가 당신에게 《아르캄예》를 말해드리겠습니다." 압버캄이 말했다. "지금은 가만히 있으십시오. 우린 뭔가 먹어야 합니다. 당신은 많이 추운 상태입니다. 좀 충격을 받은 것도 같고. 그러니 거기 앉아 있어요. 냄비를 불에 올리는 정도는 어떻게든 할 수 있습니다."

요스는 순순히 압버캄의 말에 따랐다. 압버캄이 옳았다, 요스는 굉장히 추웠다. 요스는 몸을 움츠리며 불 쪽으로 다가갔다. "구부?" 요스가 속삭였다. "구부, 괜찮아. 이리 와, 이리 와, 아가야."

하지만 소파 밑에선 미동도 없었다.

압버캄은 요스 옆에 서서 뭔가 내밀었다. 잔이었다. 와인, 레드 와인이었다.

"와인이 있어요?" 요스는 놀라며 말했다.

"대체로 난 물을 마시고 조용히 있습니다." 압버캄이 말했다. "가끔은 와인을 마시고 말을 하고요. 드십시오."

요스는 조심스레 잔을 받았다. "난 충격받지 않았어요." 요스가 말했다.

"도시 여자가 뭐엔들 놀라겠습니까." 압버캄은 진지하게 말했다. "이제 나 대신 이 병을 좀 열어주면 좋겠습니다."

"와인병은 어떻게 열었죠?" 요스는 생선 스튜가 담긴 병의 뚜껑을 돌려 열며 물었다.

"이미 열려 있었습니다." 압버캄은 깊은 저음의 목소리로 침착하게 말했다.

둘은 벽난로를 마주 보고 앉았고, 벽난로에 걸린 냄비에서 각자 알아서 음식을 꺼내 먹었다. 요스는 소파 밑에서도 보이도록 생선 조각들을 낮게 내려 들고 구부에게 속삭였지만, 구부는 나오려 하지 않았다.

"배가 많이 고파지면 나올 거예요." 요스가 말했다. 요스는 목소리가 눈물에 젖어 떨리는 데 질렸고, 목이 잠기는 것과 수치심에도 진력이 났다. "음식을 나눠줘서 고마워요. 기분이 훨씬 좋아졌어요."

요스는 일어나 냄비와 숟가락을 씻었다. 압버캄에겐 손을 적시면 안 된다고 이미 말해두었기에, 압버캄은 돕겠다고 나서지 않고 불가에 가만히 앉아 있었다. 마치 거대한 검은색 돌덩어리 같았다.

"난 위층으로 올라갈게요." 설거지가 끝나자 요스가 말했다. "어쩌면 구부를 잡아 위층에 데려갈 수 있을지도 모르고요. 담요 한두 장만 빌려주세요."

압버캄은 고개를 끄덕였다. "담요는 위층에 있습니다. 불을 지펴두었습니다." 압버캄이 말했다. 요스는 압버캄의 말을 알아듣지 못했다. 요스는 무릎을 꿇고 소파 아래를 살피고 있었다. 요스는 이런 자세를 취하면서 자신이 기괴해 보일 걸 알았다. 늙은 여자가 숄 여러 장으로 몸을 칭칭 감싼 채 엉덩이를 치켜들고 가구 밑에다 "구부, 구부!" 하고 속삭이고 있으니 말이다. 하지만 곧 살짝 휘젓는 소리가 나더니 구부가 곧장 요스의 손안으로 달려들었다. 구부는 요스의 어깨에 달라붙으며 요스의 귀 아래에 코를 묻었다. 요스는 무릎을 꿇은 채 일어나 앉아 얼굴을 환하게 빛내며 압버캄을 보았다. "구부가 왔어요!" 요스가 말하며 힘겹게 일어났다. "잘 자요."

"잘 자요, 요스." 압버캄이 인사했다. 요스는 감히 기름 램프를 들고 가려 하지 못하고, 양손으로 구부를 꼭 안은 채 어둠 속을 더듬어 계단을 올라갔다. 이윽고 서쪽 방에 도착해 문을 닫았다. 요스는 서서 가만히 바라보았다. 압버캄이 벽난로를 막았던 것을 치우고 그 안에 미리 토탄을 넣어두었다가 오늘 저녁 언젠가 불을 피워놓았다. 밤이 되어 시꺼메진 길고 낮은 창문들에서 불그스름한 불빛이 깜박거렸고, 달콤한 향이 났다. 안 쓰는 다른 방에 있던 침대가 이제 이 방에 있었고, 이미 정돈되어 매트리스와 담요와 하얀색 새 모직 러그까지 깔려 있었다. 손잡이

달린 항아리와 대야가 굴뚝 옆 선반에 있었다. 요스가 앉아 있곤 했던 오래된 러그는 발로 밟아 싹싹 빤 뒤 다 해졌지만 깨끗한 상태로 벽난롯가에 놓여 있었다.

구부가 요스의 두 팔을 밀었다. 요스는 구부를 내려놓았고, 구부는 곧장 침대 아래로 달려 들어갔다. 침대 아래에서 구부는 안심할 것이었다. 요스는 항아리를 기울여 대야에 물을 조금 따른 다음, 혹시 목이 마르면 마시라고 구부를 위해 벽난롯가에 놓아두었다. 구부가 대소변이 마려울 땐 재를 쓰면 됐다. 우리에게 필요한 모든 게 여기 있다고 요스는 생각했고, 어둑한 방에 다소 당혹감을 느끼며 창문에 반사되는 부드러운 불빛을 계속 바라보았다.

요스는 밖으로 나가 문을 닫고 아래층으로 내려갔다. 압버캄은 불가에 가만히 앉아 있었다. 압버캄의 두 눈이 재빨리 요스를 보았다. 요스는 뭐라 할 말을 찾지 못했다.

"당신이 그 방을 좋아하길래." 압버캄이 말했다.

요스는 고개를 끄덕였다.

"어쩌면 그 방이 연인들의 방이었을지도 모른다고 했잖습니까. 난 그 방이 어쩌면 연인들의 방이 될 수도 있겠다고 생각했습니다."

한참 뒤 요스가 말했다. "어쩌면요."

"오늘 밤은 말고." 압버캄이 말했고, 목소리가 낮게 울렸다. 웃음소리임을 요스는 깨달았다. 요스는 압버캄이 미소 짓는 걸 전에 본 적이 있었는데, 이제는 웃는 소리를 들었다.

"네. 오늘 밤은 말고요." 요스는 뻣뻣하게 말했다.

"난 양손이 필요합니다." 압버캄이 말했다. "난 모든 게 필요합니다, 그걸 위해, 당신을 위해."

요스는 아무 말 없이 압버캄을 지켜보았다.

"앉으십시오, 요스, 제발." 압버캄이 말했다. 요스는 압버캄을 마주 보며 벽난롯가에 앉았다.

"아프면서 이런 생각들을 했습니다." 압버캄이 말했다. 압버캄의 말투엔 언제나 연설하는 듯한 분위기가 있었다. "난 내 대의를 배신했고, 거짓말을 했고, 대의의 이름을 빌려 도둑질을 했습니다. 내가 대의에 대한 믿음을 잃었단 사실을 인정할 수 없었기 때문입니다. 난 외계인들을 두려워했습니다. 그자들의 신이 두려웠기 때문입니다. 신들이 그렇게 많다니! 난 그 신들 때문에 나의 주께서 작아지실까 두려워했습니다. 나의 주께서 작아질 거라고!" 압버캄은 잠시 조용히 있었고, 숨을 들이쉬었다. 요스는 압버캄의 가슴에서 나는 낮고 거친 소리를 들을 수 있었다. "난 내 아들의 어머니를 여러 번 배신했습니다, 여러 번이나. 그 여자를, 다른 여자들을, 나 자신을 배신했습니다. 난 그 하나 숭고한 것을 꽉 붙들고 지키지 못했습니다." 압버캄은 양손을 펴고 얼굴을 살짝 찡그리면서 화상 입은 곳들을 바라보았다. "내 생각에 당신은 지켜냈습니다." 압버캄이 덧붙였다.

잠시 후 요스가 말했다. "난 사프난의 아버지와 몇 년만 같이 살았어요. 내겐 다른 남자들이 있었거든요. 이제 와서 그게 뭐가 중요하겠어요?"

"내가 말한 건 그런 게 아닙니다." 압버캄이 말했다. "내 말은, 당신은 당신의 사람들, 당신의 아이, 당신 자신을 배신하지 않았다는 겁니다. 맞습니다, 모든 게 지나갔지요. 당신은 이제 와서 뭐가 중요하겠느냐고, 아무것도 중요하지 않다고 말합니다. 하지만 당신은 지금 이 순간에도 내게 이런 기회를 주고 있습니다. 이런 아름다운 기회를, 내게, 당신을 잡을 기회를, 당신을 꽉 잡을 기회를 주고 있는 겁니다."

요스는 아무 말도 하지 않았다.

"난 수치스러운 상태로 여기에 왔습니다." 압버캄이 말했다. "그리고 당신은 날 존중해주었습니다."

"안 될 거 없잖아요? 내가 뭐라고 당신을 비난하나요?"

"'형, 난 너야.'"

요스는 겁을 내며 압버캄을 보았고, 한번 흘끗 본 뒤 불을 들여다보았다. 토탄은 낮고 따뜻하게 타면서, 소용돌이치는 희미한 연기 한 줄을 뿜어냈다. 요스는 그 온기에 대해, 압버캄의 거무스름한 몸에 대해 생각했다.

"우리 사이에 과연 평화가 있을까요?" 요스가 마침내 말했다.

"평화가 필요합니까?"

잠시 후, 요스는 살짝 미소를 지었다.

"최선을 다하겠습니다." 압버캄이 말했다. "한동안은 이 집에서 지내십시오."

요스는 고개를 끄덕였다.

용서의 날

FOUR
WAYS TO
FORGIVENESS

솔리는 우주의 아이, 즉 모빌의 아이였고, 이 우주선 저 우주선, 이 세계 저 세계에서 살았다. 솔리는 열 살 때 이미 500광년을 여행했다. 스물다섯 살 때는 알테라에서 혁명을 겪고, 테라에서 아이지를 배웠으며, 로캐넌에선 어느 나이 든 힐퍼에게서 심추론법을 배웠고, 헤인의 학교를 손쉽게 거친 뒤, 흉악한 곳이자 죽어가는 행성인 케아크에서는 옵저버로서의 임무를 무사히 수행하고 살아남았으며, 그 과정에서 거의 광속에 가까운 속도로 또다시 500년을 건너뛰었다. 솔리는 나이는 어려도 이미 안 가본 데가 없었다.

솔리는 자신에게 이걸 조심해라, 저걸 기억해라 잔소리하는 보에 데이오 대사관 사람들에게 질려 있었다. 이제 솔리 자신이 모빌이었기 때문이다. 웨렐엔 특유의 독특한 부분들이 있었다.

하지만 안 그런 세계가 어디 있나? 솔리는 필요한 정보도 이미 다 학습한 상태여서, 언제 무릎을 굽혀 인사해야 하고 언제 트림을 하면 안 되는지, 또 그 반대의 경우들도 다 알았다. 솔리는 이 작고 멋진 대륙의, 이 작고 멋진 도시에 마침내 혼자 있게 되어 무척 마음이 놓였다. 솔리는 처음이자 유일하게 에큐멘에서 신성한 왕국 가타이로 보낸 특사였다.

솔리는 이 높은 곳에서 며칠째 기분이 좋았다. 작고 찬란한 태양이 시끌시끌한 거리들에 수직으로 빛을 쏟아부었고, 산봉우리들은 모든 건물 뒤쪽에 믿기지 않을 정도로 높이 치솟아 있으며, 암청색 하늘에선 가까이 있는 거대한 별들이 하루 종일 타올랐고, 밤은 빈둥거리는 예닐곱 개의 달 조각 아래에서 눈부시게 빛났으며, 키가 크고 피부가 검은 사람들은 눈도 검고 머리가 좁으며 손발이 길고 가늘었다. 멋진 사람들, 그녀의 사람들이었다! 솔리는 이들 모두를 사랑했다. 이들을 좀 과하게 많이 보았음에도 말이다.

솔리가 마지막으로 오롯이 자기만의 시간을 가진 때는, 가타이가 솔리를 보에 데이오에서 바다 건너로 데려올 때 에어스키머의 객실에서 보낸 몇 시간이 다였다. 왕과 의회는 성직자들과 공무원들로 이루어진 대표단을 착륙장으로 보내 솔리를 마중했고, 진홍색과 갈색, 청록색으로 화려하게 차려입은 대표단은 솔리를 잽싸게 궁전으로 데려갔다. 당연히 궁전에선 몇 시간이 지나도록 무릎 굽혀 하는 인사가 난무했고 트림은 전혀 없었다. 솔리는 작고 쪼그라든 늙은 왕에게 소개되고, 거물들과 후지와츠 영주에게 소개되었으며, 연설들이 있고 연회가 벌어졌다. 모든 게 완벽하게 예상한 그대로였고, 아무 문제도 없었으며, 연회장에서 솔리의 접시에 놓인 어찌해야 할지 알 수 없을 정도로 거대한 꽃튀김조차도 문제없이 처리했다. 하지만 솔리에게는 착륙장에 도착한 바로 그 순간부터, 그 뒤로 매 순간, 조심스럽게 뒤나 옆, 혹은 아주 가까이에 늘 두 남자가 붙어 있었다. 솔리의 안내인과 경호원이었다.

안내인은 이름이 산 우바트타트로, 가타이에서 솔리를 초청한 이들이 준비해준 자였다. 물론 안내인은 솔리에 대해 정부에 보고했지만, 그럼에도 끊임없이 솔리의 앞길을 순탄하게 터주고, 솔리에게 어떤 행동이 기대되고 어떤 행동이 실수가 되는지를 살짝 힌트로 알려주는 무척이나 자상한 스파이였고, 솔리가 필요로 할 때마다 즉각 통역할 준비가 되어 있는 뛰어난 어학자였다. 산은 괜찮았다. 하지만 경호원은 또 달랐다.

경호원은 이 세계로 에큐멘을 초청한 나라, 그러니까 웨렐의 지배 세력이며 강국인 보에 데이오에서 솔리에게 붙인 자였다. 솔리는 자신에겐 경호원이 필요하지 않고 원하지도 않는다고 즉각 보에 데이오에 있는 대사관에 항의했다. 가타이의 누구도 마중 나오지 말 것이며, 설령 마중 나온다 해도 자기 몸은 자기가 돌보고 싶다고 말했다. 대사관 측에선 한숨지었다. 미안합니다. 대사관 쪽 사람들이 말했다. 당신은 그 남자와 떨어질 수 없어요. 가타이에는 보에 데이오의 군대가 있고, 결국 가타이는 속국이며 보에 데이오에 경제적으로 의존하는 상태입니다. 토착 테러리스트 파벌들에 대항해 가타이의 적법한 정부를 지켜내는 건 보에 데이오의 중요한 이해관계이며, 당신은 그자들의 중요한 이해관계 중 하나로서 보호받는 겁니다. 우린 그 일에 반대할 수가 없습니다.

솔리는 대사관과 논쟁을 벌일 만큼 바보는 아니었지만, 도저히 그냥 체념하고 소령을 따를 수는 없었다. 그자의 군대 계급명은 레이가였지만 솔리는 이걸 자신이 테라에서 본 짧은 희극에 나오는 '소령'이란 고어로 고쳐 불렀다. 솔리가 희극에서 본 소령은 속을 채운 뒤 메달과 기장으로 뒤덮은 제복이었다. 그 제복은 우쭐대고 뽐내고 명령하다가 결국 뻥 터져 안에 채운 속이 조각조각 날아갔다. 이 소령도 제발 뻥 터져주면 좋을 텐데! 이 남자가 꼭 뽐내거나 대놓고 명령해서는 아니었다. 이자는 돌처럼 정중했고, 나무처럼 조용했으며, 사후경직이 일어난 시체처럼 뻣뻣하고 차가웠다. 솔리는 곧 소령에게 말을 걸려는 노력을 완전히 포기했다. 솔리가 뭐라 말해도, 소령은 네, 특사님 혹은 아니요, 특사님이라고만 대답했고, 그 말엔 정말로 귀 기울여 듣지 않고 그럴 생각도 없는 자의 신속하고 어리석은 분위기가 배어 있었다. 직무상 인간성이라고는 찾아볼 수 없는 공무원이었다. 소령은 모든 공적 상황에서 솔리와 함께 있었고, 밤이고 낮이고, 길에서도, 쇼핑할 때도, 실업가들과 공무원들을 만날 때도, 관광할 때도, 궁전에서도, 산 위로 풍선을 타고 올라갈 때도, 침대만 빼고 그 어디라도, 정말 어디에서라도 늘 솔리 곁에 있었다.

침대에서조차 솔리는 종종 원했던 것처럼 완전히 혼자이지 못했다. 안내인과 경호원이 밤에 집으로 돌아가도, 침실의 곁방에서 하녀가 잤던 것이다. 하녀는 전하의 선물이었고, 솔리의 개인적 자산이었다.

솔리는 오래전 노예에 관한 글에서 이 단어를 처음 보고 자신이 잘못 본 건 아닐까 눈을 의심했던 기억이 났다. "웨렐에서 지배 특권 계급의 구성원들은 소유주라 부른다. 봉사 계급의 구성원들은 자산이라 부른다. 오직 소유주들만을 남자 혹은 여자라 일컫는다. 자산들은 사내종, 계집종이라 부른다."

그리고 이곳에서 솔리는 자산의 소유주였다. 왕의 선물은 거절할 수 없다. 솔리가 소유한 자산의 이름은 레웨였다. 레웨는 필경 스파이이기도 할 터였지만, 실제로 보면 그런 생각이 잘 들지 않았다. 레웨는 위엄 있고 아름다운 여자였고, 솔리보다 몇 살 더 많았으며 피부색은 거의 비슷했다. 그러나 솔리가 분홍빛 도는 갈색인 데 비해 레웨는 푸른빛이 도는 갈색이었다. 레웨의 손바닥은 은은한 하늘색이었다. 레웨는 몸놀림이 세련되고, 재치와 기민함을 갖췄으며, 언제 소유주가 자신을 필요로 하고 필요로 하지 않는지 완벽하게 감지했다. 솔리는 물론 레웨를 동등하게 대했고, 어떤 인간에게도 남을 지배할 권리는 없으며 남을 소유할 권리는 더더욱 없다고 생각한다고, 또한 레웨에게도 어떤 명령도 내리지 않을 것이며, 친구가 되면 좋겠다고 처음부터 대놓고 얘기했다. 불행하게도, 레웨는 이 말을 새로운 명령으로 받아들였다. 레웨는 웃음 짓고는 네라고 대답했다. 레웨는 끝없이 순종적이었다. 솔리가 무슨 말을 하고 무슨 행동을 하든, 모든 것이 그런 식으로 수용된 뒤 사라져버렸고, 레웨는 절대 변하지 않았다. 레웨는 언제나 경청하고 정중하고 온순한 물리적 존재로 늘 손이 미치지 않는 곳에 있었다. 레웨는 웃음 지었고, 네라고 대답했고, 손에 닿지 않았다.

그리고 가타이에서 처음 며칠간 있었던 연회 이후로, 솔리는 레웨가 필요하다고, 함께 얘기할 여자로서 레웨가 정말로 필요하다고 생각하기 시작했다. 여자 소유주들을 만날 방법이 전혀 없었다. 여자 소유주들은 자신들의 베자, 여자들의 거처이자 자신들이 부르는 바로는 '집'에 꽁꽁 숨어 살았다. 레웨를 제외한 모든 계집종들은 다른 누군가의 재산이었고, 솔리가 대화를 나눌 수 있는 솔리의 것이 아니었다. 솔리가 만난 사람들은 모두가 남자들이었다. 그리고 내시들이었다.

남자가 자신의 생식력을 약간의 사회적 지위와 기꺼이 바꾼다는 점 또한 믿기 힘든 부분이었다. 그러나 솔리는 호타트 왕의 궁전에서 내내 그런 남자들을 만났다. 자산으로 태어난 이 남자들은 내시가 됨으로써 부분적으로 독립성을 얻었고, 종종 자신들의 소유주들 사이에서 상당한 힘과 신뢰를 지닌 위치에까지 올랐다. 궁전의 집사장인 내시 타얀단은 왕을 다스렸고, 왕은 통치하지 않았지만 의회를 형식적으로 이끌었다. 의회는 온갖 영주들로 이루어져 있었는데 성직자의 일종인 퇄교도들만은 거기에 없었다. 자산들만이 캄예를 섬겼고, 한 세기쯤 전에 이 군주국이 퇄을 섬기게 되면서 가타이의 고유 종교는 억압받았다. 솔리가 웨렐에서 노예제와 성적 지배 외에 정말로 싫어하는 게 하나 있다면, 그건 바로 종교였다. 툴 여신에 대한 노래들은 아름다웠고, 보에 데이오에 있는 툴 여신의 조형상들과 거대한 신전들은 멋졌으며, 《아르캄예》는 아주 길긴 해도 훌륭한 이야기 같았다. 그러나 성직자들의 숨 막히는 독선, 편협함, 우둔함, 모든 잔학한 행위를 신앙의 이름으로 정당화하는 소름 끼치는 교리! 사실, 내가 웨렐에 대해 좋아하는 게 있긴 한가? 솔리는 혼잣말을 했다.

그리고 솔리는 곧장 자답했다. 난 사랑해, 사랑한다고. 이 기묘하고 작고 환한 태양과 모든 달 조각들과 얼음벽처럼 솟아오른 산들과 사람들을 사랑해. 동물 눈처럼 흰자가 없는 그 사람들의 검은 눈, 새까만 유리 같고 검은 물 같은 신비로운 눈. 난 그 사람들을 사랑하고 싶어, 알고 싶어, 소통하고 싶어!

그러나 솔리는 대사관의 멍청이들이 한 가지만큼은 옳았음을 인정하지 않을 수 없었다. 웨렐에서 여자로 산다는 것은 아주 고되었다. 솔리는 어디에도 어울리지 않았다. 솔리는 혼자 돌아다녔고, 공적인 지위가 있었다. 그리고 이건 이율배반적인 말이었다. 품위 있는 여성이라면 집에 머물렀고, 남의 눈에 뜨이지 않았다. 오직 계집종만이 거리를 나다니거나 낯선 사람들을 만나거나 공개적인 일을 했다. 솔리는 자산처럼 행동했지, 소유주같이 행동하지 않았다. 그러나 솔리는 아주 대단한 인물이었고, 에큐멘의 특사였다. 가타이는 에큐멘에 가입하길 너무나 강렬히 원했기 때문에 에큐멘 특사들의 기분을 상하게 하려 하지 않았다. 그래서 솔리가 에큐멘의 일로 대화를 나눈 공무원들과 왕의 신하들, 사업가들은 자신들이 할 수 있는 최선을 다했다. 그 사람들은 솔리를 남자 대하듯 했다.

 이 시늉은 절대로 완벽하지 못했고 종종 한순간에 무너져 내리곤 했다. 불쌍한 늙은 왕은 솔리를 열심히 더듬어댔다. 왠지 솔리가 자꾸만 자신의 침대 하녀 중 하나로 느껴졌기 때문이다. 솔리가 토론 중에 가투요 영주에게 반박하자, 가투요 영주는 신발에게 말대꾸를 듣다니 도저히 믿을 수가 없다는 멍한 눈빛으로 솔리를 응시했다. 가투요 영주는 솔리를 여자로 생각하고 있었던 것이다. 그러나 대체로 이 무성화 정책은 효과를 발휘했고, 솔리는 남자들과 일할 수 있었다. 그리고 솔리는 스스로 게임에 적응하기 시작했다. 적극적으로 레웨의 도움을 받아, 가타이의 남자 소유주들이 입는 것과 닮았으면서 그 사람들에게 명확히 여성적으로 보일 것은 모두 피해 옷을 만들었다. 레웨는 민첩하고 똑똑한 재봉사였다. 화려하고 무겁고 몸에 딱 붙는 바지는 실용적이면서 잘 어울렸고, 자수가 놓인 재킷은 놀랄 만큼 따뜻했다. 솔리는 이 옷들이 맘에 들었다. 그러나 자신을 있는 그대로 받아들이지 못하는 이 남자들 때문에 자신이 무성이 된 것처럼 느꼈다. 솔리는 여자와 얘기할 필요가 있었다.

 솔리는 남자 소유주들을 통해 숨어 지내는 여자 소유주들을 만나보려 애썼다. 그러나 문이 없고 들여다볼 구멍도 없는 공손함의 벽에 부딪칠 뿐이었다. 핑계들도 참으로 기발했다. 날씨가 좀 나아지면 방문하실 수 있도록 반드시 계획을 짜보겠습니다! 특사께서 오셔서 마요요 마님과 제 딸들을 즐겁게 해주신다면 그보다 더한 영광이 없을 것입니다만, 저희 집의 미련한 촌뜨기 여자들이 말할 수 없이 소심하답니다. 분명 이해해주시리라 믿습니다. 아, 그럼요, 그럼요, 안뜰을 구경하셔야지요. 하지만 지금은 안 됩니다, 덩굴들에 꽃이 달리지 않은 지금은요! 덩굴들에 꽃이 활짝 필 때까지 기다리셔야 합니다!

솔리는 말할 상대가 아무도 없었다. 아무도. 그러다 솔리는 마킬인 바티캄을 만났다.

대단한 사건이었다. 보에 데이오에서 순회 공연단이 온 것이다. 가타이의 작은 산악 수도에는 오락이라 할 만한 게 그다지 없었고, 그나마 있는 게 신전 무희들(물론 모두 남자였다), 그리고 웨렐 네트워크에서 드라마로 통하는 지나치게 감상적이고 시시한 이야기들 정도였다. 솔리는 '집'에서의 삶을 흘끗 들여다볼 수 있길 바라며 이 감상적인 산문 몇 가지를 고집스레 보았지만, 등장인물들을 도저히 참아낼 수가 없었다. 걸핏하면 기절하는 미혼 여성들은 사랑 때문에 죽고, 고집 세고 멍청하며 죄다 소령과 닮아 보이는 남자 주인공들은 고결하게 전투에서 죽었으며, 자비로우신 튤은 신이란 표시로서 눈을 살짝 사팔로 뜨고 흰자위를 보이면서, 죽은 자들을 보고 웃으며 구름 사이로 몸을 내밀었다. 솔리는 웨렐 남자들이 절대로 드라마를 보러 네트워크에 들어오지 않는다는 걸 그때 눈치챘다. 이제 솔리는 그 이유를 알았다. 하지만 궁전에서의 환영회들과, 온갖 영주들과 사업가들이 솔리를 위해 베푸는 연회들도 상당히 지루했다. 언제나, 모두 남자였고, 이는 이 연회의 주최자들이 특사가 거기 있는 동안엔 계집종들을 연회에 들이려 하지 않았기 때문이었다. 솔리는 가장 매력적인 남자들과조차도 즐겁게 얘기할 수 없었고, 그 자들이 남자임을 그자들에게 상기시킬 수 없었다. 그랬다간 솔리가 마님처럼 행동하지 않는 여자란 점을 그자들에게 일깨울 뿐이기 때문이다. 마킬 공연단이 올 무렵, 연회는 확실히 따분해져 있었다.

솔리는 믿음직한 에티켓 조언자인 산에게 자신이 공연에 가도 괜찮겠느냐고 물었다. 산은 에헴 하고 에에거리다가 마침내, 평소보다 더 입에 발리고 우아한 태도로, 솔리가 남자처럼 입고 가는 한은 괜찮을 것임을 설득시켰다. "여자들은, 아시다시피, 대중 앞에 나서지 않습니다. 하지만 가끔은 여자들도 연예인들을 너무나 보고 싶을 때가 있답니다. 제 말 아시겠지요? 아마타이 마님은 매년 아마타이 영주의 옷을 입고 아마타이 영주와 함께 가곤 했습니다. 다들 알지만, 누구도 뭐라 하지 않았습니다. 아시겠지요. 당신의 경우, 이렇게 중요한 분의 경우, 괜찮을 겁니다. 누구도 뭐라 하지 않을 겁니다. 아주, 아주 괜찮습니다. 당연히요. 제가 함께 가고, 레이가 함께 갑니다. 친구처럼요, 하? 아시겠지요, 친한 남자 친구 셋이 공연에 가는 겁니다, 하? 하?"

하, 하, 솔리는 고분고분 말했다. 정말 재밌겠네요! 하지만 마킬을 본다는 건 그만한 가치가 있어. 솔리는 생각했다.

마킬들은 절대 네트워크에 올라오지 않았다. 집에서 지내는 어린 소녀들은 마킬의 공연에 절대 노출되어선 안 되는데, 공연

가운데 일부가 꼴사납기 때문이라고 산은 근엄하게 말했다. 마킬은 오직 극장에서만 공연했다. 광대들, 무용가들, 매춘부들, 배우들, 음악가들, 마킬들은 일종의 하위 계급을 형성했고, 개인적으로 소유되지 않는 유일한 자산이었다. 연예 법인은 재능을 지닌 노예 소년을 소년의 소유주에게서 사들이고, 이 소년은 그때부터 연예 법인의 재산이 되며, 법인은 소년의 남은 평생 동안 소년을 훈련하고 돌봤다.

솔리 일행은 예닐곱 거리 떨어진 극장으로 걸어갔다. 솔리는 마킬이 모두 이성의 옷을 입는 복장 도착자란 사실을 깜박하고 있었고, 사실 처음 마킬을 보고도, 키가 크고 날씬한 무희들 한 무리가 선회하고 떼 지어 몰려다니며 하늘 높이 치솟는 거대한 새처럼 정확하고 힘차고 우아하게 무대를 휩쓰는 모습을 보면서도 그 점을 기억하지 못했다. 솔리가 마킬들의 아름다움에 완전히 넋이 나간 채 공연을 지켜보고 있는데, 돌연 음악이 바뀌고 광대들이 들어왔다. 광대들은 밤처럼 까맣고 소유주들처럼 까맸으며, 바닥에 끌리는 몽환적인 치마를 입고, 불룩 나온 멋진 가짜 가슴을 보석으로 장식한 채 작고 매력적인 목소리로 노래했다. "아, 제발 절 겁탈하지 마세요, 친절한 주인님, 안 돼요 안 돼요, 지금은 안 돼요!" 저 사람들은 남자야, 저 사람들은 남자야! 솔리는 그제야 깨달았고, 이미 허탈하게 소리 내어 웃고 있었다. 바티캄이 자신의 가장 인기 있는 연기, 정말로 굉장한 무대 독백을 마칠 무렵, 솔리는 바티캄의 열렬한 팬이 되어 있었다. "저 사람을 만나고 싶어요." 솔리는 막간에 산에게 말했다.

"저 배우, 바티캄을요."

산은 일을 어떻게 추진해야 하고 거기서 어떻게 돈을 좀 끌어 낼 수 있을지 생각 중이란 뜻인 멍한 표정을 지었다. 그러나 소령은 평소처럼 경계 태세에 있었다. 소령은 막대기처럼 뻣뻣한 자세로 거의 고개를 돌리지 않은 채 산을 흘끗 보았다. 산의 표정이 변하기 시작했다.

솔리의 제안이 지나쳤다면, 산은 그렇다고 신호를 보내거나 말했을 터였다. 솜 채운 인형 같은 소령은 그저 솔리를 통제하고 있었고, '자신의' 여자들 중 하나로서 솔리를 계속 묶어두려 하고 있었다. 이제 소령에게 도전할 때가 되었다. 솔리는 소령 쪽으로 몸을 돌리고 소령을 똑바로 바라보았다. "테예이오 레이가." 솔리가 말했다. "당신이 절 감독하라는 명령을 받았다는 건 잘 알아요. 하지만 산이나 제게 명령을 내리려면, 반드시 큰 소리로 말씀하셔야 하고, 정당한 이유를 제시하셔야 해요. 눈을 깜박이거나 변덕을 부리는 정도로 좌지우지되진 않을 거예요."

상당한 침묵이 흘렀다. 정말로 통쾌하고 보람 있는 침묵이었다. 소령의 표정이 바뀌었는지는 알기 힘들었다. 극장 불빛이 침침해서 소령의 청흑색 얼굴이 자세히는 보이지 않았던 것이다. 그러나 소령의 침묵에는 어딘가 얼어붙은 구석이 있어서 솔리가 소령을 얼마간 저지했음을 알 수 있었다. 마침내 소령이 입을 열었다. "전 당신을 보호하란 명령을 받았습니다, 특사님."

"제가 마킬들 때문에 위험에 처해 있나요? 에큐멘의 특사가 웨렐의 위대한 예술가에게 축하의 말을 하는 게 부적절한 행동인가요?"

다시 한 번 얼어붙은 침묵. "아닙니다." 소령이 말했다.

"그럼 공연이 끝난 뒤 제가 바티캄과 얘기하러 무대 뒤로 갈 때 동행해주시길 요청합니다."

뻣뻣한 끄덕임 한 번. 뻣뻣하고 부루퉁하고 패배한 끄덕임이었다. 1점 획득! 솔리는 생각했고, 기분 좋게 등받이에 등을 기대고 앉아 빛의 화가들, 에로틱한 춤들, 그리고 그날 저녁 대미를 장식한, 묘하게 감동적인 소극 따위를 지켜보았다. 드라마는 고전적인 시로 이루어져 이해하기 어려웠지만, 배우들이 어찌나 아름답고 그 목소리가 어찌나 부드러운지 솔리는 자기도 모르게 눈에 이유 모를 눈물이 고였다.

"마킬들은 언제나 《아르캄예》를 쓴다는 게 참으로 유감입니다." 산은 잘난 척 경건한 척하며 못마땅하다는 말투로 말했다. 산은 아주 높은 계급의 소유주는 아니었고, 사실 자산도 전혀 없었다. 하지만 그래도 소유주였고, 고집불통의 퇄교도였으며, 스스로 그 점을 상기하길 좋아했다. "이런 관객들에겐 《퇄의 화신》에 나오는 장면들이 훨씬 적합했을 겁니다."

"당신도 분명 같은 생각이시겠지요, 레이가." 솔리는 자신의 빈정대는 말투를 즐기며 말했다.

"전혀요." 소령은 특유의 단조롭고 공손한 말투로 말했다. 이 단조로운 말투 때문에 처음에 솔리는 소령이 뭐라 말했는지도 깨닫지 못했다. 이윽고 솔리는 부산한 틈새로 나아가 무대 뒤 입장 허가를 받고 다시 배우 대기실까지 가느라 이 사소한 수수께

끼에 대해 잊어버렸다.

솔리가 누군지 깨닫자, 매니저들은 다른 배우들을 모두 내보내고 솔리와 바티캄만 남겨두려 했다(물론 산과 소령은 함께 있었다). 그러나 솔리는 아니, 아니, 아니, 이 훌륭한 예술가들을 방해해선 안 된다고, 바티캄과 잠시만 얘기할 수 있게 해주면 된다고 말했다. 솔리는 벗어 던진 의상들과 반나체의 사람들과 번진 화장, 웃음소리, 어떤 세계의 어떤 무대 뒤에서도 공연이 끝나고 나면 긴장이 풀어지며 생겨나는 소란한 혼잡 속에 서서, 정교하고 고풍스러운 여성 의상을 입은 똑똑하고 진지한 남자와 이야기했다. 둘은 곧바로 죽이 잘 맞았다. "저희 집에 와주실 수 있나요?" 솔리가 물었다. "물론 기꺼이 그러겠습니다." 바티캄이 대답했고, 산이나 소령의 얼굴을 흘끔거리지 않았다. 솔리가 만난 사내종 중에 솔리의 경호원이나 안내인을 흘끔거리며 뭘 말하거나 무슨 행동을 해도 되느냐고 조금이라도 허락을 구하지 않은 건 바티캄이 처음이었다. 솔리는 산과 소령이 충격받지는 않았는지 보려고 둘을 흘끗 살폈다. 산은 공모하는 듯 보였고, 소령은 완고한 표정이었다. "잠시 후에 가겠습니다." 바티캄이 말했다. "옷을 갈아입어야 하니까요."

솔리는 바티캄과 웃음을 주고받은 뒤 그곳을 떠났다. 분위기는 활기를 되찾은 상태였다. 가까이 있는 거대한 별들이 불로 이루어진 포도송이처럼 무리 지어 하늘에 걸려 있었다. 달 하나가 얼어붙은 봉우리들 위를 굴러갔고, 또 하나가 궁전의 소용돌이 장식이 된 작은 뾰족탑들 위에서 한쪽으로 기운 랜턴처럼 흔들렸다. 솔리는 깜깜한 거리를 성큼성큼 걸어가며 지금 입은 남성복이 주는 자유와 온기를 만끽했다. 산은 솔리를 쫓아오느라 종종걸음 쳐야 했고, 다리가 긴 소령은 솔리와 보조를 맞춰 걸었다. 높고 떨리는 목소리가 갑자기 "특사님!" 하고 외쳤고, 솔리는 웃으며 돌아보았다가 소령이 주랑 현관의 어둠 속에 있는 누군가와 잠시 드잡이하는 것을 보고 몸을 획 돌렸다. 소령은 몸을 틀어 빠져나오더니 아무 말 없이 솔리에게 다가와 솔리의 팔을 꽉 잡고 달리기 시작했다. "놔줘요!" 솔리는 몸부림치며 말했다. 솔리는 소령에게 아이지 꺾기를 쓰고 싶지 않았고, 그보다 약한 방법으로는 절대 풀려날 수 없었다.

소령은 골목 안으로 갑자기 몸을 뺐고, 그 때문에 솔리는 끌려가며 하마터면 넘어질 뻔했다. 솔리는 소령과 함께 달렸고, 소령에게 계속 팔을 맡겼다. 둘은 갑자기 솔리의 집이 있는 거리로 들어섰고, 대문에 닿자 안으로, 집으로 들어갔다. 소령은 말 한마디로 문을 열었다. 어떻게 소령이 문을 열었지? "이게 다 뭐죠?" 솔리는 쉽게 팔을 풀어내며 다그쳤고, 소령에게 잡혀 멍든 곳을 손으로 쥐었다.

솔리는 분개하며, 소령의 얼굴에서 마지막으로 깜박이는 들뜬 웃음을 보았다. 숨을 거칠게 몰아쉬며 소령이 물었다. "다쳤습니까?"

"다쳤냐고요? 당신이 절 잡아당긴 곳은, 그래요. 당신이 도대체 무슨 짓을 했는지 알아요?"

"그자를 떼내려 한 겁니다."

"어떤 자요?"

소령은 아무 말도 하지 않았다.

"절 외쳐 부른 자요? 어쩌면 저와 얘기하고 싶었던 건지도 몰라요!"

잠시 후 소령이 말했다. "어쩌면요. 그자는 어둠 속에 있었습니다. 그자가 무장했을 수도 있다고 생각했습니다. 전 밖에 나가 산 우바트타트를 찾아봐야 합니다. 제가 돌아올 때까지 꼭 문을 잠그고 계십시오." 소령은 명령하며 밖으로 나갔다. 솔리가 자기 말대로 하지 않을 거란 생각은 전혀 하지 않는 모양이었다. 솔리는 분개하면서도 소령의 명령에 따랐다. 소령은 솔리가 자기 몸 하나 돌보지 못할 거라 생각하는 걸까? 소령은 자신이 솔리 인생에 간섭할 필요가 있다고, 주위의 노예들을 차내며 솔리를 '보호할' 필요가 있다고 생각하는 걸까? 어쩌면 지금이 바로 아이지의 따끔한 맛을 보여줘야 할 때인지도 몰랐다. 소령은 힘이 세고 재빨랐지만, 진짜 훈련은 받지 못했다. 이런 아마추어적 간섭은 참을 수 없었다. 정말로 참을 수가 없었다. 솔리는 대사관에 다시 한 번 항의해야 했다.

솔리는 소령과, 긴장하고 부끄러운 표정으로 소령 손에 끌려온 산을 안에 들이자마자 소령에게 말했다. "당신은 암호로 제 집 문을 열었어요. 전 당신이 밤낮으로 제 집에 들어올 권리가 있다는 말은 들은 적이 없고요."

소령은 특유의 군인다운 무표정한 얼굴로 돌아갔다. "맞습니다." 소령이 말했다.

"다신 이런 행동을 해선 안 됩니다. 절대로 다시는 절 꽉 잡아서도 안 됩니다. 만약 그렇게 했다간 제가 당신을 다치게 할 거란 점을 분명히 말씀드리겠습니다. 뭔가에 경계심을 느끼면, 그게 뭔지 제게 말하세요. 그럼 제가 적절하다고 여기는 방법으로 대응하겠어요. 이제 가주시겠어요?"

"물론입니다, 특사님." 소령은 대답하고 몸을 돌려 뚜벅뚜벅 걸어 나갔다.

"아, 마님, 아, 특사님." 산이 말했다. "그자는 위험한 인물이었습니다, 극도로 위험한 사람들이에요, 죄송합니다, 면목 없습니다." 그러고는 계속해 지껄여댔다. 솔리는 마침내 산이 누굴 그렇게 생각했는지 말하게 했다. 그자는 가타이의 토착 종교를 믿으며 모든 외국인과 불신자를 내쫓거나 죽이고 싶어 하는 종교적 비국교도, 구교도 중 하나였다. "사내종이었나요?" 솔리는 흥미를 느끼며 물었고, 산은 충격을 받았다. "아, 아뇨, 아니요, 진짜 사람, 남자였습니다. 하지만 극도로 미혹된 자, 광신자, 이교의 광신자였습니다! 칼잡이라고 그자들은 자칭하지요. 하지만 남자였습니다. 마님, 특사님, 확실히 남자였습니다!"

자산이 솔리를 건드릴 수 있었다고 솔리가 생각했을지 모른다는 생각에, 산은 불발로 끝난 암살 시도만큼이나 크게 동요했다. 마치 정말 그런 일이 있었다는 듯이 동요했다.

솔리는 그런 생각을 하다가 문득 의심을 품기 시작했다. 솔리가 소령을 극장에 밀어 넣었으니 소령도 솔리를 '보호'함으로써 솔리를 집에 밀어 넣을 구실을 찾아낸 게 아니었을까 하는 의심이었다. 다시 한 번 그런 짓을 하려 했다간, 눈 깜박할 새에 맞은편 벽에 거꾸로 내동댕이치고 말겠어.

"레웨!" 솔리가 외쳤고, 계집종은 언제나처럼 곧바로 나타났다. "배우 한 명이 여기로 오고 있어요. 간단한 차나 뭐 그런 걸 좀 준비해주겠어요?" 레웨는 웃으며 말했다. "네." 그러고는 사라졌다. 문을 똑똑 두드리는 소리가 났다. 소령이 문을 열었다. 밖에서 보초를 서고 있던 게 분명했다. 그리고 바티캄이 들어왔다.

솔리는 이 마킬이 여전히 여자 옷을 입고 오리라고는 미처 생각지 못했지만, 바티캄은 무대 밖에서도 늘 여자 옷을 입었다. 무대만큼 화려하지는 않았지만 우아한 차림이었다. 연극에서 기절하는 마님들이 입는 것 같은, 섬세하고 흐르는 듯한 천과 검지만 미묘한 색조를 띤 옷이었다. 솔리는 이 마킬, 즉 바티캄의 옷과 자신의 남성복이 굉장히 날카로운 대조를 이룬다고 느꼈다. 바티캄은 소령만큼 잘생기진 않았다. 소령은 입을 열기 전까지는 정말 근사해 보이는 남자였다. 하지만 바티캄에겐 상당한 매력이 있었고, 저절로 눈길이 갔다. 바티캄의 피부는 소유주들이 그토록 우쭐대는 청흑색이 아니라 진회색이 도는 갈색이었다(그러나 검은 피부의 자산도 많이 있음을 솔리는 이미 알아차렸다. 물론, 모든 계집종이 소유주의 성적 하녀이기 때문이었다). 반짝이가 들어간 검은색으로 분장한 바티캄의 얼굴에선 강렬하고 생생한 지성과 공감이 엿보였다. 바티캄은 주위를 둘러보며 솔리에게, 산에게, 문가에 서 있는 소령에게 느리고 사랑스럽게 소리 내어 웃었다. 바티캄은 남자처럼 하하 웃지 않고 여자처럼 따뜻하게 잔물결 치는 듯한 소리를 내며 웃었다. 바티캄은 두 손을 솔리에게 내밀었고, 솔리는 앞으로 나와 바티캄의 손을 잡았다. "와주셔서 감사해요, 바티캄!" 솔리가 말하자 바티캄이 대답했다. "초대해주셔서 감사합니다, 외계의 특사님!"

"산." 솔리는 말했다. "이쯤 되면 눈치껏 해주셔야 하지 않을까 싶은데요?"

산은 오로지 어찌해야 하나에 대한 생각으로 머뭇거렸고, 그래서 솔리가 먼저 말을 꺼냈다. 그럼에도 산은 여전히 좀 망설이다가 억지웃음을 짓고는 말했다. "네, 정말 죄송합니다, 좋은 밤 되십시오, 특사님! 내일은 정오에 광산국에 가시는 것 아시지요?" 산은 뒷걸음질 쳤고, 문가에 기둥처럼 서 있는 소령과 정면으로 충돌했다. 솔리는 인사 없이 그냥 나가라고 명령할 준비를 하고 소령을 보았다. 감히 다시 밀고 들어오다니! 솔리는 소령의 얼굴에 떠 있는 표정을 보았다. 지금만큼은 텅 빈 표정이 깨지고 경멸의 표정이 드러나 있었다. 회의적이고 구역질을 느끼는 경멸이었다. 마치 누가 똥을 먹는 걸 지켜보고 있어야 한다는 듯이.

"나가요." 솔리가 말했다. 솔리는 둘 다에게 등을 돌렸다. "이리 오세요, 바티캄. 제 유일한 사생활은 여기서 이루어진답니다." 솔리는 말하며 마킬을 자신의 침실로 이끌었다.

그 남자는 앞서 조상들이 태어난 곳에서 태어났다. 노에이하 위쪽의 작은 언덕에 있는 오래되고 추운 집이었다. 그의 어머니는 그를 낳을 때 소리를 지르지 않았는데 그건 어머니가 군인의 아내이기 때문이었다. 그리고 이제 어머니는 군인의 어머니였다. 소사에서 임무 중에 죽은 종조부의 이름이 그에게 주어졌다. 그 자는 순수 베이오트 혈통을 이어받은 가난한 가정에서 엄격한 규율 속에 자랐다. 아버지는 휴가를 나올 때면 그에게 군인이 알아야 할 기술들을 가르쳤다. 아버지가 임무 수행 중일 때는 늙은 자산 병장 합바캄이 교육을 떠맡았고, 여름이건 겨울이건 새벽 5시에 예배와 단검 연습, 크로스컨트리 달리기 등으로 하루를 시작했다. 어머니와 할머니는 그에게 남자가 알아야 할 다른 기술들을 가르쳤고, 그는 두 살도 되기 전부터 예의범절을 배우기 시작해, 두 살 생일 이후에는 역사와 시, 말하지 않고 가만히 앉아 있기까지 배웠다.

  아이의 하루는 교육으로 꽉 채워졌고 규율로 둘러싸였다. 그러나 아이의 하루는 길다. 자유의 여지와 시간이 있었고, 농가의 뜰과 탁 트인 언덕들의 자유가 있었다. 애완동물, 여우개, 달리는 개, 얼룩 고양이, 사냥 고양이, 그리고 농장 가축과 큰 말 따위가 벗이 되어주었다. 그 외엔 별 친구가 없었다. 합바캄과 집안의 두 여자를 빼면, 가족의 다른 자산들은 소작인들이었고, 그 소작인들은 자신들의 소유주들과 평생을 살아온 돌투성이 언덕 땅에서 일했다. 소작인의 아이들은 피부색이 밝았고 수줍었으며, 평생 해야 할 일에 벌써부터 익숙해졌고, 자신들의 밭과 언덕 외엔 아무것도 몰랐다. 여름이면 그 아이들은 강의 웅덩이에서 이따금 테예이오와 수영을 했다. 가끔 테예이오는 함께 군인 놀이를 하자며 아이들 중 둘을 소집했다. 테예이오가 "돌격!" 하고 외치며 보이지 않는 적을 향해 돌진하면, 아이들은 어색하고 서툴게 서서 억지웃음을 지었다. "나를 따르라!" 테예이오는 새된 소리로 외쳤고, 그럼 아이들은 무겁게 움직여 테예이오를 따라가며 나뭇가지 총을 아무렇게나 탕탕 쏘아댔다. 테예이오는 대체로 혼자 다니며 충실한 암말 타시를 타거나 사냥 고양이와 나란히 걸어가곤 했다.

1년에 몇 번, 사람들이 이곳을 찾아왔다. 테예이오 아버지의 친척들이나 동료 장교들이 아이들과 식솔들을 데리고 왔다. 테예이오는 말없이 그리고 공손하게 어린 손님들에게 이곳저곳을 구경시켜주고 동물들과 인사시키고 태워주었다. 말없이 그리고 공손하게, 테예이오와 사촌 게마트는 서로를 미워하게 되었다. 열네 살 때 둘은 집 뒤 숲 속 빈터에서 한 시간을 싸웠다. 레슬링 규칙을 꼼꼼히 따르고, 가차 없이 상대를 상처 입혔으며, 점점 더 피투성이가 되고 녹초가 되고 필사적이 되다가 결국 암암리의 합의를 통해 싸움을 중지하고 모두가 저녁 식사를 하러 모여들고 있는 집으로 조용히 돌아왔다. 다들 둘을 보고 아무 말도 하지 않았다. 둘은 서둘러 몸을 씻고 얼른 식탁으로 갔다. 게마트는 식사를 마칠 때까지 계속 코피를 흘렸다. 테예이오는 턱이 하도 욱신거려 입을 벌려 음식을 먹을 수가 없었다. 누구도 그 점에 대해 입을 떼지 않았다.

말없이 그리고 공손하게, 둘 다 열다섯이 되었을 때, 테예이오는 토에바웨 레이가의 딸 엠두와 사랑에 빠졌다. 엠두의 방문이 끝나는 마지막 날, 둘은 암암리에 공모해 도망쳤고 나란히 말을 타고 몇 시간이나 달렸지만, 너무나 수줍어 이야기는 나누지도 못했다. 테예이오는 엠두를 타시에 태워주었다. 둘은 언덕들 사이의 거친 골짜기에서 말에서 내려 물을 마시고 말들을 쉬게 했다. 테예이오와 엠두는 서로 가까이 앉았지만, 바싹 다가앉진 않았다. 옆으로 작은 개울이 조용히 흘렀다. "널 사랑해." 테예이오가 말했다. "널 사랑해." 엠두는 말하며 반짝이는 검은 얼굴을 숙였다. 둘은 서로를 만지거나 보지 않았다. 둘은 다시 말을 타고 기쁨에 찬 채 조용히 언덕을 넘어갔다.

열여섯 살 때, 테예이오는 그 지역의 수도에 있는 사관 학교로 보내졌다. 그곳에서 테예이오는 전쟁술과 평화술을 계속해 배우고 익혔다. 테예이오의 지역은 보에 데이오에서도 가장 시골에 속했다. 보수적인 분위기였고, 테예이오가 받은 훈련은 어떤 면에선 시대에 뒤떨어져 있었다. 테예이오는 물론 현대 전쟁의 기술을 배웠고 1급 포드 조종사이자 원거리 정찰의 전문가가 되어갔지만 다른 학교에서 가르치는 이 기술들에 수반되는 현대적 사고방식은 배우지 못했다. 테예이오는 에큐멘의 역사와 정치가 아닌, 보에 데이오의 시와 역사를 배웠다. 웨렐의 외계인들은 테예이오에겐 계속 요원하고 이론적인 존재로 느껴졌다. 테예이오의 현실은, 군인 외엔 모든 이들과 거리를 두고, 상대가 소유주든 자산이든 적이든 군인이기만 하면 무조건 형제처럼 지내는 베이오트 계급의 낡은 현실이었다. 여자들의 경우, 테예이오는 자신의 권리가 여자들의 것보다 절대적으로 우선한다고 여겼고, 자기 계급의 여자들에겐 그들을 책임져야 한다는 기사도의 절대적 의무감을 느꼈으며, 계집종들에겐 그들을 보호하고 자비롭게 대해야 한다고 느꼈다. 테예이오는 모든 외국인을 기본적으로 적대적이고 신뢰할 수 없는 이교도라 믿었다. 테예이오는 퉐 여신을 존경했지만, 캄예 주님을 섬겼다. 테예이오는 정의를 기대하지 않았고, 보상을 바라지도 않았으며, 그 무엇보다 능력과 용기와 자존심을 소중하게 여겼다. 테예이오는 어떤 면에선 자기가 들어가려는 세계에 전혀 어울리지 않았지만, 다른 면에선 아주 잘 준비되어 있었다. 정의라고는 없고 보상도 없으며 궁극적으론 승리할 거란 환상조차 품을 수 없는 예이오웨이에서 전쟁을 치르며 7년을 보내게 될 것이었기 때문이다.

베이오트 장교들 간의 서열은 세습되었다. 테예이오는 베이오트의 세 가지 서열 중 가장 높은 레이가로서 현역에 들어갔다. 제아무리 어리석거나 우수해도 지위나 봉급이 변하는 일은 절대 없었다. 베이오트에게 세속적 야망은 아무 소용이 없었다. 그러나 명예와 신뢰는 반드시 획득해야 했으며, 테예이오는 이 두 가지를 빠르게 얻어냈다. 테예이오는 군인으로 봉사하는 것을 좋아했고, 그 삶을 사랑했으며, 자신이 이쪽에 재능이 있음을 알았다. 명령을 받으면 영리하게 잘 따랐고, 효과적으로 명령을 내렸다. 테예이오는 가장 강력한 추천장을 받으며 사관 학교를 졸업했고, 수도로 배치받았으며, 호감 가는 젊은이인 동시에 전도유망한 장교로서 주목을 끌었다. 스물네 살 때, 완벽한 몸을 만들었고, 무슨 일이든 원하는 대로 몸을 움직여 해낼 수 있었다. 엄격한 가정교육을 받았기 때문에 뭔가에 빠져 탐닉하는 경향은 거의 없었지만 즐거운 일에는 강렬하게 반응하며 즐겼고, 그래서 수도의 사치품과 여흥에 크게 기뻐했다. 내성적이고 다소 부끄럼을 탔지만, 사귀기 좋은 친구이면서 늘 기운찼다. 이 잘생긴 청년은 자신과 아주 비슷한 청년들 한 무리와 함께, 1년 동안 특권으로 가득 찬 삶을 완전하게 즐기며 산다는 게 어떤 건지 알게 되었다. 강렬하고 환하게 빛나는 이 즐거움은 예이오웨이에서 일어나는 전쟁의 어두운 배후 상황과는 크게 대조되었다. 식민지 행성의 이 노예혁명은 테예이오의 평생 동안 진행되었고, 이제는 점점 더 격렬해지고 있었다. 그런 배경이 없었다면, 테예이오는 이토록 즐거울 수 없었을 것이다. 평생에 걸친 게임과 오락들은 테예이오에겐 전혀 재미가 없었다. 그리고 이윽고 예이오웨이에 조종사 겸 사단장으로 배치 명령을 받자, 테예이오의 행복은 완전함에 무척 가까워졌다.

 테예이오는 30일 휴가를 받아 집으로 갔다. 부모님의 허락을 미리 받고 언덕 너머 토에바웨 레이가의 사유지로 말을 타고 가서 토에바웨의 딸에게 청혼했다. 엄격한 부모가 아니었던 토에바웨와 그 아내는 딸에게 자신들은 테예이오의 청혼에 찬성한다고 말하며, 테예이오와 결혼하고 싶으냐고 물었다. "네." 딸이 대답했다. 다 큰 처녀로서 딸은 집의 여자들 공간에 격리되어 살았지만, 허락하에 테예이오와 만나 좀 떨어진 곳에 보호자를 두고 심지어 함께 산책까지 했다. 테예이오는 3년간 타지 임명을 받았다고 엠두에게 말했다. 그리고 지금 바로 서둘러 결혼하겠는지, 아니면 3년을 기다렸다가 제대로 결혼식을 하겠는지 물었다. "지금 하겠어요." 엠두는 갸름하고 반짝이는 얼굴을 숙이며 말했다. 테예이오는 기쁨의 웃음을 터트렸고, 엠두는 테예이오를 보며 함께 깔깔 웃었다. 둘은 9일 뒤 결혼했다. 더 빨리는 불가능했다. 군인의 결혼이라 해도 어느 정도 소동과 의식이 필요했던 것이다. 그리고 17일 동안 테예이오와 엠두는 사랑을 나누고, 함께 걷고, 사랑을 나누고, 함께 말을 타고, 사랑을 나누고, 서로를 알게 되고, 서로를 사랑하게 되고, 다투고, 화해하고, 사랑을 나누고, 서로를 안고 잠이 들었다. 이윽고 테예이오는 다른 세계로 전쟁을 하러 떠났고, 엠두는 남편 집의 여자들 공간으로 이사했다.

3년으로 예정됐던 임무는, 장교로서 테예이오의 가치가 인정받고 예이오웨이의 전쟁이 산발적인 견제 전투에서 점점 더 필사적인 퇴각으로 바뀌면서 계속해 1년씩 더 연장되었다. 예이오웨이에서 7년째가 되었을 때, 예이오웨이 사령부의 테예이오 레이가에게 특별 휴가가 내려왔다. 아내가 버로트 열병의 합병증으로 죽어가고 있었던 것이다. 그때, 예이오웨이에는 사령부가 전혀 없었다. 군대는 세 방향에서 옛 식민지 수도 쪽으로 퇴각 중이었다. 테예이오의 사단은 아군의 후퇴를 도우려 바다 습지에서 교전을 하고 있었다. 후방 연락선은 이미 무너진 상태였다.

웨렐의 최고 사령부는 조악한 무기를 든 무지한 노예 떼거리가 보에 데이오 군대를 무찌를 수 있다는 생각을 도저히 받아들이지 못했다. 보에 데이오 군대는 훈련되고 단련된 군인들이었고 아주 확실한 통신 네트워크와 스키머들과 포드들을 갖췄으며, 에큐멘 집회 협약에서 허가하는 모든 무기와 장비를 지녔던 것이다. 보에 데이오의 강력한 당파 중 하나는 지금처럼 패배한 게 외계인 규칙들을 이토록 순종적으로 고수한 탓이라고 비난했다. 에큐멘 협약 따윈 엿이나 먹으라지, 빌어먹을 먼지놈들에게 폭탄을 떨어뜨려 그놈들을 원래의 진흙으로 돌려놔. 생화학 폭탄을 써, 어쨌거나 그게 뭐 하러 있는 건데? 우리 사람들을 그 구린내 나는 행성에서 끄집어내고 거길 싹 쓸어버려. 깔끔하게 다시 시작해. 예이오웨이 전쟁에서 이기지 못한다면, 다음 혁명은 바로 여기 웨렐에서, 바로 우리의 도시들, 우리의 고향에서 벌어질 거야! 신경과민이 된 정부는 이런 압력에 꿋꿋이 버텼다. 웨렐은 보호 관찰하에 있었고, 보에 데이오는 이 행성을 에큐멘 위치로 이끌고 싶어 했다. 패배는 최소한으로 평가되었고, 손실은 보충되지 않았다. 스키머, 포드, 무기, 사람들의 빈자리는 채워지지 않았다. 테예오이가 온 지 7년이 다 되어갈 무렵, 정부는 예이오웨이에 있는 군대를 사실상 무용지물 취급했다. 8년째 초반, 에큐멘이 드디어 예이오웨이에 특사들을 보내도 좋다고 허가를 받자, 지원군을 투입했던 보에 데이오와 나머지 나라들은 마침내 군인들을 집으로 데려오기 시작했다.

 테예오이는 그렇게 웨렐로 돌아오고 나서야 아내가 죽은 것을 알게 되었다.

 테예오이는 집으로, 노에이하로 돌아갔다. 테예오이와 아버지는 말없이 포옹하며 서로를 반겼지만, 어머니는 아들을 안으며 흐느껴 울었다. 테예이오는 어머니에게 감내할 수 있는 것 이상의 슬픔을 안겨준 점에 대해 사과하려고 그 앞에 무릎을 꿇었다.

 그날 밤 테예이오는 조용한 집의 차가운 방에 누워 느린 북소리 같은 심장박동에 귀를 기울였다. 테예이오는 슬프지 않았고, 슬퍼하고 있기엔, 평화롭게 있다는 안도감과 집에 와 있다는 달콤함이 너무나 컸다. 그러나 그 고요함은 쓸쓸했고, 그 안 어딘가엔 분노가 있었다. 테예이오는 분노에 익숙하지 않았기에 지금 느끼는 감정이 뭔지 혼란스러웠다. 희미하고 음울한 붉은색 불길이 마음속의 모든 이미지를 물들이는 듯한 가운데 테예이오는 방에 누워 예이오웨이에서의 7년을 돌아보았다. 처음엔 조종사로, 그다음엔 지상전, 그다음엔 긴 후퇴, 죽고 죽이기. 왜 그 사람들은 거기 남겨져 그렇게 사냥당하고 살육되어야 했던 걸까? 왜 정부는 증원 부대를 보내주지 않았을까? 그때도 물을 가치가 없었고, 지금도 그러한 질문들이었다. 답은 오직 하나였다. 우리는 시키는 대로 한다. 그리고 불평하지 않는다. 나는 모든 걸음걸음마다 싸우며 나아갔어. 테예이오는 우쭐함 없이 생각했다. 새로운 지식이 다른 모든 지식을 칼처럼 날카롭게 베어냈다. 그리고 내가 싸우는 동안, 내 아내는 죽어가고 있었어. 거기 예이오웨이에선 모든 게 헛된 짓이었어. 여기 웨렐에서도 모든 게 헛된 짓이었어. 테예이오는 어둠 속에서, 구릉지대의 차갑고 조용하고 달콤한 밤의 어둠 속에서 일어나 앉았다. "캄예 주님이시여." 테예이오는 큰 소리로 말했다. "절 도와주십시오.

제 마음이 절 배신합니다."

 오랜 휴가 동안 테예이오는 종종 어머니와 함께 앉았다. 어머니는 엠두에 대해 얘기하고 싶어 했고, 테예이오는 처음엔 억지로 그 이야기를 들어야 했다. 어머니만 테예이오를 가만 놔둬주면, 7년 전 17일 동안 알았던 여자에 대해 잊는 건 쉬울 터였다. 테예이오는 엠두가 자신에게 주고 싶어 했던 것, 자신의 아내가 어떤 사람이었는지에 대한 지식을 점차 받아들일 줄 알게 되었다. 테예이오의 어머니는 엠두, 즉 어머니가 사랑한 아이이자 친구에게 느꼈던 기쁨을 아들과 최대한 공유하고 싶어 했다. 심지어 이제는 은퇴한, 감정을 억누르는 과묵한 남자인 테예이오의 아버지마저 이런 말을 했다. "그 아인 이 집의 빛이었단다." 부모님은 엠두를 데려와준 것에 대해 아들에게 감사하고 있었다. 부모님은 모든 게 헛된 짓은 아니었다고 말하고 있었다.

 그러나 이제 남아 있는 건 뭔가? 먹어버린 나이, 텅 빈 집. 물론 부모님은 불평하지 않았고, 힘들지만 별일 없이 되풀이되는 일상의 노동에 만족하는 듯했다. 하지만 부모님에게 과거와 미래의 연속성은 깨져버렸다.

 "재혼해야겠어요." 테예이오가 어머니에게 말했다. "어머니가 눈여겨봐두신 사람이 혹시 없나요……?"

 밖에는 비가 오고 있었고, 회색빛이 비에 젖은 창문을 통해 들어왔다. 비가 부드럽게 처마를 때리는 소리가 났다. 어머니는 바느질거리로 몸을 숙였고 그 때문에 얼굴이 잘 보이지 않았다.

 "아니." 어머니가 말했다. "그다지." 어머니는 고개를 들어 아들을 보았고, 잠시 침묵했다가 물었다. "어디로 발령이 날 것 같니?"

"모르겠어요."

"이젠 전쟁이 없지." 어머니는 특유의 부드럽고 차분한 목소리로 말했다.

"네." 테예이오가 대답했다. "전쟁은 없어요."

"앞으로도…… 없을까? 어떻게 생각해?"

테예이오는 일어나 방을 한번 걸어갔다 다시 돌아와 어머니 근처의 쿠션을 댄 단 위에 도로 앉았다. 둘 다 등을 쭉 펴고 앉아 있었고, 어머니가 바느질하느라 살짝씩 움직이는 손을 빼면 꼼짝도 하지 않았다. 테예이오는 두 살 때 배운 대로 두 손을 가볍게 포개고 있었다.

"모르겠어요." 테예이오가 말했다. "이상해요. 마치 전쟁이라곤 없었던 것 같아요. 마치 우리가 예이오웨이에 간 적조차 없었던 것 같아요. 식민지, 반란, 모두 다요. 사람들은 그 일에 대해 말하지 않아요. 그런 일은 벌어지지 않았다, 우린 전쟁에서 싸우지 않는다, 이건 새 시대다, 사람들은 네트에서 자주 그렇게 말해요. 평화의 시대, 우주적 형제애. 그럼 이제 우린 예이오웨이와 형제인가요? 우린 가타이와 밤부르와 40국과 형제인가요? 우린 우리의 자산들과 형제인 거예요? 전 이해가 안 돼요. 그자들이 무슨 소리를 하는 건지 모르겠어요. 제가 어디에 맞는 건지 모르겠어요." 테예이오의 목소리도 조용하고 차분했다.

"여긴 아닌 것 같구나." 어머니가 말했다. "아직은 말이야."

잠시 후 테예이오가 말했다. "제가 생각을 해봤는데…… 아이들이…….."

 "물론이야. 때가 되면." 어머니는 테예이오를 보며 웃었다. "넌 절대로 30분을 가만히 앉아 있질 못했지……. 기다리렴. 기다려보렴."

 당연히 어머니가 옳았다. 그리고 테예이오가 네트와 마을에서 보는 것들이 아직 그의 인내심과 긍지를 시험했다. 이제 군인으로 사는 게 창피하게 여겨질 정도였다. 정부 보고서, 뉴스와 분석은 끊임없이 군대와 특히 베이오트 계급을 구시대 유물이고 비용만 많이 들면서 쓸모가 없다고 치부했으며, 보에 데이오가 에큐멘에 완전히 받아들여지는 데 중요한 장애물이 된다고 간주했다. 테예이오가 부대 임명을 요청하자 정부는 그의 휴가를 무기한 연장하며 봉급을 반으로 깎았고, 이로써 테예이오는 자신의 쓸모없음을 절감했다. 서른두 살의 나이에, 그들은 테예이오가 완전히 시대에 뒤졌다고 말하는 듯했다.

 다시 한 번, 테예이오는 어머니에게 상황을 받아들여야 하겠다고, 정착해서 아내를 찾아보겠다고 말했다. "아버지와 얘기해보렴." 어머니는 말했다. 테예이오는 어머니 말을 따랐다. 아버지는 말했다. "물론 네가 도와준다면 환영이다만, 아직 한동안은 우리끼리도 농장을 잘 꾸려갈 수 있단다. 네 어머니는 네가 수도로, 최고 사령부로 가야 한다고 생각하신다. 네가 거기 있으면 그 사람들도 널 무시할 수 없단다. 결국엔 말이다. 7년간 전투를 치렀잖니. 네 경력이 있잖니."

 테예이오는 이제 그 경력에 어떤 가치가 있는지 알았다. 하지만 여기선 분명 자신이 필요하지 않았고, 끝난 일들을 이리저리 바꾸자고 의견을 내놨다간 필경 아버지 화만 돋울 것이었다. 부모님 말씀이 옳았다. 테예이오는 수도로 가 새로운 평화의 세상에서 자신이 할 수 있는 역할을 스스로 찾아야 했다.

수도에 온 첫 반년은 우울했다. 테예이오는 최고 사령부에도 막사에도 아는 사람이 거의 없었다. 테예이오의 세대는 죽거나 부상당해 현역에서 면제되거나 반 토막 난 봉급을 받으며 고향에 돌아가 있었다. 예이오웨이에 가본 적이 없는 더 젊은 장교들은 테예이오 눈에 차갑고 말없는 무리로 보였고, 늘 돈과 정치 이야기만 했다. 작은 사업가들이라고 테예이오는 속으로 생각했다. 테예이오는 그자들이 자신을 두려워한다는 걸 알고 있었다. 그자들은 테예이오의 경력과 평판을 두려워했다. 테예이오가 원하든 원하지 않든, 테예이오는 그자들에게 웨렐이 싸웠다 진 전쟁과 내전이 있었음을, 자신들의 종족이 같은 종족끼리 싸우고 계급끼리 싸운 전쟁이 있었음을 상기시켰다. 그자들은 그 전쟁을 다른 세계에서 일어난 의미 없는 다툼, 자신들과는 아무 상관도 없는 일 정도로 여기고 싶어 했다.

테예이오는 수도의 거리들을 걸으며 수천 명의 사내종과 계집종이 소유주들의 일로 바쁘게 돌아다니는 것을 지켜보았고, 그자들이 뭘 기다리는 걸까 의아해했다.

"에큐멘은 어떤 민족의 사회적, 문화적, 혹은 경제적 장치와 사건에도 간섭하지 않습니다." 대사단과 정부 대변인은 되풀이해 말했다. "특정한 전쟁용 수단과 장치들을 없애거나 포기한다는 조건에만 따른다면, 어떤 나라나 민족에게도 완전한 구성원 자격을 드립니다." 그런 뒤 끔찍한 무기들의 목록이 뒤따랐고, 대부분은 테예이오에게 단순한 이름에 불과했지만, 일부는 테예이오 모국의 발명품들이었다. 그자들이 생화학 폭탄이라 부르는 것, 그리고 신경학이 그랬다.

   테예이오는 개인적으로 이런 장치들에 대한 에큐멘의 판단에 동의했고, 보에 데이오와 웨렐의 나머지 국가들이 이 금지 조건에 따르고 있음을 증명할 뿐 아니라 원칙을 수락할 때까지 에큐멘이 끈기 있게 기다리는 모습에 감탄했다. 그러나 테예이오는 에큐멘의 생색내는 태도에 가슴속 깊이에서부터 분개했다. 그자들은 위에서 내려다보며 웨렐 특유의 모든 것을 비판했다. 그자들이 계급 구분에 대해 말을 아낄수록, 그자들이 거기에 찬성하지 않는다는 점이 더욱 분명해졌다. "노예제도는 에큐멘 세계에서는 극히 드문 현상이다." 그자들의 책에선 이렇게 말했다. "그리고 이는 에큐멘 정치조직에 완전하게 참여하게 되면 완벽하게 사라진다." 이게 외계 대사단이 정말로 기다리던 것인가?

   "우리 여신님의 이름으로 말하건대!" 젊은 장교 중 한 명이 말했다(젊은 장교 중 많은 이들이 퍌교도들이었고, 사업가들 중에도 많았다). "외계인들은 우리를 받아들이기 전에 먼지놈들을 먼저 받아들일 겁니다!" 장교는 크게 분개하여 침을 튀겨가며 열변을 토했다. 마치 거만한 사내종 군인을 마주하고 얼굴이 벌겋게 상기된 나이 많은 레이가 같았다. "예이오웨이, 미개한 상태로 퇴보해버린, 야만인들과 부족민들의 어처구니없는 행성이 우리보다 먼저라니요!"

"그 사람들은 잘 싸웠습니다." 테예이오는 이렇게 말하면 안 된다는 걸 알면서도 말했다. 그러나 자신이 맞서 싸운 남녀들을 먼지놈들이라 부르는 걸 듣곤 도저히 참을 수가 없었다. 자산들, 반역자들, 적들이라 부르는 건 괜찮았다.

젊은 장교는 테예이오를 응시하더니, 잠시 후 말을 꺼냈다. "제 생각에 당신은 그자들을 사랑하는 것 같군요, 에? 그 먼지놈들을요."

"전 제 힘이 닿는 한 최대한 많은 이들을 죽였습니다." 테예이오는 정중하게 대꾸했고, 곧 화제를 돌렸다. 이 젊은이는 비록 명목상으론 최고 사령부에서 테예이오의 상관이었지만, 베이오트에서 가장 낮은 신분인 오가였고, 더 이상 테예이오에게 타박을 했다간 본데없는 놈이 될 터였다.

그자들은 부루퉁했고, 테예이오는 성말랐다. 저 옛날의 활기차고 사이 좋은 동료 의식은 희미하고 거짓말 같은 기억이 되어버렸다. 최고 사령부의 높은 관료들은 다시 현역에 넣어달라는 테예이오의 요구를 들었음에도, 테예이오를 계속해 다른 부서로 돌렸다. 테예이오는 막사에서 살 수 없었고, 민간인처럼 아파트를 찾아야 했다. 테예이오의 반쪽 봉급으로는 이 도시의 값비싼 오락을 즐길 수 없었다. 이런저런 공무원을 만날 약속 날짜를 기다리면서 테예이오는 사관 학교의 도서관 네트에서 하루하루를 보냈다. 테예이오는 자신이 받은 교육이 불완전했고 시대에 뒤처졌음을 알게 되었다. 자신의 나라가 에큐멘에 들어갈 거라면, 테예이오는 유용한 사람이 되기 위해 외계인식의 사고방식과 신기술들을 반드시 알아야 했다. 뭘 알아야 하는지 알 수가 없어서 테예이오는 네트워크 속을 허우적거렸고, 접근 가능한 정보가 무한히 많음에 당황했으며, 자신이 전혀 지적으로 뛰어나지 않고 학자도 아니며 절대 외계의 사고방식을 이해할 수 없을 거란 점을 점점 더 절감했지만, 끈질기게 자신의 역량 이상의 것들을 파고들었다.

대사관의 한 남자가 공공 네트에 에큐멘 역사 기초 강좌를 올려놓았다. 테예이오는 이 강좌를 수강했고, 여덟인가 열 강좌와 토론 수업까지 모두 정자세로 꼼짝 않은 채 보았다. 오로지 손만 살짝 움직이며 꼼꼼히 그리고 질서 정연하게 필기했다. 자신의 엄청나게 긴 헤인 이름을 '옛음악'이라 번역한 헤인인 강사는 테예이오를 주시했고, 그를 토론에 끌어들이려 애썼으며, 결국 수업이 끝난 뒤 좀 남아달라고 부탁했다. "전 정말 당신을 만나고 싶습니다, 레이가." 다른 사람들이 모두 사라진 뒤 강사는 말했다.

그 둘은 어느 카페에서 만났다. 둘은 다시 만났다. 테예이오는 이 외계인의 태도가 맘에 들지 않았고, 너무 감정 과잉이라 느꼈다. 테예이오는 자신의 빠르고 영민한 정신을 믿지 않았다. 테예이오는 옛음악이 자신을 이용한다고, 자신을 베이오트, 군인, 그리고 필시 미개인의 표본으로서 연구한다고 느꼈다. 스스로의 우월함을 확신하는 이 외계인은 테예이오의 냉랭함에 신경 쓰지 않았고, 테예이오의 불신을 무시했으며, 테예이오를 돕겠다고, 정보를 주고 안내를 해주겠다고 고집을 부리면서, 테예이오가 대답을 피한 질문들을 뻔뻔하게도 자꾸만 되풀이해 물었다. 가령 이런 질문이었다. "어째서 봉급을 반만 받으면서도 여기에 계속 할 일 없이 남아 있는 거죠?"

"그건 제가 선택한 게 아닙니다, 옛음악 씨." 테예이오는 세 번째로 같은 질문을 받고는 마침내 대답했다. 테예이오는 이 남자의 몰염치함에 무척 화가 났고, 그래서 특별히 부드럽게 말했다. 테예이오는 겁에 질린 말처럼 흰자가 보이고 눈동자에 푸른빛이 도는 옛음악의 눈을 계속 피하고 있었다. 테예이오는 외계인들의 눈에 도무지 익숙해질 수가 없었다.

"그 사람들은 당신을 현역에 다시 투입하지 않을 테지요?"

테예이오는 정중하게 동의했다. 아무리 외계인이라 해도 이 남자는 자신의 질문들이 상대에게 지나친 굴욕감을 안긴다는 사실을 정말로 모르는 걸까?

"대사관 경호대에서 일할 생각은 없으신가요?"

이 질문에 테예이오는 잠시 할 말을 잃었다. 이윽고 테예이오는 질문에 질문으로 답하는 극단적 무례를 범했다. "그런 건 왜 물으십니까?"

"전 당신 같은 능력을 지닌 사람이 그 경호부대에 꼭 있었으면 합니다." 옛음악이 말했고, 특유의 지독한 솔직함을 발휘하며 덧붙였다. "그자들 가운데 대부분은 스파이거나 멍텅구리들입니다. 그 어느 쪽도 아니란 걸 제가 아는 사람을 거기 둘 수 있다면 참으로 좋겠습니다. 단순한 보초 임무가 아닙니다. 당신네 정부는 아마도 정보를 달라고 당신에게 부탁할 겁니다. 예상하는 바입니다. 그리고 우린 당신을, 예전에 해보셨듯, 연락관으로 이용할 겁니다. 앞으로도 하실 의향이 있으시다면요. 여기서 혹은 다른 나라들에서요. 하지만 우린 정보를 달라고 당신에게 부탁하지는 않을 겁니다. 제 말 이해하시겠나요, 테예이오? 전 제가 당신에게 해달라고 부탁하려는 것과 부탁하지 않을 것에 대해, 우리 사이에 어떤 오해도 없었으면 합니다."

"정말로 그렇게 하실 수 있겠습니까……?" 테예이오는 조심스레 물었다.

옛음악이 껄껄 웃고는 답했다. "네. 전 당신네 최고 사령부에 배후 조종을 할 수 있는 연줄이 있습니다. 제게 빚을 진 자가 있지요. 생각해보시겠습니까?"

테예이오는 잠시 침묵했다. 테예이오는 수도에 온 지 벌써 1년이 다 되어갔고, 부대에 임명해달란 요청엔 관료주의적 회피만이 돌아왔으며, 최근엔 이런 요청이 반항적이란 눈치까지 받았다. "그래도 된다면, 지금 바로 받아들이겠습니다." 테예이오는 차갑게 복종하며 말했다.

얼굴에서 미소가 사라지며 헤인인은 생각에 잠긴 눈길로 테예이오를 물끄러미 응시했다. "고맙습니다." 헤인인이 말했다. "며칠 안에 최고 사령부에서 연락이 갈 겁니다."

그리하여 테예이오는 다시 제복을 입고 도시 막사로 돌아가 외계인 땅에서 7년을 복무했다. 에큐멘 대사관은 외교 조약에 따라 웨렐이 아니라 에큐멘의 일부였다. 행성의 일부가 더는 그 행성에 속하지 않는 것이었다. 보에 데이오에 의해 제공된 경호대는 보호 역할을 하면서 장식적이기도 해서, 하얀색과 금색의 정장 제복을 입은 그들은 대사관 땅에서 아주 눈에 띄는 존재였다. 또한 겉으로 드러나도록 무장을 했는데, 외계인들이 행성에 있는 것에 반대하는 항의가 아직도 폭력의 형태로 가끔 분출되었기 때문이다.

테예이오 레이가는 처음엔 이 경호대의 지휘 임무를 맡았지만 곧 다른 임무로 전임되었다. 대사관 직원이 도시를 돌아다니거나 여행을 갈 때 동행하는 임무였다. 테예이오는 평상복 같은 제복을 입고 경호원으로 일했다. 대사관은 자신들의 사람과 무기를 쓰지 않는 쪽을 훨씬 선호했고, 보에 데이오에 자신들을 보호해달라고 요청하고 신뢰했다. 종종 테예이오는 안내인 겸 통역 역할도 요청받았고, 때로는 길동무가 되기도 했다. 테예이오는 우주 어딘가에서 온 방문객들이 자신과 친해지고 싶어 하며 서로 믿는 사이가 되길 바라고 자신에 대해 묻고 같이 술 한잔 하러 오라고 부르는 게 싫었다. 테예이오는 싫은 마음을 철저히 감추고 완벽하게 정중한 태도로 그런 제안들을 거절했다. 테예이오는 자신의 일을 했고, 거리를 지켰다. 테예이오는 대사관이 바로 이 점 때문에 자신을 높이 친다는 사실을 알았다. 테예이오는 자신에 대한 그자들의 신뢰에 차가운 만족감을 느꼈다.

테예이오의 정부는 한 번도 테예이오에게 정보를 달라고 접근한 적이 없었지만, 테예이오는 정부의 관심을 끌 만한 것들을 확실히 알아두었다. 보에 데이오의 첩보기관은 베이오트들 중에서 요원을 뽑지 않았다. 테예이오는 대사관 경호원들 중 누가 요원인지 알았다. 일부는 테예이오에게서 정보를 얻으려 애썼지만, 테예이오는 스파이를 위해 스파이짓을 할 마음은 없었다.

이제 대사관 첩보 시스템의 수장이라 짐작되는 옛음악은 겨울 휴가를 보내러 집에 간 테예이오에게 연락해 돌아오라고 했다. 이 헤인인은 테예이오에게 감정적 요구를 하지 말아야 한다는 것을 알게 되었지만, 그래도 애정이 뚝뚝 묻어나는 목소리로 테예이오에게 인사했다. "안녕하쇼, 레이가! 가족은 모두 잘 있겠지요? 좋군요. 특히 까다로운 일을 좀 맡아줘야겠어요. 가타이 왕국 일이에요. 2년 전 케메한과 거기 간 적이 있죠? 흠, 이제 그 사람들이 우리더러 특사를 보내달라는군요. 그 사람들 말로는 자기들도 가입하고 싶답니다. 물론 그 나이 든 왕은 당신네 정부의 꼭두각시예요. 하지만 거기서도 많은 일들이 벌어지고 있어요. 강한 종교적 분리주의 운동이에요. 애국주의자들의 대의죠. 모든 외국인을 몰아내자, 보에 데이오인들과 외계인들을 똑같이 몰아내자. 하지만 왕과 의회는 특사를 요청했고, 보낼 만한 특사는 새로 도착한 사람 하나가 전부예요. 그 여자가 요령을 배울 때까지 당신을 좀 골치 아프게 할 수도 있어요. 제가 보기에는 좀 고집이 센 것 같아요. 훌륭한 재원이긴 한데, 어려요. 어려도 너무 어려요. 게다가 여기 온 지도 겨우 두어 주 됐답니다. 그래서 당신에게 부탁하는 겁니다. 그 여자에겐 당신의 경험이 필요해요. 그 여자를 참고 견뎌줘요, 레이가. 당신이라면 그 여자를 맘에 들어할 거란 생각이 들어요."

그렇지 않았다. 테예이오는 7년 동안 외계인들의 눈과 그자들의 온갖 냄새와 색깔과 방식에 익숙해져 있었다. 한 점 흠 없는 예의 바름과 자제심 강한 행동 원칙으로 자신을 지키며, 그자들의 이상하거나 충격적이거나 난처한 행동, 무지와 상이한 지식을 참거나 모른 척했다. 외국인들을 모시고 보호하는 임무가 테예이오에게 맡겨졌고, 테예이오는 그자들과 거리를 두고, 만지지도 만지게 하지도 않으면서 지냈다. 테예이오가 맡은 이들은 테예이오에게 의지는 해도 그를 이용해선 안 된다는 걸 배웠다. 여자들은 종종 떨어져 있으란 신호를 남자들보다 빠르게 인지하고 반응했다. 테예이오는 탐사 여행에 여러 번 동행한 적이 있는 어느 나이 많은 테라인 옵저버와 편하고 거의 친하기까지 한 관계를 맺었다. "당신은 함께 있으면 고양이처럼 평화로워요, 레이가." 그 여자는 언젠가 그런 말을 했고, 테예이오는 그 칭찬을 고맙게 받아들였다. 하지만 가타이로 가는 특사는 또 달랐다.

이 특사는 근사한 몸매와 아기처럼 깨끗한 적갈색 피부, 매끄럽게 흔들리는 머리털을 지녔으며, 자유로운 걸음걸이를 뽐냈다. 지나치게 자유로웠다. 그 여자는 자신의 성숙하고 날씬한 몸을 자신에게 접근할 수 없는 남자들에게 뽐냈고, 테예이오뿐 아니라 모두에게 끈덕지게, 부끄러운 줄도 모르고 들이댔다. 그 여자는 조잡한 자신감으로 모든 것에 대해 자신의 의견을 내세웠다. 힌트를 줘도 몰랐고, 명령받길 거부했다. 공격적이고 버릇없이 자란 아이면서 몸만 성인처럼 성적으로 성숙했고, 위험할 만치 불안정한 나라에서 외교관의 책임을 져야 했다. 테예이오는 이 특사를 만나자마자 이번 일이 불가능한 임무란 걸 알았다. 테예이오는 그 여자도 자신도 믿을 수가 없었다. 그 여자의 성적으로 거리낌 없는 행동은 넌더리가 나면서 동시에 자극적이었다. 그 여자는 공주로 대접해야 하는 창녀였다. 억지로 참아내야 하면서 무시할 수도 없었기에, 테예이오는 그 여자를 미워했다.

테예이오는 분노엔 전보다 훨씬 익숙해져 있었지만, 미워하는 것엔 익숙하지 않았다. 그래서 마음이 심히 괴로웠다. 테예이오는 평생 한 번도 재배치를 요청한 적이 없었지만, 그 여자가 마킬을 자기 방으로 데려간 이튿날 아침, 대사관에 짧고 단호하게 간청문을 보냈다. 옛음악은 외교 채널을 통해 봉인된 음성 메시지로 응답을 보냈다. "신과 나라에 대한 사랑은 불과 같아서, 친구일 때는 끝내주지만 적일 때는 끔찍하기에, 오직 아이들만이 불과 논답니다. 전 이 상황이 맘에 들지 않는군요. 지금 여기엔 당신들 중 누구와도 바꿔줄 여분의 인력이 없어요. 잠시만 더 참고 견뎌주겠어요?"

테예이오는 거절할 방법을 찾지 못했다. 베이오트는 임무를 거절하지 않았다. 테예이오는 임무를 거절할 생각을 했다는 것만으로도 수치심을 느꼈고, 자신에게 이런 수치심을 느끼게 한 점 때문에 또다시 그 여자가 미워졌다.

메시지의 첫 번째 문장은 수수께끼 같았다. 옛음악의 평소 방식이 아니었고, 암호화한 경고처럼 화려하고 우회적이었다. 물론 테예이오는 자기 나라 것이든 에큐멘 것이든 첩보기관의 암호에 대해선 전혀 알지 못했다. 그러니 옛음악은 테예이오에게 힌트와 간접적 표현을 써야 했을 것이다. '신과 나라에 대한 사랑'은 구교도들과 애국주의자들, 즉 가타이의 두 국가 전복 단체들을 의미한다고 볼 수 있었다. 두 무리 모두 외국의 영향력에 광신적으로 반대했다. 특사는 불을 가지고 노는 아이일 수 있었다. 특사에게 둘 중 한 무리가 접근 중인가? 그날 밤 어둠 속에 있던, 전령인 줄 알았던 남자가 실은 칼잡이였던 게 아닌 이상, 테예이오는 그런 증거를 전혀 찾지 못했다. 그 여자는 하루 종일 테예이오의 시선을 벗어나지 못했고, 여자의 집은 밤새 테예이오의 지휘를 받는 군인들이 지켰다. 확실히 그 마킬, 바티캄은 이 중 어느 무리를 위해서도 일하지 않았다. 바티캄이 하메, 즉 보에 데이오의 자산해방 지하조직의 구성원이라 해도 놀랄 일은 아니었지만, 그렇다고 특사를 위험에 빠뜨리진 않을 것이었다. 하메는 에큐멘을 예이오웨이로, 그리고 자유로 가는 티켓쯤으로 보았기 때문이다.

테예이오는 옛음악의 말을 놓고 머리를 쥐어짜며 몇 번이고 되풀이해 들었고, 이런 종류의 미묘하고 상세한 정치적 미로를 마주하며 자신의 멍청함을 뼈저리게 느꼈다. 마침내 테예이오는 메시지를 지우고 하품을 했다. 시간이 많이 늦었던 것이다. 테예이오는 목욕을 하고 누워 불을 끄고 작은 소리로 중얼거렸다. "캄예 주님, 제가 그 하나의 숭고한 것을 꽉 붙들게 하소서!" 그러고는 시체처럼 잤다.

마킬은 공연이 끝나면 매일 밤 여자의 집으로 찾아왔다. 테예이오는 방문 자체는 아무 해될 게 없다고 되뇌려 애썼다. 자신도 전쟁 전의 좋았던 날들엔 마킬들과 몇 밤씩 보낸 적이 있었던 것이다. 노련하고 예술적인 섹스가 마킬의 일 중 하나였다. 테예이오는 돈 많은 도시 여자들이 종종 마킬을 고용해 남편의 부족함을 채우게 한다는 말을 풍문으로 들어 알았다. 그러나 그런 여자들조차도 아주 비밀스럽고 신중하게 일을 했지, 이렇게 저속하고 뻔뻔하게, 품위라곤 눈꼽만큼도 없이, 도덕률 따위는 대놓고 비웃으며, 마치 뭐든 하고 싶은 대로 하고 때와 장소도 가리지 않을 권리가 자기에게 있다는 듯이 행동하진 않았다. 물론 바티캄은 그 여자와 열정적으로 결탁했고, 그 여자의 열중한 마음을 이용했으며, 가타이인들을 놀리고 테예이오를 놀렸다. 그리고 그 여자를 놀렸다. 비록 그 여자는 그걸 몰랐지만 말이다. 이야말로 자산이 모든 소유주를 동시에 가지고 놀 최고의 기회가 아니겠는가!

　바티캄을 지켜보며 테예이오는 바티캄이 하메의 구성원이라고 확신했다. 바티캄의 놀리기는 아주 미묘했다. 바티캄은 특사에게 불명예를 안기려는 게 아니었다. 사실 바티캄은 특사보다 훨씬 더 신중했다. 바티캄은 특사가 스스로 창피당하는 일이 없게 그녀를 지키고 있었다. 마킬은 테예이오의 차갑고 예의 바른 태도에 똑같이 차갑고 예의 바른 태도로 응했지만, 한두 번 눈이 마주칠 때 순간 무의식중에 형제애가 엿보이는 아이러니한 이해가 서로 간에 오갔다.

대중적인 축제가 열릴 예정이었고, 특사는 이 퇄교의 용서 축제를 보러 오라고 왕에게, 또 의회에서 집요하게 초대를 받았다. 특사는 이런 이벤트들에 많이 불려 나가 내세워졌다. 테예이오는 이 초대 소식을 듣고 흥분한 축제 군중 속에서 솔리를 어떻게 안전하게 경호할 것인가에만 고심했다. 그때 산이 말하길, 축제날이 가타이의 구종교에서 가장 성스러운 날로 구교도들은 자기네 의식에 외국의 의식을 억지로 끼워 넣는 것에 심하게 분노한다고 했다. 이 자그마한 남자는 정말로 걱정하는 듯했다. 이튿날 산이 갑자기 가타이어 외엔 거의 말하지 못하고 산 우바트타트가 어찌 되었는지에 대해 설명조차 못 하는 나이 든 남자로 바뀌자 테예이오 역시 걱정이 되었다. "다른 임무들, 다른 임무 호출." 남자는 정말 엉망진창인 보에 데이오어로 말하며 미소 짓고 고개를 까닥였다. "아주 훌륭한 종교 시간, 아하? 종교적 임무 호출."

축제 전 며칠 동안, 도시에 긴장감이 고조되면서, 낙서들이 나타나고 구종교의 상징들이 벽에 그려졌다. 퇄 신전 하나가 신성모독을 당했고, 그러고 나서 왕실 위병들이 거리에서 많이 눈에 띄었다. 테예이오는 궁전에 가서 '부적절한 시위 때문에 문제가 생길 가능성이 있는' 의식 동안엔 특사에게 대중 앞에 모습을 드러내란 부탁을 삼가달라고 독단적으로 요청했다. 테예이오는 불려 들어가 경멸조의 무례함과 공모를 뜻하는 고개 끄덕임과 윙크를 일삼는 궁전 관리를 만났고, 그 때문에 무척 마음이 불편해졌다. 테예이오는 그날 밤 특사의 집에 보초를 네 명 세웠다.

대사관 경호대용으로 배정된, 거리의 작은 막사인 숙소로 돌아온 테예이오는 자신의 방 창문이 열려 있고 탁자 위에 자신의 언어로 쓰인 쪽지 한 장이 남겨진 것을 보았다. "용서 축제는 안살을 위해 꾸며졌음."

이튿날 아침, 테예이오는 곧장 특사의 집으로 갔고, 특사와 꼭 만나야 한다고 전하라고 특사의 자산에게 말했다. 특사는 벌거벗은 몸에 하얀 로브를 휘감으며 침실에서 나왔다. 바티캄도 반라의 몸으로 졸린 듯 즐거운 기분으로 뒤따라 나왔다. 테예이오는 바티캄에게 가라는 눈짓을 보냈고, 바티캄은 차분하고 생색내는 웃음을 지으며 신호를 받아들인 뒤 여자에게 나직이 말했다. "전 가서 아침을 좀 먹겠습니다. 레웨? 내가 먹을 만한 게 좀 있을까?" 바티캄은 계집종을 따라 방을 나갔다. 테예이오는 특사를 마주 보고 쪽지를 꺼냈다.

"어젯밤 이걸 받았습니다, 특사님." 테예이오가 말했다. "내일 축제에 참석하지 마시라고 꼭 청해야겠습니다."

솔리는 종이를 주의 깊게 보고 글을 읽은 뒤 하품을 했다. "누가 보낸 거죠?"

"모르겠습니다, 특사님."

"이게 무슨 뜻이죠? '암살'? 그자들은 철자도 제대로 모르는군요. 안 그래요?"

잠시 후 테예이오가 말했다. "다른 징조들도 많이 있습니다. 그러니 전 특사님이 절대로……"

"용서 축제에 가지 마라 이거죠, 네. 이미 들었어요." 솔리는 창가 자리로 가 앉았고, 로브가 넓게 퍼지면서 다리가 드러났다. 솔리의 갈색 맨발은 짧고 유연했고, 발바닥은 분홍색이었으며, 발가락은 작고 정연했다. 테예이오는 솔리 머리 옆의 허공만 뚫어져라 바라보았다. 솔리는 쪽지를 만지작거렸다. "그게 위험하다고 생각하시면, 레이가, 경호원을 한두 명 함께 데려가세요." 솔리는 아주 약간 조롱기를 담아 말했다. "전 정말로 가야겠거든요. 아시다시피, 왕이 오라고 청했어요. 그리고 전 그 커다란 불인지 뭔지에 불을 붙이기로 되어 있고요. 여기의 공공 장소에서 여자들에게 허용된 몇 안 되는 일들 중 하나죠……. 전 그 일에서 물러날 수 없어요." 솔리는 종이를 내밀었고, 테예이오는 잠시 후 다가가 종이를 받았다. 솔리는 고개를 들어 웃으며 테예이오를 보았다. 솔리는 테예이오를 꺾을 때마다 꼭 테예이오를 보며 웃었다. "그나저나, 누가 절 날려버리고 싶어 하는 거 같아요? 애국주의자들?"

"혹은 구교도들이거나요, 특사님. 내일은 그자들의 축제일 가운데 하루입니다."

"그리고 당신네 탈교도들이 그자들에게서 그걸 빼앗아 왔죠? 흠, 정확히 말하자면 그자들이 에큐멘을 비난할 수는 없는 거잖아요, 안 그래요?"

"제 생각엔 정부가 보복할 구실을 만들기 위해 폭력을 허락할 가능성도 있습니다, 특사님."

솔리는 생각 없이 대답하기 시작하다가 테예이오가 한 말의 뜻을 깨닫고는 얼굴을 찡그렸다. "의회가 절 위험한 상황에 빠뜨리려 한다고 생각하는 거예요? 증거 있어요?"

테예이오는 잠시 침묵하다 말했다. "증거는 아주 적습니다, 특사님. 산 우바트타트가……."

"산은 아파요. 그 사람들이 보내준 그 나이 많은 자는 별 쓸모가 없지만, 절대 위험한 사람은 아니에요! 증거는 그게 다예요?" 테예이오는 아무 말도 하지 않았고, 솔리는 말을 이었다. "진짜 증거를 찾기 전에는, 레이가, 제 의무에 간섭하지 말아요. 여기서 제가 관계하는 사람들에게까지 적용할 거라면, 당신의 군사 우선주의식의 과대망상증은 허용할 수 없어요. 제발 좀 적당히 해요! 내일 경호원이 한두 명 더 온다고 알고 있을게요. 그리고 그거면 충분해요."

"네, 특사님." 테예이오는 대답하고 나갔다. 분노 때문에 머리가 윙윙 울렸다. 솔리의 새 안내인이 산 우바트타트는 병이 아니라 종교적 임무 때문에 멀리 가 있겠다고 자신에게 말했단 생각이 이제야 들었다. 테예이오는 돌아가지 않았다. 그게 무슨 소용이란 말인가? "한 시간 정도 더 남아 있어주겠나, 세옘?" 테예이오는 솔리 집 현관의 경호원에게 말했고, 성큼성큼 거리를 걸으며 솔리에게서 멀어지려고, 솔리의 부드러운 갈색 허벅지와 분홍색 발바닥에서, 그리고 멍청하고 무례하고 음란하며 자신에게 명령하는 목소리에서 멀어지려고 애썼다. 테예이오는 온몸을 얼음장같이 차고 환한 햇살 가득한 공기로 채우려고, 축제용 깃발들이 탁탁 소리를 내며 펄럭이는 계단 모양 거리로 채우려고, 거대한 산들의 번쩍임과 시장의 왁자지껄한 소리로 채우려고, 그래서 거기에 압도당하고 정신을 빼앗기려고 애썼다. 그러나 테예이오는 걸으며 눈앞의 돌들 위에 칼처럼 드리워진 자신의 그림자를 보았고, 자신의 삶의 무용함을 느꼈다.

"그 베이오트는 걱정스러워 보이더군요." 바티캄은 벨벳처럼 매끄러운 목소리로 말했고, 솔리는 웃음을 터트리며 접시에서 절인 과일을 찍어서는 과즙이 뚝뚝 떨어지는 과일을 바티캄의 입에 집어넣었다.

"전 이제 아침 먹을 준비가 됐어요, 레웨." 솔리는 외치고 나서 바티캄 맞은편에 앉았다. "배고파 죽겠어요! 그 사람은 특유의 남성 우월주의적 발작을 일으키던 중이었어요. 최근에 그 무엇으로부터도 절 구한 적이 없고요. 결국 그게 그 사람의 유일한 역할인데 말이죠. 그러니 건수를 꾸며내야 했던 거예요. 제발, 제발 소원인데 그자가 절 좀 괴롭히지 않으면 좋겠어요. 불쌍한 산 늙은이가 무슨 사면발니처럼 주위를 기어다니는 꼴을 안 봐서 얼마나 좋은데요. 당장 그 소령도 없애버릴 수 있음 소원이 없겠어요!"

"명예를 중요하게 생각하는 자입니다." 마킬은 말했다. 비꼬는 것 같진 않았다.

"노예들의 소유주가 어떻게 명예를 아는 사람일 수 있죠?"

바티캄은 길고 검은 눈으로 솔리를 바라보았다. 솔리는 아름답긴 하지만 온통 새까만 웨렐인 특유의 눈을 읽을 수가 없었다.

"남성적인 계급 제도의 구성원들은 언제나 자신들의 소중하신 명예로 수다를 떨죠." 솔리가 말했다. "그리고 물론 '자신들의' 여자들의 명예로도요."

"명예는 대단한 특권입니다." 바티캄이 말했다. "전 그게 너무나 부럽습니다. 그 사람이 너무나 부럽습니다."

"아, 그런 엉터리 위엄은 썩 꺼지라 그래요. 그건 그냥 자기 영역을 표시하려고 오줌 누는 거라고요. 당신이 그자에게서 부러워해야 할 게 있다면, 바티캄, 그건 그자의 자유라고요."

바티캄은 웃음 지었다. "당신은 제가 아는 사람 중에 소유되지도 소유하지도 않은 유일한 사람입니다. 그게 자유지요. 그게 자유입니다. 그 점을 혹시 아시나요?"

"당연히 알죠." 솔리가 대답했다. 바티캄은 웃음 지었고, 아침을 계속 먹었지만, 방금 그 목소리에는 솔리가 전에는 들어보지 못한 뭔가가 있었다. 조금 심란한 상태로 동요한 채 솔리는 잠시 후 말했다. "당신은 곧 가버릴 거군요."

"독심술을 하시네요. 네. 열흘 뒤에 공연단이 40국으로 순회공연을 떠납니다."

"아, 바티캄, 당신이 그리울 거예요! 당신은 여기서 제가 얘기를 나눌 수 있는 유일한 남자, 유일한 사람이에요. 섹스는 물론이고요."

"우리가 언제 하긴 했나요?"

"자주는 아니었죠." 솔리는 깔깔 웃으며 말했지만, 목소리가 살짝 떨렸다. 바티캄이 손을 내밀었다. 솔리는 바티캄에게로 가 무릎에 앉았고, 그러면서 로브를 벗어 떨어뜨렸다. "귀엽고 예쁜 특사님의 가슴." 바티캄은 입으로 빨고 애무하며 말했다. "귀엽고 부드러운 특사님의 배……." 레웨가 쟁반을 들고 들어와 부드럽게 내려놓았다. "아침 들어요, 귀여운 특사님." 바티캄이 말했고, 솔리는 무릎에서 내려와 씩 웃으며 자기 의자로 돌아갔다.

"당신은 자유로우니까 솔직할 수 있는 겁니다." 바티캄은 피니 과일의 껍질을 꼼꼼하게 벗기며 말했다. "우리 중 그렇지 않고 그럴 수도 없는 사람들에게 너무 심하게 대하지 마십시오." 바티캄은 과일을 한 조각을 잘라 식탁 너머로 솔리에게 먹여주었다. "당신을 알고 전 자유의 맛을 보았습니다." 바티캄이 말했다. "미약한 암시, 그림자를……."

"길어야 몇 년 안에, 바티캄, 당신은 자유로워질 거예요. 웨렐이 에큐멘에 들어오게 되면 주인과 노예라는, 이 모든 바보 천치 같은 구조가 완전히 무너질 거예요."

"그렇게 된다면요."

"당연히 그렇게 될 거예요."

바티캄은 어깨를 으쓱했다. "제 고향은 예이오웨이입니다." 바티캄이 말했다.

솔리는 혼란에 빠져 빤히 바라보았다. "당신이 예이오웨이에서 왔다고요?"

"한 번도 가본 적은 없습니다." 바티캄이 대답했다. "거기에 가는 일도 절대 없을 가능성이 크고요. 그 사람들에게 마킬이 무슨 소용이 있겠어요? 하지만 그곳이 제 고향입니다. 그 사람들이 제 사람들이고요. 그게 제 자유입니다. 당신이 언제 알 수 있을까요……." 바티캄은 주먹을 꼭 쥐었다. 바티캄은 뭔가를 놓아 보내는 부드러운 동작을 취하며 손을 폈다. 바티캄은 웃음을 지었고 다시 아침 식사를 계속했다. "전 극장으로 돌아가야 합니다." 바티캄이 말했다. "우린 용서의 날을 위한 상연물의 예행 연습을 할 겁니다."

솔리는 하루를 고스란히 궁전에서 낭비했다. 솔리는 산맥 저 멀리에 있는 광산들과 정부에서 운영하는 거대한 농장들의 방문 허가를 얻으려고 끈질기게 애쓰고 있었다. 가타이의 부가 흘러나오는 곳들이었다. 솔리는 끈질기게 좌절당했다. 처음에 솔리는, 그 사람들이 외교관에게 의미 없는 이벤트들을 전전하게 하는 것, 딱 그것 하나만 허용하는 게 외교 의례와 정부의 관료주의 때문이라고 생각했었다. 그러나 일부 사업가들이 광산과 농장의 사정에 대해 이야기를 흘린 적이 있었고, 그래서 솔리는 그자들이 수도에서 볼 수 있는 그 무엇보다도 더 잔인한 종류의 노예제도를 숨기고 있는지도 모른다고 생각하게 되었다. 오늘 솔리는 어디에도 가지 않고, 한 적 없는 약속들을 기다렸다. 산 대신 온 늙은이는 솔리가 말하는 보에 데이오어의 대부분을 잘못 알아들었고, 솔리가 가타이어로 말하려 하자 멍청해서인지 고의적으로 그러는 건지 아예 알아듣지 못했다. 소령은 다행히도 아침 내내 거의 자리에 없었고, 소령의 군인 중 한 명이 그 자리를 대신했다. 하지만, 결국 소령은 뻣뻣하고 말없는 모습으로 아주 작정한 듯 궁전에 모습을 드러냈고, 솔리가 항복하고 일찍 목욕이나 하러 집으로 돌아갈 때까지 솔리 옆을 지켰다.

바티캄은 그날 밤 늦게 왔고, 솔리가 바티캄에게 배우고 크게 흥미 있어 했던 정교한 판타지 게임과 역할 바꾸기 놀이들 중 하나가 한창일 때, 바티캄의 애무는 점점 더 느려지고 부드러워지다가 깃털처럼 미끄러졌다. 솔리는 진정되지 않은 욕망에 몸을 떨며 자기 몸으로 바티캄의 몸을 누르다가 바티캄이 이미 잠들었음을 깨달았다. "일어나요." 솔리는 깔깔 웃었지만 흥이 깨져선 바티캄을 살짝 흔들었다. 바티캄이 까만 두 눈을 떴다. 어리둥절하고 공포에 가득 찬 눈이었다.

"미안해요." 솔리는 곧바로 말했다. "그냥 다시 자요, 당신 지쳤군요. 아뇨, 아뇨, 괜찮아요. 시간이 늦었어요." 하지만 바티캄은 계속했고, 이제 솔리는 바티캄이 제아무리 모든 기술과 부드러운 애무를 계속할지라도 그게 단지 그의 일이라는 것을 알게 되었다.

아침이 되어 식사를 할 때 솔리가 물었다. "당신은 절 동등한 사람으로 볼 수 있나요, 바티캄?"

바티캄은 지치고 평소보다 더 늙어 보였다. 바티캄은 웃지 않았다. 잠시 후 바티캄이 말했다. "어떤 대답을 원하시나요?"

"그렇다고 대답해줘요."

"그렇습니다." 바티캄은 조용히 대답했다.

"절 믿지 않는군요." 솔리는 쓸쓸하게 말했다.

잠시 후 바티캄이 말했다. "오늘은 용서의 날입니다. 툴 여신님은 아스독의 사람들에게 왔습니다. 아스독 사람들은 툴 여신님의 추종자들에게 사냥 고양이를 푼 사람들이지요. 퇄 여신님은 불타는 혀를 지닌 거대한 사냥 고양이를 타고 아스독 사람들 사이로 들어왔고, 공포에 쓰러진 그 사람들을 용서하고 축복했습니다." 바티캄은 이야기하며 목소리와 두 손으로 연기를 하고 있었다. "절 용서하세요." 바티캄이 말했다.

"당신은 용서를 구할 필요가 없어요!"

"아, 우리 모두 용서받을 필요가 있답니다. 바로 그 때문에 우리 캄예교도들이 때때로 퇄 여신님을 빌리는 거고요. 우리가 여신님을 필요로 하는 순간에요. 그래서, 오늘 당신은 의식에서 퇄 여신님이 될 건가요?"

"저는 그저 불만 붙이면 된다더군요." 솔리는 걱정스레 말했고, 바티캄은 껄껄대며 웃었다. 바티캄이 떠날 때 솔리는 오늘 밤 축제가 끝난 뒤 그를 보러 극장에 가겠노라고 했다.

이 도시 부근을 통틀어 어떤 크기로든 유일하게 평평한 지대인 경마로는 사람들로 가득했다. 행상인들이 소리치고 깃발들이 흔들렸다. 왕실 자동차들이 군중 속으로 곧장 밀고 들어왔고, 사람들은 물처럼 갈라졌다가 차 뒤에서 다시 닫혔다. 당장이라도 쓰러질 듯 보이는, 지붕 없는 관중석들이 영주들과 소유주들을 위해 세워져 있었고, 마님들을 위해 커튼을 친 구역도 하나 있었다. 솔리는 자동차 한 대가 관중석으로 다가가는 것을 보았다. 붉은 천으로 몸을 감싼 누군가가 차에서 내몰린 뒤 서둘러 커튼 사이로 들어가 사라졌다. 저 안에 의식을 지켜볼 틈이라도 있나? 군중 속에도 여자들은 있었으나 계집종들, 즉 자산들뿐이었다. 솔리는 의식에서 자기 차례가 올 때까진 자신 역시 계속 숨겨져 있게 될 것임을 깨달았다. 관중석 옆에 붉은 텐트가 솔리를 위해 마련되어 있었고, 사제들이 영창하는, 밧줄 쳐진 곳에서 멀지 않았다. 솔리는 차에서 황급히 떠밀려 나간 뒤 순종적이면서도 단호한 왕의 신하들에 의해 텐트 속으로 이끌렸다.

텐트 안에서는 계집종들이 차와 사탕절임, 거울과 화장과 머릿기름 따위를 제공했고, 솔리가 올 고운 붉은색과 노란색 띠로 만든 복잡한 옷을 입게 도와주었다. 퇄 여신 역을 짧게 연기할 때 필요한 옷이었다. 누구도 솔리에게 앞으로 뭘 해야 할지 분명하게 일러주지 않았고, 솔리가 질문하자 여자들은 그저 이렇게 대답했다. "성직자들이 어찌하면 되는지 보여주실 겁니다. 마님, 그냥 그 사람들과 함께 가시면 됩니다. 불만 붙이시면 됩니다. 그 사람들이 모두 준비해뒀습니다." 솔리는 이들도 자기만큼이나 모른다는 인상을 받았다. 이 예쁜 여자들은 궁전의 자산들이었는데, 쇼의 일부가 된다는 생각에 흥분해 있었으며, 종교에는 무관심했다. 솔리는 자신이 붙여야 하는 불이 뭘 상징하는지 알았다. 불 안으로 잘못과 위반을 던져 넣고 태워서 잊는 것이다. 괜찮은 생각이었다.

사제들은 밖에서 야단법석을 떨며 분위기를 돋우고 있었다. 솔리는 밖을 엿보았다(텐트 천엔 정말로 엿보기 구멍들이 있었다). 군중들이 더욱 빽빽이 들어차 있었다. 관중석과 밧줄로 경계를 지은 곳의 사람들 외엔 누구도 아무것도 볼 수 없었지만, 다들 붉고 노란 깃발들을 흔들며 튀긴 음식을 우적우적 먹고 즐거운 하루를 보내고 있었다. 그동안 사제들은 계속 저음으로 영창을 했다. 틈 구멍으로 보는 작고 흐릿한 시야의 멀리 오른쪽으로, 낯익은 팔이 있었다. 당연히 소령의 팔이었다. 그자들은 소령이 솔리와 함께 자동차에 타지 못하게 했었다. 소령은 격노했을 게 분명했다. 그럼에도 여기에 왔고, 보초를 자청했다. "마님, 마님." 궁전 여자들이 말하고 있었다. "이제 사제들이 오십니다." 그리고 여자들은 솔리의 머리 장식이 똑바로 되어 있는지, 솔리가 입은 지독하게 걷기 힘든 치마는 주름이 제대로 잡혀 있는지 확인하느라 주위에서 소란을 떨었다. 솔리가 텐트에서 나오는 동안에도 여자들은 계속해 잡아당기고 두드렸고, 솔리는 햇빛에 눈부셔 하며 웃음 짓고 여신처럼 몸을 꼿꼿이 세운 채 위엄 있게 행동하려 애썼다. 진심으로, 이 축제를 망치고 싶지 않았다.

성직자의 표상을 갖춘 남자 둘이 텐트 문 바로 밖에서 솔리를 기다리고 있었다. 그자들은 곧장 앞으로 걸어 나와 솔리의 팔꿈치를 잡고 말했다. "이쪽입니다, 이쪽입니다, 마님." 뭘 해야 하는지 솔리가 알아낼 필요가 없다는 게 정말로 확실했다. 의심의 여지 없이, 그자들은 여자에겐 그럴 능력이 없다고 간주하고 있었지만, 이런 상황에선 그런 것도 위안이 되었다. 솔리는 몸에 딱 붙는 치마 때문에 걸을 수 있는 속도에 한계가 있었지만 사제들은 솔리를 불편할 정도로 빠르게 걷게 했다. 이제 그자들은 관중석 뒤에 있었다. 밧줄 쳐진 구역은 반대쪽이 아니었나? 차 한 대가 앞길의 몇 명을 흩어버리며 이쪽으로 곧장 다가오고 있었다. 누군가 소리치고 있었다. 사제들은 갑자기 솔리를 확 잡아당기며 달리려 했다. 그중 한 명이 소리를 지르며 솔리의 팔을 놓았고, 날아온 시꺼먼 뭔가에 세게 맞아 쓰러졌다. 솔리는 갑자기 혼란의 와중에 있었고, 팔을 꽉 잡은 손아귀를 풀 수 없었으며, 두 다리는 치마에 갇혀 있었고, 이윽고 시끄러운 소리, 엄청나게 시끄러운 소리가 들리더니 솔리의 머리를 쳤으며, 머리가 아래로 숙여지고, 아무것도 보이지도 들리지도 않은 채, 눈이 멀고, 휘청거리고, 얼굴이 먼저 무슨 검은 공간에 밀어 넣어지고 숨 막히고 까끌대는 시꺼먼 것에 눌린 뒤, 두 팔을 등 뒤에서 꽉 잡혔다.

차가 움직였다. 오랜 시간이 흘렀다. 나지막한 소리로 이야기하는 남자들. 그자들은 가타이어로 말했다. 숨쉬기가 굉장히 힘들었다. 솔리는 몸부림치지 않았다. 그래봤자였다. 그자들은 솔리의 두 팔과 두 다리를 테이프로 묶어놓았고, 머리에는 자루를 씌웠다. 오랜 시간이 지난 뒤, 솔리는 시체처럼 끌려 나가 재빨리 실내로 옮겨졌고, 계단을 내려가 거칠진 않지만 여전히 지독하게 서두르는 손길에 의해 침대 혹은 소파에 내려졌다. 솔리는 가만히 누워 있었다. 남자들은 이야기했고, 여전히 거의 속삭이듯 말했다. 전혀 알아들을 수가 없었다. 솔리의 머리는 아직도 그 거대한 소음을 듣고 있었다. 그게 진짜였나? 내가 맞은 건가? 솔리는 솜벽 안에 있는 것처럼 귀가 안 들린다고 느꼈다. 숨을 쉬려 할 때마다 얼굴에 씌워진 자루의 천이 계속 입에 달라붙고 콧구멍을 막았다.

자루가 벗겨졌다. 남자 한 명이 허리를 숙이고 솔리의 몸을 돌려 팔, 그다음엔 다리의 테이프를 풀며 웅얼거렸다. "겁먹지 말아요, 마님, 해치지 않을 거예요." 보에 데이오어였다. 남자는 재빨리 솔리에게서 물러났다. 남자들이 네댓 명 있었다. 보기가 쉽지 않았다. 빛이 거의 없었던 것이다. "여기서 기다려요." 다른 한 명이 말했다. "모두 괜찮아요. 그냥 맘 편히 있어요." 솔리는 일어나 앉으려 했지만, 움직이자 현기증이 났다. 머리가 빙빙 돌던 게 그치고 나자, 남자들은 이미 가고 없었다. 마치 마법처럼 사라져버렸다. 그냥 맘 편히 있어요.

  작고 천장이 아주 높은 방. 검은 벽돌벽들, 흙내 나는 공기. 빛은 천장에 박혀 있는 조그만 생체 발광판에서 나왔고, 강도가 아주 약했으며 그늘조차 없었다. 저 정도만 되어도 웨렐인들의 눈에는 확실히 충분할 터였다. 그냥 맘 편히 있어. 난 납치당했어. 놀랄 노자군. 솔리는 방에 뭐가 있나 살피기 시작했다. 자신이 앉아 있는 두꺼운 매트리스, 담요, 문, 작은 물 주전자와 컵, 배수 구멍, 구석 저쪽에 있는 게 배수 구멍인가? 솔리가 다리를 돌려 매트리스에서 내려오자, 침대 아래 바닥에 누워 있는 뭔가가 발에 채였다. 솔리는 얼른 발을 들고 시꺼먼 덩어리를, 누워 있는 누군가를 살펴보았다. 남자였다. 제복을 입었고, 피부는 너무나 검어서 생김생김이 잘 보이지 않았지만, 누군지 알아볼 순 있었다. 여기에서조차도, 여기에서조차도, 소령은 솔리와 함께 있었다.

  솔리는 비틀비틀 일어나 배수구를 조사하러 갔다. 배수구는 그냥 배수구로, 바닥에 구멍을 뚫고 가장자리에 시멘트를 댔으며, 희미한 화학약품 냄새와 함께 약간의 불결한 냄새가 났다. 솔리는 머리가 아팠고, 그래서 다시 침대에 앉아 팔과 발목을 주물러 긴장과 고통을 완화하며 자신의 몸을 리드미컬하고 질서 있게 만지고 확인함으로써 자신으로 돌아왔다. 난 납치됐어. 놀랄 노자군. 그냥 맘 편히 있어. 저자는 어떻지?

솔리는 돌연 테예이오가 죽었음을 깨달았다. 전율이 일었고, 꼼짝하지 않았다.

잠시 후, 솔리는 천천히 몸을 숙여 테예이오의 얼굴을 보고 소리를 들으려 애썼다. 다시 한 번 솔리는 테예이오가 죽었단 느낌을 받았다. 숨소리가 전혀 들리지 않았다. 솔리는 속이 울렁이고 몸이 떨리는 상태에서 손을 뻗었고, 테예이오의 얼굴에 손등을 갖다 댔다. 얼굴이 서늘하고 차가웠다. 그러나 따뜻한 숨결이 손가락을 한 번, 또 한 번 스쳤다. 솔리는 매트리스 위에 웅크리고 앉아 테예이오를 살폈다. 테예이오는 미동도 없이 누워 있었지만, 가슴에 손을 대자 심장이 느리게 뛰는 것이 느껴졌다.

"테예이오." 솔리가 속삭였다. 목소리가 속삭이는 것 이상으로 크게 나오지 않았다.

솔리는 테예이오의 가슴에 다시 손을 댔다. 솔리는 그 느리고 안정된 심장박동을, 희미한 온기를 다시 느끼고 싶었다. 위안이 되었다. 그냥 맘 편히 있어요.

그 외에 그자들이 또 뭐라고 했었지? 그냥 기다려요. 그랬다. 그게 앞으로의 계획인 듯했다. 어쩌면 자도 될 것 같았다. 자고,

일어나면 몸값이 와 있을지도 몰랐다. 아니면 뭐든 그자들이 원하는 게 와 있을지도 몰랐다.

 솔리는 아직 자신에게 시계가 있다는 걸 떠올리곤 잠에서 깨, 졸린 머리로 조그만 은 표시판을 한동안 살핀 뒤 자신이 세 시간을 잤다고 결론 지었다. 아직 축제일이었고, 필경 몸값이 오기엔 너무 일렀으며, 솔리는 오늘 밤 마킬들을 보러 극장에 갈 수 없을 터였다. 솔리의 눈은 이제 침침한 빛에 익숙해져 있었고, 눈길을 돌리자 테예이오의 머리 한쪽에 온통 말라붙은 피가 보였다. 솔리는 더듬거리며 상처를 찾다가 테예이오의 관자놀이 위에서 뜨겁고 주먹 같은 덩어리를 보았다. 손가락에 뭐가 묻어났다. 테예이오는 머리를 맞은 것이다. 그때 사제들, 그러니까 가짜 사제들에게 온몸을 날려 덤벼들었던 사람이 테예이오였던 게 분명했다. 솔리가 기억나는 건 뭔가 시꺼먼 것이 날아온 일과 요란하게 부딪치는 소리, 아이지 공격을 받았을 때처럼 욱! 하는 소리, 그런 뒤 모든 것을 혼란에 빠뜨린 거대한 소리가 전부였다. 솔리는 혀를 차고 벽을 톡톡 치면서 자신의 청력을 확인했다. 귀는 괜찮은 듯했다. 솜을 가득 넣은 듯한 벽은 사라졌다. 어쩌면 솔리도 머리를 맞았던 걸까? 머리를 만져보았지만 혹은 전혀 없었다. 세 시간이 지났는데도 계속 깨지 못하고 있는 거라면, 테예이오는 뇌진탕을 일으킨 게 분명했다. 상태가 얼마나 나쁜 걸까? 테예이오는 언제나 되어야 정신이 들까?
 솔리는 일어나다가 빌어먹을 여신 치마에 발이 걸려 하마터면 넘어질 뻔했다. 원래 내 옷을 입고 있었다면 얼마나 좋았을까! 이 화려한 드레스, 하녀들이 입혀줘야 하는 얄팍한 쓰리피스가 아니라. 솔리는 치마에서 몸을 빼낸 뒤 스카프를 묶어 무릎 길이의 치마로 만들었다. 이 지하실인지 뭔지는 따뜻하진 않았다. 공기가 몹시 습했고, 다소 추운 감이 있었다. 솔리는 이리저리 걸어다녔고, 네 걸음 가서 돌고, 네 걸음 가서 돌고, 네 걸음 가서 돌고, 몸풀기 운동을 좀 했다. 그자들은 테예이오를 바닥에 던져두었다. 바닥은 얼마나 찰까? 충격이 뇌진탕의 일부인가? 충격을 받은 사람들은 몸을 따뜻하게 하고 있어야 했다. 솔리는 오랜 시간을 벌벌 떨며 망설였고, 자신의 우유부단함에, 어찌할 바를 모른다는 점에 어쩔 줄을 몰랐다. 테예이오를 매트리스 위로 끌어올리려 해봐야 하나? 테예이오를 움직이지 않는 쪽이 나은가? 도대체 그 남자들은 어디로 가버렸지? 테예이오는 죽는 건가?

솔리는 테예이오에게로 허리를 숙이고 날카롭게 말했다. "레이가! 테예이오!" 그리고 잠시 후 테예이오가 숨을 내쉬었다.

"일어나요!" 솔리는 뇌진탕을 일으킨 사람들이 의식불명에 빠지지 않도록 가만히 놔두지 않는 게 중요하단 걸 이제 기억했다. 혹은 기억했다고 생각했다. 그러나 테예이오는 이미 의식불명에 빠졌었다.

테예이오는 다시 숨을 내쉬었고, 표정이 바뀌고, 완강한 부동자세에서 벗어나 몸이 풀렸다. 눈을 떴다 감았다 하고, 초점이 없는 채로 깜박였다. "아, 캄예." 테예이오는 아주 나직하게 말했다.

 솔리는 테예이오를 보아 이렇게 기쁘다니 스스로도 믿기지가 않았다. 그냥 맘 편히 있어요. 테예이오는 앞이 어지럽게 보이는 두통을 겪고 있었고, 사물이 두 개로 보인다고 인정했다. 솔리는 테예이오가 매트리스 위로 올라오게 돕고 담요를 덮어주었다. 테예이오는 아무 질문도 하지 않았고, 말없이 누워 있다 곧 다시 잠에 빠져들었다. 일단 테예이오가 안정이 되자 솔리는 다시 운동을 이어갔고, 한 시간 동안 했다. 솔리는 시계를 보았다. 두 시간이 지났고, 아직도 같은 날이었으며, 축제일이었다. 아직 저녁이 되지 않았다. 그 남자들은 언제나 오려는 걸까?

 남자들은 아침 일찍 왔다. 오후와 똑같고 아침과도 똑같은 끝없는 밤이 지난 뒤였다. 금속 문의 자물쇠가 풀리고 철컹하며 열리더니 남자들 중 한 명이 쟁반을 들고 들어왔으며 두 명은 총을 들어 조준한 채 문간에서 기다렸다. 쟁반을 놓을 곳은 바닥밖에 없어 남자는 쟁반을 솔리에게 내밀고 말했다. "미안함다, 마님!" 그러고는 다시 나갔다. 문이 철컹 소리를 내며 닫히고 빗장이 다시 쾅 걸렸다. 솔리는 쟁반을 든 채 서 있었다. "잠깐만요!" 솔리가 외쳤다.

 테예이오는 이미 깨어 흔들리는 눈빛으로 주위를 둘러보고 있었다. 이곳에 함께 있는 테예이오를 발견한 뒤로 솔리는 왠지 그의 별명을 잊었고, 그를 소령으로 생각하지 않게 되었지만, 아직도 이름을 부르기는 좀 쑥스러웠다. "이게 아침 식사인 것 같아요." 솔리는 말하고 매트리스 가장자리에 앉았다. 고리버들로 만든 쟁반 위에 천이 덮여 있었다. 그 아래에는 속에 고기와 채소를 채운 가타이의 곡물 롤빵들과 과일 몇 조각, 합금에 얇고 화려하게 구슬 장식을 하고 뚜껑을 덮은 물병이 있었다. "아침, 점심, 저녁인 것 같네요." 솔리는 말했다. "젠장. 아 그래요. 좋아 보이네요. 먹을 수 있겠어요? 앉을 순 있겠어요?"

테예이오는 힘겹게 일어나 벽에 등을 기대고는 다시 눈을 감았다.

"아직도 사물이 두 개로 보여요?"

테예이오는 그렇다는 뜻으로 작은 소리를 냈다.

"목 말라요?"

역시 그렇다는 작은 소리가 들렸다.

"여기 받아요." 솔리는 테예이오에게 컵을 건넸다. 테예이오는 컵을 두 손으로 쥐고 입으로 가져갔고, 한 번에 한 모금씩 천천히 물을 마셨다. 솔리는 그동안 곡물 롤빵 세 개를 차례로 하나씩 게걸스레 먹어치웠고, 그런 뒤 억지로 빵을 자제하며 피니 과일 하나를 먹었다. "과일 좀 먹을 수 있겠어요?" 솔리는 죄책감을 느끼며 테예이오에게 물었다. 테예이오는 대답하지 않았다. 솔리는 아침 식사 때 바티캄이 피니 한 조각을 먹여주던 일을 떠올렸다. 불과 어제 일인데 100년은 된 일처럼 느껴졌다.

음식이 위에 들어가자 솔리는 속이 울렁거리는 것을 느꼈다. 솔리는 테예이오의 풀린 손에서 컵을 가져왔고(테예이오는 다시 잠들어 있었다) 물을 따라 천천히 한 번에 한 모금씩 마셨다.

기분이 나아지자 솔리는 문으로 가서 경첩과 자물쇠와 표면을 관찰했다. 솔리는 벽돌벽과 부어 만든 콘크리트 바닥을 만져보고 자세히 살폈고, 뭔진 몰라도 탈출 수단이 될 만한 뭔가를, 그런 뭔가를 찾아다녔다……. 솔리는 운동을 해야 했다. 억지로 운동을 좀 했지만, 속이 다시 메쓰꺼워졌고, 몸도 무기력해졌다. 솔리는 매트리스로 돌아가 앉았다. 잠시 후 솔리는 자기도 모르게 울고 있었다. 잠시 후 솔리는 무심결에 잠들었다 깨어났다. 소변을 봐야 했다. 솔리는 구멍 위에 쭈그리고 앉아 소변 내려가는 소리에 귀 기울였다. 밑을 닦을 만한 게 전혀 없었다. 솔리는 침대로 돌아왔고 두 다리를 쭉 펴고 앉아 손으로 발목을 잡았다. 주위가 너무나 조용했다.

솔리는 몸을 돌려 테예이오를 보았다. 테예이오는 솔리를 보고 있었다. 그 때문에 솔리는 깜짝 놀라 흠칫했다. 테예이오는 바로 눈길을 돌렸다. 테예이오는 아직도 벽에 몸을 반쯤 받친 채 불편하게 누워 있었지만, 긴장을 풀고 있었다.

"목 말라요?" 솔리가 물었다.

"고맙습니다." 테예이오가 대답했다. 무엇 하나 친숙한 게 없고 시간도 과거와 절연된 이곳에서 테예이오의 부드럽고 밝은 목소리는 그 친숙함 때문에 반갑기 그지없었다. 솔리는 테예이오에게 물을 한 컵 가득 따라 건넸다. 테예이오는 훨씬 안정적으로 컵을 받았고, 허리를 펴고 앉아 물을 마셨다. "고맙습니다." 테예이오는 다시 속삭이며 컵을 돌려주었다.

"머리는 어때요?"

테예이오는 손을 올려 부은 곳을 만져보고 얼굴을 찡그리더니 다시 벽에 등을 기댔다.

"그자들 중 한 명이 막대기를 가지고 있었어요." 솔리는 뒤죽박죽이 된 기억 속에서 순간적으로 스쳐 가는 장면을 떠올리며 말했다. "사제의 지팡이였어요. 당신은 나머지 한 명에게 뛰어들었고요."

"그자들이 제 총을 가져갔습니다." 테예이오가 말했다. "축제." 테예이오는 계속 눈을 감고 있었다.

"전 그 지랄 같은 옷에 발이 얽혔어요. 당신을 전혀 도울 수가 없었어요. 있잖아요, 그때 무슨 소리가, 폭발 소리가 났었나요?"

"네. 아마도 주의를 딴 데로 돌리려는 거였을 겁니다."

"이 사람들이 누구인 것 같아요?"

"혁명군들. 혹은……."

"당신은 가타이 정부가 이 계획에 끼어 있다고 생각한다 말했었죠."

"모르겠습니다." 테예이오가 중얼거렸다.

"당신 말이 옳았어요. 제가 틀렸어요. 미안해요." 솔리는 잘못을 바로잡으려고 생각한 점에 뿌듯함을 느끼며 말했다.

테예이오는 상관없다는 뜻으로 손을 살짝 저었다.

"아직도 사물이 두 개로 보여요?"

대답이 없었다. 테예이오는 다시 의식을 잃고 있었다.

솔리가 서서 셀리시 호흡 운동을 기억해내려 애쓰고 있는데 문이 요란하게 철컹 소리를 내더니 전과 똑같은 세 남자가 나타났다. 둘은 총을 들었고, 모두 젊었으며 피부가 검고 머리가 짧고 심하게 긴장한 상태였다. 대장이 허리를 숙여 바닥에 쟁반을 놓을 때 솔리는 충동적으로 그 남자의 손을 밟고 발에 몸무게를 실었다. "잠깐요!" 솔리가 말했다. 솔리는 남자들의 얼굴과 다른 두 명이 든 총의 총구를 똑바로 들여다보았다. "잠시만요, 제 말 좀 들어봐요! 이 남자는 머리에 부상을 당했고, 우린 의사가 필요하고, 물도 더 필요해요. 전 이 남자의 상처조차 씻어줄 수 없고, 화장지도 없어요. 어쨌거나 당신들은 도대체 누구죠?"

솔리에게 손을 밟힌 남자는 소리를 지르고 있었다. "발 떼요! 마님 제 손에서 발 떼요!" 그러나 다른 두 남자는 솔리의 말을 들어주었다. 솔리는 발을 들고 비켰고, 남자는 잽싸게 일어나며 총 든 동료들 속으로 물러났다. "알겠어요. 마님, 문제가 생겨 유감입니다." 남자는 눈에 눈물이 고인 채 손을 어루만지며 말했다. "우린 애국주의자들입니다. 당신은 이 가짜 왕에게 메시지를 보내야 해요, 우리 메시지처럼. 아무도 다치지 않을 겁니다. 됐어요?" 남자는 계속 뒷걸음질 쳤고, 총 든 남자 중 하나가 문을 휙 닫았다. 철컹, 덜커덩.

솔리는 깊은숨을 들이쉬고 몸을 돌렸다. 테예이오가 솔리를 바라보고 있었다. "위험한 행동이었습니다." 테예이오가 아주 살짝 웃으며 말했다.

"알아요." 솔리는 거칠게 숨을 쉬며 말했다. "멍청한 짓이었어요. 저도 제가 왜 그랬는지 모르겠어요. 제가 여러 명으로 갈라진 것만 같아요. 하지만 저자들이 물건만 밀어 넣고 도망가잖아요, 젠장! 우린 물이 있어야 한다고요!" 솔리는 폭력이나 다

톰이 있고 나면 늘 잠시 그러하듯 눈물을 흘리고 있었다. "저자들이 이번엔 뭘 가져왔나 어디 한번 보자고요." 솔리는 쟁반을 매트리스 위로 올렸다. 지난번처럼, 쟁반에는 천이 덮여 있었다. 우습게도 호텔 혹은 노예를 둔 집에서 하는 방식과 비슷했다. "온갖 위안물은 다 있네." 솔리는 중얼거렸다. 천 아래에는 달콤한 페이스트리 한 더미와 작은 플라스틱 손거울, 빗, 썩은 꽃 같은 게 든 아주 작은 찻주전자, 그리고 상자 하나가 있었다. 꽤 시간이 지나고서야 솔리는 이 상자가 가타이의 탐폰 상자임을 알아보았다.

"이건 마님용 물건들이에요." 솔리가 말했다. "빌어먹을 자식들, 멍청하고 빌어먹을 놈들! 거울이라니!" 솔리는 거울을 집어 던졌다. "그래, 난 거울 없이는 단 하루도 살 수 없는 그런 사람이다! 빌어먹을 자식들!" 솔리는 페이스트리만 빼고 다른 것들도 모두 거울처럼 던져버렸고, 그러면서도 자기가 탐폰은 집어서 매트리스 아래 잘 놔둘 걸 알고 있었다. 그리고 아, 결코 그런 일은 없길 바라지만, 그래야 한다면 탐폰을 쓰기도 할 것이었다. 둘이 여기에 계속 있어야 한다면, 그 기간은 얼마나 오래가 될까? 열흘이나 그 이상. "아, 주여." 솔리는 다시 말했다. 솔리는 일어나 던진 걸 모두 주웠고, 거울과 작은 주전자, 빈 물병, 마지막 식사 후의 과일 껍질 따위를 쟁반 하나에 담고 문 옆에 놓았다. "쓰레기." 솔리는 보에 데이오어로 말했다. 솔리는 자신이 다른 언어로 폭발했었음을 깨달았다. 필경 알테라어였다. "당신네들 속에서 여자로 산다는 게 얼마나 힘든 건지 당신들은 알기나 해요?" 솔리는 다시 매트리스에 앉으며 말했다. "여자를 적으로 만드는 거라고요!"

"저 사람들은 좋은 뜻으로 그런 것 같습니다만." 테예이오가 말했다. 솔리는 테예이오의 목소리에 놀리거나 즐거워하는 기색이 조금도 없음을 깨달았다. 만약 테예이오가 솔리의 수치심을 즐기고 있다면, 테예이오는 그런 모습을 솔리에게 보이는 것에 부끄러움을 느끼고 있을 터였다. "저 사람들은 아마추어인 것 같습니다." 테예이오가 말했다.

잠시 후 솔리가 말했다. "그게 더 문제일 수도 있어요."

"어쩌면요." 테예이오는 이미 등을 펴고 앉았고, 머리의 혹을 신중하게 만져보고 있었다. 테예이오의 굵고 숱 많은 머리는 피로 온통 떡이 져 있었다. "납치." 테예이오가 말했다. "몸값 요구. 암살이 아닙니다. 저 사람들은 총을 갖고 있지 않았습니다. 총을 가지고는 들어올 수가 없었습니다. 저도 제 총을 내놔야 했으니까요."

"그 말은 저 사람들이 당신이 경고받은 그자들이 아니란 건가요?"

"모르겠습니다." 테예이오는 혹을 만져보다가 고통에 몸을 부르르 떨었고, 혹을 만지던 손을 뗐다. "물이 많이 부족합니까?"

솔리는 테예이오에게 물을 한 잔 가득 더 가져다주었다. "씻기엔 너무 부족해요. 우리에게 필요한 건 물인데 멍청하게 거울이라뇨!"

테예이오는 고맙다고 인사하고 물을 마신 뒤 벽에 등을 기대고 컵에 남은 마지막 몇 모금을 소중하게 마셨다. "절 데려오는 건 저 사람들 계획에 없는 일이었습니다." 테예이오가 말했다.

솔리는 그 말을 생각해본 뒤 고개를 끄덕였다. "당신이 자신들을 알아볼까봐 두려워서 그랬을까요?"

"절 가둘 장소가 따로 있었다면 특사님과 함께 넣지 않았을 겁니다." 테예이오는 빈정대는 기색 없이 말했다. "저 사람들은 특사님을 위해 여길 준비해뒀어요. 도시 안의 어딘가가 분명합니다."

솔리는 고개를 끄덕였다. "차로 이동한 게 30분 혹은 그보다 덜 걸렸어요. 하지만 전 머리에 자루를 쓰고 있었어요."

"저 사람들은 궁전에 메시지를 보냈습니다. 답을 듣지 못했거나, 불만스러운 답을 얻었습니다. 저 사람들은 특사님에게서 메시지를 원합니다."

"저 사람들이 정말로 절 데리고 있다고 정부에 확신을 주기 위해서요? 왜 그런 확신을 줘야 하나요?"

둘 다 말이 없었다.

"죄송합니다." 테예이오가 말했다. "생각을 못 하겠습니다." 테예이오는 다시 누웠다. 치솟았던 아드레날린이 다시 가라앉아 피곤하고 처지고 신경이 곤두선 채로 솔리는 테예이오 옆에 누웠다. 솔리는 여신의 치마를 둘둘 말아 베개로 만들어두었다. 테예이오에겐 베개가 없었다. 담요는 다리에 덮고 있었다.

"베개." 솔리가 말했다. "담요들이 더 많이 필요해요. 비누도요. 또 뭐가 필요하죠?"

"열쇠." 테예이오가 웅얼거렸다.

둘은 침묵과 희미하고 한결같은 빛 속에 나란히 누워 있었다.

이튿날 아침, 솔리의 시계에 따르면 8시 무렵, 애국주의자 네 명 모두가 방으로 들어왔다. 둘은 총을 겨누고 문가에 서서 망을 보았다. 나머지 둘은 빈 공간에 불편하게 서서 포로들을 내려다보았다. 포로 둘은 매트리스에 양반 다리로 앉아 있었다. 새로운 대표자는 다른 이들보다 보에 데이오어를 훨씬 잘했다. 대표는 마님께 불편을 끼쳐 매우 유감이며 마님이 좀 더 편안히 있을 수 있도록 최선을 다하겠노라고 했고, 마님께선 부디 인내를 가지고 참으면서, 왕이 의회에게 보에 데이오와의 조약을 폐지하라고 명령하는 즉시 마님은 자유의 몸으로 무사히 풀려날 것임을 설명하는 메시지를 가짜 왕 앞으로 직접 써야 한다고 말했다.

"왕은 그리하지 않을 거예요." 솔리가 말했다. "그 사람들은 왕이 그리하게 두지 않을 거예요."

"토론은 삼가주십시오." 남자는 심히 거칠게 말했다. "이건 필기구입니다. 이건 메시지고요." 남자는 솔리에게 가까이 가는 게 겁난다는 듯 무척 긴장하며 종이와 철필을 매트리스에 놓았다.

솔리는 테예이오가 눈에 띄지 않으려 미동도 없이 앉아 고개를 떨구고 눈을 내리깔고 있는 것을 알았다. 남자들은 테예이오를 무시했다.

"당신들에게 이걸 써주는 대신, 물, 그것도 아주 많이, 그리고 비누와 담요와 화장지와 베개와 의사를 원해요. 제가 문을 두드리면 누군가 와줘야 하고, 버젓한 옷도 원해요. 따뜻한 걸로요. 남자 옷요."

"의사는 안 됩니다!" 남자가 말했다. "써요! 제발요! 어서요!" 남자는 흥분하며 어쩔 줄 몰라했고, 솔리는 남자를 더는 감히 몰아붙이지 못했다. 솔리는 그자들이 써온 것을 읽고 자신의 크고 어린이 같은 필체로 그대로 다시 썼으며(솔리는 뭐든 손으로 쓰는 일이 거의 없었다) 원본과 필사본 모두를 대표에게 건넸다. 남자는 솔리가 쓴 걸 훑어본 뒤 말없이 다른 남자들을 데리고 얼른 나갔다. 거친 소리와 함께 문이 닫혔다.

"거절해야 했을까요?"

"아니었을 것 같습니다." 테예이오가 말했다. 테예이오는 일어나 기지개를 켰지만, 현기증이 난다는 표정으로 다시 앉았다. "거래를 잘하셨습니다." 테예이오는 말했다.

"뭐가 돌아오나 한번 보죠. 아, 주여. 대체 무슨 일이 벌어지고 있는 걸까요?"

"어쩌면." 테예이오가 천천히 말했다. "가타이는 이런 요구에 굴하려 하지 않을 수도 있습니다. 하지만 보에 데이오가, 그리고 당신의 에큐멘이 소식을 들으면, 가타이에 압력을 넣을 겁니다."

"그쪽에서 움직이면 좋을 텐데요. 가타이는 심하게 당황해서, 사건 전체를 은폐함으로써 체면 구기는 걸 피하려 할 것 같거든요. 이게 가능한 일인가요? 얼마나 오래 비밀을 지킬 수 있겠어요? 당신네 사람들은 어떻죠? 그 사람들이 당신을 찾지 않을까요?"

"의심할 여지 없어요." 테예이오는 특유의 정중한 방식으로 말했다.

테예이오의 뻣뻣한 태도, 늘 솔리를 따돌리고 제외하던 테예이오의 태도가 여기선 완전히 다른 효과를 낳고 있다니 신기할 따름이었다. 테예이오의 자제와 격식 덕분에 솔리는 자신이 아직도 이 방 밖의 세계, 자신들이 온 곳이자 다시 돌아갈 곳, 사람들이 오랫동안 삶을 살아가는 세계의 일부라 확신할 수 있었다.

오랫동안 산다는 게 왜 중요한데? 솔리는 자문했고, 답을 알지 못했다. 전에는 한 번도 생각해본 적이 없었다. 하지만 이 젊은 애국주의자들은 짧은 삶의 세계에 살았다. 요구, 폭력, 즉시성, 그리고 죽음, 뭘 위해서? 완고한 신앙, 증오, 짧은 순간의 권력을 위해.

"그 사람들이 떠날 때마다 전 정말로 겁이 나요." 솔리가 나지막하게 말했다.

테예이오가 목청을 고르고 말했다. "저도 그렇습니다."

연습.

"꽉 잡아요. 아뇨, '꽉' 잡으라고요, 난 유리로 만들어지지 않았어요! 어서요."

"하!" 솔리가 테예이오에게 꺾기를 보여주자, 테예이오는 순간적으로 흥분한 미소를 지으며 말했고, 솔리에게서 빠져나오며 솔리가 한 대로 되풀이했다.

"좋아요, 이제 당신은 기다릴 거예요, 여기서요." 쿵. "알겠죠?"

"아얏!"

"미안해요. 미안해요, 테예이오. 당신 머리는 생각 안 했어요. 괜찮아요? 정말 미안해요."

"아, 캄예시여." 테예이오는 일어나 앉아 두 손으로 검고 긴 머리를 감싸며 말했다. 테예이오는 깊은숨을 몇 번 들이쉬었다. 솔리는 뉘우치며 걱정스레 무릎을 꿇었다.

"이건." 테예이오가 말하며, 다시 몇 번 호흡을 했다. "이건 전혀, 전혀 공정하지 않습니다."

"물론 아니죠. 이건 아이지예요. 테라에선, 사랑과 전쟁에서는 공정이고 뭐고 없다고 말하죠. 정말로, 미안해요. 너무너무 미안해요. 제가 너무 멍청했어요!"

테예이오는 띄엄띄엄, 자포자기한 듯한 웃음을 터트렸고, 고개를 흔들고 또 흔들었다. "보여주십시오." 테예이오가 말했다. "어떻게 하신 건지 도무지 모르겠습니다."

연습.

"당신은 당신의 정신으로 뭘 하죠?"

"아무것도 안 합니다."

"그냥 생각이 제멋대로 흘러가게 두나요?"

"아니요. 저와 제 정신이 서로 다른 존재입니까?"

"그럼…… 뭔가에 정신을 집중하지 않나요? 그냥 생각나는 대로 생각하나요?"

"아니요."

"그럼 당신은 생각이 흘러가게 두지 '않는' 거예요."

"누가 그러겠습니까?" 테예이오는 다소 퉁명하게 말했다.

침묵.

"혹시 당신은……."

"아니요." 테예이오가 말했다. "가만히 계십시오."

아주 긴 침묵, 어쩌면 15분쯤.

"테예이오, 전 못 해요. 몸이 근질거려요. 제 마음이 근질거려요. 얼마나 오래전부터 이걸 했어요?"

침묵, 마지못한 대답. "두 살 때부터 했습니다."

테예이오는 완전하게 긴장을 푼 꼼짝 않는 자세를 깨고, 고개를 숙여 목과 어깨 근육을 풀었다. 솔리는 테예이오를 지켜보았다.

"저는 오랜 삶에 대해, 오랫동안 사는 것에 대해 계속 생각하고 있어요." 솔리가 말했다. "그냥 오랜 시간을 살아 있는 걸 말하는 게 아니에요, 젠장, 전 이제까지 1100년 정도를 살아 있었고, 그게 의미하는 건, 아무것도 없어요. 제 말은…… 삶이 계속될 거란 생각이 행동에 차이를 만든다는 거예요. 아이를 갖는 것이 그렇듯이요. 아이를 갖는다고 생각만 해도 그렇게 되죠. 그 생각으로 균형이 좀 바뀌는 것과 비슷해요. 지금, 제가 오래 살 가능성이 이렇게 급락한 상황에서 그런 걸 계속 생각하고 있다니 웃기죠……."

테예이오는 아무 말도 하지 않았다. 테예이오는 솔리가 계속 이야기하게 할 만한 말을 전혀 할 수 없었다. 테예이오는 솔리가 이제껏 알던 남자 중 가장 말이 적었다. 대부분의 남자들은 아주 말이 많았다. 솔리 자신도 상당히 말이 많은 편이었다. 테예이오는 조용했다. 솔리는 자신도 조용해지는 법을 알면 좋겠다고 생각했다.

"이건 그냥 연습이에요, 그렇죠?" 솔리가 물었다. "그냥 앉아 있는 거요."

테예이오는 고개를 끄덕였다.

"오랜, 오랜, 오랜 연습이죠. 아, 주여. 어쩌면……."

"아뇨, 아뇨." 테예이오는 솔리가 무슨 생각을 하는지 바로 알아차리고 말했다.

"하지만 왜 그자들이 뭔가를 '하지' 않죠? 그자들은 뭘 '기다리는' 거죠? 벌써 '아흐레'째라고요!"

처음부터, 계획하지도 말하지도 않은 동의에 의해, 방은 둘로 나뉘어 있었다. 선은 매트리스 한가운데를 지나 맞은편 벽까지 이어졌다. 문은 솔리 쪽, 즉 왼쪽에 있었다. 오줌 구멍은 테예이오 쪽인 오른쪽에 있었다. 서로의 공간을 침범할 때는 거의 보이지 않는 신호로 이루어진 요청과 똑같은 식의 허락이 오갔다. 둘 중 하나가 오줌 구멍을 쓸 때 다른 한 명은 조용히 고개를 돌렸다. 아주 가끔이긴 해도, 고양이처럼 목욕할 만큼의 물이 생기면 똑같은 식의 합의가 이루어졌다. 매트리스 가운데를 지나는 선은 절대적이었다. 목소리는 선을 넘어갔고, 몸에서 나는 소리와 냄새도 선을 넘어갔다. 가끔 솔리는 테예이오의 온기를 느꼈다. 웨렐인의 체온은 솔리의 체온보다 다소 높았고, 축축하고 정체된 공기 속에서 솔리는 테예이오가 잘 때 희미한 광채를 느꼈다. 그러나 둘은 아무리 깊이 잠이 들어도 손가락 하나 절대로 선을 넘지 않았다.

  솔리는 이에 대해 생각하며 어느 순간 상당히 재밌다고 느꼈다. 또 다른 순간엔, 바보 같고 빙퉁그러졌다고 느꼈다. 둘 다 인간적인 위안을 좀 얻으면 안 되는 건가? 솔리가 테예이오를 만진 유일한 때는 첫날 테예이오가 매트리스로 올라오게 도왔을 때, 그런 뒤 물이 충분히 생기자 테예이오의 머리 상처를 씻고 빗과 여신 치마 조각을 이용해 뭉치고 악취 나는 피를 머리털에서 조금씩 닦아내줬을 때뿐이었다. 빗은 그렇게 유용성이 증명되었고, 여신의 치마는 수건과 붕대로써 헤아릴 수 없이 귀중한 자원이 되었다. 일단 머리 상처가 낫자, 둘은 매일 아이지를 연습했다. 그러나 아이지는 꽉 잡고 쥐는 것에 비개인적이고 의식적인 순수함까지 깃들어 있었으며, 누군가를 편안하게 해주는 것과는 거리가 멀었다. 연습 외의 시간에 테예이오는 육체적으로 명확하게, 변함 없이, 침입할 수 없으며 만질 수 없는 존재였다.

  테예이오는 믿을 수 없이 불리한 환경에서도 언제나처럼 엄격한 자제심을 유지했다. 테예이오만이 아니라, 레웨 역시 그랬다. 모두가, 바티캄을 제외한 모두가 그랬다. 하지만 바티캄이 솔리의 변덕과 욕망에 즉각 응해주었던 게 과연 솔리가 생각했던 진짜 접촉이었을까? 솔리는 마지막 날 밤 바티캄의 눈에서 본 공포를 생각했다. 그건 자제가 아니라 억제였다.

노예사회의 심리였다. 철저한 불신과 자기 보호라는, 똑같은 덫에 걸린 노예와 주인이었다.

"테예이오." 솔리는 말했다. "전 노예제도가 이해가 안 가요. 제가 먼저 끝까지 말하게 해주세요." 테예이오가 말을 중지시키거나 항의하려는 기색을 보인 것도 아니고 그저 정중히 집중해 듣고 있는데도 솔리는 그렇게 말했다. "그러니까, 전 어떻게 한 사회제도가 생겨나고, 개인이 단순히 그 일부가 되는지는 이해해요. 전 왜 당신이 제게 동의해서 노예제를 사악하고 무익하다고 보지 않느냐고 말하는 게 아니에요. 노예제를 옹호하거나 부인하라는 것도 아니에요. 전 당신네 세계의 인간들 중 3분의 2가 실제로, 적법하게 당신네 재산이라 믿는 게 어떤 느낌일지 이해하려 애쓰고 있는 거예요. 사실, 당신네 특권 계급의 여자들까지 포함하면 6분의 5죠."

잠시 후 테예이오가 대답했다. "제 가족은 약 스물다섯 개의 자산을 가지고 있습니다."

"구차한 변명은 하지 마요."

테예이오는 이 비난을 받아들였다.

"제 눈엔 당신들이 인간적 접촉을 차단하고 있다고 보여요. 당신들은 노예를 만지지 않고, 노예들은 당신들을 만지지 않아요. 인간들이 서로를 만지는 그런 식으로, 서로 관계를 맺는 그런 식으로는요. 당신들은 늘 그 경계를 지키려 애쓰면서 스스로를 격리해야 해요. 왜냐하면 그게 자연스러운 경계가 아니기 때문이지요. 완전히 인위적이고 인공적이에요. 전 육체적으로 소유주들과 자산들을 구별할 수 없어요. 당신은요?"

"대부분은 가능합니다."

"문화적, 행동적 실마리로 구분하죠. 맞죠?"

잠시 생각한 뒤 테예이오는 고개를 끄덕였다.

"당신들은 똑같은 인종, 종족, 사람들이고, 모든 면에서 완벽하게 똑같고, 단지 색에 있어 근소한 선택이 있을 뿐이에요. 자산 아이를 소유주로 키우면, 그 아이는 모든 면에서 소유주가 될 것이고, 그 반대의 경우도 마찬가지죠. 그러니 당신들은 존재하지도 않는 이 어이없는 경계를 유지하느라 평생을 보내는 거고요. 제가 이해할 수 없는 건, 이게 얼마나 끔찍한 낭비인지를 당신들이 왜 모르느냐는 거예요. 경제적인 면을 이야기하는 게 아니에요!"

"전쟁이 벌어졌고." 테예이오가 말하고는 아주 오랫동안 침묵을 지켰다. 솔리는 아직 할 말이 아주 많았지만 테예이오의 다음 말을 궁금해하며 기다렸다. "전 예이오웨이에 있었습니다." 테예이오가 말했다. "아시겠지만, 내전이 있었습니다."

거기서 그 모든 흉터와 자국이 생겼군요. 솔리는 생각했다. 제아무리 꼼꼼하게 눈길을 돌렸어도, 이렇게 시간이 지났는데 테예이오의 마르고 칠흑처럼 검은 몸에 익숙해지지 않기란 불가능했고, 솔리는 아이지를 하면서 테예이오가 이두근 바로 위에 상당한 크기의 살점이 떨어져 나간 왼팔을 조심스레 쓴다는 걸 알았다.

"아시다시피, 식민지의 노예들이 반란을 일으켰고, 처음엔 일부가, 이윽고 모두가 반란에 참여했습니다. 거의 모두가요. 그래서 그곳의 우리 군대는 모두 소유주들이었지요. 우린 자산 군인들을 보낼 수 없었습니다. 탈영할 수도 있었으니까요. 우린 모두 베이오트들과 자원자들이었습니다. 자산들과 싸우는 소유주들이었죠. 전 저와 동등한 이들과 싸우고 있었습니다. 그 사실을 상당히 빨리 깨달았죠. 나중에 전 제가 저보다 뛰어난 자들과 싸우고 있음을 알게 됐습니다. 그 사람들이 우릴 쳐부쉈습니다."

"하지만 그건……." 솔리는 말하다 입을 다물었다. 뭐라 할 말이 없었다.

"그 사람들은 처음부터 끝까지 우릴 패배시켰습니다." 테예이오가 말했다. "그 사람들이 그럴 수 있단 걸 우리 정부가 이해하지 못한 것도 패배한 이유의 일부였습니다. 그 사람들이 우리보다 더 잘, 더 열심히, 더 영리하게, 더 용감하게 싸울 수 있단 걸 정부는 이해하지 못했습니다."

"왜냐하면 그 사람들은 자신들의 자유를 위해 싸우고 있었으니까요!"

"어쩌면 그래서." 테예이오는 특유의 정중한 태도로 말했다. "그래서……."

"전 제가 싸웠던 사람들을 높게 생각한다고 말하고 싶었습니다."

"전 전쟁에 대해서, 싸움에 대해선 아는 게 거의 없어요." 솔리는 회한과 속 타는 기분을 함께 느끼며 말했다. "사실 전혀 몰라요. 전 케아크에 있었지만, 그건 전쟁이 아니었고, 인종적 자멸, 생물권의 대량 학살이었어요. 거기엔 차이가 있다고 생각해요……. 그때가 바로 에큐멘이 마침내 무기 협약을 결정한 때였어요. 자멸하는 오린트, 그다음엔 케야크 때문에요. 테라인들은 오랫동안 무기 협약을 위해 애써왔어요. 자신들도 한참 전에 하마터면 자멸할 뻔했으니까요. 전 반은 테라인이에요. 제 조상들은 행성 전체를 바삐 돌아다니며 서로를 학살했죠. 수천 년 동안이나요. 그 조상들도 일부는, 아주 많은 이들이 주인과 노예였어요……. 하지만 무기 협약이 좋은 생각인지는 잘 모르겠어요. 그게 옳은지를 모르겠어요. 우리가 뭐라고 남에게 이래라저래라 해요? 에큐멘의 생각은 한 가지 길을 제시한다는 거였어요. 그 길을 열어주는 거요. 누구에게든 그걸 금하는 게 아니라요."

테예이오는 열심히 경청했지만 아무 말도 하지 않았고, 한참 뒤에야 입을 열었다. "우린…… 신분제를 폐쇄적으로 유지하는 걸 배웁니다. 언제나요. 당신이 옳은 것 같습니다, 그건…… 에너지, 정신의 낭비입니다. 당신은 열려 있습니다."

테예이오는 말할 때 무척 힘들어하는 것 같다고 솔리는 생각했다. 말이 그냥 공기 중에서 춤추듯 나와 다시 공기 중으로 들어가는 솔리와는 달랐다. 테예이오는 뼛속에서부터 말을 끄집어냈다. 그래서 테예이오가 하는 말은 진지한 칭찬이 되었고, 솔리는 이걸 감사히 받아들였다. 날이 갈수록 솔리는 자신이 얼마나 믿음을 잃었고 또 계속 잃고 있는지 이따금씩 깨달았던 것이다. 자신에 대한 믿음, 자신들이 몸값을 치르고 풀려나 구조

될 거란 믿음, 이 방에서 나갈 수 있으리란 믿음, 살아서 이 방을 나갈 거란 믿음이었다.

"전쟁이 굉장히 잔인했나요?"

"네." 테예이오가 대답했다. "전 절대로…… 한 번도…… 그걸 볼 수가 없었습니다. 그저 뭔가가 섬광처럼 나타날 뿐……." 테예이오는 눈을 가리려는 듯이 두 손을 들어 올렸다. 이윽고 테예이오는 경계하는 눈으로 솔리를 흘끗 보았다. 테예이오의 무쇠 같아 보이는 자존심이 실은 온갖 곳에서 취약하다는 사실을 솔리는 이제야 알았다.

"전 본 줄도 몰랐던 케아크에서의 것들이 그런 식으로 제게 나타나요." 솔리는 말했다. "밤에요." 그리고 얼마 후. "거기에 얼마나 오래 있었어요?"

"7년 조금 넘게 있었습니다."

솔리는 얼굴을 찡그렸다. "당신이 운이 좋았나요?"

묘한 질문이었고, 솔리가 의도한 대로 질문이 나오진 않았지만, 테예이오는 의도대로 받아들였다. "네." 테예이오는 대답했다. "언제나요. 저와 함께 간 이들은 죽었습니다. 대부분은 몇 년 안에 죽었습니다. 우린 예이오웨이에서 30만 명을 잃었습니다. 사람들은 절대 그 사실에 대해 말하지 않지요. 보에 데이오의 베이오트 남자들 중 3분의 2가 죽었습니다. 살아 있는 게 행운이라면, 전 행운아였습니다." 테예이오는 꽉 쥔 두 손을 내려다보았고, 자기 안으로 빠져들었다.

잠시 후 솔리가 부드럽게 말했다. "전 당신이 아직도 행운아라고 생각해요."

테예이오는 아무 말도 하지 않았다.

"얼마나 지났습니까?" 테예이오가 물었고, 솔리는 자동적으로 시계를 흘끗 보고 목청을 고른 뒤 말했다. "여섯 시간요."

어제 납치자들은 정기적으로 오던 시간인 아침 8시경에 오지 않았다. 오늘 아침에도 오지 않았다.

먹을 게 전혀 없었고, 이젠 물도 남지 않아서, 솔리와 테예이오는 점점 더 조용해지고 생기가 없어졌다. 누구도 뭔가 말하지 않게 된 지 벌써 몇 시간이 흘렀다. 테예이오는 시간을 묻지 않으려 최대한 참고 버티다 드디어 물은 것이었다.

"이건 끔찍해요." 솔리가 말했다. "너무나 끔찍해요. 계속 생각……."

"그 사람들은 당신을 버리지 않을 겁니다." 테예이오가 말했다. "그 사람들은 책임감을 느낍니다."

"제가 여자라서요?"

"부분적으로는요."

"젠장."

테예이오는 다른 삶을 살았을 땐 솔리의 상스러운 면이 많이 불쾌했었음을 떠올렸다.

"그자들은 잡혀서 총에 맞은 거예요. 아무도 그자들이 우릴 가둔 곳을 힘들게 찾으려 하지 않는 거고요." 솔리가 말했다.

똑같은 생각을 수백 번이나 했었기에 테예이오는 뭐라 할 말이 없었다.

"여긴 죽기에 너무나 끔찍한 '장소'예요." 솔리가 말했다. "여긴 더러워요. 제겐 악취가 나고요. 벌써 20일째 악취가 나요. 이젠 겁이 나서 설사까지 나요. 그런데 아무것도 못 싸겠어요. 목이 마른데 물을 마실 수가 없어요."

"솔리." 테예이오는 날카롭게 말했다. 테예이오가 솔리의 이름을 말한 건 이게 처음이었다. "진정해요. 꽉 붙들어요."

솔리는 테예이오를 물끄러미 바라보았다.

"뭘 꽉 붙들어요?"

테예이오가 바로 대답하지 않자 솔리가 말했다. "당신은 제가 당신을 만지게 두지 않잖아요!"

"절 붙들라는 게 아니라……."

"그럼 뭘요? 아무것도 없잖아요!" 테예이오는 솔리가 울려 한다고 생각했지만, 솔리는 벌떡 일어나 빈 쟁반을 들고 그걸로 문을 쾅쾅 쳤고, 결국 쟁반은 고리버들가지 파편과 먼지로 부서져버렸다. "이리 와! 이 나쁜 자식들아! 얼른 오라고, 개자식들아!" 솔리는 외쳤다. "우릴 여기서 내보내줘!"

그런 뒤 매트리스에 다시 앉았다. "이런." 솔리가 말했다.

"들어봐요." 테예이오가 말했다.

전에도 들은 적이 있는 소리였다. 여기가 어디든, 도시의 소리가 이 지하실까지 내려오진 않았지만, 이 소리는 좀 더 큰 게 폭발 소리일 거라고 솔리와 테예이오는 생각했다.

문이 덜컹거렸다.

문이 열릴 때 솔리와 테예이오는 둘 다 서 있었다. 문은 평소처럼 철컹거리고 쾅 소리를 내며 열리지 않고 천천히 열렸다. 남자 한 명이 밖에서 기다렸다. 두 명은 들어왔다. 무장한 한 명은 본 적이 없는 자였다. 나머지 한 명은 그자들이 대표라 부르던 독한 인상의 젊은이였는데 먼지투성이에 지치고 살짝 멍한 것이 마치 이제까지 달리거나 싸우다 온 것처럼 보였다. 젊은이는 문을 닫았다. 손에 종이 몇 장을 들고 있었다. 네 명은 잠시 침묵 속에 서로를 바라보았다.

"물 줘." 솔리가 말했다. "이 개자식들아!"

"마님." 대표자가 말했다. "미안합니다." 대표자는 솔리 말을 듣고 있지 않았다. 눈이 솔리를 보고 있지 않았다. 대표자는 처음으로 테예이오를 보고 있었다. "싸움이 크게 벌어지는 중입니다." 대표자가 말했다.

"누가 싸우고 있습니까?" 테예이오가 물었고, 자기도 모르게 갑자기 권위 있는 차분한 어조로 말하고 있었다. 젊은이는 자동적으로 그 목소리에 반응했다. "보에 데이오. 그자들이 군대를 보냈습니다. 장례식 후, 그자들은 우리가 항복하지 않으면 군대를 보내겠다고 했습니다. 그자들은 어제 왔습니다. 사람들을 죽이며 도시를 헤집고 있습니다. 그자들은 구교도의 집결지들을 모두 알고 있습니다. 우리 것 중 일부도요." 젊은이의 말에서 당황하고 비난하는 기색이 느껴졌다.

"무슨 장례식요?" 솔리가 말했다.

남자가 대답하지 않자 테예이오가 되풀이해 물었다. "무슨 장례식입니까?"

"마님의, 당신의 장례식입니다. 여기, 제가 네트를 출력해 가져왔습니다. 국장입니다. 그자들은 당신이 그때의 폭발 사고로 죽었다고 말했습니다."

"폭발이라니, 무슨 폭발요?" 솔리는 쉬고 바싹 마른 목소리로 말했고, 이번엔 젊은이가 솔리의 질문에 대답했다. "축제 때요. 구교도들. 불, 뙬의 불, 그 안에 폭약이 있었습니다. 단지 너무 일찍 터졌을 뿐입니다. 우린 그자들의 계획을 알고 있었습니다. 우리가 당신을 거기서 구한 겁니다, 마님." 젊은이는 똑같이 비난 어린 어조로 갑자기 솔리에게 몸을 돌리며 말했다.

"절 구했다고요, 이 머저리들!" 솔리가 외쳤고, 테예이오가 바싹 마른 입술을 벌리며 깜짝 놀란 웃음을 터트렸다가 바로 그쳤다.

"이리 줘봐요." 테예이오가 말했고, 젊은이는 종이들을 테예이오에게 건넸다.

"물을 가져와요!" 솔리가 말했다.

"잠시 가만히 계시죠. 우린 얘기를 해야 합니다." 테예이오는 본능적으로 주도권을 고수하며 말했다. 테예이오는 네트 출력물을 들고 매트리스에 앉았다. 몇 분 뒤, 테예이오와 솔리는 용서 축제의 충격적인 혼란에 대한 보고서와, 구교도 무리가 자행한 테러 행위 때문에 에큐멘 특사가 통탄할 죽음을 맞은 일, 폭발로 70명 이상의 사제들과 구경꾼들이 죽었는데 그중 보에 데이오 대사관 경호원도 한 명 있었다는 간단한 언급, 국장에 대한 기나긴 묘사, 사회 불안, 테러 행위, 보복 등에 대한 보고서를 훑어보았고, 그런 뒤 테러리즘이란 병폐를 근절하는 데 있어 보에데이오의 도움 제안을 감사히 받아들인다는 궁전에 관한 보고서를 보았다…….

"그러니까." 테예이오가 마침내 말했다. "당신은 궁전에서 전혀 소식을 듣지 못했군요. 왜 우릴 살려두었습니까?"

솔리는 너무 요령 없는 질문이란 표정을 지었지만, 대표자는 똑같이 솔직하게 대답했다. "당신네 나라에서 당신의 몸값을 내줄 거라 생각했습니다."

"그 사람들은 그렇게 할 겁니다." 테예이오가 말했다. "단지 당신은 우리가 살아 있단 걸 당신네 정부가 모르게 해야 합니다. 만약……."

"잠시만요." 솔리는 테예이오의 손을 만지며 말했다. "잠깐만 기다려요. 전 이 일에 대해 좀 생각해보고 싶어요. 당신들은 에큐멘을 이 토론에서 빼놓지 않는 게 좋을 거예요. 하지만 에큐멘과 접촉하는 게 좀 힘들긴 하죠."

"만일 여기에 보에 데이오 군대가 있다면, 제 수하의 누군가 혹은 대사관 경호원 중 누군가에게 메시지를 전하기만 하면 됩니다."

솔리는 아직도 경고의 의미로 살짝 힘을 주며 테예이오의 손에 자기 손을 올리고 있었다. 솔리는 손가락을 쫙 펴고 다른 손을 대표자에게 흔들었다. "당신들은 에큐멘의 특사를 납치했어요, 머저리들! 이제 당신은 행동하기 전에 해야 했던 생각을 해야 돼요. 그리고 나도 그래요. 갑자기 떡하니 살아 나타나는 바람에 당신네 시시하고 빌어먹을 정부를 당황시켰다가 그자들 손에 도로 죽고 싶진 않으니까요. 어쨌거나, 당신들은 어디에 숨어 있는 거죠? 적어도 우리가 이 방을 나갈 가능성은 있는 건가요?"

남자는 안절부절못하고 필사적인 표정으로 고개를 흔들었다. "지금 우린 모두 이 아래에 있습니다." 남자가 말했다. "대부분의 시간을요. 여기 계시면 안전합니다."

"그래요, 당신들은 당신네 여권을 안전하게 보관하는 게 좋겠죠!" 솔리가 말했다. "우리에게 물이나 좀 가져다줘요, 젠장할! 우린 좀 얘기를 해야겠어요. 한 시간 뒤에 다시 와요."

젊은이는 일그러진 얼굴로 갑자기 솔리 쪽으로 몸을 숙였다. "도대체 무슨 마님이 이 따위야." 젊은이가 말했다. "이 더럽고 냄새나는 외국 창녀야."

테예이오가 일어났지만, 테예이오의 손을 잡은 솔리의 손아귀 힘은 더 강해져 있었다. 잠시 침묵이 흐른 뒤, 대표자와 다른 남자는 문으로 몸을 돌렸고, 자물쇠를 덜커덩거린 뒤 밖으로 나갔다.

"어이쿠." 솔리는 멍한 표정으로 말했다.

"그러지 마십시오." 테예이오가 말했다. "그러지 말아요." 테예이오는 뭐라 표현해야 할지 몰랐다. "저자들은 이해하지 못합니다. 제가 말하는 편이 낫습니다."

"아무렴요. 여자들은 명령하지 않으니까요. 여자들은 말도 안

해요. 돌대가리들! 저 사람들이 제게 큰 책임감을 느낀다고 말한 건 당신이었던 거 같은데요!"

"맞습니다." 테예이오가 말했다. "하지만 저자들은 젊은 남자들입니다. 광신자들입니다. 매우 겁에 질려 있고요." 그리고 당신은 저자들에게 마치 자산을 대하듯 말해요, 테예이오는 생각했지만 입 밖으로 내지는 않았다.

"음, 저도 역시 겁에 질려 있는걸요!" 솔리는 말하며 살짝 눈물이 쏟았다. 솔리는 눈물을 훔치고 종이들 사이에 다시 앉았다. "맙소사. 우린 20일 동안이나 죽어 있었어요. 묻힌 지는 15일이고요. 저 사람들이 누굴 묻은 거 같아요?"

솔리는 손아귀 힘이 대단했다. 테예이오는 손과 손목이 아팠다. 테예이오는 잡혔던 곳을 부드럽게 문지르며 솔리를 바라보았다.

"고맙습니다." 테예이오가 말했다. "안 그랬음 제가 그자를 쳤을 겁니다."

"아, 알고 있었어요. 빌어먹을 기사도 정신. 그리고 총을 든 그자는 당신 머리를 날려버렸겠죠. 잘 들어요, 테예이오. 군이나 경호대의 누군가에게 말만 전하면 된다고 정말로 확신해요?"

"네, 물론입니다."

"당신네 나라가 가타이와 똑같은 게임을 하지 않을 거라고 확신해요?"

테예이오는 솔리를 물끄러미 바라보았다. 솔리의 말을 이해하게 되면서, 이제껏, 솔리와 함께 감금되어 있던 이 끝없이 긴 날들 동안 짓누르고 부정했던 화가 천천히 일어났고, 이윽고 분노와 증오, 치욕의 홍수가 맹렬히 쇄도했다.

테예이오는 말을 할 수가 없었다. 젊은 애국주의자가 했던 것처럼 솔리에게 말하게 될까봐 두려웠다.

테예이오는 방의 자기 쪽 공간으로 가 자기 쪽 매트리스에 앉았고, 솔리에게서 몸을 좀 돌렸다. 다리를 꼬고 앉았고, 한 손을 다른 손 위에 살짝 올려놓았다.

솔리는 뭐라고 더 말했다. 테예이오는 듣지 않았거나 대꾸하지 않았다.

잠시 후 솔리가 말했다. "우린 얘기를 해야 해요, 테예이오. 시간이 딱 한 시간밖에 없어요. 제 생각에 저 아이들은 뭐든 우리가 말하는 대로 할 것 같아요. 우리가 말만 그럴듯하게 하면…… 뭔가 될 만한 얘기를 하면요."

테예이오는 대답하려 하지 않았다. 그저 입술을 깨물고 가만히 있었다.

"테예이오, 제가 뭐라고 했나요? 제가 뭔가 잘못된 말을 했군요. 그게 뭐였는진 모르겠지만, 미안해요."

"그 사람들은……." 테예이오는 입술과 목소리를 통제하려 분투했다. "그 사람들은 우릴 배신하지 않을 겁니다."

"누구요? 애국주의자들요?"

테예이오는 대답하지 않았다.

"보에 데이오를 말하는 거예요? 우릴 배신하지 않을 거라고요?"

솔리의 부드럽고 의심 많은 질문을 듣고 잠시 침묵하던 테예이오는 솔리의 말이 맞다는 걸 깨달았다. 모든 게 이 세계의 힘들 간의 공모란 걸 깨달았고, 자신이 고국에 바친 충성과 봉사가 헛된 것이었음을, 자신의 여생만큼이나 헛된 것임을 깨달았다. 솔리는 계속 말하면서 당연히 당신이 옳을 수도 있다고 변명했다. 테예이오는 두 손에 머리를 묻고 눈물이 나길 간절히 바랐지만 눈은 돌처럼 말라붙어 있었다.

솔리는 선을 넘었다. 테예이오는 자신의 어깨에 와 닿는 솔리의 손을 느꼈다.

"테예이오, 정말로 미안해요." 솔리가 말했다. "당신을 모욕하려던 건 아니었어요! 전 당신을 존경해요. 당신은 제 모든 희망이자 힘이었어요."

"상관없습니다." 테예이오가 말했다. "제게…… 우리에게 물만 좀 생긴다면요."

솔리는 벌떡 일어나 주먹과 샌들로 문을 쾅쾅 쳤다.

"나쁜 놈들, 나쁜 놈들." 솔리가 외쳤다.

테예이오는 일어나 걸었다. 세 걸음 갔다 몸을 돌리고, 세 걸음 갔다 몸을 돌린 후, 방의 자신 쪽 공간에서 멈췄다. "만약 당신이 옳다면." 테예이오는 천천히 그리고 격식을 차리며 말했다. "우리와 우리를 납치한 자들은 가타이뿐 아니라 바로 제 사람들에게서도 위험에 처해 있어요. 그 사람들은 어쩌면…… 그 사람들은 이제까지 이 반정부 파벌들을 조장해왔어요. 여기에 군대를 파견할 구실을 만들려고…… 가타이를 '진정'시키기 위해서요. 바로 그런 이유에서 그 사람들은 어디 가면 파벌주의

자들을 찾을 수 있는지 알았던 겁니다. 우린…… 우린…… 행운아입니다. 우리 무리가 진짜였으니까요."

솔리는 다정한 눈으로 테예이오를 보고 있었고, 테예이오는 그 눈빛이 뜬금없다고 느꼈다.

"우리가 모르는 것은 에큐멘이 어느 편을 들까 하는 겁니다. 그건…… 실은 정말로 오직 한 가지 편만 있습니다." 테예이오가 말했다.

"아뇨, 우리 편도 있어요. 약자들요. 만약 보에 데이오가 가타이의 관리권을 가져가려 한다고 생각하게 된다면, 대사관은 끼어들지 않겠지만 찬성하지도 않을 거예요. 특히나 보이는 만큼 많은 억제가 수반된다면요."

"폭력은 에큐멘에 반대하는 파벌들에만 쓰입니다."

"그래도 그 사람들은 찬성하지 않을 거예요. 그리고 제가 살아 있다는 걸 알게 되면, 그 사람들은 제가 모닥불 속으로 걸어 들어갔다고 주장하는 사람들에게 상당히 화를 낼 거예요. 우리의 문제는 어떻게 그 사람들에게 말을 전하느냐 하는 거죠. 전 가타이에서 에큐멘을 대표하는 유일한 사람이었어요. 누가 안전한 채널이 되어줄 수 있을까요?"

"제 부하 누구라도요. 하지만……"

"부하들은 이미 돌려보내졌을 거예요. 특사가 죽고 매장된 판에 뭐 하러 여기에 대사관 경호원들을 그냥 두겠어요? 우리가 시도해볼 수 있을 것 같아요. 그 자식들에게 해보라고 부탁해요, 바로 그거예요." 이제 솔리는 생각에 잠겨 말하고 있었다.

"그자들이 우릴 그냥 놓아줄 것 같진 않아요. 변장하면요? 그럼 그건 그자들에게 가장 안전한 방법이 될 거예요."

"바다가 있습니다." 테예이오가 말했다.

솔리는 자신의 머리를 두드렸다. "아, 저 사람들은 왜 '물'을 좀 안 가져오는 거죠……." 솔리의 목소리가 종이 위를 미끄러지는 종이 소리처럼 들렸다. 테예이오는 자신의 화와 슬픔, 자기 자신이 부끄러웠다. 테예이오는 당신 역시 자신에게 희망이며 힘이었다고, 당신을 존경한다고, 당신은 믿기지 않을 만큼 용감하다고 솔리에게 말하고 싶었다. 그러나 그중 한 마디도 입 밖으로 나오려 하지 않았다. 테예이오는 텅 비고 기진맥진하다고 느꼈다. 늙었다고 느꼈다. 저자들이 물만 가져다줘도 얼마나 좋을까!

마침내 물이 도착했다. 약간의 음식도 왔다. 많지 않았고 신선하지도 않았다. 납치자들은 지금 숨어 있고 감금되어 있는 게 분명했다. 대표자는(그자는 자신의 전쟁 이름이 가타이어로 자유를 뜻하는 커가트라고 둘에게 알려주었다) 말하길 인근 전체가 청소되었고 불에 탔다고, 보에 데이오 군대가 궁전을 포함해 도시 대부분을 통제하고 있다고, 그리고 이 중 네트에 보고된 것은 거의 없다고 했다. "이 일이 끝나면, 보에 데이오가 우리 나라를 소유할 겁니다." 남자는 회의적이면서도 격노하며 말했다.

"오래가진 않을 겁니다." 테예이오가 말했다.

"누가 그자들을 물리칠 수 있을까요?" 젊은이가 물었다.

"예이오웨이. 예이오웨이의 계획."

커가트와 솔리 둘 다 테예이오를 뚫어져라 바라보았다.

"혁명." 테예이오는 말했다. "웨렐이 새 예이오웨이가 될 때까지 얼마나 걸리겠습니까?"

"자산들 말인가요?" 커가트는 마치 테예이오가 소나 파리의 반란이라도 말한다는 듯 얘기했다. "그자들은 절대 조직화하지 못할 겁니다."

"그자들이 조직화한다면 몸조심해야 할 겁니다." 테예이오는 부드럽게 말했다.

"당신네 무리엔 자산이 한 명도 없나요?" 솔리는 놀라며 커가트에게 물었다. 커가트는 굳이 대답하지 않았다. 커가트가 솔리를 자산으로 분류해버렸다고 테예이오는 생각했다. 그리고 왜 그랬는지도 이해했다. 이 방 밖에서 살 때는, 그런 구분이 말이 됐을 때는, 자신도 그렇게 했으니 말이다.

"당신의 계집종, 레웨." 테예이오가 솔리에게 물었다. "레웨는 친구였나요?"

"네." 솔리는 대답한 뒤 다시 말했다. "아뇨. 전 그러길 바랐지만요."

"그 마킬은요?"

잠시 침묵했다 솔리가 말했다. "친구였다고 생각해요."

"그자가 아직도 여기 있습니까?"

솔리는 고개를 저었다. "그 공연단은 축제 며칠 뒤에 순회 공연을 간댔어요."

"축제 이후 여행은 제한됐어요." 커가트가 말했다. "오직 정부와 군대만 움직일 수 있어요."

"그 사람은 보에 데이오인이에요. 그 사람이 아직 여기 있다면, 그자들은 필경 그 사람과 공연단을 집으로 보냈을 거예요. 그 사람에게 접촉을 시도해봐요, 커가트."

"마킬과요?" 젊은이는 혐오감과 회의감을 동시에 드러내며 말했다. "당신네 보에 데이오 동성애 광대들 중 하나와요?"

테예이오는 솔리에게 얼른 눈길을 보냈다. 참아요, 참아.

"양성애 배우예요." 솔리는 테예이오를 무시하며 말했지만, 다행히 커가트는 솔리를 무시하기로 맘먹고 있었다.

"똑똑한 자입니다." 테예이오가 말했다. "연줄도 있고. 그자가 우릴 도울 수 있습니다. 당신과 우리를 말입니다. 그자가 아직 여기 있다면 해볼 가치가 있습니다. 우린 서둘러야 합니다."

"뭐 하러 그자가 우릴 돕겠습니까? 그자는 보에 데이오인인데."

"자산이지 시민이 아닙니다." 테예이오가 말했다. "그리고 하메의 일원이고요. 자산해방 지하조직인 하메는 보에 데이오 정부에 반해 움직입니다. 에큐멘은 하메의 적법성을 인정하고 있습니다. 그자는 어느 애국주의자 무리가 특사를 구했고 지금은 극도의 위험 속에서도 특사를 안전하게 숨겨주고 있다고 대사관에 보고할 겁니다. 에큐멘은 신속하고 단호하게 움직일 테고. 제 말이 맞습니까, 특사님?"

갑자기 복직된 솔리는 짧고 위엄 있게 고개를 끄덕였다. "하지만 신중하게 움직일 거예요." 솔리가 말했다. "그 사람들은 폭력을 피하려 할 거예요. 정치적 강제를 쓸 수 있다면요."

젊은이는 모든 걸 머릿속에 기억하고 이해하려 애쓰고 있었다. 테예이오는 젊은이의 피로와 불신, 혼란에 충분히 공감했고, 조용히 앉아 기다렸다. 테예이오는 솔리가 두 손을 포개고 똑같이 조용하게 앉아 있음을 알아차렸다. 솔리는 마르고 더러웠고, 감지 못해 기름기가 흐르는 머리털은 길고 부드럽게 땋아놓았다. 솔리는 용감했다. 용감한 암말처럼, 용감 그 자체였다. 솔리는 완전히 좌절하기 전에는 절대 그만두지 않을 것이었다.

커가트는 질문들을 던졌다. 테예이오는 설득하고 안심시키며 대답했다. 때론 솔리가 말했고, 커가트는 이제 다시 솔리의 말에 귀를 기울였지만, 불편한 마음으로 내켜 하지 않으며 들었다. 커가트는 솔리에게 욕한 뒤로는 솔리 말을 듣고 싶어 하지 않았다. 마침내 커가트는 자신이 어쩔 요량인지는 말하지 않은 채 방을 떠났다. 그러나 바티캄의 이름을 받아 갔고, 테예이오가 대사관에 보내는 신원 확인 메시지도 가져갔다. "반값 봉급 베이오트들은 옛 노래들을 빠르게 배운다."

"도대체가!" 커가트가 떠나자 솔리가 말했다.

"대사관에 있는 옛음악이란 이름의 남자를 압니까?"

"아! 그자가 당신 친구였나요?"

"제게 친절했습니다."

"그 사람은 처음부터 여기 웨렐에 있었어요. 초대 옵저버죠. 꽤 힘 있는 남자예요. 네, 그리고 잽싸고요, 알겠어요……. 실은 제 머리가 전혀 안 돌아가요. 지금 작은 시냇가에 누워 있음 딱 좋겠어요. 초원에서, 아시겠죠, 물도 좀 마시고요. 하루 종일요. 원할 때마다 그냥 목만 쭉 뽑아서 꿀꺽, 꿀꺽, 꿀꺽…… 흐르는 물…… 햇빛 아래…… 아 주여, 아 주여, 햇빛. 테예이오, 이건 정말 어려워요. 그 어느 때보다도 힘들어요. 어쩌면 여기서 나갈 방법이 정말 있을 거라는 생각을 해요. 그냥 아는 게 아니라요. 희망을 갖지 않으려 애쓰고, 희망을 갖지 않으려 하지 않으려 애쓰고. 아, 전 여기 앉아 있는 데 정말 지쳤어요!"

"지금 몇 시입니까?"

"12시 반요. 밤이에요. 밖은 어두워요. 아 주여, 어둠! 어둠 속에 있을 수만 있다면……. 저 빌어먹을 생체 발광판을 가려버릴 방법이 없을까요? 조금이라도? 우리에게 밤이 온 척하기 위해서, 그래서 우리에게 낮이 있었단 척을 하게요."

"제 어깨 위에 올라설 수 있다면, 손이 닿으실 겁니다. 하지만 천을 무슨 수로 고정할 수 있을까요?"

둘은 발광판을 바라보며 생각에 잠겼다.

"모르겠어요. 저기에 죽어가는 것처럼 보이는 작은 부분이 있다는 거 알아요? 어쩌면 어둠을 만드는 일로 걱정하지 않아도 될지 몰라요. 여기에 충분히 오래 있을 거라면요. 아, 주여!"

"음." 테예이오는 잠시 후 묘하게 수줍어하며 말했다. "피곤하네요." 테예이오는 일어나 기지개를 켜고 솔리의 영역에 들어가도 되겠느냐고 눈짓으로 허락을 구한 뒤 물을 한 잔 마시고 자신의 영역으로 돌아가 재킷과 신발을 벗었다. 이제 솔리가 등을 돌리자, 바지까지 벗고 누워 담요를 끌어당겨 덮고 속으로 중얼거렸다. "캄예 주님이시여, 제가 그 하나의 숭고한 것을 굳게 붙들게 하소서." 하지만 테예이오는 자지 않았다.

테예이오는 솔리가 살짝 움직이는 소리를 들었다. 솔리는 소변을 보고, 물을 약간을 붓고, 샌들을 벗고, 침대에 누웠다.

시간이 오래 흘렀다.

"테예이오."

"네."

"혹시…… 실수가 될까요…… 이런 상황에서…… 사랑을 나누면요?"

침묵.

"이 상황에선 아닙니다." 테예이오는 거의 들리지 않는 목소리로 말했다. "하지만…… 다른 삶에서라면……."

침묵.

"짧은 삶 대 긴 삶이네요." 솔리가 웅얼거렸다.

"네."

침묵.

"아뇨." 테예이오는 말하며 솔리에게로 몸을 돌렸다. "아뇨, 잘못됐습니다." 둘은 서로에게 손을 뻗었다. 서로를 꽉 잡고 굳게 결합했고, 미친 듯이 서두르고 탐하고 필요로 하면서 각자의 언어로 신의 이름을 외쳤고, 나중엔 알아들을 수 없는 소리로 동물처럼 외쳐댔다. 둘은 하나로 뒤엉켰고, 지치고 끈적거리고 땀투성이에 기진맥진했고, 몸의 부드러움 속에서, 그 끝없는 탐구, 고대의 발견, 신세계로의 긴 비행 속에서 다시 기운이 솟고 다시 하나가 되고 다시 태어났다.

테예이오는 천천히, 편안하게 잠에서 깼다. 둘은 한데 엉켜 있었고, 테예이오의 얼굴은 솔리의 팔과 가슴에 닿아 있었다. 솔리는 테예이오의 머리를 쓰다듬었고, 가끔 목과 어깨를 쓸기도 했다. 테예이오는 그 나른한 리듬, 그리고 자신의 얼굴과 손과 다리에 와 닿는 솔리 피부의 서늘함만을 의식하며 오랫동안 누워 있었다.

"이제 알겠어요." 솔리는 테예이오의 귀에 대고 가슴속 깊이에서 솟아나는 반쯤 속삭이는 소리로 말했다. "제가 당신을 모른단 걸요. 이제 전 당신을 알 필요가 있어요." 솔리는 앞으로 몸을 숙여 자신의 입술과 뺨으로 테예이오의 얼굴을 만졌다.

"뭘 알고 싶습니까?"

"모두 다요. 테예이오가 누군지 말해줘요……."

"모르겠습니다." 테예이오가 대답했다. "당신을 아끼는 한 남자입니다."

"아, 주여." 솔리는 거칠고 냄새나는 담요 속에 잠시 얼굴을 숨기며 말했다.

"누가 신입니까?" 테예이오는 졸린 목소리로 물었다. 둘은 보에 데이오어로 말했지만, 솔리는 욕할 땐 보통 테라어나 알테라어를 썼다. 이번 경우엔 알테라어였다. '세이트.' 테예이오가 물었다. "누가 세이트입니까?"

"아. 뵐, 캄예, 뭐든 당신의 신요. 그냥 한 말이에요. 그냥 욕이라고요. 그중 하나를 믿어요? 미안해요! 당신이랑 있으면 전 아주 천치 같아요, 테예이오. 당신의 영혼 속으로 잘못 들어가고, 당신에게 침입하고, 우린 '정말로' 침입자들이에요, 우리가 아무리 평화주의자이고 깐깐하다 해도요."

"제가 에큐멘 전체를 사랑해야 합니까?" 테예이오는 솔리의 가슴을 쓰다듬기 시작하면서, 솔리가 그리고 자신이 욕망 때문에 떠는 것을 느끼며 물었다.

"그래." 솔리는 말했다. "그렇게, 그렇게."

별거 아닌 섹스가 모든 걸 바꿔놓다니 참으로 묘하다고 테예이오는 생각했다. 모든 게 똑같은데 조금 더 쉬워지고, 당혹감도 억제도 덜해졌다. 그리고 물과 음식이 충분해 사랑을 나눌 만큼의 생기를 얻을 수 있을 때면, 그것들은 둘에게 사랑스러운 기쁨의 원천이 되어주었다. 하지만 진실로 다른 딱 한 가지에 대해서 테예이오는 뭐라 표현할 단어를 찾지 못했다. 섹스, 위안, 부드러움, 사랑, 신뢰, 어떤 단어도 딱 들어맞지 않았고, 완전하게 표현하지 못했다. 그건 아주 친밀했고, 둘의 몸 상호성 안에 숨겨져 있으면서 자신들 환경의, 세상의 어떤 것도 바꾸지 못했고, 자신들이 감금된 이 작고 비참한 세계의 그 무엇조차 바꾸지 못했다. 둘은 아직도 갇혀 있었다. 둘은 심하게 지쳐갔고, 대부분의 시간 동안 배가 고팠다. 점점 더 필사적이 되어가는 납치자들을 점점 더 두려워하고 있었다.

"전 마님이 될 거예요." 솔리가 말했다. "착한 여자요. 어떻게 하면 되는지 말해줘요, 테예이오."

"전 당신이 굴복하길 바라지 않습니다." 테예이오는 눈에 눈물이 맺혀가며 사납게 말했고, 솔리는 테예이오에게 다가가 두 팔로 그를 꼭 안았다.

"그 결심을 놓지 말고 꽉 붙드십시오." 테예이오가 말했다.

"그럴게요." 솔리가 대답했다. 그러나 커가트 혹은 다른 이들이 들어왔을 때, 솔리는 조용하고 얌전한 자세로 남자들이 말하게 두었고 눈을 내리깔았다. 테예이오는 솔리가 그러는 걸 보기 괴로웠지만, 솔리가 잘하고 있다는 것도 알았다.

자물쇠가 덜컹거리며 문이 쾅 열렸고, 테예이오는 타는 목으로 비참하게 자다가 깨어났다. 밤 아니면 아주 이른 아침이었다. 테예이오와 솔리는 온기와 위안을 얻으려 서로 뒤엉켜 자던 중이었다. 그리고 이제 커가트의 얼굴을 보자 테예이오는 심히 두려워졌다. 이것, 즉 솔리가 성적으로 취약하다는 것을 보여주는 것, 증명하는 것이 바로 그가 두려워했던 것이었다. 솔리는 아직도 잠이 다 깨지 않았고, 테예이오에게 달라붙어 있었다.

또 다른 남자가 들어와 있었다. 커가트는 아무 말도 하지 않았다. 테예이오는 시간이 좀 지나서야 두 번째 남자가 바티캄임을 알아차렸다.

바티캄이 온 걸 알고 테예이오는 완전히 멍해졌다. 테예이오는 간신히 이 마킬의 이름을 말했다. 그리고 그게 다였다.

"바티캄?" 솔리가 목 쉰 소리로 말했다. "아, 주여!"

"흥미로운 순간이네요." 바티캄이 특유의 따뜻한 배우 목소리로 말했다. 테예이오는 바티캄이 성도착적으로 이성의 옷을 입지 않고 가타이의 남자 옷을 입은 것을 보았다. "전 당신을 구하러 온 거지 난처하게 만들러 온 게 아닙니다, 특사님, 레이가.

일을 계속 진행해야 할까요?"

테예이오는 황급히 일어나 더러운 바지를 입고 있었다. 솔리는 납치자들에게 받은 누더기 바지를 입고 자던 중이었다. 둘 다 보온을 위해 셔츠는 입고 있었다.

"대사관에 연락했어요, 바티캄?" 솔리는 샌들을 신으며 물었고, 목소리가 떨렸다.

"아, 네. 사실 거기 갔다 막 돌아왔지요. 이렇게 오래 걸려서 죄송합니다. 제가 여기서 당신 상황이 어떤지 제대로 알지 못했던 것 같군요."

"커가트가 우릴 위해 최선을 다해줬습니다." 테예이오는 곧바로 무뚝뚝하게 말했다.

"그렇네요. 상당한 위험을 무릅쓰고요. 이제부터 그 위험성은 낮다고 보입니다. 다시 말해서……." 바티캄은 테예이오를 똑바로 바라보았다. "레이가, 하메의 손에 자신을 맡기니 기분이 어떤가요? 그 점에 무슨 문제라도 있나요?"

"그러지 말아요, 바티캄." 솔리가 말했다. "테예이오를 믿어요!"

테예이오는 신발 끈을 묶고 허리를 펴고 일어나 말했다. "우린 모두 주님이신 캄예의 손안에 있습니다."

바티캄은 껄껄 소리 내 웃었다. 둘이 기억하는 아름답고 거침없는 웃음이었다.

"그럼 주님의 손안에 있다고 하죠 뭐." 바티캄은 말하고 둘을 방 밖으로 데리고 나갔다.

《아르캄예》에서는 말한다. "단순하게 사는 것이 가장 복잡하다."

솔리는 웨렐에 남겠다고 요청했고, 바닷가에서 요양 휴가를 마친 뒤 옵저버로서 남부 보에 데이오에 보내졌다. 테예이오는 아버지가 매우 편찮으시다는 말을 듣고 곧장 집으로 갔다. 아버지가 돌아가신 뒤, 테예이오는 대사관 경호직에서 무기한 휴가를 요청했고, 2년 뒤 어머니가 돌아가실 때까지 어머니와 농장에서 살았다. 그동안 테예이오와 솔리는 대륙 하나를 사이에 둔 채, 가끔씩만 만났다.

어머니가 돌아가시자, 테예이오는 취소 불가능한 해방령을 통해 가족의 자산을 자유의 몸으로 풀어주었고, 증서를 작성해 농장들을 그들에게 양도했으며, 이젠 거의 가치가 없어진 소유지를 경매를 통해 팔고 수도로 갔다. 테예이오는 솔리가 임시로 대사관에 머물고 있다는 걸 알았다. 옛음악이 어딜 가면 솔리를 찾을 수 있는지 말해주었다. 테예이오는 궁전 건물의 작은 사무실에서 솔리를 찾았다. 솔리는 더 나이 들고 아주 우아해 보였다. 솔리는 괴로우면서 또한 경계하는 얼굴로 테예이오를 보았다. 솔리는 앞으로 나와 테예이오를 맞거나 만지지 않았다. 솔리가 말했다. "테예이오, 전 방금 예이오웨이로 파견되는 에큐멘의 첫 번째 대사가 되어달라는 청을 받았어요."

테예이오는 가만히 서 있었다.

"지금 막 앤서블로 헤인과 이야기하고 오는 길이에요."

솔리는 두 손에 얼굴을 묻으며 말했다. "아, 주여!"

테예이오가 말했다. "축하드립니다, 진심으로요, 솔리."

솔리는 갑자기 테예이오에게로 뛰어와 테예이오를 두 팔로 안고 외쳤다. "아, 테예이오, 당신 어머니가 돌아가셨죠. 전 정말 생각도 못 했어요, 정말 유감이에요, 전 정말로, 정말로 생각도 못 했어요. 전 우리가……. 이제 어쩔 건가요? 거기 남을 건가요?"

"팔았습니다." 테예이오가 말했다. 테예이오는 솔리를 마주 안아주는 대신 그저 포옹만 받고 있었다. "전 제가 경호원 일로 돌아올 수도 있을 거라 생각했습니다."

"'농장'을 팔았다고요? 하지만 전 한 번도 보지 못했는데요!"

"전 당신이 태어난 곳을 한 번도 보지 못했고요." 테예이오가 말했다.

침묵이 흘렀다. 솔리는 테예이오에게서 몸을 뗐고, 둘은 서로를 바라보았다.

"함께 갈 거예요?" 솔리가 말했다.

"네." 테예이오가 대답했다.

예이오웨이가 에큐멘으로 들어가고 수년 뒤, 솔리 아가트 터와 모빌은 에큐멘의 연락관으로서 테라에 보내졌다. 이후 솔리는 다시 헤인으로 가서 스테빌로서 훌륭한 성과를 올리며 일했다. 어디로 여행하고 무슨 직위로 일하든 솔리는 늘 남편과 동행했다. 남편은 웨렐의 군 장교로서 무척 잘생긴 남자였으며, 솔리가 외향적인 반면 남편은 아주 내성적이었다. 이 부부를 아는 사람들은 이들이 서로에게 열렬한 긍지와 믿음을 느낀다는 점 또한 알았다. 어쩌면 자기 일에서 보람과 성취감을 느끼기에, 솔리가 둘 중 훨씬 행복한 사람이었다. 그러나 테예이오는 전혀 후회하지 않았다. 테예이오는 자신의 세계를 잃었지만, 숭고한 것 하나를 꽉 붙들었기 때문이다.

사람들의 남자

FOUR
WAYS TO
FORGIVENESS

스트세

남자아이는 거대한 관개 탱크 옆에 아버지와 나란히 앉았다. 불색의 날개들이 땅거미 진 공기 속에서 높이 솟아올랐다 급강하했다. 조용한 수면에서 떨리는 원들이 커지고 서로 맞물렸다가 희미하게 사라져갔다. "물이 왜 저런 식으로 흐르는 거죠?" 아이는 신비로운 마음에 조용히 물었고, 아버지도 조용히 대답했다. "아라하가 물을 마실 때 건드리는 곳이라서 그렇단다." 그래서 아이는 각 원의 중심에 욕망이, 목마름이 있음을 이해했다. 이윽고 집에 갈 시간이 되자, 아이는 날아가는 아라하인 척하며 아버지보다 앞서 달렸고, 황혼 속에서 가파르고 환하게 창이 밝혀진 마을로 그렇게 돌아갔다.

아이의 이름은 마틴예혜다르헤드듀라가무루스케츠 합찌바였다. '합찌바'는 '고리 무늬 조약돌', 즉 가장자리에 석영이 줄무늬처럼 들어 있는 작은 돌을 뜻한다. 스트세의 사람들은 돌과 이름에 까다롭다. '하늘', '또다른하늘', 그리고 '정전기간섭' 혈통의 남자아이들은 전통적으로 돌 이름이나 용기, 인내, 은혜처럼 남자다운 미덕들을 이름으로 받는다. 예헤다르헤드 가문 사람들은 가문과 혈통에 철저한 전통주의자들이었다. "내 사람들을 알면 나를 알 수 있다." 합찌바의 아버지인 화강암은 말했다. 아버지로서의 책임을 진지하게 받아들이는 친절하고 조용한 남자인 화강암은 종종 격언으로 말하곤 했다.

화강암과 합찌바 어머니는 남매였다. 그게 아버지의 정의였다. 합찌바의 어머니가 합찌바를 임신하게 도운 남자는 어떤 농장에 살았다. 그리고 시내에 올 때 가끔 들러 인사를 하곤 했다. 합찌바의 어머니는 태양의 후계자였다. 가끔 합찌바는 사촌 알로에를 질투했다. 알로에의 아버지는 알로에와 여섯 살 차이밖에 나지 않았고, 알로에와 오빠처럼 놀아주었던 것이다. 가끔 합찌바는 어머니를 중요하지 않은 인물로 여기는 아이들을 질투했다. 합찌바의 어머니는 언제나 금식하거나 춤추거나 여행하는 중이었고, 남편이 없었으며, 집에서 자는 적이 거의 없었다. 어머니와 있으면 신 나긴 했지만 대하기가 어려웠다. 어머니와 함께 있을 때면 합찌바는 중요한 사람이어야만 했다. 아무도 없는 집에 있으면 늘 안심이 되었지만, 아버지와 털털한 할머니와 작은 할머니인 겨울춤지기와 작은 할머니의 남편, 그리고 농장들과 다른 부락들의 또다른하늘 친척들이 늘 불시에 들이닥치곤 했다.

스트세에는 또다른하늘 가정이 딱 둘뿐이었는데, 예헤다르헤드 집안이 도예파라드 집안보다 훨씬 붙임성이 있어서 모든 친척이 예헤다르헤드 집으로 와서 묵었다. 손님들이 농장에서 온갖 것들을 가져오지 않았다면, 그리고 토보가 태양의 후계자가 아니었다면, 이들은 손님 치르는 비용을 대는 데 애를 먹었을 것이다. 어머니는 가르치는 일과 의식을 수행하고 다른 부락들에서 전례를 담당하는 일로 후한 대가를 받았다. 어머니는 번 돈 모두를 가족에게 주었고, 가족은 그 돈 모두를 친척들에게, 그리고 의식과 잔치, 축하식, 장례식에서 썼다.

"재산은 멈춰 있으면 안 된단다." 화강암은 합찌바에게 말했다. "재산은 계속 나가야 해. 피가 몸속을 돌듯 말이야. 계속 쥐고 있으면, 멈춰버려. 심장마비지. 그럼 죽는 거야."

"헤쩨 노인은 죽을까요?" 남자아이가 물었다. 헤쩨는 의식에도 친척에게도 절대 한 푼도 쓰지 않았다. 합찌바는 관찰력이 좋았다.

"그래." 아버지가 대답했다. "그 노인의 아라하는 이미 죽었어."

아라하는 즐거움이다. 명예다. 한 사람의 성별의, 남자다움 혹은 여자다움의 특성이다. 관대함이다. 좋은 음식 혹은 와인의 풍미다.

또한 이는 깃털이 달리고 불색깔을 띤, 빠르게 날아가는 포유동물의 이름이기도 했다. 합찌바는 저녁 무렵, 아라하가 날아와 어두워져가는 물 위로 조그만 불꽃을 던지며 관개용 못에서 물을 마시는 모습을 보곤 했다.

스트세는 거의 섬으로, 스트세와 거대한 남쪽 대륙을 가르는 습지들과 조수성 수렁들에는 수백만 마리의 섭금류 새들이 모여 살며 짝을 짓고 둥지를 꾸민다. 대륙 쪽 면에서 보면 거대한 다리의 잔해가 보이는데, 잔해 중 반쯤 가라앉은 한 조각이 이읍의 부두와 방파제의 토대다. 헤인 전역에는 다른 시대의 광대한 작품들이 널려 있고, 헤인인들 눈에 이런 유물들은 다른 풍경에 비해 특별히 더 장엄하거나 흥미로워 보이지 않는다. 어머니가 배를 타고 대륙으로 떠나는 걸 부두에 서서 지켜보는 남자아이라면, 배도 있고 비행기도 있는데 어째서 사람들이 귀찮게 다리 따윌 세웠나 궁금해할 수도 있다. 그 사람들은 분명 걷는 걸 좋아했을 거라고 남자아이는 생각했다. 나라면 배를 타고 갈 텐데. 날아가거나.

그러나 은색 비행기들은 스트세 위를 날아갈 뿐 착륙하진 않았고, 역사가들이 사는 어딘가에서 또 다른 어딘가로 가버렸다. 스트세 항구에는 수많은 배들이 들고났지만, 남자아이의 혈통 사람들은 배를 타지 않았다. 그들은 스트세의 부락에 살고, 자신들의 사람들과 자신들의 혈통이 하는 일들을 했다. 그들은 사람들이 배울 필요가 있는 것을 배웠고, 자신들의 지식에 따라 살았다.

"사람은 사람이 되는 법을 배워야 한단다." 아버지는 말했다. "조개껍데기의 아기를 보렴. 계속해서 '가르쳐주세요! 가르쳐주세요!' 하고 말하잖니."

스트세 말로 '가르쳐주세요'는 '아오와'다.

"가끔 그 아기는 '으아아아아' 하고도 말해요." 합찌바가 말했다.

화강암은 고개를 끄덕였다. "그 아기는 아직 인간의 말을 아주 잘하진 못하지."

그해 겨울 합찌바는 그 아기와 어울리며 아기에게 인간의 말을 하는 법을 가르쳤다. 아기는 합찌바의 에트사힌 친척 중 하나였고, 육촌의 딸인데, 어머니와 아버지, 그리고 아버지의 아내와 함께 합찌바의 집에 방문해 있었다. 합찌바는 아기의 가족이 찬성하며 지켜보는 가운데, 토실토실하고 차분하며 물끄러미 바라보는 아기에게 참을성 있게 "바바"와 "고고"를 말해주었다. 합찌바는 누이가 없었고, 따라서 아버지가 될 수 없었지만, 이렇게 진지하게 계속 교육을 공부한다면, 필경 형제가 없는 어머니에게서 태어난 아기의 양아버지가 되는 영광을 누릴 수 있을 터였다.

합찌바는 학교와 신전에서도 공부했고, 춤을 공부하고 그 지역 방식의 축구를 공부했다. 합찌바는 진지한 학생이었다. 합찌바는 축구를 잘했지만, 가장 친한 친구인, 이얀 이얀이란 이름의 '묻은케이블' 소녀만큼 잘하진 못했다(이얀 이얀은 묻은케이블 소녀들의 전통적인 이름으로, 바닷새의 이름이었다). 열두 살이 될 때까지 남자아이들과 여자아이들은 함께 그리고 비슷하게 교육을 받았다. 이얀 이얀은 이 아이들 팀에서 최고의 축구 선수였다. 하프타임이 되면 이얀 이얀은 늘 반대편 팀으로 가야 했고, 그래야 점수가 좀 비슷해져서 누구도 지나친 점수 차로 지거나 이기는 일 없이 저녁을 먹으러 집에 갈 수 있었다. 이얀 이얀에겐 키가 아주 일찍부터 컸다는 이점도 있었지만, 대부분은 순수하게 기술이 뛰어난 덕분이었다.

"신전에서 일할 생각이야?" 이얀 이얀은 자기 집 현관 지붕에 앉아 11년마다 돌아오는 색다른 신들의 공연 첫날을 지켜보며 합찌바에게 물었다. 아직 색다른 일은 전혀 일어나지 않았고, 증폭기도 제대로 작동하지 않아서 광장의 음악은 희미하고 잡음으로 가득했다. 두 아이는 공연이 시작되기만 기다리며 조용히 이야기했다. "아니, 난 아버지에게 천 짜는 법을 배울 거 같아." 남자아이가 말했다.

"정말 좋겠다. 어째서 멍청한 남자애들만 베틀을 쓰게 되는 거지?" 이건 반어법적인 질문이었고, 그래서 합찌바는 그 말에 마음 쓰지 않았다. 여자들은 베를 짜지 않았다. 남자들은 벽돌을 만들지 않았다. 또다른하늘 사람들은 배를 운전하지 않았지만, 전기장치를 수리했다. 묻은케이블 사람들은 동물을 거세하지 않았지만 발전기를 관리했다. 누가 할 수 있는 일이 있고, 할 수 없는 일이 있었다. 누구는 사람들을 위해 이런 일을 하고, 사람들은 그 사람을 위해 저런 일을 했다. 사춘기가 다가오자, 이얀 이얀과 합찌바는 처음으로 첫 직업을 선택하게 되었다. 이얀 이얀은 이미 주택 건축과 수리 쪽의 수습생이 되기로 선택했고, 그럼에도 십중팔구는 성인 축구팀에서 상당한 시간을 쓰게 될 듯했다.

다리는 거미 같고 몸은 공 같은 은빛 사람이 길에서 풀쩍풀쩍 뛰어오고 있었고, 땅에 내려앉을 때마다 불꽃을 한바탕 뿜어냈다. 빨간 옷을 입고 하얀색의 높다란 가면을 쓴 사람 여섯 명이 그 뒤를 쫓아오며 무어라 외치고 얼룩무늬 콩을 거미인간에게 던졌다. 합찌바와 이얀 이얀은 함께 외치며 지붕에서 목을 길게 빼고, 거미가 모퉁이를 돌아 광장 쪽으로 뛰어가는 것을 구경했다. 이 색다른 신이 하늘 혈통의 젊은이이자 성인 축구팀의 골키퍼 처트란 걸 둘 다 알았다. 또한 이게 신을 표현한 것이란 점도 둘 다 알았다. '자르스트사' 혹은 '공 모양 번개'란 이름의 신이 의식을 위해 마을로 들어오려고 처트를 이용하고 있었고, 그 신은 뒤쫓아오는 공포와 찬미의 외침과 다산의 소나기 속에서 방금 길을 뛰어온 것이다. 호화로운 구경거리에 즐거워하고 기뻐하며, 합찌바와 이얀 이얀은 신의 의상과 뛰기와 불꽃놀이의 수준을 꽤 날카롭게 평가했고, 이 축제의 기묘함과 힘에 경외감을 느꼈다. 신이 지나간 뒤 둘은 한참을 아무 말도 하지 않았고, 안개 낀 햇빛 속에서 지붕에 앉아 멍하니 공상에 빠져 있었다. 합찌바와 이얀 이얀은 일상의 신들 속에서 사는 아이들이었다. 이제 두 아이는 색다른 신들 중 하나를 보았다. 둘은 만족했다. 머지않아 또 다른 색다른 신이 올 터였다. 신에게 시간은 아무것도 아니다.

열다섯 살이 되자, 합찌바와 이얀 이얀은 함께 신이 되었다.
 스트세 사람들은 열두 살에서 열다섯 살 사이가 되면 끊임없이 감시를 받았다. 집의, 가족의, 혈통의, 사람들의 아이가 때 이르게 그리고 의식 없이 존재를 변화하게 되면 굉장한 슬픔과 깊고 영원한 수치심이 생겨났다. 동정은 신성한 것이었고, 경솔하게 버려선 안 됐다. 성행위도 신성한 것이었고, 경솔하게 행해선 안 됐다. 남자아이가 자위를 하거나 동성애 경험을 하는 건 당연하게 여겼지만, 동성과 결혼하는 건 있을 수 없는 일이었다. 결혼했거나, 여자아이와 둘만 있으려 애쓴다는 의심을 사는 사춘기의 남자아이들은 남자 어른들에게 끊임없이 잔소리를 듣고 으름장을 들었으며 끈질기게 괴롭힘을 당했다. 남자 어른이 동정녀나 동정남과 성적으로 진도를 나가면 직업적 지위와 종교적 직무, 가정의 권리를 몰수당했다.

존재 변화에는 시간이 꽤 걸렸다. 남자아이들과 여자아이들은 자신의 생식력을 알아보고 통제하는 법을 배워야 했고, 헤인의 생리학에서 이는 개인의 결단력 문제다. 임신은 우연히 일어나는 일이 아니다. 임신은 일부러 실행된다. 여자와 남자 둘 다 선택하지 않으면 임신은 발생할 수 없다. 열세 살이 되면, 남자아이들은 수정 가능성이 있는 정액을 일부러 방출하는 법을 배우기 시작한다. 가르침은 경고, 위협, 꾸짖음으로 가득했지만, 남자아이들이 정말로 혼나는 일은 절대 없었다. 1, 2년이 지나면, 획득한 정력에 대한 일련의 시험들, 즉 문턱 의식이 이어졌다. 무시무시하고 격식을 갖추고 극도로 비밀스러운 남성 전용의 의식이었다. 이 시험들을 통과했다는 건 물론 굉장히 자부심을 느낄 만한 일이었다. 그러나 합찌바는 대부분의 남자아이들처럼, 부루퉁한 금욕주의 속에 공포감을 숨기고 걱정에 휩싸인 채 자신의 마지막 존재 변화 의식을 맞았다.

여자아이들은 다른 식으로 가르침을 받았다. 스트세의 사람들은 언제 어떻게 임신하는지를 배우는 데 있어 여성의 생식 주기가 도움이 된다고 믿었고, 그래서 가르치는 것도 편안했다. 여자아이들의 문턱 의식은 수치심보다 칭찬이 곁들여지고, 공포가 아니라 기대감을 부추기는 축제 분위기였다. 여자 어른들은 남자가 뭘 원하는지, 남자를 어떻게 준비시키는지, 여자가 원하는 걸 남자에게 어떻게 보여주는지 따위를 수 년 동안이나 여자아이들에게 말해주고 시범을 보여주었다. 이 훈련을 받을 동안, 여자아이들 대부분은 그냥 서로와 연습하면 안 되느냐고 물었다가 호되게 혼나고 한소리를 들었다. 아니, 절대 안 됐다. 일단 상태가 바뀌면, 하고 싶은 대로 할 수 있었지만, 누구든 한 번은 '그 접이식 문'을 지나야 했다.

존재 변화 의식은 아이들을 책임지고 있는 어른들이 부락과 그 농장들에서 열다섯 살 된 남자아이들과 여자아이들을 똑같은 수씩 모을 수 있을 때마다 거행되었다. 숫자를 맞추거나 혈통을 바르게 짝 맞추기 위해, 연관 있는 부락 중 한 곳에서 남자아이나 여자아이 한 명을 빌려와야 할 때도 종종 있었다. 참가자들은 멋진 가면과 옷을 입고 광장에서, 그리고 의식에 바쳐진 집에서 온종일 조용히 춤을 추고 공손히 대접받았다. 저녁이 되면 조용히 의식의 음식을 먹었다. 그런 뒤 가면 쓴 조용한 의식 진행자들 손에 두 명씩 이끌려 갔다. 다수가 계속 가면을 쓴 채 이 신성한 익명에 자신의 공포와 수줍음을 숨겼다.

또다른하늘 사람들은 원형 사람들 그리고 묻은케이블 사람들과만 관계를 가졌고, 무리에서 이 혈통은 이얀 이얀과 합찌바뿐이었기 때문에, 둘은 서로 짝이 되어야 한다는 것을 전부터 알고 있었다. 이얀 이얀과 합찌바는 춤이 시작되자마자 서로를 알아보았다. 신성한 방에 둘만 남겨지자 합찌바와 이얀 이얀은 바로 가면을 벗었다. 눈길이 마주쳤다. 그리고 서로 시선을 돌렸다.

그때까지 2년 동안 둘은 대부분의 시간을 떨어져 지내다가 마지막 몇 달 동안은 완전히 떨어져 있었다. 합찌바는 성장을 시작했고, 이제는 거의 이얀 이얀만큼 키가 자랐다. 둘 다 완전히 낯선 사람을 보는 느낌이었다. 점잖고 진지하게 둘은 서로에게 접근했고, 각자 이런 생각을 했다. '어서 해치워버리자.' 그래서 둘은 서로를 만졌고, 그 신이 그 둘에게 들어가 그 둘이 되었다. 둘은 그 신에게 문간이었고, 그 뜻을 위한 단어였다. 처음엔 어색한 신이었고, 서툴렀지만, 점점 더 행복한 신이 되었다.

이튿날 신성한 집을 나오며 둘은 함께 이얀 이얀의 집으로 갔다. "합찌바는 여기서 살 거예요." 이얀 이얀이 말했고, 여자에겐 그런 말을 할 권리가 있었다. 이얀 이얀의 가족 모두가 합찌바를 반겼고 누구도 놀라는 것 같지 않았다.

합찌바가 할머니 집에 옷을 가지러 갔을 때도 아무도 놀라는 것 같지 않았고, 다들 합찌바에게 축하의 말을 건넸다. 에트사힌의 어느 나이 든 여자 사촌은 당혹스러운 농담들을 했고, 아버지는 이렇게 말했다. "넌 이제 이 집의 남자란다. 저녁 먹으러 오렴."

그리하여 합찌바는 이얀 이얀의 집에서 이얀 이얀과 잤고, 아침은 거기서, 저녁은 자신의 집에서 먹으며, 매일 입는 옷은 이 얀 이얀의 집에, 무도복은 자기 집에 둔 채로 계속해 교육을 받았다. 이제 교육은 주로 동력 광폭 베틀로 러그 짜기와 우주의 성격과 연관되어 있었다. 합찌바와 이얀 이얀은 둘 다 성인 축구팀에서 활동했다.

합찌바는 어머니를 더 자주 만나기 시작했다. 합찌바가 열일곱 살 때 어머니가 함께 태양 일을 배우겠느냐고 물었던 것이다. 태양 일은 스트세의 농부들과 공정 교역을 하고 그 혈통의 다른 부락들 및 외국인들과 거래하는 무역의 의식과 규약이었다. 의식은 기계적으로 암기했고, 규약은 연습해서 익혔다. 합찌바는 어머니와 함께 시장에 가고 변경의 농장들에 가고, 만을 건너 대륙 부락들로 갔다. 합찌바는 천 짜는 일로 완전히 들뜬 상태였다. 마음이 패턴으로 가득 차서 다른 것은 아무것도 생각할 수 없었다. 여행은 기꺼웠고, 일은 재미있었고, 합찌바는 토보의 권위와 재치와 감각에 경탄했다. 거래를 주무르는 어머니와 나이 든 상인 한 무리와 태양 사람들의 말을 듣는 것은 그 자체가 교육이었다. 어머니는 합찌바를 재촉하지 않았다. 합찌바는 이 협상들에서 아주 사소한 역할을 했다. 태양 일처럼 복잡한 거래를 훈련하는 데는 오랜 세월이 걸렸고, 더 나이 든 다른 사람들도 합찌바보다 먼저 훈련을 받고 있었다. 그러나 어머니는 합찌바에게 만족했다. "넌 설득에 재능이 있어." 황금색 바다를 건너 집으로 가던 어느 오후, 어머니는 안개와 저녁놀을 감싼 빛 속에서 점점 분명하게 보이는 스트세 지붕들을 바라보며 말했다. "넌 원하기만 하면 태양을 이어받을 수 있어."

난 그러길 원하나? 합찌바는 생각했다. 딱히 답은 떠오르지 않았지만, 해석할 순 없어도 어두워지거나 부드러워지는 어떤 느낌이 있었다. 합찌바는 자신이 이 일을 좋아한단 걸 알았다. 이 패턴들은 닫혀 있지 않았다. 합찌바는 이 일을 하면 스트세 밖으로 나가고 낯선 이들 속으로 들어간다는 점이 마음에 들었다. 어떻게 하는지 몰랐던 것들을 할 수 있게 됐고, 그 점이 마음에 들었다.

"네 아버지와 살았던 여자가 방문차 온단다." 토보가 말했다.

합찌바는 깊이 생각했다. 화강암은 한 번도 결혼한 적이 없었다. 화강암의 씨로 생긴 아이들을 낳은 여자들은 둘 다 스트세에 살았고 전부터 스트세에서 살았다. 합찌바는 아무것도 묻지 않았다. 예의 바른 침묵은 이해하지 못하겠다는 걸 뜻하는 어른들의 방식이었다.

"그 애들은 젊었어. 아이가 없었지." 어머니가 말했다. "그 여자는 그 뒤에 떠났단다. 역사가가 됐어."

"아." 합찌바는 순수하게 놀라서 말했다.

합찌바는 역사가가 된 사람 이야기를 평생 처음 들었다. 누가 역사가가 될 수 있다는 생각조차 해보지 못했다. 누가 스트세가 될 수 있다는 생각만큼이나 낯설었다. 사람은 지금 모습 그대로 태어났다. 사람은 태어난 모습 그대로 지금 모습이 되었다.

합찌바의 예의 바른 침묵이 지독히도 강했기에, 토보가 그걸 몰랐을 리는 절대 없었다. 선생으로서 토보의 재치 중 하나는 어떤 질문에 대답이 필요한지를 안다는 것이었다. 토보는 아무 말도 하지 않았다.

돛이 느슨해지고 배가 고대 다리의 기초 위에 세워진 부두를 향해 미끄러져 들어가자 합찌바가 말했다. "그 역사가는 묻은케이블인가요, 아니면 원형인가요?"

"묻은케이블이야." 어머니는 말했다. "아, 나도 참 말을 못한다. 못난 배를 타서 그런가!" 배로 둘을 건네준 풀 혈통의 여자 사공은 눈알을 굴렸지만 자신의 달콤하고 나긋나긋한 작은 배를 변호하는 말은 한 마디도 하지 않았다.

"당신 친척이 한 명 온다며?" 합찌바는 그날 밤 이얀 이얀에게 말했다.

"아, 응, 신전에 들어왔대." 이얀 이얀의 말은 스트세의 정보 센터가 메시지 하나를 받아 자신의 가족 녹음기로 전달해줬다는 뜻이었다. "전에 너네 집에서 살았다고 우리 어머니가 그러시더라. 오늘 에트사힌에서는 누굴 봤어?"

"그냥 태양 사람들 조금. 당신 친척이 역사가야?"

"미친 사람들이지." 이얀 이얀은 무관심하게 말하고는 다가와, 벌거벗은 합찌바 위에 벌거벗고 앉아 등을 주무르기 시작했다.

역사가가 도착했다. 키가 조금 작고 말랐으며 나이는 쉰 살 정도로 이름이 메짜란 여자였다. 합찌바가 만났을 때는 스트세 옷을 입고 다른 모든 이들과 아침 식사 중이었다. 메짜는 눈이 반짝이고 활기찼지만 말이 많지는 않았다. 어떤 점을 보아도 메짜가 사회계약을 깼다거나, 여자들이 하지 않는 일을 했다거나,

자신의 혈통을 무시했다거나, 다른 종류의 존재가 되었다는 기미는 없었다. 합찌바가 아는 한, 메짜는 그녀 아이들의 아버지와 결혼했고, 베틀에서 천을 짰고, 동물들을 거세했다. 그러나 아무도 메짜를 피하지 않았고, 아침 식사 후, 이 가족의 나이 든 이들은 아직도 메짜가 가족의 일원이라는 듯이 메짜를 귀가 의식에 데려갔다.

합찌바는 계속 메짜에 대해 궁금해하고 메짜가 무슨 일을 한 건지 궁금해했다. 합찌바는 이얀 이얀에게 메짜에 대해 물어봤지만, 이얀 이얀은 딱 잘라 말할 뿐이었다. "난 메짜가 뭘 하는지 몰라, 무슨 생각을 하는지도 모르고. 역사가들은 미쳤어. 직접 메짜에게 물어봐!"

메짜에게 묻는 게 별 이유 없이 두렵다는 사실을 깨닫자, 합찌바는 자기가 지금 자신에게 뭔가를 요구하는 신과 마주하고 있다는 걸 알았다. 합찌바는 마을 위쪽 고지에 있는 석총들, 즉 앞을 자리들 중 한 곳으로 올라갔다. 아래로는 스트세의 검은 기와 지붕들과 하얀 벽들이 절벽 밑에 자리 잡고 있었고, 관개 탱크들은 밭과 과수원들 사이에서 은색으로 빛났다. 경작지 너머로는 기다란 바다 습지들이 펼쳐져 있었다. 합찌바는 하루 종일 조용히 앉아 바다를, 그리고 자신의 영혼을 들여다보았다. 합찌바는 자신의 집으로 돌아와 잤다. 이얀 이얀의 집에 아침을 먹으러 갔을 때, 이얀 이얀은 합찌바를 보고 아무 말도 하지 않았다.

"나 단식했어." 합찌바가 말했다.

이얀 이얀은 살짝 어깨를 으쓱했다. "그럼 먹어." 이얀 이얀은 말하며 옆에 앉았다. 아침 식사 후, 이얀 이얀은 일을 하러 나갔다. 합찌바는 베틀 앞에 앉아야 했지만 일하러 가지 않았다.

"모든 아이들의 어머니시여." 합찌바는 한 혈통의 남자가 다른 혈통의 여자에게 할 수 있는 가장 정중한 표현을 써서 역사가에게 말했다. "저는 알지 못하지만 당신은 아는 것들이 있습니다."

"내가 아는 것이라면 기꺼이 가르쳐주마." 메짜는 마치 평생을 여기서 살아왔다는 듯이 곧바로 관용 표현을 써서 말했다. 그런 뒤 웃음 짓더니 합찌바의 에두른 다음 질문을 미리 제압해버렸다. "내게 주어진 것을 주마." 이는 질문에 대한 대가나 채무가 없다는 뜻이었다. "자, 함께 광장에 갈까?"

스트세에서는 이야기할 때 누구나 광장으로 가고, 계단이나 분수 가장자리 혹은 더운 날이면 아케이드 아래에 앉아서 다른 사람들이 오고 가고 앉고 이야기하는 것을 지켜본다. 합찌바가 좋아하는 정도보다 조금은 더 공개된 곳일 수도 있지만, 합찌바는 신과 선생님께 순종하며 따랐다.

둘은 분수의 넓은 기부에 앉았고, 한두 문장 말할 때마다 지나가는 모든 사람에게 고개를 끄덕이거나 한마디씩 인사하면서 서로 이야기했다.

"어째서……." 합찌바는 말하다가 말문이 막혔다.

"어째서 떠났느냐고? 어디로 갔느냐고?" 메짜는 아라하처럼 또렷한 눈으로 머리를 뒤로 젖히고 이게 합찌바가 대답을 원하는 질문인지를 확인했다. "그래. 음, 난 화강암과 미친 듯이 사랑에 빠져 있었지만, 우리에겐 아이가 없었고, 화강암은 아이를 원했어……. 넌 그때의 화강암과 꼭 닮았구나. 널 보는 게 즐거워……. 그래서 난 행복하지 않았어. 이곳의 그 무엇도 내겐 좋지 않았어. 그리고 난 여기서 뭐든 할 줄 알았단다. 혹은 그렇다고 생각했지."

합찌바는 고개를 한 번 끄덕였다.

"난 신전에서 일했어. 들어오거나 지나가는 메시지들을 읽었고 그 메시지들이 뭐에 관한 걸까 궁금해했지. 난 생각했어, 이 모든 게 세상에서 벌어지는 일이야! 내가 왜 평생을 여기에 남아 있어야 하지? 내 정신이 여기 남아 있어야 하나? 그래서 난 신전의 다른 곳들에 있는 사람들과 이야기하기 시작했어. 당신은 누구냐, 무슨 일을 하느냐, 거기 있으면 어떻냐……. 그 사람들은 곧바로 날 그 부락들에서 태어난 역사가들과 연결해줬지. 역사가들은 시간 낭비를 하지 않으려고 혹은 신을 화나게 하지 않으려고 나 같은 사람들을 찾고 있었어."

합찌바는 이런 언어에 완전히 익숙했고, 집중해 들으며 다시 고개를 끄덕였다.

"난 그 사람들에게 물었어. 그 사람들은 내게 물었고. 역사가들은 질문을 많이 해야 하고, 난 그 사람들에게 학교가 있다는 걸 알았어. 그래서 나도 그런 학교에 갈 수 있느냐고 물었지. 몇 명이 여기로 와서 나와 내 가족과 다른 사람들과 이야기하며 만일 내가 여길 떠나면 문제가 생길지에 대해 알아봤어. 스트세는 보수적인 부락이야. 400년 동안 여기 출신의 역사가가 없었어."

메짜는 웃음 지었다. 기민하고 매력적인 웃음이었지만, 상대인 젊은이는 여전히 열띠고 진지한 자세로 귀 기울였다. 메짜는 계속해 부드럽게 합찌바를 응시했다.

"이곳 사람들은 당황했지만, 화난 사람은 없었어. 그래서 사람들이 그 일로 얘기를 나눈 뒤, 난 그 사람들과 떠났어. 우린 카쓰하드로 날아갔지. 거기에 학교가 있거든. 그때가 스물두 살이었단다. 난 새로운 교육을 시작했어. 존재를 변화시켰지. 역사가가 되는 법을 배운 거야."

"어떻게요?" 합찌바는 오랫동안 침묵하다 물었다.

메짜는 길게 숨을 들이쉬었다. "힘든 질문들을 해서." 메짜가 대답했다. "지금 너처럼…… 그리고 내가 알던 모든 지식을 버림으로써. 버려버렸어."

"어떻게요?" 합찌바는 얼굴을 찡그리며 다시 물었다. "왜요?"

"이렇게. 떠날 때 나는 내가 묻은케이블 여자란 걸 알았어. 거기 있을 때, 나는 그 지식을 잊어야 했어. 거기선, 난 묻은케이블 여자가 아니야. 난 여자야. 난 내가 고른 누구와도 섹스할 수 있어. 내가 택한 어떤 직업도 가질 수 있어. 여기선 혈통이 중요하지. 거기선 혈통은 중요하지 않아. 여기선 그게 의미가 있고 쓸모가 있어. 우주의 다른 곳들에선 어딜 가도 의미가 없고 쓸모가 없어." 메짜는 이제 합찌바만큼이나 정신을 집중하고 있었다. "세상엔 두 종류의 지식이 있어. 지역적 지식과 우주적 지식. 세상엔 두 종류의 시간이 있어. 지역적 시간과 역사적 시간."

"신도 두 종류가 있나요?"

"아니." 메짜는 말했다. "거기엔 신이 없어. 신은 여기에 있단다."

메짜는 합찌바의 표정이 바뀌는 것을 보았다.

메짜는 잠시 후 말했다. "거기엔 영혼들이 있어. 많이, 아주 많이 있어. 정신들. 지식과 열정이 가득한 정신들이야. 산 정신과 죽은 정신. 100년 전, 1천 년 전, 10만 년 전 이 땅에서 산 사람들. 여기서 100광년 떨어진 세계들에 있는 사람들의 정신들과 영혼들, 모두가 각자의 지식과 각자의 역사를 지니고 있어. 세계는 신성해, 합찌바. 우주는 신성해. 내가 포기해야 했던 것은 지식이 아니야. 여기와 거기에서 내가 배운 모든 것은 지식을 늘려주기만 했어. 신성하지 않은 것은 아무것도 없어." 메짜는 천천히 그리고 조용히 말했다. 이곳 부락 사람들 대부분이 이렇게 말했다. "넌 이 지역의 신성함 혹은 위대한 존재를 선택할 수 있어. 결국 그 둘은 똑같아. 하지만 누군가의 삶 속에선 아니지. '선택할 여지가 있음을 아는 건 선택을 해야 한다는 것이다. 변화할 것이냐, 머물 것이냐. 강이냐, 돌이냐.' 사람들은 돌이야. 역사가들은 강이지."

잠시 후 합찌바가 말했다. "돌은 강의 바닥이에요."

메짜가 소리 내어 웃었다. 메짜는 애정 어린 눈으로 합찌바를 꼼꼼히 응시했다. "그래서 난 집에 왔단다." 메짜는 말했다. "쉬러 왔어."

"하지만 당신은…… 당신은 더 이상 당신 혈통의 여자가 아닌 건가요?"

"내 혈통의 여자가 맞아. 여기선. 아직도. 언제나."

"하지만 당신은 존재가 변화했잖아요. 다시 떠날 거잖아요."

"맞아." 메짜는 단호하게 말했다. "한 사람은 한 가지 종류 이상의 존재일 수 있어. 난 거기 가서 할 일이 있어."

합찌바는 더 천천히, 그러나 똑같이 단호하게 고개를 저었다. "신 없이 일하는 게 무슨 소용이에요? 전 이해가 안 돼요, 모든 아이들의 어머니. 전 이해할 정신이 없어요."

메짜는 이 이중적인 의미에 웃음 지었다. "네가 이해하려 선택한 것을 이해할 거라 생각한단다, 사람들의 남자야." 메짜는 격식 차린 호칭으로 부름으로써, 합찌바가 원하면 그만 가도 좋다는 뜻을 알렸다.

합찌바는 주저하다가 작별 인사를 하고 일어났다. 합찌바는 일하러 갔고, 자신의 정신과 세계를 광폭 베틀 러그들의 위대하고 반복되는 패턴들로 가득 채웠다.

그날 밤, 합찌바는 이얀 이얀에게 아주 열렬히 구애했고, 그래서 이얀 이얀은 기진맥진한 한편 살짝 놀랐다. 신이 열렬하고 절절하게 둘에게 돌아온 것이다.

"난 아이를 원해." 합찌바는 이얀 이얀과 하나로 얽혀 땀 흘리며 누워 말했다. 사향 냄새 나는 어둠 속에서 팔다리와 가슴과 숨이 모두 한 덩어리가 되어 있었다.

"아." 이얀 이얀은 한숨 쉬었고, 말하고 결정하고 거절하길 원치 않았다. "어쩌면…… 나중에…… 곧……."

"지금." 합찌바가 말했다. "지금."

"아니." 이얀 이얀은 부드럽게 말했다. "쉿."

합찌바는 조용히 있었다. 이얀 이얀은 잠이 들었다.

1년이 훌쩍 지나고 두 사람이 열아홉 살이 되었을 때, 합찌바가 불을 끄려는데 이얀 이얀이 합찌바에게 말했다. "아기를 갖고 싶어."

"너무 이른데."

"왜? 내 오빠는 거의 서른이야. 올케는 아기를 원하고. 아기가 젖을 떼고 나면, 난 당신 집으로 가서 당신과 잘 거야. 아기를 갖고 싶다고 당신이 늘 그랬잖아."

"너무 일러." 합찌바는 다시 말했다. "난 아기를 갖고 싶지 않아."

이얀 이얀은 합찌바에게로 몸을 돌렸고, 평소의 달래고 분별 있는 어조를 버리고 말했다. "뭘 원해, 합찌바?"

"모르겠어."

"넌 떠날 거야. 사람들을 떠나려는 거야. 넌 미쳐가고 있어. 그 여자, 그 빌어먹을 마녀!"

"마녀는 없어." 합찌바는 차갑게 말했다. "그건 멍청한 말이야. 미신이야."

둘은 서로를, 절친한 친구를, 연인을 응시했다.

"그럼 뭐가 문제야? 집으로 다시 돌아가고 싶으면, 그렇다고 말을 해. 다른 여자를 원하면, 그 여자에게 가. 하지만 그보다 먼저, 넌 내게 내 아이를 줄 수 있어! 내가 네게 그걸 부탁하면 말이야! 네 아라하를 잃은 거야?" 이얀 이얀은 눈물이 그렁그렁한 눈으로 사납게, 물러서지 않으며 합찌바를 응시했다.

합찌바는 두 손에 얼굴을 묻었다. "아무것도 옳지 않아." 합찌바는 말했다. "아무것도 옳지 않아. 내가 하는 모든 것, 그건 그런 식으로 이뤄져야 하니까 난 그걸 해야 해. 하지만 그건…… 그건 말이 안 돼. 다른 길들이 있어."

"올바르게 사는 길이 하나 있어." 이얀 이얀이 말했다. "내가 아는 한에선. 그리고 여기가 내가 사는 곳이야. 아기를 만들려면 방법은 하나야. 만약 네가 다른 방법을 안다면, 다른 누군가와 그렇게 해!" 이얀 이얀은 말한 뒤 떨며 심하게 울었고, 여러 달 동안 쌓인 공포와 분노가 마침내 터졌다. 합찌바는 이얀 이얀을 안고 달래고 위로했다.

이얀 이얀은 다시 말할 수 있게 되자 합찌바에게 머리를 기대고 쉰 목소리로 조그맣고 슬프게 말했다. "네가 마음이 생기면 갖도록 하자, 합찌바."

그 말을 들은 합찌바는 부끄럽고 딱한 마음 때문에 엉엉 울며 속삭였다. "그래, 그래." 그날 밤 둘은 껴안고 누워 서로를 위로하려 애쓰다가 아이처럼 잠이 들었다.

"부끄러워." 화강암은 고통스럽게 말했다.

"이런 일이 생긴 게 네 탓이야?" 누이가 건조하게 물었다.

"내가 어떻게 알겠어? 어쩌면 내 탓인지도 모르지. 처음엔 메짜, 이젠 내 아들이야. 내가 개한테 너무 엄격했던 걸까?"

"아냐, 아냐."

"그럼 너무 느슨했어. 내가 걔를 제대로 못 가르쳤어. 걔가 왜 미쳤겠어?"

"걘 미치지 않았어. 내 말 좀 들어봐. 걘 어릴 적에 늘 왜, 왜, 왜 하고 물었어. 애들은 다 그렇지. 난 이렇게 대답하곤 했어. 원래 그렇단다, 원래 그렇게 되는 거란다. 걘 이해했어. 하지만 마음의 평화를 얻진 못했어. 정신을 차리고 있지 않으면 내 마음 역시 그래. 태양 일을 배우면서 걘 늘 물었어. 왜 그런 건데요? 왜 저런 식이 아니고 이런 식인 건데요? 난 대답해줬지. 왜냐하면 우리가 매일 하는 것과 그렇게 하는 방식에서, 우린 신을 연기하기 때문이라고. 걘 말했어. 그럼 신들은 우리가 하는 것만 이게 되지 않느냐고. 난 말했어. 우리가 바르게 하는 일에 신들이 있다고. 그게 진실이라고. 하지만 걘 진실에 만족하지 못했어. 걘 미친 게 아냐, 절름발이인 거야. 걘 걸을 수 없어. 우리와 함께 걸을 수 없어. 자, 남자가 걸을 수 없다면, 그 남자가 뭘 해야 하겠어?"

"가만히 앉아 노래해." 화강암이 천천히 말했다.

"가만히 앉아 있을 수 없다면? 걘 날 수 있어."

"날아?"

"그 사람들에겐 그 아이를 위한 날개가 있어."

"난 부끄러워." 화강암은 말하면서 두 손으로 얼굴을 가렸다.

토보는 신전으로 가서 카쓰하드의 메짜에게 메시지를 보냈다. "자네 학생이 자네에게 합류하고 싶어 해." 말에 가시가 돋쳐 있었다. 토보는 자기 아들을 마구 어지럽히고 그 영혼이 절름발이가 될 때까지 균형을 뒤흔들었다고 역사가를 탓했다. 그리고 토보는 오랜 세월에 걸친 가르침을 며칠 만에 뒤엎어버린 이 여자를 질투했다. 토보는 자기가 질투하고 있다는 걸 알았지만 마음 쓰지 않았다. 자기가 질투하든 말든, 자신의 남동생이 수치심을 느끼든 말든 그게 무슨 상관이란 말인가? 그들이 해야 할 일은 슬퍼하는 거였다.

다하로 가는 배가 출발하자, 합찌바는 뒤돌아 스트세를 보았다. 한데 모인 수천 가지 색조의 초록색들, 바다 습지들, 목초지들, 밭들, 산울타리들, 과수원들. 위쪽의 절벽들로 기어오르며 세워진 마을, 창백한 화강암 벽들, 하얀 스투코 벽들, 검은 기와 지붕들, 벽 위의 벽과 지붕 위의 지붕. 풍경은 점차 작아지면서 거기에 내려앉은 바닷새처럼 보였다. 둥지 위에 앉은 하얀색과 검은색 섞인 새였다. 마을 위로 섬의 고지가 시야에 들어왔고, 회청색 습지들과 고지, 구름 속으로 사라져가는 황량한 언덕들, 날아가는 하얀 습지새 떼들이 보였다.

처음으로 스트세를 이렇게 멀리 떠나왔고, 사람들의 억양도 낯설었지만, 합찌바는 다하의 항구에서 그 사람들을 이해하고 신호를 읽을 수 있었다. 합찌바는 신호들을 처음 보았지만 그 유용성은 명백했다. 신호를 이용해 합찌바는 카쓰하드 비행기의 대기실까지 찾아갔다. 사람들이 대기실의 간이침대에서 자기 담요를 덮고 자고 있었다. 합찌바는 빈 침대를 찾아 누웠고, 오래전 화강암이 짜준 담요를 덮었다. 짧고 낯선 밤이 지나고, 사람들이 과일과 뜨거운 음료를 가지고 들어왔다. 그중 한 명이 합찌바에게 표를 주었다. 승객들은 아무도 서로를 몰랐다. 모두가 타인이었다. 다들 눈을 내리깔고 있었다. 방송이 나오자 모두 밖으로 나가 기계로, 비행기로 들어갔다.

 합찌바는 발아래로 멀리 떨어져가는 세계를 애써 내려다보았다. 합찌바는 소리 없이 계속해서 체류 찬송을 속삭였다. 옆자리의 낯선 이가 함께 속삭이기 시작했다.

 세계가 기울어지고 합찌바를 향해 돌진해오기 시작하자, 합찌바는 눈을 질끈 감고 계속 숨을 쉬려 애썼다.

 사람들이 한 명씩 줄지어 비행기에서 내려, 평평하고 검고 비 내리는 곳으로 나갔다. 메짜가 빗속을 뚫고 다가와 합찌바의 이름을 불렀다. "합찌바, 내 사람들의 남자, 여기 온 걸 환영해! 어서 오렴. 학교에 네 자리가 마련되어 있단다."

카쓰하드와 베

카쓰하드에서 세 번째 해에 합찌바는 아주 많은 것들을 알고 괴로움에 빠졌다. 예전에 알던 지식들은 어렵긴 해도 괴롭진 않았다. 모든 게 자기모순이고 신화였으며, 말이 됐었다. 새로운 지식은 모두가 사실이고 이성적이며, 말이 안 됐다.

가령 합찌바는 이제 역사가가 역사를 공부하지 않는다는 걸 알았다. 인간의 정신은 절대로 헤인의 역사를, 그 3백만 년의 역사를 아우를 수 없었다. 처음 2백만 년, 즉 변성암의 층들 같은 태고 시대의 사건들은 그 뒤 몇천 년의 세월과 무수한 사건들의 무게 때문에 심하게 압축되고 일그러져 있어서, 살아남은 아주 작은 세부 사항들로부터 재건 가능한 부분은 가장 포괄적인 대요들이 고작이었다. 그리고 기적적으로 보존된 몇백만 년 전의 문서를 우연히 찾는다면, 그래서 어떻단 말인가? 어느 왕이 아즈바한을 통치했고, 제국은 이교도의 손에 무너졌고, 융합 로켓 하나가 베에 상륙했고……. 하지만 무수한 왕들과 제국들과 발명들이 존재해왔고, 몇십억 명이 수백만 개의 나라들, 군주국가들, 민주국가들, 과두제 국가들, 무정부 국가들에 살았고, 혼란의 시대와 질서의 시대들, 계속되는 신들의 판테온들, 무한한 전쟁과 평화의 시기, 끊임없는 발견과 망각들, 무수한 참사와 승리들, 부단한 새로운 것의 끝없는 반복. 어느 순간에, 다음 순간에, 또 다음, 또 다음, 또 다음 순간에 강의 흐름이 어떻다고 묘사하려는 게 무슨 소용이란 말인가? 지치고 만다. 그리고 말한다. 거대한 강이 하나 있으며, 그 강은 이 땅을 흐르고, 우리는 그것에 역사란 이름을 붙였다고.

자신의 삶뿐 아니라 그 어떤 삶도 그 강의 표면에서 빛이 한순간 반짝인 것에 불과하다는 걸 알고, 합찌바는 때로는 괴로웠고, 때로는 평온함을 느꼈다.

역사가들은 대체로 그 강의 특정 유역과 순간을 편안하고 신중하게 탐험하는 일을 했다. 헤인 자체는 수천 년 동안 작고 안정되고 독립적인 사회들, 즉 현재는 부락이라 불리는 곳들과, 첨단 기술과, 도시와 정보 센터들의 저밀도 네트워크와, 현재는 신전이라 불리는 곳들의 공존이 두드러지는 평온한 시기를 보내고 있었다. 신전의 사람들, 그러니까 역사가들 중 많은 수가 부근 오리온자리의 팔에 있는, 사람이 사는 다른 행성들로 가서 그곳에 대한 정보를 모으며 인생을 보냈다. 2백만 년 전 태고 시대 동안 그들의 조상들이 식민지화한 곳들이었다. 그들은 이 접촉과 탐사에서 호기심과 공감 외에 어떤 동기도 인정하지 않았다. 그들은 오래전 잃어버린 친척들과 접촉하고 있었다. 그들은 이 세계들의 거대한 네트워크를 에큐멘이라는 외계인 단어로 불렀다. 에큐멘은 '가정'이란 뜻이었다.

이제 합찌바는 자신이 스트세에서 배웠던 모든 것, 자신이 알았던 모든 지식에 '북서 연안 남쪽 대륙의 전형적인 부락 문화'란 딱지를 붙일 수 있다는 걸 알았다. 합찌바는 부락들의 믿음, 풍습, 친족 체계, 기술들, 지적 조직화 패턴들이 서로 완전히 다르고, 심하게 다르며, 전적으로 별나다는 것을 알았고(스트세의 시스템만큼이나 별났다), 자신들의 환경과 낮고 일정한 출산률과 합의에 기초한 정치 생활, 거기에 맞춰진 기술을 지니고 작고 안정된 무리로 사는 인간들이 있는 시스템들은 알려진 세계에선 언제나 서로 만나게 되어 있음을 알았다.

처음에 합찌바는 이런 걸 알게 되어 심하게 괴로웠다. 고통스러웠다. 부끄럽고 화가 났다. 처음에 합찌바는 역사가들이 이런 지식을 부락들에게 숨겼다고 생각했고, 그다음엔 부락들이 그들의 사람들에게 숨겼다고 생각했다. 합찌바는 따졌다. 합찌바의 선생들은 부드럽게 부정했다. 아니, 선생들은 말했다. 넌 특정한 것들이 진실이라고, 혹은 필요하다고 배웠어. 그리고 그런 것들은 진실이고 필요해. 그건 스트세 지역 특유의 지식이야.

그 지식들은 유치하고 불합리한 믿음이에요. 합찌바가 말했다. 선생들은 합찌바를 보았고, 합찌바는 자신이 유치하고 불합리한 말을 했음을 알았다.

지역적 지식이 부분적 지식은 아니라고 선생들은 말했다. 앎에는 여러 방법이 있단다. 각기 고유한 특성과 득과 실이 있지. 역사적 지식과 과학적 지식도 앎의 한 방법이야. 지역적 지식처럼, 이들도 배워야 알 수 있어. 가정에서 아는 방식을 부락들에서 가르치진 않지만, 그렇다고 네 사람들이나 우리가 그걸 네게 숨긴 건 아니야. 헤인의 어디에서도 누구나 신전에서 모든 정보에 접근할 수 있단다.

이건 진실이었다. 합찌바는 이게 진실임을 알았다. 합찌바는 지금 배우고 있는 것들을 스트세의 신전에 있는 화면들에서 스스로 찾아볼 수 있었다. 다른 부락에서 온, 같이 배우는 학생들 중 몇몇은 실제로 화면을 통해 배우는 법을 혼자 익힌 바 있었고, 역사가를 만나기 전에 이미 역사에 입문했다.

책, 그러나 역사의 몸체이고 역사의 튼튼한 실체인 책은 스트세에 거의 존재하지 않았고, 합찌바는 거기서 화를 낼 변명거리를 찾았다. 당신들은 책을, 헤인의 도서관에 있는 모든 책을 우리에게 숨겼어요! 아니, 선생들은 부드럽게 말했다. 부락들은 책을 많이 갖지 않는 쪽을 택했어. 그 사람들은 살아 있는 지식을 선호해. 화면이 말하거나 화면으로 전해지는, 숨결에서 숨결로 전해지는, 살아 있는 정신에서 살아 있는 정신으로 전해지는 지식을 선호해. 넌 그렇게 배운 것들을 포기할 거야? 여기서 책을 통해 배운 것들에 비해 그게 덜 유용해? 열등해? 세상엔 한 종류 이상의 지식들이 있어. 역사가들은 말했다.

세 번째 해에, 합찌바는 사람도 한 종류 이상이 있다고 결론지었다. 존재가 근본적으로 임의적임을 받아들일 수 있는 부락민들은 세상을 지적이고 영적으로 풍성하게 했다. 신비에 만족할 수 없는 이들은 역사가로 쓸모 있을 가능성이 더 컸고, 그렇게 세상을 지적으로, 물질적으로 풍성하게 했다.

한편 합찌바는 혈통도 없고 친척도 없고 종교도 없는 사람들에게 상당히 익숙해졌다. 때로는 자부심에 취해 혼잣말을 했다. "난 모든 역사의 시민이고, 수백만 년 헤인 역사의 시민이고, 내 나라는 우주 전체야!" 때로는 자신이 비참하게 작다고 느꼈고, 그럴 때면 화면들 혹은 책들을 놓고 나가 같이 공부하는 학생들 중에 말동무를 찾았고, 특히 무척이나 다정하고 무척이나 사교적인 젊은 여성들을 그 대상으로 삼았다.

스물네 살이 되자 합찌바, 혹은 지금 불리는 식으로 하자면 찌브는 베의 에큐멘 학교에서 1년차가 되었다.

헤인 바깥쪽으로 다음 행성인 베는 무한히 오래전에 식민지화되었고, 이는 태고 시대에 있었던 헤인의 광대한 팽창에서 첫 번째 단계였다. 베는 헤인 문명의 위성 혹은 동반자로서 이미 수많은 단계들을 거쳤다. 이 시기에 베의 거주자는 전적으로 역사가들과 외계인들이었다.

참견하지 않겠다는 현재의 분위기에서(다시 말해, 적어도 수십만 년 전부터는), 헤인인들은 베가 원래의 차갑고 건조하고 황량한 상태로 돌아가게 두었다. 인간이 참을 수 있는 수준의 기후지만, 이 기후를 정말로 좋아할 사람은 테라의 알티플라노나 치페와르의 고원에서 온 사람들뿐일 것이었다. 찌브는 동료이자 친구이자 연인인 튜와 밖에 나와 이 황량한 풍경 속을 걷고 있었다.

둘은 2년 전 카쓰하드에서 만났다. 그때 찌브는 아직 어떤 여자라도 자신에게 올 수 있고 자신도 모든 여자에게 접근할 수 있다는 가능성에 빠져 정신없이 좋아하고 있었다. 서서히 분명해진 이 자유에 대해 메짜는 찌브에게 부드럽게 경고한 바 있었다. "규칙 따위는 전혀 없다고 생각하겠지. 하지만 규칙은 언제나 있어." 찌브는 전에는 규칙이었던 것들을 자신이 점점 더 겁 없이 그리고 조심성 없이 위반한다는 점을 주로 의식하고 있었다. 모든 여자가 섹스하고 싶어 하는 건 아니었고, 모든 여자가 남자와 섹스하고 싶어 하지도 않는다는 걸 찌브는 곧 알게 되었지만, 그래도 여전히 끝없이 다양한 이들이 후보로 남아 있었다. 찌브는 자신이 매력적으로 보인다는 걸 알게 되었다. 그리고 헤인인이 되면 외계인 여자들에게 확실히 유리했다.

헤인인이 자신의 생식력을 통제할 수 있게 하는 유전자 개조는 단순한 유전자 짜깁기가 아니었다. 인간 생리 기능의 심오하고 급진적인 재건이 수반되는 일이었고, 완전히 자리 잡을 때까지 필시 25세대는 걸릴 터였다. 이런 변화가 분명 거쳤을 단계들을 자신들이 개괄적으로 안다고 생각하는 헤인의 역사가들은 그렇게 말한다. 고대의 헤인인들이 어떤 식으로 그걸 했든, 자신들의 식민지 사람들을 위해 그리한 건 절대 아니었다. 그자들은 자신들이 만든 식민지 세계들의 사람들이 이 첫 번째 이성애 문제의 해법을 알아서 찾게 내버려두었다. 물론 식민지 사람들은 온갖 독창적인 해법들을 찾아냈다. 그러나 이제까지 모든 경우, 임신을 피하려면 뭔가를 하거나 했거나 먹거나 이용해야 했다. 헤인인과 섹스할 때만 빼고는 말이다.

찌브는 벨데네 출신의 여자에게 정말로 자길 임신시키지 않을 수 있느냐는 질문을 받고 크게 화가 난 적이 있었다. "당신이 어떻게 '알아'?" 여자는 말했다. "어쩌면 그냥 '안전'을 위해 내가 살정제를 써야 할지도 모르잖아." 자신의 남성성의 급소에 모욕을 받은 찌브는 몸을 풀고 말했다. "나랑 같이 있지 않는 게 유일하게 안전한 길 아니겠어." 그런 뒤 찌브는 성큼성큼 걸어 나가버렸다. 다행히 그 여자 외엔 누구도 찌브의 완전무결함에 대해 의문을 제기하지 않았고, 그래서 찌브는 행복하게 계속 이성을 찾아 돌아다니다 마침내 튜를 만났다.

튜는 외계인이 아니었다. 그때까지 찌브는 다른 세계에서 온 여자들을 열심히 찾고 있었다. 외계인들과 자면 규칙 위반에 이

국적인 맛이 더해졌고, 찌브의 표현대로라면 모든 역사가가 추구해야 하는 그런 지식이 풍부해졌다. 그러나 튜는 헤인인이었다. 튜는 그녀의 조상들처럼 다란다에서 나고 자랐다. 찌브가 '사람들'의 아이이듯, 튜는 '역사가들'의 아이였다. 찌브는 어떤 단순한 외국풍보다도 이 연결과 차이가 훨씬 굉장하다는 걸 금세 깨달았다. 둘 사이의 상이성이 진정한 차이이고, 둘 사이의 유사성이 진정한 닮음임을 깨달았다. 튜는 바로 찌브가 고국을 떠나 발견하려 했던 그 땅이었다. 튜는 찌브가 되려고 애쓰던 바로 그것이었다. 튜는 바로 찌브가 추구하던 것이었다.

(찌브가 보기에) 튜가 가진 것은 완벽한 평형상태였다. 튜와 함께 있으면, 찌브는 평생 처음으로 걷는 법을 배우고 있다는 느낌이 들었다. 튜처럼 걷기. 동물처럼 손쉽고 자신을 의식하지 않으며 걷기, 그럼에도 의식적이고 조심스럽게, 그리고 몸의 균형을 깰 수 있는 모든 것을 염두에 두고, 줄타기 곡예사가 장대를 이용하듯 그걸 이용하며 걷기……. 이 사람은 정신적으로 진정한 자유 속에 사는 사람이라고, 완전한 인간이 될 만큼 자유로운 여자라고 찌브는 생각했다. 이 완벽한 박자, 이 완벽한 우아함.

튜와 함께 있으면 찌브는 무척이나 행복했다. 오랫동안, 찌브는 튜와 함께 있는 것, 그 이상은 아무것도 바라지 않았다. 그리고 오랫동안 튜는 상냥하지만 거리를 두면서 찌브를 경계했다. 찌브는 튜가 자신과 거리를 두어도 충분히 그럴 권리가 있다고 생각했다. 부락 소년, 아버지와 삼촌을 구별할 수 없던 사람. 찌브는 여기서 심술궂은 자들과 불안정한 자들의 눈에 자신이 어떤 존재인지 알았다. 인간의 존재 방식들에 대한 방대한 지식에도 불구하고, 역사가들은 여전히 크나큰 인간적 편협함을 버리지 못했다. 튜에게 그런 편견은 없었지만, 찌브는 튜에게 뭘 주어야 한단 말인가? 튜는 모든 걸 가졌고 모든 것이었다. 튜는 완전했다. 튜가 왜 찌브를 보아야 하나? 튜가 자길 보아도 좋다고, 같이 있어도 좋다고만 허락해줘도, 그걸로 찌브는 온전히 만족했다.

튜는 찌브를 보았고, 찌브를 좋아했고, 찌브를 매력적이면서 살짝 두렵다고 느꼈다. 튜는 찌브가 자신을 얼마나 원하는지, 얼마나 필요로 하는지 알았고, 찌브가 자신을 그의 인생의 중심으로 삼고도 그걸 알지조차 못하는 것을 알았다. 안 될 일이었다. 튜는 차갑게 굴려 애썼고, 찌브를 외면하려 했다. 찌브는 복종했다. 간청하지 않았다. 멀리 떨어져 있었다.

그러나 보름 뒤 찌브는 튜에게 와 말했다. "튜, 너 없인 살 수 없어." 찌브가 명백한 사실을 말한다는 걸 알기에 튜가 말했다. "그럼 한동안 나와 살아." 찌브의 존재는 튜가 그리워했던 열정으로 사방을 채워주었다. 찌브 외엔 모두가 무척이나 단조롭고 무척이나 균형 잡혀 보였다.

둘의 구애는 즉각적이고 굉장하며 계속되는 기쁨을 낳았다. 튜는 자신에게, 그리고 자신이 찌브에게 완전히 빠졌단 점에, 찌브가 자신을 원래 궤도에서 이렇게 멀리까지 끌어내도록 자신이 가만히 있었단 점에 놀랐다. 튜는 한 번도 누군가에게 이렇게 사랑받는 건 물론이고, 누굴 이렇게 좋아하게 될 거라곤 생각하지 않았다. 튜는 개인적으로 그리고 내면적으로 통제가 이루어지는 평범한 삶을 살아왔다. 스트세에서 찌브의 삶처럼, 사회적이고 외면적 통제를 받으며 살지 않았다. 튜는 자신이 뭐가 되고 싶은지, 뭘 하고 싶은지 알았다. 내면에 늘 따르고 싶은 방향이, 진북향이 있었다. 둘이 함께한 첫해는 관계의 부단한 변동과 변화의 연속이었고, 예측 불가능하고 황홀하며 흥분되는 사랑의 춤 같았다. 아주 서서히, 튜는 그 긴장감, 강렬함, 희열을 거부하기 시작했다. 사랑스럽긴 하지만 옳지 않다고 생각했다. 튜는 앞으로 나아가고 싶었다. 그 변치 않는 방향이 튜를 다시 찌브에게서 끌어내기 시작했다. 그러자 찌브는 필사적으로 그에 대항해 싸웠다.

이게 바로 베의 아수 아시 사막에서 기나긴 하루의 하이킹을 마친 뒤 불가사의할 정도로 따뜻한, 게센인들이 만든 텐트 안에서 찌브가 하고 있는 일이었다. 끝없는 바람에 닦여 래커처럼 윤이 나고, 사라진 문명에 의해 거대한 기하학 선들로 조각된, 머리 위의 심홍색 절벽들 사이에서 건조하고 얼음장처럼 찬 바람이 윙윙거렸다.

차베 스토브의 빛 속에 앉아 있는 지금, 둘은 어쩌면 남매 같기도 했다. 피부색은 적갈색으로 완전히 같았고, 둘 다 삼단 같고 윤기 나는 검은색 머리, 늘씬하고 탄탄한 체형을 지녔다. 부락에서 익힌 찌브의 예의 바르고 조용한 움직임과 목소리에 튜는 명확하고 훨씬 빠르며 훨씬 생기 넘치는 반응으로 응답했다.

그러나 튜는 지금 천천히, 거의 뻣뻣할 정도로 말하고 있었다.

"나한테 선택을 강요하지 마, 찌브." 튜가 말했다. "학교에 다니기 시작한 뒤로, 난 계속 테라에 가고 싶었어. 그전부터. 내가 아이였을 때부터. 평생. 이제 내가 원하는 걸, 내가 이제까지 노력해온 목표를 그 사람들이 내게 제안하고 있어. 네가 어떻게 나 보고 그걸 거절하라 할 수가 있어?"

"난 그런 적 없어."

"하지만 넌 내가 그걸 미루길 바라잖아. 그렇게 하면 난 영원히 그 기회를 잃을 수도 있어. 아닐 수도 있겠지. 하지만 왜 그런 위험을 감수해야 해? 1년이나 말이야. 네가 다음 해에 날 따라오면 되잖아!"

찌브는 아무 말도 하지 않았다.

"네가 원하면 말야." 튜는 뻣뻣하게 덧붙였다. 튜는 언제나, 지나치게 손쉽게, 찌브에게 자신의 주장을 포기해버렸다. 어쩌면 단 한 번도 자신에 대한 찌브의 사랑을 완전히 믿은 적이 없었는지도 몰랐다. 튜는 자신이 사랑스럽다거나, 찌브의 열정적 충실함의 대상이 될 만하다고 생각하지 않았다. 튜는 찌브의 열정에 겁을 냈고, 부적절하고 잘못됐다고 느꼈다. 튜의 자존감은 지적인 면에 있었다. "넌 나를 신격화해." 튜는 찌브에게 그렇게 말한 적이 있었고, 찌브가 행복하고 진지하게 "우린 함께 신을 만드니까"라고 대답했을 때 찌브를 이해하지 못했다.

"미안." 찌브는 이제야 말했다. "다른 이유 때문이야. 원하면 미신이라고 해도 좋아. 어쩔 수 없어, 튜. 테라는 140광년 떨어져 있어. 네가 가면, 네가 거기에 도착할 때면, 난 이미 죽었을 거야."

"넌 죽지 않아! 넌 여기서 1년을 더 살 뿐이고, 거기로 오는 길일 거고, 내가 가고 1년 뒤에 도착하는 거라고!"

"나도 알아. 스트세에서도 그건 배웠어." 찌브는 참을성 있게 말했다. "하지만 난 미신을 믿어. 네가 가면 우린 서로에게 죽는 거야. 카쓰하드에서도 그건 배우잖아."

"난 그런 거 안 배웠어. 그건 사실이 아냐. 어떻게 네가 미신이라 믿는 것 때문에 나보고 이 기회를 포기하라고 할 수 있어? 공평해져봐, 찌브!"

오랫동안 침묵한 뒤 찌브는 고개를 끄덕였다.

튜는 자신이 이겼다는 걸 알고 괴로워하며 앉았다. 튜는 지독하게 이겼다.

튜는 찌브에게 손을 뻗으며 찌브와 자신 모두를 위로하려 했다. 튜는 찌브 안의 어둠, 찌브의 슬픔, 배신에 대한 찌브의 말 없는 수락에 겁이 났다. 하지만 그건 배신이 아니었다. 튜는 곧바로 그 단어를 거부했다. 튜는 찌브를 배신하지 않을 것이다. 둘은 사랑에 빠져 있었다. 둘은 서로를 사랑했다. 1년 뒤면, 길어야 2년 뒤면 찌브는 튜를 따라올 터였다. 둘은 성인이었고, 애처럼 서로에게 집착해선 안 됐다. 어른들의 관계는 상호 자유와 상호 신뢰에 기초한다. 튜는 이 모든 것을 찌브에게 얘기하며 자신도 다시 맘에 새겼다. 찌브는 알겠다며 튜를 안고 위로했다. 어둠 속에서, 사막의 완전한 정적 속에서, 귓속에서 피가 윙윙대는 소리 속에서, 찌브는 말똥말똥한 정신으로 누워 생각했다. "아기는 태어나지도 않은 채 죽었어. 아예 임신조차 되지 않았어."

둘은 튜가 떠날 때까지 몇 주 동안 학교에 있는 둘의 작은 아파트에서 함께 살았다. 둘은 조심스럽게, 부드럽게 사랑을 나누었고, 역사와 경제와 민족학에 대해 이야기하고, 바쁘게 지냈다. 튜는 함께 가는 팀과 일할 준비를 해야 했고, 테라의 계급제 개념을 공부해야 했다. 찌브는 웨렐의 사회적 에너지 세대에 대해 논문을 써야 했다. 둘은 열심히 일했다. 친구들이 튜에게 성대한 환송 파티를 열어주었다. 이튿날, 찌브는 튜와 함께 배 항구로 갔다. 튜는 찌브에게 키스하고 안으며, 서두르라고, 서둘러 테라로 오라고 말했다. 찌브는 튜가 비행기에 타는 것을 보았다. 튜는 이 비행기를 타고 궤도에서 기다리는 NAFAL* 우주선까지 갈 것이었다. 찌브는 학교의 남쪽 캠퍼스에 있는 아파트로 돌아갔다. 그리고 사흘 뒤, 친구 한 명이 묘한 상태로 책상 앞에 앉아 있는 찌브를 발견했다. 찌브는 활기가 없고, 말을 해도 아주 천천히 했으며, 먹지도 마시지도 못했다. 이 친구는 부락 태생이었기에 이 상태를 곧 알아보고 주술사를 불렀다(헤인인들은 이들을 의사라 부르지 않는다). 주술사는 찌브가 남부 부락 중 한 곳 출신임을 확인한 뒤 말했다. "합찌바! 자네 안의 신은 여기서 죽을 수 없어!"

오랜 침묵 후 젊은이는 자기 목소리처럼 들리지 않는 목소리로 부드럽게 말했다. "집에 가야겠어요."

"지금은 불가능해." 주술사가 말했다. "하지만 신에게 얘기

---

*Not As Fast As Light의 약자로, 여기서는 아광속 우주 비행을 뜻한다.

할 수 있는 사람을 찾을 동안, 체류 찬송을 준비해줄 순 있어."
주술사는 곧장 전에 남쪽 사람이었던 학생들을 찾는다고 방송
했다. 네 명이 응답했다. 그들은 밤새 합찌바 옆에 앉아 두 가지
언어와 네 가지 방언으로 체류 찬송을 노래했고, 이윽고 합찌바
는 다섯 번째 방언으로 노래에 참여해 쉰 목소리로 단어들을 속
삭이다가 쓰러져 서른 시간을 내리 잤다.

합찌바는 자신의 방에서 깨어났다. 나이 든 여자 한 명이 합찌
바 옆에서 아무도 아닌 자와 대화를 나누고 있었다. "자넨 여기
있지 않아." 여자가 말했다. "아니, 자넨 잘못 생각하고 있어. 자
넨 여기서 죽을 수 없어. 옳지 않은 일이고, 굉장히 잘못된 일이
야. 자네도 알잖아. 여긴 잘못된 장소야. 이건 잘못된 삶이야. 자
네도 알잖아! 여기서 뭘 하고 있는 거지? 길을 잃었나? 집으로
가는 길을 알고 싶어? 여기 있어. 들어봐." 여자는 가늘고 높은
목소리로 노래하기 시작했다. 음조도 가사도 거의 없는 이 노래
는 오래전 들어본 듯이 익숙했다. 합찌바는 다시 잠에 빠졌고,
그동안 나이 든 여자는 계속해 아무도 아닌 자에게 이야기했다.

다시 깨어나자 여자는 가고 없었다. 여자가 누군지, 어디서 왔
는지 합찌바는 전혀 알지 못했다. 한 번도 묻지 않았다. 여자는
합찌바의 언어로, 스트세의 방언으로 말하고 노래했다.

합찌바는 지금 죽지 않을 테지만, 몸이 무척 안 좋았다. 주술
사는 합찌바에게 테스에 있는 병원으로 가라고 명했다. 테스는
베 전체에서 가장 아름다운 곳으로, 온천들과 주위를 둘러싼 언
덕들 덕분에 기후가 온화한, 꽃과 숲이 자랄 수 있는 휴식처였

다. 거대한 나무들 아래로 길들이 끝없이 구불구불 이어지고, 따뜻한 호수들에선 언제까지라도 수영할 수 있으며, 안개 낀 작은 연못들에선 새들이 울며 날아오르고, 수증기가 온천들을 감싸고, 밤새 수천 개의 폭포들 소리만이 들린다. 몸이 회복될 때까지 머무르라고 합찌바는 그곳으로 보내졌다.

합찌바는 테스에 오고 스무 날쯤 됐을 때부터 자신의 메모기에 대고 말하기 시작했다. 합찌바는 풀과 양치류가 자라는 숲 사이 빈터에 있는, 자신이 묵는 오두막의 현관 계단에 앉아 햇빛 아래에서 작은 녹음기를 통해 자신에게 조용히 얘기하곤 했다. "당신이 당신 이야기를 하기 위해 선택한 것은 전체보다 작지 않다." 합찌바는 말하며 하늘을 배경으로 시꺼멓게 보이는 오래된 나무들의 가지를 바라보았다. "당신의 세계를 만드는 재료는, 당신의 국지적, 지성적, 이성적, 논리적 세계를 만드는 재료는 전체보다 작지 않다. 그리고 따라서 모든 선택은 임의적이다. 모든 지식은 부분적이다. 극미하게 부분적이다. 이성은 바다에 던져진 그물이다. 그 그물이 건져 올리는 진실은 전체 진실의 한 조각, 홀끗 본 광경, 순간 반짝인 섬광이다. 인간의 모든 지식은 국지적이다. 모든 삶, 모든 인간의 삶은 국지적이고, 임의적이고, 극미한 순간의 반짝임이고, 그 반사된 영상의 주체는……." 합찌바의 목소리가 잦아들었다. 거대한 나무들 사이에서 빈터는 계속 침묵을 지켰다.

45일 뒤, 합찌바는 학교로 돌아왔다. 합찌바는 새 아파트를 얻었다. 분야를 튜의 분야인 사회과학에서 에큐멘 공직 훈련으로 바꿨다. 에큐멘 공직 훈련은 사회과학과 지적으로 긴밀하게 관련되어 있었지만, 다른 종류의 일로 이어졌다. 이 변경으로 인해 합찌바는 학교에 적어도 1년은 더 있게 될 것이고, 그 뒤 합찌바가 잘만 한다면 에큐멘과 관련된 일자리를 바라볼 수 있었다. 합찌바는 잘해냈고, 2년 뒤에는 에큐멘 의회에서 정중한 방식으로, 웨렐로 가고 싶으냐는 질문을 받았다. 네, 그렇습니다. 합찌바는 대답했다. 합찌바의 친구들은 합찌바에게 성대한 환송연을 열어주었다.

"난 네가 테라를 목표로 하는 줄 알았는데." 눈치 없는 동급생 한 명이 말했다. "전쟁과 노예제와 계급과 특권 계급과 성별에 대한 모든 것, 그건 테라 역사 아니야?"

"현재 웨렐에서 벌어지는 일들이야." 합찌바는 말했다.

그는 더 이상 찌브가 아니었다. 그는 합찌바로서 병원에서 돌아왔다.

누군가가 눈치 없는 동급생의 발을 밟았지만, 그녀는 거기에 신경 쓰지 않았다. "난 네가 튜를 따라갈 줄 알았어." 동급생이 말했다. "그래서 네가 누구와도 안 자는 거라고 생각했어. 맙소사, 미리 좀 알았다면!" 다른 사람들이 얼굴을 찡그렸지만, 합찌바는 그냥 웃고는 미안하다는 듯이 동급생을 안아주었다.

합찌바의 마음속에서 그건 아주 분명한 사실이었다. 합찌바가 이얀 이얀을 배신하고 버렸듯이, 튜도 합찌바를 배신하고 버렸다. 돌아갈 수도, 앞으로 나아갈 수도 없었다. 그러니 합찌바는 옆으로 돌아야 했다. 비록 그들 중 하나이긴 했지만, 합찌바는 더 이상 '사람들'과 함께 살 수 없었다. 비록 그들 중 하나가 되긴 했지만, 합찌바는 역사가들과 함께 살고 싶지 않았다. 그러므로 합찌바는 가서 외계인들 속에서 살아야 했다.

합찌바는 다시 기쁜 일이 있을 거라 전혀 기대하지 않았다. 자신이 다 망쳐놓았다고 생각했다. 하지만 합찌바는 자신의 인생을 가득 채웠던 길고 강렬한 두 훈육, 즉 신에 대한 훈육과 역사에 대한 훈육을 통해 자신이 흔치 않은 지식을 갖추게 되었음을 알았다. 어딘가에선 쓸모 있을 수도 있는 지식이었다. 그리고 합찌바는 지식을 올바르게 이용할 때에야 비로소 배움이 완성됨을 알았다.

합찌바가 떠나기 전날, 주술사가 찾아와 합찌바를 자세히 검사했고, 한동안 의자에 앉아 아무 말도 하지 않았다. 합찌바는 함께 앉아 있었다. 합찌바는 침묵에 익숙해진 지 오래였고, 역사가들 사이에선 침묵이 그리 통상적이지 않다는 걸 아직도 가끔은 잊어버렸다.

"뭐가 문제지?" 주술사가 말했다. 생각에 잠긴 말투 때문에 반어적 질문으로 느껴졌다. 어쨌든 합찌바는 대답하지 않았다.

"일어나보겠나." 주술사가 말했고, 합찌바는 일어났다. "이제 좀 걸어보게나." 합찌바는 몇 걸음을 디뎠다. 주술사는 합찌바를 관찰했다. "균형을 잃었군. 알고 있었나?"

"네."

"오늘 저녁 다른 이들과 체류 찬송을 준비해줄 수 있어."

"괜찮습니다." 합찌바가 말했다. "전 언제나 균형을 잃은 상태였습니다."

"그런 상태로 있을 필요는 없어." 주술사는 말했다. "한편으로는 그게 최선일지도 모르지. 자넨 웨렐로 갈 거니까. 그럼, 이번 생에서는 안녕."

둘은 역사가들이 그러하듯 격식을 차려 포옹했다. 특히 서로를 절대로 다시는 보지 못할 것이 현재 아주 확실할 때 하는 인사였다. 그날 핫찌바는 격식을 차린 포옹을 수없이 주고받아야 했다. 이튿날 핫찌바는 '다란다의 테라스들'에 타고 어둠을 가로질렀다.

예이오웨이

NAFAL 속도로 80광년을 여행하는 동안, 핫찌바의 어머니가 죽었고, 아버지와 이얀 이얀이 죽었고, 스트세에서 알던 모든 이가, 카쓰하드에서 그리고 베에서 알던 모든 이가 죽었다. 우주선이 착륙할 무렵엔, 모두가 죽고도 한참의 시간이 흐른 뒤였다. 이얀 이얀이 낳은 아이는 이미 자라서 늙고 죽었다.

이건 핫찌바가 우주선에 타고 떠나는, 죽으러 가는 튜를 배웅한 뒤로 내내 알고 살던 지식이었다. 그 주술사, 핫찌바를 위해 노래해준 그 네 명, 그 나이 든 여인, 그리고 테스의 폭포들 덕에 핫찌바는 살아 있었다. 그러나 핫찌바는 그 지식을 안고 살았다.

다른 것들도 역시 바뀌었다. 핫찌바가 베를 떠날 때, 웨렐의 식민지 행성 예이오웨이는 노예세계였고, 거대한 노동자 집단 주거지였다. 합찌바가 웨렐에 도착했을 때, 해방전쟁은 끝나 있었고, 예이오웨이는 독립을 선언했으며, 웨렐의 노예제도는 무너지기 시작하고 있었다.

합찌바는 이 끔찍하고 장엄한 과정을 지켜볼 수 있기를 간절히 바랐으나, 대사관은 합찌바를 즉각 예이오웨이로 보냈다. 합찌바가 떠나기 전, 소히켈웬얀무르케레스 에즈다르돈 아야란 이름의 헤인 남자가 합찌바에게 충고했다. "위험을 원하신다면, 그곳은 위험합니다." 남자는 말했다. "그리고 희망을 좋아하신다면, 그곳은 희망으로 가득합니다. 웨렐은 스스로를 파괴하는 중이지만, 예이오웨이는 스스로를 만들어가려 합니다. 그게 성공할지는 모르겠지만요. 분명히 말씀드리지요, 예헤다르헤드 합찌바. 이 세계들에는 자유롭게 풀려난 위대한 신들이 있습니다."

예이오웨이는 자신의 보스들, 소유주들, 4대 법인들을 제거했다. 300년 동안 거대한 노예 플랜테이션들을 운영해온 이들이었다. 그러나 30년에 걸친 해방전쟁이 끝났음에도 싸움은 그치지 않았다. 해방전쟁 동안 노예들 중 권력을 쥐게 된 대장들과 군벌들이 이제 자신들의 권력을 유지하고 키우려고 싸웠다. 파벌들은 모든 외국인을 영원히 행성에서 쫓아낼 것이냐 아니면 외계인들을 인정하고 에큐멘에 들어갈 것이냐의 문제를 두고 전투를 벌였다. 고립주의자들이 결국 투표에서 지고, 옛 식민지 수도에 에큐멘 대사관이 새로 생겼다. 합찌바는 그들 표현을 빌리자면 "언어와 식탁 예절"을 배우며 그곳에서 한동안 시간을 보냈다. 이윽고 대사, 솔리란 이름의 젊고 영리한 테라인이 합찌바를 남쪽의 요텝버란 지역으로 보냈다. 자신들을 인정해달라고 극성스럽게 요구하고 있는 곳이었다.

합찌바는 기차를 타고 이 세계의 황폐해진 풍경을 지나가며 치욕스러운 역사라고 생각했다.

이 행성을 식민지화했던 웨렐의 자본가들은 이익을 창출하려는 욕심에 눈이 벌게져서 오랫동안 행성과 노예들을 무분별하게 그리고 아무렇게나 착취했었다. 한 세계를 결딴내려면 시간이 꽤 걸리지만, 그래도 가능은 하다. 노천 채굴과 단일 작물 경작으로 땅은 손상되고 메말라버렸다. 강들은 오염되고 죽었다. 거대한 모래 강풍들이 동쪽 지평선을 깜깜하게 뒤덮었다.

보스들은 폭력과 공포로 플랜테이션들을 운영했었다. 한 세기가 넘게 남자 노예들만을 실어 와 죽을 때까지 부려먹었고, 필요하면 다시 싱싱한 노예들을 수입했다. 남자뿐인 이 집단 주거지들에서 노동패들은 부족적 계급 조직으로 발전했다. 마침내, 웨렐의 노예 가격과 수송 요금이 상승하자, 법인들은 예이오웨이 식민지용으로 계집종들을 사기 시작했다. 그리하여 그 뒤로 200년 동안 노예 인구가 증가하고, 노예 도시들이 세워졌다. 플랜테이션들의 옛 집단 주거지들에서 '자산동네'들과 '먼지마을'들이 뻗어나갔다. 합찌바는 해방운동이 부족 집단 주거지의 여자들 사이에서 먼저 일어났다는 걸 알고 있었다. 남자들의 지배에 대항하는 반란이었고, 그 뒤 이 운동은 모든 노예가 자신의 소유주들에게 대항하는 전쟁이 되었다.

완행 기차는 도시마다 멈춰 섰다. 몇 마일에 걸쳐 판잣집들과 오두막들이 있었고, 나무는 없었으며, 모든 지역이 전쟁 동안 폭탄에 맞거나 불탔지만 아직 재건되지 않았다. 공장들은 일부는 완전히 파괴되었고, 일부는 아직 기능했지만 아주 낡아 보였고, 덜거덕거리는 잡동사니였으며, 연기를 꿀럭꿀럭 뿜어냈다. 역마다 수백 명이 기차에서 내리고 탔으며, 몰려다니고, 북적이고, 짐꾼에게 뇌물을 외치고, 기차 지붕으로 기어오르고, 제복 입은 안전 요원들과 경찰들 손에 다시 거칠게 떠밀렸다. 기다란 대륙의 북쪽에서 합찌바는 웨렐에서처럼 검은 피부의 사람들을 수없이 보았다. 청흑색 사람들이었다. 그러나 기차가 남쪽으로 갈수록 검은 이들은 적어졌고, 요템버에 가자 마을과 황량한 측선의 사람들은 합찌바보다도 피부색이 훨씬 옅어져서 푸른색이 도는 먼지색이 되었다. 이들이 수백 세대에 걸친 웨렐 노예들의 후손인 '먼지 사람'이었다.

요템버는 해방전쟁의 초기 중심부였다. 보스들은 폭탄과 독가스로 보복했다. 수천 명이 죽었다. 인간이고 동물이고 묻지 못한 시체들을 없애려 마을들이 통째로 불태워졌다. 거대한 강의 어귀는 썩어가는 시체들로 막혔다. 그러나 모든 게 과거의 일이었다. 예이오웨이는 자유였고, 에큐멘의 새로운 구성원이었으며, 합찌바는 부특사의 자격으로 요템버 지역 사람들이 그들의 새 역사를 시작하는 걸 도우러 가는 길이었다. 혹은, 헤인인의 관점에서 보자면, 그들의 오랜 역사를 원래대로 접합하러 가는 길이었다.

요뎁버 시의 역에서 합찌바는 수많은 사람들의 마중을 받았다. 경찰과 군인들이 친 방책 뒤로 대규모의 군중이 밀어닥쳐 환호하고 소리쳤다. 방책 앞에는 지위를 나타내는 화려한 로브와 장식 띠를 두르고 다양하게 치장한 제복을 입은 공무원 대표단이 있었다. 대부분 거물이었고, 위엄이 있었으며 대단한 유명인사들이었다. 환영 연설들이 있었고, 입체 네트와 근현실 뉴스를 위한 기자들과 사진사들이 보였다. 그러나 구경거리 삼아 온 건 아니었다. 이 거물들은 사람들을 확실히 통제하고 있었다. 그들은 자신들이 손님인 합찌바를 환영하며, 자기들 사이에서 인기가 있고 또한 (대장이 한 짧고 인상적인 연설에 따르면) 미래에서 온 특사로 여긴다는 점을 합찌바가 알아주길 바랐다.

그날 밤, 어느 소유주의 도시 대저택에서 호텔로 바뀐 곳의 사치스러운 스위트룸에서 합찌바는 생각했다. 만약 미래에서 온 그 사람이 부락에서 자랐고 여기 오기 전까진 근현실을 본 적도 없다는 걸 그들이 안다면…….

합찌바는 이 사람들이 자기에게 실망하지 않으면 좋겠다고 생각했다. 웨렐에서 처음 만난 순간부터, 이들의 괴물 같은 사회에도 불구하고 합찌바는 이들이 좋았다. 이 사람들은 생명력과 자부심으로 가득했고, 특히 여기 예이오웨이는 정의에 대한 꿈으로 가득했다. 합찌바는 고대 테라인들이 또 다른 신이라 얘기했던 정의에 대해 생각했다. 난 정의를 믿어. 왜냐하면 정의는 불가능하거든. 합찌바는 잘 잤고, 따뜻하고 밝은 아침 일찍, 기대감에 부풀어 일어났다. 합찌바는 이 도시를, 자신의 도시를 알기 시작하려고 밖으로 걸어 나갔다.

문지기(자신들의 자유를 위해 그토록 필사적으로 싸웠던 사람들이 다시 하인을 부린다는 걸 알게 되니 참으로 당혹스럽기 그지없었다)는 합찌바가 차를, 안내인을 기다리게 하려고 열심히 노력했고, 위대한 남자가 이렇게 일찍 수행원도 없이 걸어 나가려는 것을 보고 어쩔 줄 몰라 하는 게 분명했다. 합찌바는 걷고 싶으며 혼자서도 충분히 걸을 수 있다고 설명했다. 합찌바는 고뇌에 빠진 문지기를 놓아두고 걷기 시작했고, 문지기가 뒤에서 외쳤다. "아, 선생님, 제발요, 도시 공원은 피하세요, 선생님!"

합찌바는 도시 공원이 의식이나 초목 재식 때문에 폐쇄된 게 분명하다고 생각해서 그 말에 따랐다. 합찌바는 시장판이 한창인 광장에 도착했고, 어느새 사람들이 합찌바를 중심으로 모여들려 했다. 사람들이 합찌바를 알아보는 건 불가피한 일이었다. 합찌바는 단정한 예이오웨이의 옷과 속셔츠와 짧은 바지, 가볍고 좁은 로브를 입었지만, 40만 인구의 도시에서 적갈색 피부는 합찌바 한 명뿐이었던 것이다. 사람들은 합찌바의 피부와 눈을 보자마자 바로 합찌바를 알아보았다. 외계인이었다. 그래서 합찌바는 슬그머니 시장을 빠져나와 인적이 드문 주택가 길로만 걸었고, 부드럽고 따뜻한 공기와 낡았지만 아름다운 식민지 양식의 집들을 즐겼다. 합찌바는 발을 멈추고 화려한 톨교도의 신전을 감탄하며 바라보았다. 신전은 다소 초라하고 황폐해 보였지만, 출입구의 어머니상 발치에 신선한 꽃다발이 놓여 있는 게 보였다. 전쟁 중에 코가 떨어져나갔음에도 어머니상은 평화롭게 웃음 짓고 있었고, 눈이 살짝 내사시였다. 사람들이 뒤에서 외쳤다. 누군가 가까이에서 말했다. "외국 새끼야, 우리 세계에서 꺼져." 그리고 팔이 잡히고, 다리는 아래에서 차였다. 일그러진 얼굴들이 소리 지르며 주위에서 모여들었다. 구역질과 함께 엄청난 복통이 온몸을 에워쌌고, 합찌바는 몸을 반으로 접으며 몸부림과 목소리들과 고통의 붉은 암흑 속으로 빠져들었다. 이윽고 현기증 속에서 빛과 소리가 작아지고 줄어들며 멀어졌다.

어느 나이 든 여자가 옆에 앉아 거의 음조가 없으면서 어딘지 좀 친숙한 노래를 속삭이고 있었다.

여자는 뜨개질을 하고 있었다. 오랫동안 여자는 합찌바를 보지 않았다. 마침내 합찌바를 보고 여자가 말했다. "아." 눈의 초점을 맞추기가 힘들었지만, 합찌바는 여자의 얼굴이 푸르스름하다는 것을 알아차렸다. 창백한 푸른빛이 도는 황갈색이었다. 검은 눈에는 흰자가 전혀 없었다.

여자는 합찌바의 몸 어딘가에 부착되어 있는 무슨 기계를 재조정한 뒤 말했다. "전 여자 주술사예요. 간호사죠. 당신은 뇌진탕을 일으켰고, 가벼운 두개골 골절, 신장 타박상, 어깨 골절, 그리고 배에 칼에 찔린 상처가 있어요. 하지만 괜찮을 거예요. 걱정 마요." 여자는 이 모든 걸 합찌바가 이해할 수 있을 듯한 외국어로 말했다. 적어도 합찌바는 "걱정 마요"라는 말은 알아들었고, 순순히 그 말에 따랐다.

합찌바는 자신이 NAFAL 모드로 '다란다의 테라스들'에 타고 있다고 생각했다. 악몽 속에서는 100년이 지났지만, 실은 지나지 않았다. 사람들과 시계에 얼굴이 없었다. 합찌바는 체류 찬송을 속삭이려 했지만, 체류 찬송에 단어가 없었다. 단어들이 사라졌다. 나이 든 여자는 합찌바의 손을 잡았다. 여자는 합찌바의 손을 잡고 천천히, 천천히 합찌바를 다시 시간 속으로, 이곳의 시간 속으로, 자신이 앉아 뜨개질하고 있는 침침하고 조용한 방으로 도로 데려왔다.

아침이었고, 뜨겁고 밝은 햇살이 창으로 들어왔다. 요텝버 지역의 대장이 침대 가에 서 있었다. 하얀색과 진홍색 로브를 입은, 거인 같은 남자였다.

"정말 죄송합니다." 합찌바는 탁한 목소리로 천천히 말했다. 입에도 상처를 입었던 것이다. "혼자 밖에 나가다니 제가 어리석었습니다. 전적으로 제 잘못입니다."

"그 악당들은 잡혔고 법정에서 재판을 받을 겁니다." 대장이 말했다.

"젊은 남자들이었어요." 합찌바가 말했다. "제 무지와 어리석음 때문에 일어난 사건입니다."

"그자들은 처벌받을 겁니다." 대장은 말했다.

그날 간호사들은 합찌바 옆에 앉아 있으면서 내내 입체 화면을 켜놓고 뉴스와 드라마를 봤다. 간호사들은 소리를 낮추고 봤고, 그래서 합찌바는 그 소리를 무시할 수 있었다. 더운 오후였다. 합찌바가 하늘에 옅은 구름들이 천천히 흘러가는 것을 지켜보고 있는데 간호사가 높은 지위의 사람에게 하는, 격식을 갖춘 태도로 말했다. "아, 어서요. 신사분께서 볼 생각이 있으시다면, 신사분을 공격한 나쁜 자들이 처벌받는 걸 볼 수 있으세요!"

합찌바는 간호사의 말대로 했다. 마른 인간의 몸이 거꾸로 매달린 채 팔과 손이 경련하고 장은 가슴과 얼굴에 늘어져 있는 것이 보였다. 합찌바는 크게 소리 지르며 팔로 얼굴을 가렸다. "꺼요." 합찌바가 말했다. "어서 꺼요!" 합찌바는 구역질하며 숨을 헐떡였다. "당신들은 인간도 아니에요!" 합찌바는 자신의 언어로, 스트세의 방언으로 외쳤다. 방에는 사람들이 오가고 있었다. 사람들이 소리치던 소음들이 갑자기 멎었다. 합찌바는 다시 제대로 숨 쉴 수 있었고, 눈을 감은 채 누워 체류 찬송의 한 구절을 부르고 또 불렀으며, 마침내 몸과 마음이 안정되면서 어딘가에서 많이는 아니어도 약간은 균형을 되찾기 시작했다.

사람들이 음식을 가져왔다. 합찌바는 음식을 치워달라고 부탁했다.

방은 침침했고, 벽 어딘가에 낮게 걸린 야간 등과 창밖 도시의 불빛이 조명의 전부였다. 나이 든 여자, 즉 야간 간호사가 방의 어중간한 어둠 속에서 뜨개질을 하고 있었다.

"미안합니다." 합찌바는 자신이 그들에게 뭐라 말했었는지도 잘 모르면서 입에서 나오는 대로 말했다.

"아, 특사님." 나이 든 여자는 길게 한숨을 쉬며 말했다. "당신네 사람들에 대해 읽었어요. 헤인 사람들요. 당신들은 우리처럼 일을 하지 않죠. 서로를 고문하고 죽이지 않아요. 당신들은 평화롭게 살아요. 전, 전 당신 눈에 우리가 어떻게 보일지가 궁금해요. 어쩌면 마녀처럼, 악마처럼 보이겠죠."

"아뇨." 합찌바는 말했지만, 또다시 구역질이 몰려오는 것을 참아야만 했다.

"좀 나아지면, 좀 더 튼튼해지면, 특사님, 당신에게 하고 싶은 말이 있어요." 여자의 목소리는 조용했고, 절대적이고 편안한 권위가 가득했으며, 이 권위는 필시 격식과 위엄이 있는 권위로 바뀔 수 있을 터였다. 합찌바는 이런 식으로 말하는 사람들을 평생 동안 알고 지냈다.

"지금 말씀하셔도 됩니다." 합찌바가 말했지만, 여자는 다시 말했다. "지금은 말고요. 나중에. 당신은 지쳤어요. 노래 불러 드릴까요?"

"네." 합찌바가 대답했고, 여자는 앉아 뜨개질하며 무성으로 음조 없이 속삭이듯 노래했다. 여자의 신들의 이름이 노래에 나왔다. 퇄, 캄예. 저들은 나의 신이 아니야. 합찌바는 생각했다. 하지만 합찌바는 눈을 감고 흔들거리는 균형 속에서 안전하게 잠이 들었다.

여자의 이름은 예론이었고, 나이가 아주 많진 않았다. 마흔일곱 살이었다. 예론은 30년간의 전쟁과 여러 차례의 기근을 겪었다. 예론은 합찌바로선 금시초문인 인공치아란 걸 해 넣었고, 철 테가 둘린 안경을 썼다. 웨렐에서 신체 수선은 미지의 분야가 아니었지만, 예이오웨이에서는 대부분의 사람들이 그런 걸

할 능력이 안 된다고 예론은 말했다. 예론은 아주 말랐고, 머리털이 가늘었다. 태도는 당당했지만, 왼쪽 엉덩이에 있는 오래된 상처 때문에 뻣뻣하게 움직였다. "이 세계에선 모두가, 모두가 몸에 총탄이 박혀 있거나, 채찍에 맞은 흉터가 있거나, 다리 한 짝이 없거나, 죽은 아기를 가슴에 묻고 살아요." 예론이 말했다. "이제 당신은 우리 중 하나예요, 특사님. 당신은 그 불길을 겪었어요."

합찌바는 순조롭게 회복하고 있었다. 대여섯 명의 의료 전문가가 합찌바에게 배정되어 있었다. 그 지역 대장은 며칠 간격으로 직접 들르고 매일 공무원들을 보냈다. 대장이 감사해한다는 걸 합찌바는 깨달았다. 에큐멘 대표에 대한 난폭한 공격 덕분에, 대장은 세계당을 칠 구실과 강력한 대중적 지지를 얻었던 것이다. 세계당은 대장의 경쟁자이자 해방전쟁의 또 다른 군벌 영웅이 이끄는 완강한 고립주의 노선의 정당이었다. 대장은 자신의 승리에 대한 빛나는 보고서들을 부특사의 병실로 보냈다. 입체 뉴스는 온통 달리고 총을 쏘는 제복 입은 남자들과 사막 언덕 위에서 웅웅거리는 비행기들로 가득했다. 체력을 회복한 합찌바는 복도를 걸어가면서 근현실 네트에 연결된 채 병실 침대에 누워 있는 환자들을 보았다. 환자들은 물론 총을 든 자들, 카메라를 든 자들, 총을 쏘는 자들의 관점에서 싸움을 '경험'하고 있었다.

밤이면 화면들은 깜깜했고, 네트들은 꺼졌으며, 예론이 병실로 찾아와, 창으로 들어오는 침침한 빛 속에서 합찌바 옆에 앉았다.

"제게 해야 할 말이 있다고 하셨죠." 합찌바가 말했다. 도시의 밤은 잠들지 않았고, 따뜻하고 온갖 향이 섞인 공기를 들이려고 예론이 활짝 열어놓은 창 아래 거리에선 소음과 음악과 목소리가 밤을 가득 채웠다.

"네, 맞아요." 예론은 뜨개질감을 내려놓았다. "전 당신의 간호사예요, 특사님, 하지만 또한 메신저이기도 해요. 죄송한 말이지만, 당신이 다쳤단 말을 듣고 전 이렇게 말했어요. '캄예 주님과 자비의 여신님을 찬양할지니!' 제 메시지를 당신에게 어떻게 전해야 할지 몰랐는데, 이젠 알게 됐으니까요." 예론의 조용한 목소리가 잠시 침묵했다. "전 이 병원을 15년 동안 운영했어요. 전쟁 동안에요. 전 아직도 여기에 연줄이 좀 있어요." 다시 한 번 예론은 말을 멈췄다. 합찌바에게 예론의 침묵은 목소리만큼이나 익숙했다. "전 에큐멘에 보내진 메신저예요." 예론이 말했다. "여자들이 보냈죠. 여기의 여자들. 예이오웨이 전역의 여자들요. 우린 당신들과 동맹을 맺고 싶어요……. 알아요, 정부가 이미 동맹을 맺었다는 거. 예이오웨이는 에큐멘의 일원이죠. 우리도 알아요. 하지만 그게 무슨 의미가 있죠? 우리에게? 아무 의미도 없어요. 여기서, 이 세계에서 여자들이 어떤 존재인지 아나요? 아무것도 아니에요. 여자들은 정부의 일부가 아니에요. 여자들이 해방을 이뤄냈어요. 여자들은 남자들과 똑같이 해방을 위해 노력했고 죽었어요. 하지만 여자들은 장군이 아니었고, 대장도 아니에요. 아무것도 아니에요. 마을에서 여자들은 하찮은 존재 그 이하이고, 일하는 짐승이고, 새끼 낳는 가축이에요. 여기선 조금 나아요. 하지만 좋진 않아요. 전 베소의 의료 학교에서 훈련을 받았어요. 전 의사예요. 간호사가 아니라. 보스들의 지휘 아래, 전 이 병원을 운영했어요. 이젠 남자가 병원을 운영해요. 이젠 우리의 남자들이 소유주예요. 그리고 우린 언제나와 같은 처지고요. 자산이죠. 이러자고 우리가 그 기나긴 전쟁을 싸워온 건 아니라고 생각해요. 당신 생각은 어떤가요, 특사님? 우리는 새로운 해방을 이뤄야 한다는 게 제 생각이에요. 우린 그 일을 끝내야 해요."

오랜 침묵 후에 합찌바가 조용히 물었다. "당신들은 조직화되어 있나요?"

"아, 그럼요, 그럼요! 옛날과 똑같이요. 우린 암흑 속에서도 조직적으로 모일 수 있어요!" 예론은 살짝 소리 내어 웃었다. "하지만 우리가 우리끼리만, 우리만을 위해 자유를 쟁취할 순 없다고 생각해요. 변화가 있어야 해요. 남자들은 자기들이 보스가 되어야 한다고 생각하죠. 남자들도 이젠 그런 생각을 버려야 해요. 음, 제 평생 우리가 배운 게 하나 있다면, 총을 들고 있으면 정신 상태가 바뀌지 않는다는 거예요. 보스를 죽이고, 자기가 보스가 돼요. 우린 그런 정신부터 바꿔야 해요. 낡은 노예 정신, 보스 정신요. 우리가 그걸 바꿔야 해요, 특사님. 당신 도움으로요. 에큐멘의 도움으로요."

"제가 여기 온 건 당신네 사람들과 에큐멘 사이에 가교가 되기 위해섭니다. 하지만 제게 시간이 필요하겠군요." 합찌바는 말했다. "전 배워야 합니다."

"시간이라면 차고 넘쳐요. 보스의 마음을 돌리는 게 하루나 1년에 되는 일이 아니란 건 우리도 알거든요. 이건 교육의 문제예요." 예론은 그 단어를 성스러운 단어처럼 말했다. "오랜 시간이 걸릴 거예요. 천천히 하세요. 당신이 귀 기울여 들어줄 거란 것만 우리가 안다면요."

"듣겠습니다." 합찌바가 말했다.

예론은 길게 숨을 들이쉬고 다시 뜨개질감을 집었다. 예론이 말했다. "우리 말을 듣기가 쉽진 않을 거예요."

합찌바는 피곤했다. 예론이 한 말의 강도는 아직 합찌바가 다룰 수 있는 것 이상이었다. 합찌바는 예론이 한 말의 뜻을 알지 못했다. 정중한 침묵은 이쪽이 이해하지 못했음을 어른스럽게 알리는 방식이다. 합찌바는 아무 말도 하지 않았다.

예론은 합찌바를 보았다. "우리가 어떻게 당신에게 가죠? 봐요, 그게 문제예요. 다시 말씀드리지만, 우린 아무것도 아니에요. 우린 당신 간호사로서만 당신에게 올 수 있어요. 당신의 가정부로. 당신의 옷을 빠는 여자로만으로요. 우린 대장들과 섞이지 않아요. 의회에 우린 없어요. 우린 식탁 시중을 들어요. 우린 연회에서 먹지 않아요."

"제게……." 합찌바는 머뭇거렸다. "제게 어떻게 시작하면 되는지 말해주십시오. 할 수 있으면, 절 만나겠다고 청하세요. 가능할 때 오세요, 그게…… 그게 안전하다면요." 합찌바는 언제나 교훈을 빠르게 터득했다. "듣겠습니다. 제가 할 수 있는 일을 하겠습니다." 합찌바는 절대로 불신이라는 개념에 익숙해지지 않을 터였다.

예론은 몸을 앞으로 숙이고 합찌바의 입에 아주 부드럽게 키스했다. 예론의 입술은 가볍고 건조하고 부드러웠다.

"됐어요." 예론이 말했다. "어떤 대장도 당신에게 이걸 주진 않을 거예요."

예론은 다시 뜨개질감을 집어 들었다. 합찌바가 반쯤 잠들어 있는데 예론이 물었다. "당신 어머니는 살아 계세요, 합찌바 씨?"

"제 사람들은 모두 죽었습니다."

예론은 작고 부드러운 소리를 냈다. "모두 잃었군요." 예론이 말했다. "아내도 없고요?"

"없습니다."

"우리가 당신의 어머니와 누이, 딸이 될 거예요. 당신의 사람들요. 전 우리 사이에 있게 될 그 사랑을 위해 당신에게 키스한 거예요. 알게 되실 거예요."

"환영회에 초대된 사람들의 목록입니다, 예헤다르헤드 씨." 부특사와 대장 사이의 주 연락원인 도란덴이 말했다.

합찌바는 휴대용 화면의 목록을 찬찬히 훑어보다가 끝까지 넘긴 뒤 말했다. "나머지는 어디 있죠?"

"죄송합니다, 특사님, 빠진 이들이 있나요? 이게 전체 목록인데요."

"하지만 모두 남자들인데요."

도란덴이 대답하기까지 이어진 짧은 침묵 동안, 합찌바는 자기 인생의 균형이 잡히는 것을 느꼈다.

"손님들이 각자 아내를 대동하길 바라십니까? 물론입니다! 그게 에큐멘의 관습이라면, 기꺼이 마님들을 초대하겠습니다!"

예이오웨이 남자들이 '마님'이라고 말하는 방식에는 뭔가 입맛을 다시게 하는 구석이 있었다. 합찌바는 이 단어가 웨렐의 소유주 계급 여자들에게만 쓰인다고 생각하고 있었다. 균형이 휘청거렸다. "무슨 마님들요?" 합찌바는 얼굴을 찡그리며 물었다. "전 여자들에 대해 말하는 겁니다. 이 사회에서 여자들은 아무 역할이 없습니까?"

합찌바는 말하면서 신경이 무척 곤두섰다. 여기서 어떤 행동이 위험을 낳는지에 대해 자신이 무지했다는 것을 이제야 알았던 것이다. 조용한 거리에서 걷는 게 치명적인 데 가깝다면, 대장의 연락원을 당황시키는 것은 완전히 치명적일 수 있었다. 도란덴은 확실히 당황하고 있었다. 졸도 직전이었다. 도란덴은 입을 열었다가 다시 다물었다.

"미안합니다, 도란덴 씨." 합찌바가 말했다. "제 서투른 농담을 부디 용서하십시오. 당신네 사회에서 여자들이 온갖 책임 있는 위치에 있다는 것을 물론 잘 알고 있습니다. 제가 멍청할 정도로 한심스러운 방식으로 말하려던 것은 그저, 이 손님들의 아내들뿐 아니라 그런 여자들과 남편들도 환영회에 오면 아주 기쁘겠다는 거였습니다. 제가 당신네 관습과 관련해 정말로 엄청나게 큰 실수를 저지르고 있는 게 아니라면 말입니다. 전 당신들이 웨렐에서처럼 사람들을 성별에 따라 사회적으로 차별한다곤 생각하지 않았습니다. 제가 틀렸다면, 무지한 외국인을 부디 한 번 더 너그럽게 용서해주시기 바랍니다."

말을 많이 하는 것이 외교의 반이라고 합찌바는 이미 판단한 바 있었다. 나머지 반은 침묵이었다.

도란덴은 후자를 쓰고 있었고, 약간의 진지한 안도의 말과 함께 물러갔다. 합찌바가 이튿날 아침까지도 계속 신경이 곤두서 있는데, 도란덴이 열한 명의 이름을 새로 넣어 고친 목록을 들고 다시 나타났다. 추가된 이름은 모두 여자였다. 학교 교장 한 명과 교사 두 명이 있었다. 나머지는 "은퇴"라고 적혀 있었다.

"멋집니다, 멋져요!" 합찌바가 말했다. "제가 이름 하나를 더 추가해도 될까요?" 물론입니다, 물론입니다, 특사님께서 원하시는 이라면 누구든지요. "예론 의사 선생님입니다." 합찌바는 말했다.

다시 한 번 아주 짧은 침묵이 흐르고, 먼지 한 알이 저울에 떨어졌다. 도란덴은 그 이름을 알았다. "그렇군요." 도란덴이 대답했다.

"예론 선생님은 절 간호해주셨습니다, 아시겠지만, 당신네의 훌륭한 병원에서요. 우린 친구가 되었지요. 평범한 간호사라면 이렇게 뛰어나신 분들 속에서 적절한 손님이 될 수 없겠지요. 하지만 우리 목록에 다른 의사들도 여럿 있는 게 보여서요."

"물론입니다." 도란덴이 말했다. 도란덴은 곤혹스러운 듯이 보였다. 대장과 그의 사람들은 부특사에게 아주 약간 그리고 정중하게 선심 쓰는 척하는 데 익숙해져 있었다. 부특사는 비록 지금은 꽤 회복되었지만 환자이며, 희생자였고, 공격은 물론 자기방어에조차 무지한 평화의 남자였으며, 학자, 이방인이었고, 모든 의미에서 세속에 물들지 않았다. 그 사람들이 자신을 그런 식으로 여긴다는 걸 합찌바는 알고 있었다. 그 사람들은 합찌바를 상징이자 자기들 목적의 수단으로 무척 귀중하게 생각하지만, 그럼에도 합찌바를 하찮은 남자로 여겼다. 합찌바는 그 사실에 대해선 동의했지만, 능력에 대해선, 자신의 하찮음에 대해선 동의하지 않았다. 합찌바는 자신이 하는 일이 중대한 영향을 끼칠 수 있다는 걸 알고 있었다. 합찌바는 방금 그 경우를 목격했다.

"경호원이 필요한 이유를 확실히 이해하시겠지요, 특사님." 장군은 조금 짜증을 내며 말했다.

"여긴 위험한 도시니까요, 덴캄 장군님, 네, 이해합니다. 누구에게도 위험한 곳이죠. 절 공격한 청년들 같은 패거리들이 경찰의 통제를 심히 벗어나 거리를 배회한다는 걸 네트에서 보았습니다. 모든 아이, 모든 여자에게 경호원이 필요합니다. 모든 시민의 권리인 안전이 제 특권이었다는 걸 아니 참으로 괴롭습니다."

장군은 눈을 깜박였지만 물러서지 않았다. "당신이 암살되게 둘 순 없습니다."

합찌바는 예이오웨이인들이 보여주는 정직한 무뚝뚝함을 사랑했다. "전 암살되고 싶지 않습니다." 합찌바가 말했다. "제안할 게 있습니다, 장군님. 여경이, 도시 경찰 중 여자 경찰들이 있겠지요? 그 사람들 중에서 제 경호원들을 찾아주십시오. 결국, 무장한 여자는 무장한 남자만큼 위험하니까요, 안 그런가요? 그리고 어제 대장이 대화 중에 그토록 생생히 말씀해주셨다시피, 전 예이오웨이가 자유를 쟁취하는 데 있어 여성들이 커다란 역할을 했음에 경의를 표하고 싶습니다."

장군은 무쇠처럼 굳은 얼굴을 하고 떠났다.

합찌바는 자신의 경호원들을 특별히 좋아하진 않았다. 빈틈없고 거친 여자들이었고, 불친절했으며, 합찌바가 거의 이해할 수 없는 방언을 썼다. 다수가 집에 아이들이 있었지만, 아이들에 대해 얘기하기를 거부했다. 경호원들은 지독하게 유능했다. 합찌바는 잘 보호받았다. 합찌바는 이 차가운 눈빛의 호위자들과 돌아다니면 도시 사람들이 자신을 다르게 본다는 걸 알았다. 사람들은 즐거움과 일종의 동료 의식을 느끼며 합찌바를 봐주었다. 합찌바는 어떤 노인이 시장에서 하는 말을 들었다. "저 친구, 뭘 좀 아네."

다들 그 대장을 대장이라 불렀다, 면전에서만 빼고. "지역장님." 합찌바가 말했다. "진짜 문제는 에큐멘의 원칙이나 헤인의 관습이 아닙니다. 여기 예이오웨이에서는 그 둘 모두 중요하다거나 영향력이 있지도 않고 또한 그래서도 안 됩니다. 여긴 당신들의 세계니까요."

대장은 당당하게 고개를 한 번 끄덕였다.

"이곳으로," 이제 합찌바는 누구도 당할 수 없을 만큼 현란하게 입을 놀리며 말했다. "이민자들이 웨렐에서 오기 시작했고, 앞으로 더, 더 많은 수가 올 겁니다. 웨렐의 지배계급이 최하층의 이민을 점점 더 많이 허용함으로써 혁명의 압력을 줄이려 하고 있으니까요. 이 거대한 인구 유입이 여기 요템버에 야기할 기회들과 문제들에 대해선 당신이 저보다 훨씬 잘 아십니다. 물론 이제 적어도 이민자의 반은 여성일 것이고, 그래서 전 소위 성의 구성, 그러니까 역할과 기대, 행동, 남녀 간 관계 등의 면에서 웨렐과 예이오웨이 사이에 아주 중요한 차이가 있음을 고려해볼 가치가 있다고 생각합니다. 웨렐에서 오는 이민자들 사이에서 대부분의 의사 결정자와 권위자는 여자가 될 겁니다. 하메의 의회는 대략 10분의 9가 여성이라고 전 알고 있습니다. 그 사람들의 의장들과 협상자들도 거의 여자고요. 이 사람들이 전적으로 남자가 다스리고 대표하는 사회로 들어오고 있습니다. 제 생각엔, 미리 사태를 신중하게 검토해두지 않으면, 오해와 갈등이 생길 가능성이 있습니다. 어쩌면 여자 몇 명을 대표로 쓰는 게……."

"구세계의 노예들 사이에선, 여자들이 대장이었습니다. 우리 사람들 사이에선, 남자들이 대장입니다. 다 그런 겁니다. 구세계의 남자 노예들은 신세계에선 자유민이 될 것입니다." 대장이 말했다.

"그럼 여자들은요, 지역장님?"

"자유민 남자의 여자들은 자유입니다." 대장은 말했다.

"음, 그렇다면." 예론은 말하고 깊이 한숨을 쉬었다. "아무래도 우린 먼지를 차서 소동을 좀 일으켜야겠군요."

"먼지 사람들이 잘하는 일이죠." 도비베가 말했다.

"그럼 아예 통째로 엎어 소동을 일으키는 게 낫겠어요." 퇄리얀이 말했다. "우리가 뭘 하든 그자들은 히스테리를 일으킬 테니까요. 그자들은 남자 아기들을 죽이는 여성 동성애자들을 거세하자고 소리 지르고 고함칠 겁니다. 우리 다섯 명이 뭔가 노래라도 한 곡 부르면, 근현실들에는 우리 5백 명이 기관총을 들고 예이오웨이의 문명을 끝장내려 한다고 알려질 거고요. 그러니 그냥 해버리죠. 5천 명의 여자들이 나가 노래를 부르자고요. 기차를 멈춰요. 기찻길에 누워요. 여자 5만 명이 요텝버 전역에서 기찻길에 눕는 거죠. 어떻게 생각해요?"

회의(요텝버 시와 지역 교육 원조 협회의 회의였다)는 이 도시의 학교들 중 한 교실에서 열렸다. 합찌바의 경호원 둘이 수수한 옷을 입고 복도에서 눈에 띄지 않게 기다리고 있었다. 40명의 여자들과 합찌바는 텅 빈 네트 화면들에 부속된 작은 의자들에 끼어 앉아 있었다.

"요구하는 게?" 합찌바가 말했다.

"비밀투표!"

"직업 차별 금지!"

"우리 노동에 보수를!"

"비밀투표!"

"보육 시설!"

"비밀투표!"

"존중!"

합찌바의 메모기가 미친 듯이 휘갈겨 써내려갔다. 여자들은 한참을 더 계속 소리치다가 이윽고 진정하고 다시 이야기하기 시작했다.

경호원 중 한 명이 집까지 운전해 오며 합찌바에게 말했다. "특사님, 저들이 모두 선생님들이었습니까?"

"네." 합찌바가 대답했다. "어떤 면에서는요."

"젠장할." 경호원이 말했다. "선생들도 옛날과는 달라졌군요."

"예헤다르헤드! 도대체 거기서 뭐 하고 있는 거죠?"

"네?"

"당신이 뉴스에 떴어요. 기찻길과 비행기 이착륙장 곳곳에 눕고 지역장 관저 주위에 대자로 누운 1백만 명은 되는 여자들과 함께요. 당신은 여자들에게 말하고 있었고, 웃고 있었어요."

"그러지 않기가 힘들었습니다."

"지역 정부가 발포를 시작하면 그만 웃을 건가요?"

"네. 저희를 지지해주시겠습니까?"

"어떻게요?"

"에큐멘의 대사가 요텝버 여자들에게 보내는 격려의 말. 예이오웨이는 노예세계에서 온 이민자들에게 진정한 자유의 본보기다. 요텝버 정부에게 하는 칭찬의 말. 요텝버는 예이오웨이 전역에서 자제, 계몽의 본보기다, 기타 등등."

"물론이에요. 도움이 되길 바라요. 이건 혁명인가요, 합찌바?"
"교육입니다, 부인."

육중한 문틀 안의 정문이 열렸다. 담은 전혀 없었다.
"식민지 시절, 이 문은 하루에 두 번 열렸습니다." 연장자가 말했다. "아침에 일하러 가라고 사람들을 내보내기 위해서, 저녁에 일 마치고 돌아오는 사람들을 들이기 위해서. 그 외엔 늘 잠겨 있었고 빗장이 걸려 있었습니다." 연장자는 정문 바깥쪽에 걸려 있는 부서진 거대한 자물쇠를 보여주었다. 묵직한 빗장들은 걸쇠 안에서 녹슬어 있었다. 연장자의 손짓은 말만큼이나 엄숙하고 신중했다. 다시 한 번 합찌바는 이 사람들이 퇴락 속에서도 지켜온 존엄성과, 노예 상태에서도 혹은 그에 대항해 지켜온 당당함에 감탄했다. 합찌바는 구전으로 보존되어온 그들의 성스러운 글《아르캄예》의 막대한 영향력을 이미 느끼고 있었다. "이게 우리가 가진 것이었습니다. 이건 우리의 소유물이었습니다." 도시의 한 노인은 그렇게 말하며 책을 만졌다. 노인은 65세 혹은 70세에 이 책을 읽으려 글을 배우고 있었다.

합찌바는 책의 원래 언어로《아르캄예》를 읽기 시작했다. 합찌바는 그 책을 천천히 읽으며 사나운 용기와 희생을 담은 이 이야기가 어떻게 3천 년 동안 노예 상태의 사람들 마음을 채우고 살지게 했는지 이해하려 애썼다. 종종 합찌바는 그날 자신이 들었던 목소리들을《아르캄예》의 운율로 들었다.

합찌바는 한 달째 하야와 부족 마을에 머무르고 있었다. 이곳은 350년 전 요텝버에 세워진, 예이오웨이 농업 플랜테이션 법인의 첫 번째 노예 집단 주거지였다. 동부 해안의 이 거대하고 외딴 지역에, 플랜테이션 노예들의 사회와 문화의 많은 부분이 보존되어 있었다. 예론과 해방운동에 참여한 다른 여자들은, 예이오웨이인들이 누군지 알려면 반드시 플랜테이션들과 부족들을 알아야 한다고 핞찌바에게 말했었다.

핞찌바는 첫 100년 동안 이 집단 주거지들이 여자와 아이들 없이 남자들만의 공간이었음을 알고 있었다. 그들은 내부의 정부, 즉 힘과 편애에 따르는 엄격한 계급제를 발전시켰다. 권력은 시험과 호된 시련을 통해 얻어졌고, 독립과 공모의 재빠른 균형 잡기에 의해 유지되었다. 마침내 여자 노예들이 유입됐을 때, 여자들은 노예의 노예로서 이 엄격한 시스템에 들어왔다. 보스뿐 아니라 사내종들도 여자들을 하인으로써 그리고 성적 배출구로써 이용했다. 상대에게 성적으로 충실하는 것과 안정적인 짝을 맺는 것은 남자들 사이에서만 인정되었고, 여기엔 정욕과 협상, 지위, 그리고 부족 정치가 관련되어 있었다. 그 뒤 수백 년 동안, 집단 주거지 내에 아이들이 생겨나며 부족 관습은 바뀌고 풍부해졌지만, 남성 우월적인 시스템은 노예주들에게 아주 유리했기에 본질적으로는 변하지 않았다.

"우린 내일 있을 성인식에 당신이 꼭 참석해주셨으면 합니다." 연장자는 특유의 근엄한 태도로 말했고, 핞찌바는 이렇게 중요한 의식에 참여하는 것보다 더 기쁘거나 영광스러운 일은 없을 거라고 연장자를 안심시켰다. 연장자는 침착하게 그러나 명백하게 흡족해했다. 연장자는 쉰이 넘은 남자였는데, 그 말은 그자가 노예로 태어나 해방운동 기간에 소년과 남자로 살았다는 뜻이었다. 합찌바는 예론이 한 말을 떠올리며 흉터를 찾아보았고, 정말로 흉터를 보았다. 연장자는 마르고 야위고 발을 절었고 윗니가 하나도 없었다. 기아와 전쟁 모두를 겪었다는 낙인이었다. 또한 의식을 통해 생긴 흉터가 있었는데, 기다란 견장처럼 목에서 어깨뼈를 지나 팔꿈치까지 평행한 능선 네 개와 이마에 새겨진 이 남색 눈 문신은 이 부족에서 그자가 불변의 대장직을 부여받았음을 뜻했다. 연장자는 담들이 무너지기 전까지 노예 대장, 즉 가산들의 가산 우두머리였다.

연장자는 문에서 기다란 공동주택까지 이어지는 길을 걸어갔고, 합찌바는 그 뒤를 따라가며 이 길을 이용하는 사람이 자신과 연장자 둘뿐임을 알아차렸다. 남자와 여자, 아이는 공동주택의 다른 입구로 통하는 더 넓고 평행한 도로를 종종걸음 쳤다. 이건 대장의 길, 그 좁은 길이었다.

그날 밤, 이튿날 성인식을 치를 아이들이 단식하며 여자들 숙소에서 밤샘할 동안, 모든 대장들과 연장자들은 모여 잔치를 벌였다. 예이오웨이인들에겐 익숙한, 온갖 양념이 들어가고 화려한 장식이 된 진수성찬이 엄청나게 나왔으며, 모든 것의 기본인 습지 쌀이 색색으로 물들어 허브와 함께 멋들어지게 꾸며져 있었다. 무엇보다, 고기가 있었다. 여자들이 조용히 드나들며 최고로 정성 들인 요리들을 날랐고, 모든 음식에 고기가 있었다. 가축의 고기였다. 보스의 음식, 확실하고 분명한 자유의 표시였다.

합찌바는 고기를 먹으며 자라지 않아 고기를 먹으면 설사가 날 거라 생각했지만, 스튜와 스테이크까지 씩씩하게 씹어 먹으며 이 음식의 중요성과, 한 번도 충분히 먹어본 적이 없던 이들에게 음식의 풍성함이 갖는 의미를 생각했다.

  마침내 거대한 과일 바구니들이 요리 접시들의 자리를 대신하고, 여자들이 사라지고 음악이 시작되었다. 부족 대장이 자신의 레오스에게 고개를 끄덕였다. '레오스'는 "성적으로 총애받는/채택된 형제/비非후계자/비非아들"을 의미하는 단어였다. 자신감 넘치고 친절한 미남인 레오스가 웃음 지었다. 젊은이는 길쭉한 두 손을 아주 부드럽게 한 번 쳤고, 미묘한 리듬 속에 회청색 손바닥들을 스쳤다. 사람들이 조용해지자 젊은이는 속삭이듯 조용히 노래했다.

  예전에는 대부분의 플랜테이션에서 악기가 금지되어 있었다. 대부분의 보스들은 열 번째 날 예배 때 톨에게 바치는 찬가 외엔 노래 부르는 것을 금지했었다. 노예가 노래 부르느라 법인 시간을 허비하다 들키면 목구멍에 산이 부어질 수도 있었다. 일할 수 있는 한, 노예는 소리를 낼 필요가 전혀 없었다.

  이런 플랜테이션들에서 노예들은 거의 무음에 가까운 이 음악을 발전시켰다. 손바닥끼리 만지고 쓸고, 거의 목소리가 나지 않으며, 거의 변화가 없고, 멜로디가 긴 음악이었다. 가사는 고의적으로 끊어지고 뒤틀리고 조각나서 의미 없게 들렸다. '셰시', 소유주들은 그렇게 불렀었다. 헛소리란 뜻이었고, 노예들은 집단 주거지 담 너머로 소리가 넘어가지 않게 조용히 부르는 한 "손을 툭툭 치고 헛소리로 노래"해도 좋다고 허락받았다. 노예들은 그렇게 300년간 노래를 불렀고, 지금도 그렇게 불렀다.

합찌바에게 이건 기겁할 만한 일이었고 섬뜩하기까지 했다. 늘 속삭이는 수준의 목소리가 점점 더 늘어나고 리듬이 더욱더 복잡해졌으며, 이윽고 교차 리듬이 거의, 그러나 절대로 완전히는 아니게, 쉿쉿거리는 마찰음으로만 이루어진 소리에 합류했다. 이 소리에는, 줄곧 단어를 말할 것 같으면서도 절대 그러지 않는 음절들로 노래한, 오랫동안 지속되는 4분음 멜로디가 누벼져 있었다. 음악에 사로잡히고, 당장이라도 음악에 완전히 빠져들 지경에서, 합찌바는 계속 생각했다. 이제 저 사람들 중 한 명이 목소리를 높이겠지. 이제 레오스는 고함을, 승리의 고함을 외쳐 목소리에 자유를 주겠지! 그러나 레오스는 그렇게 하지 않았다. 아무도 그렇게 하지 않았다. 무한히 섬세하고 변화하는 리듬을 지닌, 부드럽고 돌진하는, 물 같은 음악이 계속되었다. 오렌지 요테 와인이 담긴 병들이 식탁을 이리저리 오갔다. 사람들은 술을 마셨다. 적어도, 자유롭게 마셨다. 사람들은 술에 취했다. 웃음소리와 외침이 음악을 방해하기 시작했다. 그러나 사람들은 단 한 번도 속삭이는 이상으로 노래하지 않았다.

사람들은 모두 대장의 길을 따라 공동주택으로 비틀비틀 걸어갔고, 얼싸안고, 함께 오줌을 누고, 한두 명이 여기저기서 발을 멈추고 구토했다. 합찌바 옆에 앉았던 친절하고 거무스름한 남자 한 명이 이제 공동주택의 구석에 있는 합찌바의 침대에 함께 누웠다.

저녁 일찍이 이 남자는 합찌바에게 말하길, 밤 동안과 성인식 날 동안은 이성 간의 성교가 금지된다고 했다. 이성 간 성교가 에너지를 바꿀 수 있기 때문이었다. 성인식은 부정을 탈 것이고, 남자아이들은 부족의 좋은 일원이 되지 못할 가능성이 있었다. 물론 마녀만이 일부러 금기를 깨려 하겠지만, 많은 여자들이 마녀였고, 악의적으로 남자를 유혹하려 할 터였다. 통상의, 다시 말해, 동성 간의 성교는 에너지를 돋우고, 성인식을 곧게 유지하고, 남자아이들에게 시련에 대처할 힘을 줄 터였다. 그러므로 연회를 떠나는 모든 남자는 그날 밤 짝을 짓고 있을 터였다. 합찌바는 대장 중 한 명이 아닌 이 남자와 짝이 되어 기뻤다. 대장들을 벅찬 상대라 느꼈고, 대장들은 합찌바에게 상황에 어울리게 정력 넘치는 모습을 기대할 수도 있었기 때문이다. 사실, 아침에 합찌바가 기억하기로도, 합찌바와 짝은 술에 너무 취해서 진도를 나가기도 전인 선의의 애무 중에 곯아떨어졌다.

합찌바는 요테를 너무 많이 마시면 머리가 울리는 숙취에 시달린다는 걸 이미 알고 있었고, 잠에서 깨어 두개골 전체로 그 지식을 다시 확인했다.

정오가 되자 친구가 와서 합찌바를 광장의 상석으로 데려갔다. 그곳은 남자들로 채워지고 있었다. 남자들 뒤에는 남자들의 공동주택들이 있었고, 앞에는 남자들의 공간, 즉 정문 쪽과 여자들의 공간, 즉 안쪽을 가르는 도랑이 있었다. 집단 주거지 담들이 모두 무너지고 문만 혼자 서 있는데도 정문은 여전히 정문이라 불렸고, 우뚝 솟은 이 기념물 아래로는 집단 주거지의 오두막들과 공동주택들이 있었으며, 사방으로 뻗어나간 평평한 곡물밭들은 바람도 그늘도 없는 열기 속에 반짝였다.

여자들의 오두막에서 남자아이 여섯 명이 도랑으로 달려 나왔다. 합찌바는 도랑의 너비가 열세 살짜리가 뛰어넘을 수 있는 것 이상이라 생각했다. 그러나 남자아이들 중 두 명이 도랑을 뛰어넘었다. 나머지 넷은 용감하게 풀쩍 뛰었지만 중간에 떨어져서 기어 나왔다. 한 명은 떨어지며 다리나 발을 다쳤는지 절뚝거렸다. 뛰어넘는 데 성공한 두 명조차 기진맥진하고 놀란 듯 보였고, 여섯 명 모두 단식과 밤샘으로 안색이 푸른빛 도는 회색을 띠고 있었다. 연장자들은 남자아이들을 둘러쌌고, 발가벗은 채 벌벌 떠는 남자아이들을 광장에 한 줄로 세운 뒤 부족 남자들 모두와 마주 보게 했다.

여자들의 공간 쪽으로, 여자는 전혀 보이지 않았다.

문답이 시작되었고, 지체 없이 대답해야 함이 분명한 질문들을 대장들과 연장자들이 고함치듯 쏟아냈으며, 질문자가 꼬집어 가리키거나 크게 휘저어 손짓함에 따라 때로는 남자아이 하나가, 때로는 모두가 함께 대답했다. 의식과 의례와 윤리에 대한 질문이었다. 남자아이들은 잘 훈련되어 있었고, 즉각 외치며 대답했다. 뛰어넘다 발을 다친 남자아이가 갑자기 토하더니 기절했고, 조용히 쓰러졌다. 아무 조치도 취해지지 않았고, 몇 가지 질문이 여전히 그 아이에게 향했으며, 잠깐 동안의 고통스러운 침묵이 뒤따랐다. 잠시 후, 아이가 움직이더니 바로 앉았고, 잠시 몸을 떨다가 힘겹게 일어나 다른 남자아이들과 함께 섰다.

질문마다 대답하기 위해 푸른빛 도는 입술을 움직였지만, 사람들 귀에는 어떤 소리도 들리지 않았다.

합찌바는 겉으로는 의식에 계속 정신을 집중하는 듯 보였지만, 마음속으론 오래전을 생각하고 있었다. 우린 우리가 아는 것을 가르친다고, 그리고 우리의 모든 지식은 지역적인 것이라고 합찌바는 생각했다.

심문 뒤엔 문양을 새기는 절차가 이어졌다. 단단하고 날카로운 나무 말뚝이 피부와 살을 뚫으며 목 아래쪽에서 어깨뼈를 지나고 팔 바깥쪽을 따라 팔꿈치까지 한 줄로 깊이 베인 상처를 냈다. 상처가 나으면 남자임을 증명하는 고랑 같은 흉터가 남을 터였다. 정문 안쪽에 있을 때 노예들에겐 어떤 금속 도구도 허락되지 않았을 거라고 생각하면서, 합찌바는 의무를 띤 방문자이자 손님으로서 지켜보았다. 한 팔과 한 남자아이가 끝날 때마다, 의식을 집행하는 연장자들은 손을 멈추고 광장에 놓인, 홈이 파인 커다란 돌에 말뚝을 문지르며 다시 날카롭게 갈았다. 남자아이들의 창백한 푸른색 입술이 말려 올라가 하얀 이를 드러냈다. 아이들은 몸부림치며 괴로워했고, 반쯤 기절했으며, 한 명은 큰 소리로 비명을 지르다 스스로 다른 쪽 손으로 입을 막았다. 엄지손가락을 깨물어, 찢긴 팔에서뿐 아니라 손가락에서도 피가 흘렀다. 팔에 문양 새기는 일이 끝날 때마다, 부족 대장이 상처를 씻고 연고를 발라주었다. 멍하니 비틀대며 아이들은 다시 한 줄로 섰다. 이제 노인들은 남자아이들에게 훨씬 부드럽게 대했고, 웃으며 아이들을 '부족의 남자', '영웅'이라 불렀다. 합찌바는 길게 안도의 한숨을 내쉬었다.

　그러나 막 아이들 여섯 명이 더 광장으로 왔다. 나이 든 여자들 손에 이끌려 도랑 다리를 건넜다. 이번엔 여자아이들이었고, 발찌와 팔찌를 빼면 알몸이었다. 아이들을 보고 남자 관중들이 커다란 함성을 올렸다. 합찌바는 깜짝 놀랐다. 여자들도 부족의 일원이 되기로 되어 있나? 적어도 이건 좋은 일이라고 합찌바는 생각했다.

　여자아이들 중 두 명은 겨우 사춘기가 되었고, 나머지는 훨씬 어렸으며, 한 명은 확실히 여섯 살 이하였다. 여자아이들은 관중에게 등을 보이며 줄지어 섰고, 남자아이들을 바라보았다. 여자아이 등 뒤마다 아이들을 다리 건너로 데려온 베일 쓴 여자가 섰다. 남자아이들 뒤에는 벌거벗은 연장자들이 하나씩 섰다. 합찌바가 눈앞의 광경에서 눈도 마음도 돌리지 못한 채 지켜보는 동안, 어린 여자아이들이 광장의 회색 맨땅에 위를 보고 누웠다. 한 명이 느리게 눕자 등 뒤의 여자가 아이를 잡아당기더니 억지로 눕혔다. 나이 든 남자들이 남자아이들 뒤에서 나와 여자아이들 위에 누웠고, 관중들이 큰 소리로 환호하고 야유하고 웃고 "하앗하앗!" 하고 연호했다. 베일 쓴 여자들은 여자아이들의 머리맡에 쭈그리고 앉았다. 한 명이 손을 뻗어 아이의 도리깨질 치는 가는 팔을 내리눌렀다. 연장자들의 벌거벗은 엉덩이가 위아래로 움직였고, 합찌바는 이게 진짜 성교인지 흉내인지 구분하지 못했다. "이렇게 하는 거다, 잘 봐라, 잘 봐!" 구경꾼들은 농담과 논평과 커다란 웃음소리 사이로 남자아이들에게 외쳤다. 연장자들이 한 명씩 일어나 묘하게 쑥스러워하며 자신의 성기를 가렸다.

　마지막 연장자가 일어나자, 남자아이들이 앞으로 나왔다. 다들 여자아이들 위에 누워 엉덩이를 위아래로 들썩였지만, 발기된 아이는 단 한 명도 없었다. 합찌바 주위의 남자들이 각자 성기를 움켜쥐고 "여기, 내 걸 써봐!" 외치며 환호하고 연호했다. 이윽고 마지막 남자아이가 비틀거리며 일어났다. 여자아이들은 조그맣고 죽은 도마뱀처럼 다리를 벌린 채 길게 누워 있었다. 지켜보던 남자들 중 일부가 여자아이들에게 다가가려 슬그머니 끔찍한 움직임을 보였다. 그러나 나이 든 여자들이 여자아이들을 일으켜 세웠고, 휙 잡아당겨 서둘러 다시 다리를 건너갔다. 구경꾼들이 뒤에서 큰 소리로 외치고 야유했다.

　"쟤들은 약을 먹었답니다. 아시겠지만." 합찌바의 침대를 함께 썼던 친절하고 거무스름한 남자가 합찌바의 얼굴을 똑바로 보며 말했다. "여자아이들 말입니다. 그러니 안 아프답니다."

　"네, 그렇군요." 합찌바는 말했고, 자신의 상석에 가만히 서 있었다.

　"성인식을 돕는 특권을 누리다니 저 아이들은 행운아입니다. 아시겠지만, 여자아이들은 최대한 빨리 처녀성을 버리는 게 중요합니다. 언제나 남자 두 명 이상이 한 여자를 가져야 하고요, 아시겠죠. 그래야 '이게 당신 아들이다', '이 아이가 대장의 아들이다' 그런 주장을 못 합니다, 아시겠죠. 그런 건 모두 마녀의 주술입니다. 아들은 선택됩니다. 아들이 된다는 건 계집종들의 성기와 아무 상관이 없습니다. 계집종들은 그 사실을 일찍 배워야 합니다. 하지만 이제 여자아이들은 약을 먹지요. 법인들이 다스리던 옛날과는 다릅니다."

"알겠습니다." 합찌바는 말했다. 합찌바는 친구의 얼굴을 바라보며 거무스름한 피부가 분명 소유주의 피를 상당량 이어받았음을 의미한다고 생각했다. 어쩌면 실제로 소유주 혹은 보스의 아들인지도 몰랐다. 노예 여자에게서 태어났기에 누구의 아들도 아니었다. 아들은 선택된다. 모든 지식은 지역적이고, 모든 지식은 부분적이다. 스트세에서, 에큐멘의 학교들에서, 예이오웨이의 집단 주거지에서.

"당신은 아직도 저 사람들을 계집종이라 부르는군요." 합찌바가 말했다. 재치와 모든 감각은 얼어붙었고, 합찌바는 순전히 멍청한 지적 호기심에서 말했다.

"아뇨." 거무스름한 남자가 대답했다. "아뇨, 미안합니다, 제가 어릴 때 배운 말이라, 사과드립니다."

"제게 사과하실 건 아닙니다."

다시 합찌바는 머릿속에 든 것만을 차갑게 말했다. 남자는 얼굴을 찡그렸고 고개를 숙인 채 조용히 있었다.

"부디, 친구여, 이제 절 제 방으로 데려가주세요." 합찌바가 말했고, 거무스름한 남자는 고마워하며 얼른 그렇게 했다.

합찌바는 어둠 속에서 메모기에 대고 헤인어로 부드럽게 말했다. "그 바깥에선 어떤 것도 바꿀 수 없다. 떨어져 서서 내려다보며 전체를 보면, 패턴이 보인다. 무엇이 잘못됐는지, 무엇이 빠졌는지. 당신은 그걸 고치고 싶다. 그러나 기워서는 고칠 수 없다. 그 안에 들어가 짜야 한다. 당신은 천 짜는 일의 일부가 되어야 한다." 이 마지막 구절은 스트세의 방언으로 말했다.

여자 네 명이 여자들 바닥 한쪽에 쭈그리고 앉아 있었다. 이 땅이 밟히지 않고 매끄럽다는 점이 합찌바의 호기심을 자극했다. 합찌바는 이곳이 일종의 성스러운 공간이라고 생각했다. 합찌바는 여자들 쪽으로 걸어갔다. 여자들은 품위 없이 쭈그려 앉은 채 무릎 사이로 몸을 숙이고 있었는데, 자신들이 어떻게 보이는지와 남자들의 눈길에는 무관심해 보였다. 합찌바는 전에도 여자들의 공간에서 이런 모습을 본 적이 있었다. 머리는 밀었고, 피부는 하얀 분필색으로 창백했다. 전에는 먼지 사람, 먼지 놈들이라 통칭했지만, 합찌바에게 그 사람들의 색깔은 점토나 재에 더 가까워 보였다. 손바닥과 발바닥, 그리고 어디든 피부가 고운 곳의 옅은 하늘색 기운은 그 사람들이 만지는 땅에 거의 가려져 있었다. 여자들은 빠르고 조용하게 얘기하고 있었지만, 합찌바가 다가오자 입을 다물었다. 두 명은 나이가 많았고, 시들었으며, 무릎과 발에 혹과 주름이 많았다. 둘은 젊었다. 합찌바가 매끄러운 땅 근처에 쭈그리고 앉자, 여자들 모두가 가끔씩 슬쩍 곁눈질했다.

여자들은 땅에 먼지와 색색의 흙을 펼쳐 일종의 패턴 혹은 그림을 만들고 있었다. 색깔의 경계선을 따라 살짝 손이나 가지 같은 길고 창백한 모양이 보였고, 적토색의 깊은 곡선도 보였다.

합찌바는 여자들에게 인사한 뒤 더는 아무 말 없이 그저 그곳에 쭈그려 앉아 있었다. 이제 여자들은 하던 일로 돌아갔고, 때때로 서로 속삭이며 이야기했다.

여자들이 일하던 손을 멈추자 합찌바가 말했다. "성스러운 건가요?"

나이 든 여자가 합찌바를 보았고, 얼굴을 찡그리더니 아무 말도 하지 않았다.

"당신은 보면 안 돼요." 젊은 여자들 중 더 검은 여자가 언뜻 놀리듯 웃으며 말했고, 합찌바는 이 웃음에 깜짝 놀랐다.

"그 말은, 제가 여기 있으면 안 된다는 거죠."

"아뇨. 여기 있어도 돼요. 하지만 보는 건 안 돼요."

합찌바는 일어나, 여자들이 회색과 황갈색과 붉은색과 밤색 흙으로 그린 흙 그림을 내려다보았다. 선과 형태가 확실히 관련 있었고, 그 관계는 운율적이지만 어리둥절했다.

"아직 다 안 됐네요." 합찌바가 말했다.

"이건 아주 일부예요, 아주 일부." 놀리던 여자가 말했고, 거무스름한 얼굴에서 거무스름한 눈이 놀리듯 반짝였다.

"절대로 한 번에 다 하지는 않나보죠?"

"네." 여자가 말했고, 다른 이들이 말했다. "네." 그리고 나이 든 여자마저 웃음을 지었다.

"무슨 그림인지 말해줄 수 있어요?"

여자는 '그림'이란 단어를 몰랐다. 여자는 다른 이들을 흘끗 보았다. 여자는 곰곰이 생각하다가 날카로운 눈으로 합찌바를 올려다보았다.

"우린 우리가 아는 것을, 여기서 아는 것을 만들어요." 여자는 부드럽게 색이 들어간 무늬를 조심스레 가리키며 말했다. 따뜻한 저녁 바람이 벌써 색깔들의 경계를 흐리고 있었다.

"그 사람들은 몰라요." 잿빛 피부의 다른 젊은 여자가 속삭였다.

"남자들요? 그 사람들은 절대로 전체를 보는 일이 없나요?"

"누구도요. 오직 우리만 봐요. 우린 이걸 여기에 갖고 있어요." 거무스름한 여자는 머리가 아니라 심장을 만졌고, 일하느라 딱딱해진 기다란 두 손으로 가슴을 가렸다. 여자는 다시 웃음 지었다.

나이 든 여자들이 일어났다. 나이 든 여자들은 서로 중얼거리더니, 한 명이 젊은 여자들에게 뭐라고 날카롭게 말했다. 합찌바는 그 문장을 이해하지 못했다. 그런 뒤 나이 든 여자들은 뚜벅뚜벅 걸어가버렸다.

"저 사람들은 당신들이 이 일에 대해 남자에게 말하는 걸 반대하는군요." 합찌바가 말했다.

"도시의 남자에게는요." 거무스름한 여자가 말하고는 깔깔 웃었다. "저분들은 우리가 도망칠 거라고 생각해요."

"도망치고 싶어요?"

여자는 어깨를 으쓱했다. "어디로요?"

여자는 한 번에 우아하게 일어났고 흙 그림을 내려다보았다. 선과 색깔, 곡선과 면으로 이루어진 패턴은 겉보기엔 아무렇게

나 추상적으로 그린 듯이 보였다.

"이걸 볼 수 있어요?" 여자는 아까처럼 놀리는 기색이 역력한 눈빛으로 합찌바에게 물었다.

"언젠가는 보는 법을 배울 수 있을지도요." 합찌바는 여자와 시선을 마주치며 말했다.

"가르쳐줄 여자를 찾아야 할 거예요." 잿빛 여자가 말했다.

"우린 이제 자유민들입니다." 새끼 대장, 아들이자 후계자, 선택받은 자가 말했다.

"자유민이란 말은 처음 듣는군요." 합찌바는 정중하고 모호하게 말했다.

"우린 우리의 자유를 얻어냈습니다. 우리가 우리 손으로 자유를 얻었습니다. 용기로써, 희생으로써, 하나의 숭고한 것을 꽉 붙듦으로써요. 우린 자유민들입니다." 선택받은 자는 강인한 인상에, 잘생기고 지적인 40대 남자였다. 팔죽지에 거친 외피 같은 여섯 줄의 흉터가 패 있었고, 두 눈 사이 미간에서 푸른 눈이 깜박이는 일 한 번 없이 합찌바를 응시했다.

"자유민 남자들이지요." 합찌바는 말했다.

침묵이 흘렀다.

"도시의 남자들은 우리 여자들을 이해하지 못합니다." 선택받은 자가 말했다. "우리 여자들은 남자의 자유를 원하지 않습니다. 자유는 그 사람들을 위한 게 아닙니다. 여자는 자신의 아기를 굳게 지킵니다. 그게 여자에게는 숭고한 것입니다. 주님이

신 캄예는 여자들을 그렇게 만드셨고, 자비로우신 퇄이 여자들이 따라야 할 본보기입니다. 다른 곳들에선 숭고한 것이 다를 수도 있겠지요. 자기 아이들을 신경 쓰지 않는, 다른 유의 여자들이 있을지도 모릅니다. 가능합니다. 하지만 여기선 제가 말한 대로입니다."

합찌바는 고개를 끄덕였고, 예이오웨이인들에게서 배운 대로, 거의 절에 가깝게 깊이 한 번 끄덕였다. "그렇군요." 합찌바가 말했다.

선택받은 자는 만족하는 듯 보였다.

"전 그림 한 점을 보았습니다." 합찌바는 계속 말했다.

선택받은 자는 무감각하게 그대로 있었다. 이자는 그 단어를 알 수도, 모를 수도 있었다. "흙 위에 흙으로 만들어진 선들과 색깔들은 그 자체가 지식을 담고 있을 수 있습니다. 모든 지식은 지역적이고, 모든 진실은 부분적입니다." 합찌바는 편안하고 일상의 대화를 하면서도 위엄을 보이며 말했다. 합찌바는 지금 자신이 어머니, 즉 태양의 후계자가 외국 상인들에게 얘기할 때를 흉내 내고 있음을 알았다. "어떤 진실도 다른 진실을 진실이 아니게 만들 수 없습니다. 모든 지식은 전체 지식의 일부입니다. 진실한 선, 진실한 색. 더 큰 패턴을 한번 보고 나면, 절대로 다시는 옛날처럼 부분을 전체로 볼 수 없습니다."

선택받은 자는 회색 돌처럼 서 있었다. 잠시 후, 선택받은 자가 말했다. "우리가 도시인들처럼 살게 된다면, 우리가 아는 모든 것은 사라질 겁니다." 선택받은 자의 고압적인 말투 아래로 공포와 슬픔이 엿보였다.

"선택받은 자여." 합찌바가 말했다. "당신은 진실을 말합니다. 많은 것이 사라질 겁니다. 압니다. 더 작은 지식을 버려야 더 큰 지식을 얻을 수 있습니다. 그리고 그건 한 번에 그치지 않을 겁니다."

"이 부족의 남자들은 우리의 진실을 부정하지 않을 겁니다." 선택받은 자가 말했다. 선택받은 자의 보지 않고 깜박이지도 않는 중앙의 눈은 끝없는 들판 위 노란 먼지 안개 속에 떠 있는 태양에 고정되어 있었다. 그러나 선택받은 자 자신의 거무스름한 두 눈은 아래의 땅을 응시했다.

선택받은 자의 손님은 이 외계인 얼굴에서, 외계의 땅 위 낮은 곳에서 아직도 번쩍이는, 강렬하고 하얗고 작은 태양으로 시선을 돌렸다. "저도 분명 그럴 거라 생각합니다." 합찌바는 말했다.

쉰다섯 살 때, 예헤다르헤드 합찌바 스테빌은 요텝버를 다시 방문했다. 참으로 오랜만이었다. 그동안 합찌바는 예이오웨이 사회정의부에서 에큐멘 고문으로 일하느라 계속 북쪽에 있었고, 다른 쪽 반구로 자주 출장을 다녔다. 합찌바는 짝과 함께 옛 수도에서 오랫동안 살았지만, 합찌바의 전문 지식을 쓰고 싶어 하는 새 대사의 요청으로 새 수도를 종종 방문했다. 합찌바의 짝은(둘은 함께 18년을 살았지만, 예이오웨이에는 결혼이란 게 없었다) 책 한 권의 집필을 마치려 애쓰는 중이었고, 책을 쓸 동안 두주만 아파트를 혼자 쓰면 좋겠다고 말했다. "당신이 맨날 멍하니 생각하는 그 남쪽으로 여행을 가라고." 짝은 말했다. "책을 마치는 대로 나도 바로 날아갈게. 당신이 어딨는지 정치가 놈들에겐 절대 말 안 할게. 탈출해! 어서, 어서, 어서!"

합찌바는 갔다. 탈 일이 아주 많았음에도 합찌바는 한 번도 비행을 좋아한 적이 없었으므로, 기차로 오랜 시간을 들여 갔다. 기차는 훌륭했고 빨랐으며 미친 듯이 붐볐고, 역마다 사람들이 몰려다니고 북적이고 차장에게 뇌물을 외쳤지만, 기차 지붕에 타려고는 하지 않았다. 시속 130킬로미터에서는 그러지 않았다. 합찌바는 요텝버 시까지 무환승 연결 객차칸에 전용실을 얻었다. 합찌바는 오랫동안 조용히 풍경을 지켜보았다. 개발 프로젝트들, 오래된 황무지들, 어린 숲들, 사람들로 꽉 찬 도시들, 몇 마일에 걸쳐 계속되는 판잣집들과 오두막들과 시골집들과 주택들과 아파트들, 집들과 텃밭들과 작업장들이 붙어 있고 아무렇게나 뻗어나간 웨렐식 집단 주거지들, 공장들, 새로 지은 거대한 신식 공장들 따위가 순식간에 지나갔다. 이윽고 갑자기 다시 교외가 나타나고, 저녁 하늘의 색을 반사하고 있는 수로들과 관개 탱크들, 커다란 흰 소를 몰고 어둑한 곡물밭을 지나가는 맨발의 아이가 보였다. 밤은 짧았고, 잠은 깜깜하고 흔들리고 달콤했다.

사흘째 오후에 합찌바는 요텝버 시 역에서 내렸다. 군중은 없었다. 대장도 없었다. 경호원도 없었다. 합찌바는 뜨겁고 낯익은 거리를 걸었고, 시장을 지나고, 도시 공원을 통과했다. 살짝 허세가 없었다곤 할 수 없었다. 패거리들, 노상강도들이 아직도 돌아다녔고, 합찌바는 정신을 바짝 차리고 큰길로만 다녔다. 그리고 계속 걸어가 저 옛날의 퍌교 신전을 지나쳤다. 합찌바는 공원을 지나며 관목에서 떨어진 하얀 꽃 한 송이를 주워 들고 있었다. 합찌바는 어머니상의 발치에 꽃을 놓았다. 어머니상은 웃음 지으며 내사시인 눈으로 자신의 사라진 코를 보았다. 합찌바는 예론이 사는 크고 무질서하게 뻗은 새 집단 주거지로 계속 걸어갔다.

예론은 일흔네 살이었고, 이제껏 가르치고 치료하던, 그리고 지난 15년간은 관리자로 일했던 병원에서 얼마 전 은퇴했다. 예론은 합찌바의 침대 옆에 앉아 있던 처음의 모습과 거의 변함이 없었고, 단지 전체적으로 조금 작아 보일 뿐이었다. 머리털이 상당히 많이 빠졌고, 그래서 머리에 반짝이는 머릿수건을 두르고 있었다. 둘은 얼싸안고 키스했고, 예론은 합찌바를 쓰다듬고 어루만지며 웃음을 참지 못했다. 둘은 한 번도 사랑을 나눈 적이 없었지만, 둘 사이엔 늘 욕망이 존재했고, 서로를 갈망했으며, 서로의 손길에서 크게 위안을 느꼈다. "이것 봐, 이 흰머리 좀 봐요!" 예론이 합찌바의 머리를 쓰다듬으며 외쳤다. "정말 예뻐요! 어서 와서 와인 한잔 해요! 당신의 아라하는 어때요? 그인 언제 오죠? 그 가방을 들고 도시를 똑바로 가로질러 걸어왔어요? 아직도 미쳤군요!"

합찌바는 예론에게 가져온 선물을 주었다. 에큐멘의 의학 연구팀이 쓴 〈웨렐-예이오웨이의 특정 질병들〉이란 논문이었다. 예론은 눈을 반짝이며 논문을 움켜쥐었다. 예론은 한동안 목차와 버로트에 관한 장을 탐독하느라 말을 제대로 잇지 못했다. 예론은 색이 옅은 오렌지 와인을 따랐다. 둘은 두 번째 잔을 들었다. "좋아 보이네요, 합찌바." 예론은 책을 내려놓고 합찌바를 응시하며 말했다. 예론의 두 눈은 불투명한 푸른빛이 도는 거무스름한 색으로 흐려져 있었다. "성자가 되는 게 당신에겐 딱이에요."

"그렇게 나쁘진 않아요, 예론."

"그럼 영웅이라 하죠. 당신이 영웅이란 건 당신도 부인할 수 없어요."

"맞아요." 합찌바는 껄껄 웃으며 말했다. "영웅이 뭔지 아니, 저도 부인 안 해요."

"우리가 당신 없이 어떻게 살겠어요?"

"우리가 지금 있는 바로 이곳에서……." 합찌바는 한숨을 쉬었다. "가끔 전 우리가 이제껏 얻은 얼마 안 되는 것들을 잃고 있다는 생각을 해요. 데타케 지방의 이 퇄베다란 자, 그자를 과소평가하지 말아요, 예론. 그자의 연설은 순수한 여성 혐오증과 반이민적 편견의 결정체이고, 사람들은 그런 말에 열광하고 있어요."

예론은 그 선동 정치가를 완전히 떨쳐버리는 손짓을 했다. "정말 끝이 없죠. 하지만 전 당신이 우리에게 어떤 존재가 될지 알았어요. 곧바로요. 당신 이름을 들었을 때부터. 전 알았어요."

"당신은 제게 선택할 여지를 많이 주지 않았어요, 알죠?"

"흥. 당신이 선택한 거예요."

"맞아요." 합찌바가 말했다. 합찌바는 와인을 음미했다. "제가 선택했죠." 잠시 후 합찌바는 말했다. "누구나 그때 저처럼 선택권을 가지진 못해요. 어떻게 살 것이냐, 누구와 살 것이냐, 무슨 일을 할 것이냐. 가끔 전 생각해요. 제가 선택할 수 있었던 것은, 제가 모든 선택이 절 위해 이루어지는 곳에서 자랐기 때문이라고요."

"그래서 당신은 반기를 들고, 자신의 길을 개척했군요." 예론은 고개를 끄덕이며 말했다.

합찌바는 웃음 지었다. "전 반역자가 아니에요."

"풋!" 예론이 다시 말했다. "반역자가 아니라고요? 그 핵심부에 있던, 늘 우리 운동의 중심부에 있던 당신이요?"

"아, 네." 합찌바가 말했다. "하지만 제게 반골 기질이 있어서는 아니었어요. 그건 당신들의 기질이 분명해요. 제 일은 받아들이는 거였어요. 흔쾌히 받아들이는 기질을 계속 유지하는 것. 그게 제가 자라면서 배운 거예요. 받아들이는 거. 세상을 바꾸는 게 아니라요. 영혼만을 바꾸지요. 그렇게 해서 영혼이 세상에 있을 수 있게요. 세상에 똑바로 있게요."

예론은 합찌바의 말을 경청했지만, 설득된 것 같진 않았다. "여자의 존재 방식처럼 들리네요." 예론이 말했다. "남자들은 보통 자기에게 맞게 상황을 바꾸길 바라는데 말이에요."

"제 사람들의 남자들은 그렇지 않습니다." 합찌바가 말했다.

예론은 세 번째로 둘의 와인을 따랐다. "당신의 사람들에 대해 말해줘요. 전 늘 묻기가 두려웠어요. 헤인인들은 너무 오래

됐어요! 너무 박학하고요! 헤인인들은 역사를 정말 많이 알고, 정말 많은 세계들을 알아요! 여기의 우리는 고통과 살인과 무지의 300년뿐인데요. 당신을 보며 우리가 스스로 얼마나 작다고 느끼는지 당신은 몰라요."

"아는 것 같은데요." 합찌바가 말했다. 잠시 후 합찌바는 다시 말했다. "전 스트세라는 마을에서 태어났어요."

합찌바는 그 부락에 대해, 또다른하늘 사람들에 대해, 자신의 삼촌이었던 자신의 아버지에 대해, 태양의 후계자인 어머니에 대해, 의식과 축제, 일상의 신들, 색다른 신들에 대해 예론에게 말했다. 합찌바는 존재 변화시키기에 대해 말했다. 역사가가 방문했던 일과, 어떻게 자신이 다시 존재를 변화시키고 카쓰하드로 가게 됐는지에 대해 말했다.

"그 모든 규칙!" 예론이 말했다. "너무나 복잡하고 불필요하죠. 우리 부족들처럼요. 당신이 도망친 것도 당연해요."

"제가 한 일은 카쓰하드로 가서 스트세에선 배울 수 없을 것들을 배우는 게 다였어요." 합찌바는 웃으며 말했다. "규칙이란 뭔가. 서로를 필요로 하는 방법들. 인류생태학. 여기서 이 오랜 세월 동안, 괜찮은 규칙들, 말이 되는 패턴을 찾으려 애쓰는 것만 빼고 우리는 뭘 하고 있었나?" 합찌바는 일어나 어깨를 풀며 말했다. "전 취했어요. 함께 산책이나 하죠."

둘은 집단 주거지의 햇살 가득한 정원으로 나갔고, 채소밭과 꽃밭 사이의 길을 따라 천천히 걸어갔다. 잡초를 뽑고 괭이질하던 사람들이 고개 들어 예론의 이름을 부르며 인사했고, 예론은 고개를 끄덕였다. 예론은 합찌바의 팔을 단단히, 자랑스럽게 잡았다. 합찌바는 예론과 보조를 맞추어 걸었다.

"가만히 앉아 있어야 할 때면, 날고 싶어지죠." 합찌바는 자신의 팔을 잡은 창백하고 옹이지고 섬세한 예론의 손을 내려다보며 말했다. "날아가야 할 때면, 가만히 앉아 있고 싶고요. 고향에서 전 앉아 있는 법을 배웠어요. 역사가들에게선 나는 법을 배웠고요. 그럼에도 전 제 균형을 잡을 수가 없었어요."

"그때 여기에 왔군요." 예론이 말했다.

"그때 여기에 왔어요."

"그리고 뭘 배웠어요?"

"걷는 법요." 합찌바는 말했다. "제 사람들과 걷는 법을 배웠어요."

한 여자의 해방

FOUR
WAYS TO
FORGIVENESS

쇼메케

내 절친한 친구 한 명이 내가 살아온 이야기를 글로 써달라고 부탁했다. 내 이야기가 다른 세계와 다른 시간의 사람들에게 흥미로울 거란 이유였다. 난 평범한 여자지만, 거대한 변화의 시대를 살았고, 노예 상태의 모습과 자유의 모습을 직접 온몸으로 겪어 아는 이점을 누렸다.

나는 성인이 될 때까지도 읽고 쓰는 법을 배우지 못했고, 이제부터 내 이야기에서 저지르는 모든 실수는 그 점으로 변명 삼으려 한다.

나는 웨렐 행성에서 노예로 태어났다. 아이일 때는 쇼메케의 라돗세 라캄이라 불렸다. 이는 쇼메케 가족의 자산이자, 돗세의 손녀, 캄예의 손녀란 뜻이다. 쇼메케 가족은 보에 데이오의 동부 해안에 영지를 소유했다. 돗세는 나의 할머니였다. 캄예는 주님이다.

쇼메케 가족은 400명이 넘는 자산을 소유했고, 자산 대부분을 게데밭 경작과 염생초 가축 치기, 제조소 작업에 썼으며, 본가 하인으로도 썼다. 쇼메케 가족은 역사상 중요했다. 우리의 소유주는 정치적으로 중요한 남자였고, 수도에 가느라 종종 집을 비웠다.

자산의 이름들은 할머니의 이름을 따서 지었는데, 이는 할머니가 아이를 키우기 때문이었다. 어머니는 하루 종일 일했고, 아버지는 없었다. 여자들은 언제나 두 명 이상의 남자에게 씨를 받았다. 아이가 자기 아이란 걸 알아도, 남자는 아이를 돌볼 수 없었다. 남자는 언제라도 팔리거나 교환될 수 있었다. 젊은 남자들은 영지에 오래 남겨지는 일이 별로 없었다. 가치가 있으면, 다른 영지로 교환되어 가거나 공장에 팔렸다. 가치가 없으면, 죽도록 부려지다 명을 다했다.

여자들은 자주 팔리지 않았다. 젊은 여자들은 노동과 번식을 목적으로 남겨졌고, 늙은 여자들은 어린 것들을 키우고 집단 주거지를 정돈하라고 남겨졌다. 어떤 영지에서는 여자들이 죽을 때까지 해마다 아기를 뱄지만, 우리 영지에서는 대부분이 두세 명만 낳았다. 쇼메케 가족은 여자들을 일꾼으로 여겼던 것이다. 쇼메케 가족은 남자들이 늘상 여자들에게 올라타는 걸 원하지 않았다. 할머니들은 쇼메케 가족에게 동의했고, 젊은 여자들을 면밀히 지켰다.

나는 남자, 여자, 아이라 말하지만, 우리는 사실 남자, 여자,

아이라 불리지 않았음을 이해해주기 바란다. 오직 우리의 소유주들만이 그렇게 불렀다. 우리 자산들 혹은 노예들은 사내종, 계집종, 새끼 혹은 어린것이라 불렸다. 이제 나는 이 단어들을 쓰긴 하겠지만, 오랫동안 이 단어들을 듣거나 말해보지 않았고, 이 축복받은 세계에 온 뒤론 한 번도 듣지 못했다.

집단 주거지에서 사내종들이 묵는 곳인 정문 쪽 숙소는 보스들이 다스렸고, 보스는 남자였다. 일부는 쇼메케 가족의 친척이었고, 일부는 피고용인이었다. 안쪽에는 어린것들과 계집종들이 살았다. 그곳의 자른자 두 명, 즉 거세된 사내종들이 명목상 보스였지만, 실제론 할머니들이 다스렸다. 사실 집단 주거지의 그 어떤 일도 할머니들 모르게는 벌어지지 않았다.

자산 하나가 너무 아파 일을 못 나간다고 할머니들이 말하면, 보스들은 그 자산이 그냥 집에 있게 했다. 때로 할머니들은 사내종이 팔려 가는 걸 막을 수 있었고, 때로는 여자아이가 둘 이상의 남자에게 임신되지 않게 막을 수 있었으며, 허약한 여자아이에게는 피임약을 줄 수도 있었다. 집단 주거지의 모두가 할머니들 회의에서 나온 말에 복종했다. 그러나 할머니들 중 누가 지나친 행동을 하면, 보스들은 그 할머니를 채찍질하거나 눈을 멀게 하거나 두 손을 잘랐다. 내가 어렸을 때는, 우리의 집단 주거지에 우리가 증조할머니라 부르던 여자가 살았다. 증조할머니는 두 눈 자리에 구멍이 나 있었고 혀가 없었다. 나는 증조할머니가 너무 나이 들어 그런 거라 생각했다. 내 할머니인 돗세의 혀도 입속에서 시들까 무서웠다. 나는 할머니에게 그 얘기를 했다.

할머니는 말했다. "아니. 내 혀는 절대 짧아지지 않아. 왜냐하면 난 혀를 너무 길게 내밀지 않거든."

난 집단 주거지에 살았다. 내 어머니는 나를 그곳에서 낳았고, 석 달 동안 거기 있으면서 내게 젖을 먹여도 좋다고 허락받았다. 그 뒤 나는 젖을 떼고 우유를 마셨고, 어머니는 본가로 돌아갔다. 어머니의 이름은 쇼메케의 라요와 요와였다. 어머니는 자산들 대부분이 그렇듯 피부색이 옅었지만, 무척 아름다웠고, 손목과 발목이 가늘고 이목구비가 섬세했다. 할머니 역시 피부색이 옅었지만, 나는 검은 편으로 집단 주거지의 누구보다도 검었다.

어머니는 날 찾아왔고, 자른자들은 자신들의 사다리 문을 통해 어머니를 들어오게 했다. 어머니는 몸에 회색 흙을 문지르고 있는 날 보았다. 어머니가 꾸짖자, 나는 어머니에게 다른 사람들처럼 보이고 싶다고 대꾸했다.

"잘 들어라, 라캄." 어머니가 말했다. "그자들은 먼지 사람이야. 그자들은 절대로 먼지에서 빠져나오지 못할 거다. 넌 그자들보다 나은 존재야. 그리고 넌 아름다워질 거야. 왜 네가 이렇게 검다고 생각하니?" 난 어머니가 무슨 말을 하는 건지 전혀 몰랐다. "언젠간 네 아버지가 누군지 말해주마." 어머니는 마치 선물이라도 약속하듯 말했다. 나는 쇼메케의 종마, 이 소중하고 값비싼 동물이 다른 영지에서 오는 암말들과 교미한다는 걸 알고 있었다. 나는 아버지가 사람일 수 있다는 걸 몰랐다.

그날 저녁 나는 내 할머니에게 자랑했다. "난 아름다워요. 왜냐하면 그 검은 종마가 내 아빠거든요!" 돗세는 내 머리를 쳤고,

난 바닥에 쓰러져 울었다. 돗세가 말했다. "네 아버지에 대해 절대 말하지 마라."

난 어머니와 할머니 간에 노여움이 있다는 건 알았지만, 오랜 시간이 흐르고서야 그 이유를 알았다. 지금도 내가 둘 사이의 일들을 다 이해했는지 잘 모르겠다.

우리 어린 새끼들은 집단 주거지 안을 뛰어다녔다. 우린 담 밖의 일은 아무것도 몰랐다. 우리의 세계는 계집종의 오두막들과 사내종의 공동주택, 부엌들과 텃밭들, 맨발에 단단하게 짓밟힌 휑뎅그렁한 광장이 전부였다. 말뚝으로 만든 담은 내 눈에는 한참 멀리 떨어진 듯 보였다.

이른 아침에 밭과 제조소 일꾼들이 정문을 나갈 때, 나는 그 사람들이 어디로 가는지 몰랐다. 그 사람들은 그냥 사라졌다. 집단 주거지 전체가 하루 종일 우리 새끼들 것이었고, 우리는 여름엔 발가벗고, 겨울에도 거의 발가벗고, 막대기와 돌과 진흙을 가지고 놀며 사방을 뛰어다녔으며, 뭔가 먹을 걸 달라고 사정할 때가 아니면 할머니들 근처엔 얼씬도 안 했다. 괜히 얼쩡댔다간 한동안 정원에서 잡초 뽑는 일에 끌려갔던 것이다.

저녁 혹은 이른 밤이 되면 일꾼들이 돌아왔고, 보스들이 지키는 정문으로 우르르 들어왔다. 일부는 기진맥진했고 인상을 썼으며, 일부는 활기에 넘쳐 이 사람 저 사람과 이야기하고 외쳐댔다. 마지막 일꾼이 들어오면 거대한 정문은 요란한 소리를 내며 닫혔다. 모든 요리용 스토브에서 연기가 피어올랐다. 불타는 쇠똥에선 달콤한 냄새가 났다. 사람들은 오두막과 공동주택의 현관에 모여들었다. 사내종들과 계집종들은 정문 쪽과 안쪽을 가르는 도랑에서 서성대며 도랑 너머 상대와 이야기했다. 식사 후, 자유계약인 남자들이 톨의 상에 바치는 기도를 인도했고, 우리는 캄예에게 알아서 기도를 바쳤으며, 이윽고 '도랑을 건너 뛰려고' 서성대는 이들 외엔 다들 잠자리에 들었다. 여름이면 가끔 밤에 노래를 부르거나 춤추는 게 허락되었다. 겨울에는 할아버지들 중 한 명이(쇠약하고 불쌍한 늙은이들로 할머니들처럼 강하지 못했다) '말씀을 노래'하곤 했다. 말씀을 노래한다는 것은 우리가 《아르캄예》의 암송을 이르던 말이다. 매일 밤, 언제나, 사람들 몇몇이 그 성스러운 절들을 가르치고, 나머지는 배웠다. 겨울밤이면, 할머니들의 자비심 덕에 살아 있는 이 늙고 쓸모없는 사내종들 중 하나가 말씀을 노래하기 시작했다. 그럼 새끼들마저도 조용해지며 그 이야기에 귀를 기울이곤 했다.

　내 마음의 친구는 왈수였다. 왈수는 나보다 덩치가 컸고, 어린이들 사이에 몸싸움이나 말다툼이 생기거나 나이 많은 새끼들이 날 '깜둥이'나 '보스'라고 놀리면 늘 날 지켜주었다. 난 작았지만 성질이 장난이 아니었다. 왈수와 내가 뭉치면 누구도 우릴 그리 괴롭히진 못했다. 이윽고 왈수는 정문 밖으로 내보내졌다. 왈수의 어머니는 배가 차서 몸이 불어 있었고, 그래서 밭에서 할당량을 채우려면 다른 사람의 도움이 필요했다. 게데는 손으로 수확해야 했다. 열매 달린 줄기는 매일 새로운 구역이 여물어 따줘야 했으므로 게데 수확꾼들은 20일이나 30일 동안 같은 밭을 훑고 또 훑어야 했고, 그 뒤엔 다음번의 씨뿌리기가 일꾼들을 기다렸다. 왈수는 어머니가 맡은 줄의 게데 따는 것을 도우려 어머니와 함께 나갔다. 왈수의 어머니가 아프면, 왈수가 어머니의 자리를 대신했고, 다른 일꾼들의 도움을 받아 어머니의 할당량을 채웠다. 소유주의 계산법에 따르면 그때 왈수는 여섯 살이었다. 소유주의 계산법에서 모든 자산은 생일이 같았다. 봄이 시작될 때의 새해 첫날이었다. 왈수는 어쩌면 정말로는 일곱 살이었을 수도 있었다. 왈수의 어머니는 출산 전과 후에 계속 아팠고, 왈수는 내내 게데밭에서 어머니의 자리를 대신했다. 그 뒤로 왈수는 절대 돌아와 놀지 않았고, 저녁마다 먹고 자기만 했다. 나는 그때 왈수를 만나 얘기했다. 왈수는 자신의 일에 자부심을 느꼈다. 난 왈수가 부러웠고, 나도 정문을 지날 수 있길 열렬히 바랐다. 나는 왈수를 따라 정문까지 갔고, 정문 너머로 세상을 구경했다. 이제 집단 주거지의 담들이 아주 가깝게 느껴졌다.

나는 밭에 나가 일하고 싶다고 내 할머니인 돗세에게 말했다.

"넌 너무 어려."

"새해면 일곱 살이 돼요."

"널 나가게 하지 않겠노라고 네 어미가 내게 단단히 약속하게 했어."

어머니가 다시 집단 주거지를 방문했을 때 나는 말했다. "할머니가 날 못 나가게 해. 나도 왈수랑 같이 일하고 싶어."

"절대 안 돼." 어머니가 말했다. "넌 그보다 나은 처지로 태어났어."

"어째서?"

"두고 보면 알아."

어머니는 나를 보며 웃음 지었다. 나는 어머니가 자신이 일하는 본가를 의미한단 걸 알았다. 어머니는 본가의 멋진 것들에 대해, 빛나는 것들과 화사하게 칠해진 것들, 얇고 우아한 것들, 깨끗한 것들에 대해 종종 말해주곤 했었다. 본가는 조용하다고 했다. 어머니는 아름다운 붉은 스카프를 걸쳤고, 목소리는 부드러웠으며, 옷과 몸은 언제나 깨끗하고 기운찼다.

"언제 알게 되는데?"

나는 계속 어머니를 졸라댔고, 결국 어머니는 말했다. "알았어! 마님에게 여쭤볼게."

"뭘 여쭤봐?"

내가 '마님'에 대해 아는 건 '마님' 역시 우아하고 깨끗하다는 것, 그리고 내 어머니가 어떤 특정한 의미에서 '마님'에게 속해 있다는 것, 그리고 그 일에 어머니가 자부심을 느낀다는 것이 전부였다. 나는 '마님'이 어머니에게 붉은 스카프를 줬다는 것도 알았다.

"네가 본가로 와 훈련을 시작할 수 있을지 내 마님에게 여쭤볼게."

어머니가 '본가'라 말하는 걸 들으면, 나는 본가가 우리 기도에 나오는 그곳처럼 위대하고 성스러운 곳이란 느낌을 받았다. '제가 그 깨끗한 집에, 평화로운 방들에 들어갈 수 있기를 바라나이다.'

나는 너무 흥분해서 춤추고 노래하기 시작했다. "나 본가로

간다, 본가로!" 어머니는 내 입을 다물게 하려고 날 찰싹 때리며 거칠게 날뛰지 말라고 꾸짖었다. 어머니는 말했다. "넌 너무 어려! 아직 행실이 안 돼! 본가에서 쫓겨나면, 다신 못 돌아와."

나는 철들겠다고 약속했다.

"모든 일을 제대로 해야 해." 요와는 말했다. "내가 하라면, 말하는 대로 모든 걸 해야 해. 질문은 절대 안 돼. 꾸물거려도 절대 안 돼. 네 거친 모습을 보면, 마님은 널 여기로 돌려보낼 거야. 그럼 넌 그걸로 영원히 끝장이야."

나는 유순해지겠다고 약속했다. 모든 일에 곧바로 순종하겠다고, 그리고 말하지 않겠다고 약속했다. 어머니가 상황을 무시무시하게 만들면 만들수록, 멋지고 빛나는 본가를 보고 싶은 열망도 점점 더 커져갔다.

어머니가 떠날 때, 나는 어머니가 '마님'에게 얘기할 거라 믿지 않았다. 나는 약속이 지켜지지 않는 데 익숙했다. 그러나 며칠 뒤 어머니가 다시 왔고, 나는 어머니가 할머니에게 하는 말을 들었다. 돗세는 처음엔 화를 내고 큰 소리를 냈다. 나는 엿들으려고 살금살금 오두막 창문 아래로 기어갔다. 할머니가 우는 소리가 들렸다. 나는 겁에 질리고 깜짝 놀랐다. 할머니는 내게 참을성 있게 대하셨고, 언제나 날 돌봐주고 잘 먹이셨다. 할머니가 우는 소리를 듣기 전까지는, 거기에 그 이상의 뭔가가 있다고는 꿈에도 생각해보지 못했다. 할머니가 우는 소리를 듣자, 마치 내가 할머니의 일부인 듯 나도 눈물이 났다.

"내가 1년만 더 데리고 있게 해줄 수 있잖니." 할머니는 말했다. "걘 아직 아기야. 난 절대 걜 정문 밖으로 내보낼 수 없다." 할머니는 마치 할머니가 아니라 아무 힘도 없는 사람처럼 빌고 있었다. "걘 내 기쁨이야, 요와!"

"그럼 걔가 잘되길 바라지 않으세요?"

"딱 1년만 더 다오. 걘 본가에 가기엔 너무 거칠어."

"걘 너무 오랫동안 맘대로 거칠게 살았어요. 계속 여기 있으면 밭으로 보내질 거예요. 1년 더 여기 있다간 절대 본가로 들여주지 않아요. 걘 먼지가 될 거예요. 어쨌거나, 울고불고해봤자 소용없어요. 전 마님에게 부탁했고, 마님은 걔가 온다고 아세요. 걔 없이 돌아갈 순 없어요."

"요와, 그 애를 다치게 하지 마." 돗세는 이런 말을 딸에게 하기가 부끄럽다는 듯이 아주 나지막이, 그러나 힘을 주어 말했다.

"전 걔가 다치지 않게 하려고 데려가는 거라고요." 어머니가 말했다. 이윽고 어머니는 나를 불렀고, 나는 눈물을 닦고 어머니에게 갔다.

묘하게도 나는 집단 주거지 밖의 세계를 처음 걸어갔을 때와 본가를 처음 보았을 때를 기억하지 못한다. 겁에 질려 눈을 내리깔고 있었고, 모든 게 너무 낯설어서 봐도 이해하지 못했던 게 아닌가 싶다. 며칠이 지난 뒤에야 어머니가 날 타제이우 마님에게 데려가 인사시킨 것은 안다. 어머니는 날 박박 문질러 씻기고 훈련하고 창피한 짓을 하지 않게 손써둬야 했던 것이다. 마침내 어머니가 내 손을 잡고 연신 속삭이는 소리로 꾸짖으며 계집종 숙소에서 데리고 나가 복도들과 색칠한 나무로 만들어진 출입구들을 지나 밝고 햇볕이 잘 들며 지붕이 없고 꽃 화분으로 가득한 방으로 들어갔을 때, 난 공포에 질려 있었다.

나는 부엌 텃밭에서 자라는 잡초 말고 꽃은 거의 본 적이 없다. 나는 꽃을 뚫어져라 보고 또 봤다. 어머니는 내 손을 확 잡아당기며 꽃들 사이로 의자에 누워 있는 여자를 보게 했다. 여자는 부드러우면서 꽃처럼 화사한 색의 옷을 입고 있었다. 나는 꽃과 옷을 거의 분간하지 못했다. 여자의 머리털은 길고 윤이 났고, 피부는 반짝이는 검은색이었다. 어머니는 날 앞으로 밀었고, 나는 어머니가 연습시키고 또 연습시킨 대로 행동했다. 앞으로 나가 의자 옆에 무릎을 꿇고 기다렸고, 여자가 길고 가늘고 부드러우며 손등은 검고 손바닥은 하늘색인 손을 내밀자 그 손에 이마를 댔다. 나는 "저는 당신의 노예 라캄입니다, 마님"이라고 말해야 했지만, 목소리가 나오질 않았다.

"참으로 예쁜 어린것이구나." 마님이 말했다. "참 검기도 하고." 마지막 말을 할 때 마님의 목소리가 살짝 바뀌었다.

"보스들이…… 그날 밤 들어왔습니다." 요와는 웃음 지으며 소심하게 말했고, 당혹스러운 듯이 아래를 보았다.

"그건 의심의 여지가 없네." 마님은 말했다. 나는 마님을 다시 흘끗 올려다볼 수 있었다. 마님은 아름다웠다. 나는 사람이 이렇게 아름다울 수 있는지 몰랐다. 난 내가 경탄하는 모습을 마님이 봤다고 생각한다. 마님은 길고 부드러운 손을 다시 내밀어 내 뺨과 목을 어루만졌다. "아주, 아주 예뻐, 요와." 마님이 말했다. "애를 여기 데려오다니 정말로 잘했어. 목욕은 시켰니?"

내가 처음 어떤 꼴로 여기 왔는지 봤다면, 마님도 그런 질문은 하지 않았을 것이다. 처음 왔을 때 난 더러웠고, 불 피울 때 쓰는 쇠똥 냄새가 진동했었다. 마님은 집단 주거지에 대해선 아무것도 몰랐다. 마님은 베자, 즉 본가의 여자들 공간 너머에 대해선 아는 바가 전혀 없었다. 내가 집단 주거지에만 갇혀 살았듯, 마님도 베자 안에만 갇혀 살았고, 바깥에 대해선 정말로 무지했다. 내가 한 번도 꽃을 본 적이 없었듯, 마님은 한 번도 쇠똥 냄새를 맡아본 적이 없었다.

어머니는 내가 깨끗하다고 마님을 안심시켰고, 마님은 말했다. "그럼 앤 오늘 밤 나와 함께 침대에 들어도 좋아. 그러고 싶어. 나랑 함께 자겠니, 예쁜……." 마님이 어머니를 흘끗 보았고, 어머니는 우물거리며 말했다. "라캄." 마님은 내 이름에 입을 오므렸다. "맘에 안 들어." 마님이 중얼거렸다. "아주 흉해. 토티. 그래. 나의 새 토티가 되면 되겠다. 앨 오늘 저녁 데려와, 요와."

마님에게 전에 토티란 이름의 여우개가 있었다고 어머니는 내게 말해주었다. 그 애완동물은 이미 죽었다. 나는 동물도 이름이 있는지 몰랐고, 그래서 동물의 이름으로 불리는 게 이상하게 느껴지진 않았지만, 라캄이 아니게 되는 건 처음엔 이상했다. 난 내가 토티라고 생각할 수가 없었다.

그날 밤, 어머니는 날 다시 목욕시키고 달콤한 기름을 바르고 부드러운 가운을 입혔다. 가운은 어머니의 붉은 스카프보다도 더 부드러웠다. 어머니는 다시 꾸짖고 경고했지만, 어머니 역시 흥분했고 내게 만족했다. 우린 다시 베자로 향했고, 계집종 몇 명과 마주치며 다른 복도들을 지나 마님의 침실로 갔다. 멋진 방이었고, 거울들과 커튼들과 그림들로 장식되어 있었다. 나는 거울이 뭔지, 그림이 뭔지 몰랐으므로 그 안에서 사람들을 보고 겁에 질렸다. 타제이우 마님은 내가 겁내는 모습을 보았다. "이리 온, 아가." 마님은 말하며 베개들이 흩어져 있는 자신의 거대하고 넓고 부드러운 침대에서 움직여 자리를 만들어주었다. "이리 와 내 옆에 바짝 붙어 누우렴." 나는 마님 옆으로 기어 들어갔고, 마님은 내 머리와 피부를 쓰다듬더니 내가 편안해할 때까지 따뜻하고 부드러운 두 팔로 나를 안아주었다. "그렇지, 그렇지, 귀여운 토티야." 마님은 말했고, 그렇게 우리는 잠이 들었다.

나는 타제이우 웨호마 쇼메케 마님의 애완동물이 되었다. 거의 매일 밤 마님과 잤다. 마님의 남편은 집에 있는 날이 거의 없었고, 집에 와서도 마님에겐 오지 않고 계집종들에게서 쾌락을 찾았다. 가끔 마님은 내 어머니나 다른 사람, 즉 더 어린 계집종들을 침대로 부를 때가 있었고, 그럴 때 나는 들어오지 못하게 했다. 내가 더 나이가 들어 열 살 혹은 열한 살이 되자 마님은 날 내보내지 않고 자신들 사이에 끼게 했고, 성적 쾌감을 얻는 법을 가르치기 시작했다. 마님은 부드러웠지만, 사랑을 나눌 때는 여왕이었고, 나는 마님이 연주하는 마님의 악기였다.

나는 또한 가정학과 가사 임무 훈련을 받았다. 마님은 자신과 함께 노래하는 법을 가르쳤는데, 내가 음을 아주 잘 맞췄기 때문이다. 그동안 나는 한 번도 벌 받지 않았고 힘든 일을 할 필요도 없었다. 집단 주거지에서 거칠게 놀던 나는 본가에서 완벽하게 순종적인 아이가 되었다. 나는 내 할머니에게 반항적으로 굴었고, 할머니의 명령을 못 견뎌했지만, 마님이 명령하면 뭐든 기꺼이 따랐다. 마님은 자신이 내게 주어야 하는 유일한 종류의 사랑으로써 나를 꼭 잡아주었다. 나는 마님이 땅에 강림한 자비로운 신 뿐이라 생각했다. 말하자면 그렇다는 게 아니고, 정말로 그랬다. 나는 마님이 더 높은 존재이고 나보다 우월한 존재라 생각했다.

어쩌면 당신은, 내가 내 동의 없이 여주인에게 이용되면서 기쁨을 누릴 수 없어야 했다고, 혹은 기쁨을 누리지 말아야 했다고 말할지도 모른다. 혹시 기쁨을 누렸다 해도, 그에 대해 말하면 안 된다고, 그렇게 커다란 악에서 아무리 작더라도 좋은 부분은 보여주면 안 된다고 말할지도 모른다. 그러나 난 동의나 거절에 대해 아무것도 몰랐다. 그런 건 자유의 단어들이다.

마님에겐 아이가 하나 있었는데, 아들이었고 나보다 세 살 많았다. 마님은 우리 계집종들 사이에서 상당히 외롭게 살았다. 웨호마 가족은 이 섬들의 귀족이었고, 여자들은 여행하지 않는 구식 사람들이었다. 그래서 마님은 자신의 가족과 단절되어 지냈다. 마님에게 말벗이 있을 때는 소유주 쇼메케가 수도에서 친구들을 데려올 때가 유일했지만, 이 친구들은 모두 남자였고, 마님은 식사할 때만 그 남자들과 함께 있을 수 있었다.

나는 소유주를 거의 보지 못했고, 그나마도 먼발치에서만 봤다. 소유주 역시 우월한 존재지만 위험한 자라고 생각했다.

에로드, 즉 젊은 소유주인 도련님의 경우, 우리는 에로드가 매일 어머니를 찾아오거나 선생들과 말을 타고 나갈 때 그를 보았다. 우리 여자아이들은 열한 살, 또는 열두 살 때 에로드를 몰래 훔쳐보며 서로 키득거리곤 했다. 에로드는 잘생긴 남자아이였고, 자신의 어머니처럼 칠흑같이 까맣고 늘씬했던 것이다. 나는 에로드가 아버지를 두려워하는 걸 알았다. 에로드가 어머니와 함께 있을 때 훌쩍거리는 소리를 들었기 때문이다. 에로드의 어머니는 사탕을 주고 어르며 에로드를 달랬고, 이렇게 말했다. "아버지는 곧 다시 가실 거야, 애야." 나 역시 부드럽고 무해하며 그림자 같은 에로드가 참으로 딱했다. 에로드는 열다섯 살이 되자 1년간 학교에 보내졌지만, 에로드의 아버지는 한 해가 다 가기도 전에 에로드를 다시 데려왔다. 사내종들은 소유주가 에로드를 잔인하게 두들겨 팼으며 말을 타고 영지를 떠나는 것조차 금지했다고 우리에게 말해주었다.

소유주의 계집종들은 소유주 때문에 멍든 곳과 다친 곳들을 우리에게 보여주면서 소유주가 얼마나 잔인한지 말해주었다. 계집종들은 소유주를 미워했지만, 내 어머니는 소유주에 대해 나쁜 말을 하지 않으려 했다. "네가 누구라고 생각해?" 어머니는 소유주가 자신을 이용하는 방식에 대해 불평하는 여자아이에게 말했다. "유리처럼 다뤄야 하는 마님?" 그 여자아이가 임신한 것을 알게 됐을 때, 우리가 쓰는 말로 배가 찬 걸 알게 됐을 때, 내 어머니는 그 아이를 집단 주거지로 돌려보냈다. 난 그 이유를 이해하지 못했다. 나는 요와가 무정하고 질투한다고 생각했다. 이제 와 생각해보면, 내 어머니 역시 마님의 질투에서 그 여자아이를 보호하려 한 것이었다.

언제 내가 소유주의 딸인 걸 알게 됐는지는 모르겠다. 왜냐하면 어머니는 그걸 마님에게 비밀로 했고, 다른 모두에게도 비밀로 했다고 믿었기 때문이다. 하지만 계집종들은 다들 그 사실을 알고 있었다. 내가 뭘 들었는지, 혹은 엿들었는지는 모르겠지만, 나는 에로드를 볼 때면 에로드를 꼼꼼히 살피면서 에로드보단 내가 훨씬 더 우리 아버지를 닮았다고 생각하곤 했다. 그때쯤엔 아버지가 뭔지 이미 알았던 것이다. 그리고 나는 타제이우 마님이 그 사실을 모를까 궁금해했다. 하지만 타제이우 마님은 모르는 채 사는 쪽을 택했다.

이 시기에 나는 집단 주거지에는 거의 가지 않았다. 본가로 온 지 반년 정도 되자, 나는 돌아가 왈수와 할머니를 만나고 싶었고, 그래서 내 멋진 옷과 깨끗한 피부와 빛나는 머리결을 보여주고 싶어 미칠 지경이었다. 그러나 막상 돌아가자, 나와 함께 놀던 새끼들은 내게 흙과 돌을 던지고 내 옷을 찢었다. 왈수는 밭에 나가 있었다. 나는 하루 종일 할머니의 오두막에 숨어 있어야 했다. 절대로 돌아가고 싶지 않았다. 할머니가 날 오라고 부르면, 어머니와 함께일 때만 갔고, 늘 어머니 곁에 딱 붙어 있었다. 이제 내 눈에 집단 주거지의 사람들은, 내 할머니마저도, 거칠고 불결해 보이기 시작했다. 그 사람들은 더러웠고, 심하게 냄새가 났다. 벌을 받아 생긴 상처와 흉터가 있었고, 손가락이나 귀나 코가 잘려 나갔다. 손발이 거칠었고, 손톱은 뒤틀렸다. 나는 더 이상 그런 외모의 사람들에게 익숙하지 않았다. 본가의 우리 가사 하인들은 그 사람들과 완전히 다르다고 생각했다. 더 높은 존재들을 모시면서 우리는 그분들을 닮아가는 거야.

내가 열세 살과 열네 살 때, 타제이우 마님은 여전히 나를 침대에 들였고, 종종 내게 애정 행위를 했다. 그러나 또한 마님에게는 새로운 애완동물이 있었다. 요리사 중 한 명의 딸로, 점토처럼 희긴 해도 예쁘고 어린 여자아이였다. 어느 날 밤, 타제이우 마님은 자신이 아는 것을 동원해 내가 육체적으로 굉장한 황홀경을 느낄 만한 방식으로 오랫동안 내게 애정 행위를 했다. 내가 기진맥진해서 마님의 두 팔 안에 안겨 있는데 마님이 속삭였다. "잘 가, 안녕." 마님은 내 얼굴과 가슴에 온통 키스하고 있었고, 나는 너무 지쳐서 이게 무슨 말인지 궁금하지조차 않았다.

이튿날 아침, 마님이 내 어머니와 나를 불러들이더니, 날 아들의 열일곱 번째 생일 선물로 아들에게 줄 생각이라 말했다. "네가 너무너무 그리울 거야, 토티 내 사랑." 마님은 눈물을 글썽이며 말했다. "넌 내 기쁨이었어. 하지만 여기엔 내가 에로드에게 가지라고 할 만한 여자아이가 너밖에 없구나. 넌 여자아이들 중 가장 깨끗하고 가장 사랑스럽고 가장 달콤해. 난 네가 처녀인 걸 알아." 마님의 말은 내가 남자들에게 처녀란 뜻이었다. "그리고 난 내 아들이 널 즐길 거란 걸 알아. 개도 토티에게 친절할 거야, 요와." 마님은 내 어머니에게 진심으로 말했다. 내 어머니는 고개 숙여 절했고 아무 말도 하지 않았다. 내 어머니는 할 수 있는 말이 아무것도 없었다. 그리고 내게도 아무 말 하지 않았다. 어머니가 그토록 자랑스러워하던 그 비밀에 대해 말하기엔 너무 늦어버렸다.

타제이우 마님이 내게 임신을 막는 약을 주었지만, 내 어머니는 그 약을 믿지 않았기에 내 할머니에게 가서 피임용 약초를 받아 왔다. 그 주에 나는 두 약 모두를 열심히 먹었다.

본가의 남자가 자기 아내를 방문하려면 베자로 왔지만, 남자가 계집종을 원하면 계집종은 '건너로 보내졌다'. 그래서 도련님의 생일날 밤, 나는 온통 빨간 옷으로 차려입고 내 평생 처음 본가의 남자 쪽 공간으로 이끌려 갔다.

내 마님에 대한 숭배는 그 아들에게로 이어졌고, 나는 소유주들은 천성적으로 우리보다 우월하다고 배웠다. 그러나 나는 에로드를 아이 때부터 알았고, 에로드의 피와 내 피가 반은 같다는 걸 알고 있었다. 그래서 에로드에게 묘한 감정을 느꼈다.

나는 에로드가 수줍어하며 자신의 남자다움을 겁낸다고 생각했다. 다른 여자아이들이 에로드를 유혹하려 했으나 실패했다. 여자들은 내게 뭘 해야 할지, 어떻게 날 바치고 에로드의 용기를 북돋우면 되는지 말해주었고, 나는 그럴 준비가 되어 있었다. 나는 에로드의 거대한 침실로 인도되었다. 에로드의 침실은 모조리 레이스처럼 조각된 돌로 이루어졌고, 높고 가는 창문들에는 보라색 유리가 끼워져 있었다. 나는 한동안 소심하게 문 근처에 서 있었고, 에로드는 종이와 화면으로 뒤덮인 탁자 근처에 서 있었다. 에로드는 마침내 앞으로 나와 내 손을 잡고 의자로 데려갔다. 에로드는 나를 앉혔고, 자기는 서서 이야기했다. 이런 건

온당치 않았고, 그래서 나는 혼란에 빠졌다.

"라캄." 에로드가 말했다. "그게 네 이름이지, 그렇지?" 난 고개를 끄덕였다. "라캄, 내 어머니는 친절 그 자체인 분이야. 내가 어머니에게 감사하지 않는다든지, 네 아름다움을 못 알아본다고 생각하면 안 돼. 하지만 난 자신을 자유의지로 제공할 수 없는 여자는 취하지 않을 거야. 소유주와 노예 간의 성교는 겁탈이야." 에로드는 계속 말했고, 내 마님이 자신의 책을 큰 소리로 읽을 때처럼 아름답게 말했다. 나는 에로드의 부름이 있을 때마다 와서 에로드 침대에서 자야 하지만 날 털끝 하나 건드리지 않을 거란 말 외엔 에로드가 한 말들을 거의 이해하지 못했다. 그리고 난 이 일에 대해 누구에게도 말하면 안 됐다. "미안해, 거짓말하라고 해서 정말 미안해." 에로드가 어찌나 진심으로 말하는지, 나는 거짓말하는 게 에로드에겐 무척 힘든 일인가보다고 생각했다. 이런 모습 때문에 에로드는 더더욱 인간보다 신에 가까워 보였다. 거짓말하는 게 힘들다면, 어떻게 살아 있을 수 있단 말인가?

"말씀하신 대로 하겠습니다, 에로드 주인님." 나는 말했다.

그래서 거의 밤이면 밤마다 에로드의 사내종들이 날 데리러 왔다. 나는 에로드의 거대한 침대에서 잠들었고, 그동안 에로드는 책상 앞에 앉아 서류 작업을 했다. 에로드는 창문 아래 소파에서 잤다. 종종 에로드는 나와 얘기하고 싶어 했고, 가끔은 아주 오랫동안 얘기하면서 자신의 생각에 대해 말했다. 수도에 있는 학교를 다닐 때, 에로드는 노예제 폐지를 바라는, '공동체'란 이름의 소유주들 모임에 있었다. 그 사실을 눈치챈 아버지는 에로드에게 학교를 나오라고 명령한 뒤 집으로 돌려보냈고, 영지를 떠나지 못하게 했다. 그리하여 에로드 역시 죄수가 되었다. 그러나 에로드는 네트를 통해 '공동체'의 사람들과 계속 연락했다. 에로드는 어떻게 네트를 써야 아버지가 모르게, 혹은 정부가 모르게 할 수 있는지 알았다.

에로드의 머릿속은 남들에게 말해야 하는 생각들로 가득했다. 에로드와 함께 자랐으며 늘 나를 데리러 오는 젊은 사내종들인 게이우와 아하스는 종종 우리와 함께 방에 남아 에로드가 노예제와 자유와 그 외 많은 것들에 대해 하는 이야기를 듣곤 했다. 나는 졸릴 때가 많았지만 그래도 열심히 들었는데, 어떻게 이해해야 할지, 혹은 어떻게 믿어야 할지조차 모르겠는 이야기들이 많았다. 에로드는 자산들 사이에 하메라는 조직이 있는데 플랜테이션에서 노예를 훔치는 일을 한다고 우리에게 말했다. 이 노예들은 '공동체'의 구성원들에게로 데려가졌고, 그럼 '공동체'의 구성원들이 가짜로 소유권 서류를 만들고 이 노예들을 도시의 괜찮은 일자리에 빌려주는 식으로 잘 대하곤 했다. 에로드는 우리에게 도시에 대해 말해주었고, 나는 그 모든 이야기가 좋았다. 에로드는 우리에게 예이오웨이 식민지에 대해 얘기해주면서 그곳에서 노예들이 혁명을 일으켰다고 했다.

나는 예이오웨이에 대해 아는 게 전혀 없었다. 예이오웨이는 푸른색과 초록색의 커다란 별로, 태양보다 늦게 지고 일찍 뜨며, 달들 중 가장 작은 달보다 더 밝았다. 예이오웨이는 집단 주거지에서 사람들이 부르는 오래된 노래에 나오는 이름이었다.

오, 오, 예이-오-웨이,
누구도 절대 돌아오지 않네.

나는 혁명이 뭔지 전혀 몰랐다. 에로드가 말해줬을 때는, 예이오웨이라 불리는 곳에서 플랜테이션들의 자산들이 자신들의 소유주들과 싸우고 있다는 의미였고, 나는 어떻게 자산들이 그럴 수 있는지 이해하지 못했다. 처음부터 세상에는 높은 존재와 낮은 존재, 주님과 인간, 남자와 여자, 소유주와 피소유자가 있도록 정해져 있었다. 나의 세상은 쇼메케 영지가 전부였고, 쇼메케 영지는 그 하나의 토대 위에 서 있었다. 누가 그걸 뒤엎고 싶겠는가? 그러면 모든 사람이 그 아래에 깔려 짜부라질 텐데.

나는 에로드가 자산을 노예라 부르는 게 싫었다. 노예는 우리의 가치를 없애버리는 추한 단어였다. 여기 웨렐에선 우린 자산이지만, 다른 곳, 즉 예이오웨이 식민지엔 노예들이 있다고, 가치 없는 종놈들, 다루기 힘든 놈들이 있다고 나는 맘속으로 혼자 결론지었다. 그래서 그자들은 거기로 보내진 거였다. 그럼 말이 됐다.

이로써 당신도 내가 얼마나 무지했는지 알았을 것이다. 때로 타제이우 마님은 우리가 함께 입체 네트에서 쇼를 볼 수 있게 해줬지만, 마님은 그저 드라마만 보고 사건 보도 같은 건 절대 안 봤다. 영지 밖의 세계에 대해, 나는 에로드에게 배운 것 외엔 아무엇도 몰랐고, 그나마도 이해할 수 없었다.

에로드는 우리가 자신과 논쟁하는 것을 좋아했다. 에로드는 그게 우리 정신이 자유롭게 자란다는 뜻이라고 생각했다. 게이우는 논쟁에 재능이 있었다. 게이우는 "하지만 자산이 없다면 누가 일을 하죠?" 같은 질문을 곧잘 했다. 그럼 에로드는 장황하게 대답하곤 했다. 눈이 반짝였고 목소리에는 설득력이 있었다. 나는 우리에게 말할 때의 에로드를 무척 사랑했다. 에로드는 아름다웠고, 에로드가 말하는 것도 아름다웠다. 내가 어린 새끼일 때 집단 주거지에서 노인들이 '말씀을 노래'하는 것, 즉 《아르캄예》를 암송하는 것을 들을 때와 비슷한 기분이 들었다.

나는 마님에게 매달 받는 피임약을 그 약이 필요한 여자아이들에게 주었다. 타제이우 마님은 내 성적인 면을 깨워놓았고, 내가 성적으로 이용당하는 데 익숙해지게 했다. 나는 타제이우 마님의 애무가 그리웠다. 하지만 나는 계집종들 중 누구에게도 어떻게 접근해야 할지 알지 못했고, 계집종들은 내게 접근하길 두려워했다. 내가 젊은 소유주의 것이었기 때문이다. 종종 에로드와 있을 때, 에로드가 이야기하는 동안 나는 몸으로 에로드를 갈망했다. 나는 에로드의 침대에 누워서, 에로드가 다가와 내 위로 몸을 숙이고 예전의 내 마님처럼 나와 하는 꿈을 꿨다. 하지만 에로드는 절대 나를 건드리지 않았다.

게이우 역시 잘생긴 젊은이였고, 깨끗하고 예의 발랐으며, 다소 거무스름한 피부에, 매력적이었다. 게이우의 눈은 언제나 날 향하고 있었다. 그러나 에로드가 나를 건드리지 않는다고 내가 얘기하기 전까지, 게이우는 내게 접근하려 하지 않았다.

이리하여 나는 누구에게도 말하지 않겠다던 에로드와의 약속을 어겼다. 그러나 난 내가 약속을 지킬 의무가 있다고 생각하지 않았다. 진실을 말할 의무가 있다고도 생각하지 않았기 때문이다. 그런 유의 명예는 소유주들의 것이지, 우리 것은 아니었다.

그 후로 게이우는 본가의 다락방에서 언제 만나자고 내게 얘기하곤 했다. 게이우는 거의 기쁨을 주지 않았다. 우리 주인을 위해 내 처녀성을 보존해야 한다고 믿었기에 날 꿰뚫으려 하지 않았다. 게이우는 대신 내가 입으로 자신의 성기를 물게 했다. 절정에 다다르면 몸을 돌렸다. 주인의 여자를 노예의 정액으로 더럽혀선 안 되기 때문이다. 이런 것이 노예에겐 명예로운 일이었다.

이제 당신은 내 이야기가 이런 것들로만 가득하다고, 삶에는, 그게 노예의 삶이라 해도, 섹스보다 훨씬 많은 것들이 있다고 넌더리 치며 말할지도 모른다. 정말로 맞는 말이다. 내가 할 수 있는 말은 오직, 남자든 여자든, 우리가 가장 쉽게 노예가 되는 건 우리의 성욕에서일지도 모른다는 것이다. 자유민 남자와 여자의 경우에조차도, 이 부분이 우리가 계속 자유롭기 가장 힘든 부분일지도 모른다. 살의 정치가 권력의 뿌리다.

나는 어렸고, 건강 그 자체였으며 기쁨에 대한 욕구로 가득했다. 지금도, 여기에서조차도, 이 세계에서 저 세계로 그 오랜 세월을 건너 집단 주거지와 쇼메케 본가를 되돌아볼 때면, 환한 꿈속에서 그런 영상들을 본다. 할머니의 크고 거친 손을 보고, 어머니의 웃음을 보고, 어머니가 목에 두른 붉은 스카프를 본다. 쿠션들 사이에 묻혀 있던 마님의 검고 비단처럼 매끄러운 몸을 본다. 쇠똥으로 지핀 불의 냄새를 맡고 베자의 향수 냄새를 맡는다. 내 어린 몸에 두른 부드럽고 고운 천과 마님의 손과 입술을 느낀다. 노인들이 노래하는 말씀을 듣고, 사랑 노래를 부르는 마님의 목소리에 감겨드는 내 목소리를 듣고, 자유에 대해 말해주는 에로드의 목소리를 듣는다. 에로드의 얼굴은 자신이 그리는 미래의 모습 때문에 환히 빛난다. 돌 레이스와 보라색 유리로 장식된, 에로드 뒤의 창문이 밤을 몰아낸다. 돌아가겠다는 말이 아니다. 나는 쇼메케로 돌아가느니 죽어버릴 것이다. 이 자유로운 세계를, 나의 세계를 떠나 노예제의 장소로 돌아가느니 죽을 것이다. 그러나 내가 어린 시절 아름다움과 사랑, 희망에 대해 알았던 것은 모두 그곳에 있었다.

그리고 그곳에서 그것은 배신당했다. 그 기초에 세워진 것은 결국 모두가 스스로를 배신한다.

내가 열여섯 살 때, 그해에 세계가 바뀌었다.

내가 들은 첫 번째 변화는 내겐 아무 흥미가 없었다. 단지 내 주인님이 그 일에 흥분했고, 그래서 게이우와 아하스와 다른 젊은 사내종들 몇 명 역시 흥분했다. 내가 찾아가자 할머니조차 그 일에 대해 듣고 싶어 했다. "그 예이오웨이, 그 노예세계." 할머니는 말했다. "그자들이 자유를 이뤄냈다고? 그자들이 자신들의 소유주들을 몰아냈다고? 정문을 열었다고? 주여, 인자하신 주여, 어떻게 그런 일이 가능하지? 그분의 이름을 찬양하라, 그분의 경이로움을 찬양하라!" 할머니는 땅에 쭈그리고 앉아 두 팔로 무릎을 감은 채 몸을 앞뒤로 흔들었다. 할머니는 이제 늙고 쪼그라들어 있었다. "말해주렴!" 할머니는 말했다.

나는 할머니에게 해줄 아는 이야기가 별로 없었다. "군인들이 모두 여기로 돌아왔어요." 나는 말했다. "그리고 그 다른 사람들, 그 왜갠들은 예이오웨이에 있어요. 어쩌면 그자들이 새 소유주인지도 몰라요. 저 밖 어딘가에서 벌어진 일은 그게 다예요." 나는 손으로 하늘을 휙 가리키며 말했다.

"왜갠들이 뭐니?" 할머니가 물었지만, 나도 그게 뭔지 몰랐다. 내겐 그냥 단어들에 지나지 않았던 것이다.

그러나 우리의 소유주, 쇼메케 영주가 아파서 집으로 돌아왔을 때는 나도 그 점을 이해했다. 쇼메케 영주는 비행기를 타고 우리의 작은 공항으로 왔다. 나는 들것에 실려 오는 쇼메케 영주를 보았다. 눈에는 흰자가 보였고, 검은 피부는 회색으로 얼룩덜룩했다. 쇼메케 영주는 도시들을 완전히 휩쓴 병으로 죽어가고 있었다. 내 어머니는 타제이우 마님과 함께 앉아서, 왜갠들이 웨렐에 그 병을 가져왔다고 정치가가 네트에서 말하는 것을 보았다. 정치가가 하도 무시무시하게 말해서 우린 모두 다 죽을 거라 생각했다. 게이우에게 그 이야기를 하자, 게이우는 코웃음 쳤다. "외계인이야, 왜갠이 아니라." 게이우가 말했다. "그리고 그자들은 그 병과 아무 상관이 없어. 영주님이 의사들과 얘기했어. 그건 그냥 새로운 종류의 고름벌레야."

무시무시한 그 병은 충분히 지독했다. 우리는 자산이 그 병에 감염된 게 밝혀지면 누구라도 곧바로 동물처럼 학살된 뒤 그 자리에서 태워진다는 걸 알았다.

소유주는 학살하지 않았다. 본가는 의사들로 가득 찼고, 타제이우 마님은 밤이고 낮이고 남편의 침대 곁을 지켰다. 잔혹한 죽음이었다. 그 상태가 계속되고 계속되었다. 쇼메케 영주는 고통 속에 끔찍한 소리를 내고 비명을 지르고 울부짖었다. 사람이 그렇게 몇 시간씩 소리 지를 수 있다고는 누구도 믿지 않을 것이다. 쇼메케 영주는 몸에 궤양이 생긴 뒤 살이 떨어져 나갔고, 미쳐버렸지만, 죽진 않았다.

타제이우 마님은 그림자처럼 변해가며 야위고 조용해졌고, 에로드는 힘과 흥분으로 가득 찼다. 가끔 아버지의 울부짖는 소리가 들릴 때면, 눈이 반짝였다. 에로드는 속삭이곤 했다. "퇄 여신님이 아버지에게 자비를 베푸시길." 하지만 에로드는 그 비명 소리에서 힘을 얻었다. 나는 에로드의 아버지가 에로드를 얼마나 고문하고 멸시했는지, 그리고 에로드가 아버지와 달라질 수만 있다면 뭐든지 되겠다고, 아버지가 한 모든 것을 되돌리겠다고 맹세했단 걸, 에로드와 함께 자란 게이우와 아하스에게서 들어 알고 있었다.

그러나 거기에 종지부를 찍은 건 타제이우 마님이었다. 어느 날 밤, 타제이우 마님은 종종 그래온 것처럼 다른 종자들을 모두 내보낸 뒤 죽어가는 남편과 단둘이 앉았다. 남편이 신음하며 울부짖기 시작하자, 타제이우 마님은 자신의 조그만 바느질용 칼을 꺼내 남편의 목을 벴다. 그런 뒤 자기 팔의 정맥을 베고 또 베고 나서 남편 옆에 누웠고, 그렇게 죽었다. 내 어머니는 밤새 옆방에 있었다. 어머니는 너무 조용해서 좀 이상하다 생각했지만, 워낙 피곤했던지라 잠들어버렸다고 했다. 이튿날 아침, 마님의 방에 들어가자 마님과 영주가 차가운 피 속에 누워 있었다.

난 그저 마님을 위해 울고 싶은 마음뿐이었지만, 모든 게 혼란에 빠져 있었다. 의사는 병실의 모든 것을 태워야 한다고 말했고, 시체들도 지체 없이 태워야 했다. 본가는 격리 상태였고, 그래서 본가의 사제들만이 장례식을 치를 수 있었다. 20일 동안 그 누구도 영지를 떠나선 안 됐다. 그러나 에로드, 즉 이젠 쇼메케 영주가 뭘 할 생각인지 말하자, 의사들 여럿이 영지를 나갔다. 나는 아하스를 통해 그 일에 대해 혼란스러운 몇 마디를 들었지만, 슬픔에 빠져 그 말에 그리 신경 쓰지 않았다.

그날 저녁, 장례식 동안 본가의 모든 자산이 마님의 예배당 밖에 서서 예배당 안에서 울리는 노래와 기도 소리를 들었다. 보스들과 자른자들은 집단 주거지에서 사람들을 데려왔고, 그 사람들은 우리 뒤에 섰다. 행렬이 나오고, 하얀 들것들이 나오고, 화장용 장작더미에 불이 붙고, 검은 연기가 피어올랐다. 피어오르던 연기가 멈추기도 한참 전에, 새로운 쇼메케 영주는 우리 모두가 서 있는 곳으로 왔다.

에로드는 예배당 뒤의 살짝 솟아오른 땅에 서서, 내가 이제까지 한 번도 못 들어본, 힘 있는 목소리로 말했다. 본가에선 언제나 어둠 속에서 속삭였던 것이다. 지금은 대낮이었고 목소리엔 힘이 들어가 있었다. 에로드는 검은 몸에 하얀 상복을 입고 꼿꼿하게 서 있었다. 에로드는 아직 스무 살이 되지 않았다. 에로드는 말했다. "잘 들어요, 여러분. 당신들은 지금까진 노예였지만, 이제 자유의 몸이 될 겁니다. 지금까진 제 자산이었지만, 이젠 본인의 삶을 살게 될 겁니다. 오늘 아침, 전 영지의 모든 자산에 대한 해방 증서를 정부에 보냈습니다. 411명의 남자와 여자, 그리고 아이들의 해방 증서를요. 아침에 집무실의 제 방으로 오시면 여러분의 서류를 드리겠습니다. 여러분 한 명 한 명의 이름이 그 서류들에 자유민으로서 적혀 있습니다. 여러분은 다시는 노예가 될 수 없습니다. 내일부터는 하고 싶은 대로 자유롭게 하시면 됩니다. 여러분이 새로운 삶을 시작할 돈도 각자에게 드릴 겁니다. 여러분에게 상으로 드리는 것이 아니며, 우릴 위해 하신 모든 일에 대한 대가도 아닙니다. 그저 제가 여러분께 드려야 하는 돈입니다. 전 쇼메케를 떠납니다. 수도로 갈 것이고, 웨렐에 있는 모든 노예의 자유를 위해 일할 겁니다. 예이오웨이에 온 자유의 날은 우리에게도 올 것이고, 그것도 곧 옵니다. 저와 함께 가길 바라는 분이 있다면, 누구든 환영합니다! 우리 모두가 할 일이 있습니다!"

나는 에로드가 한 말들을 모두 기억한다. 이런 것들이 에로드가 정말로 했던 말들이다. 책을 읽지 않고 네트의 이미지들로 머리를 채워본 적도 없는 사람에게, 입에서 나오는 말은 마음속 깊은 곳을 강하게 내리친다.

에로드가 말을 멈추자 이제껏 내가 들어본 적 없는 침묵이 흘렀다.

격리를 풀면 안 된다고 의사 한 명이 에로드에게 항의하기 시작했다.

"악은 방금 모두 타버렸습니다." 에로드는 손을 휙 저어 피어오르는 검은 연기를 가리키며 말했다. "여긴 사악한 장소였지만, 쇼메케에서 더 이상은 어떤 해악도 생겨나지 않을 겁니다."

그 말에, 우리 뒤에 서 있던 집단 주거지 사람들 사이에서 어떤 소리가 느릿느릿 나기 시작했고, 이 소리는 점차 울부짖음, 울음소리, 외침, 노랫소리가 뒤섞인 거대한 환호성으로 커져갔다. "캄예 주님! 캄예 주님!" 남자들이 외쳤다. 나이 든 여자 한 명이 앞으로 나왔다. 내 할머니였다. 할머니는 우리 본가 자산들을 마치 곡물밭 헤치듯 가르며 성큼성큼 걸어갔다. 할머니는 에로드와 꽤 떨어진 곳에서 발을 멈췄다. 사람들은 할머니의 말을 들으려고 조용해졌다. 할머니가 말했다. "주인님, 우릴 우리의 집에서 내쫓으시는 건가요?"

"아뇨." 에로드가 말했다. "그 집들은 여러분의 것입니다. 땅도 여러분이 쓰십시오. 밭에서 나는 이익은 여러분의 것입니다. 여기가 여러분의 집이고, 여러분은 자유입니다!"

그러자 다시 함성이 솟았고, 소리가 어찌나 큰지 웅크리고 앉아 귀를 막았지만, 나 역시 울고 소리치며 다른 이들과 한목소리로 에로드 영주와 캄예 주님을 찬양하고 있었다.

우리는 불타는 화장용 장작더미를 보며 해가 질 때까지 춤추고 노래했다. 마침내 할머니들과 자른자들은 아직 우리에겐 서류가 없다고 말하며 사람들을 집단 주거지로 돌려보냈다. 우리 본가 하인들은 뿔뿔이 흩어져 본가로 돌아가며 이튿날에 대해, 우리가 우리의 자유와 우리의 돈과 우리의 땅을 얻게 될 때에 대해 이야기했다.

이튿날, 에로드는 집무실에 앉아 모든 노예에게 서류를 나눠주고 각자에게 똑같은 양의 돈을 세서 주었다. 현금으로 100퀘, 그리고 40일 동안은 인출할 수 없는 지역 은행 환어음으로 500퀘였다. 에로드가 한 명 한 명에게 설명하길, 이는 어떻게 하면 돈을 가장 잘 쓸 수 있는지 알게 되기 전에 파렴치한들에게 착취당하는 걸 막기 위해서라고 했다. 에로드는 사람들에게 협동조합을 만들라고, 공동출자해 자금을 만들라고, 민주적으로 영지를 운영하라고 조언했다. "은행에 돈이라고요, 영주님!" 불구의 늙은 남자 한 명이 뒤틀린 두 다리로 방방 뛰며 외쳤다. "은행에 돈이라고요, 영주님!"

사람들이 원하면, 에로드는 몇 번이고 반복해 말해주었다. 돈을 아껴두었다가 하메에 접촉할 수 있다고, 그럼 하메는 그 돈을 가지고 예이오웨이로 가는 교통편을 사게 도와줄 거라고 말이다.

"오, 오, 예이오웨이." 누군가 노래하기 시작했고, 사람들은 단어를 바꿔 불렀다.

모두가 갈 거라네.
오, 오, 예이오웨이.
모두가 갈 거라네!

사람들은 하루 종일 그 노래를 불렀다. 무엇도 그 슬픔과 바꿀 수 없었다. 지금 그날의 그 노래를 떠올리자니 울고 싶어진다.

이튿날 아침, 에로드는 떠났다. 에로드는 비참하게 살던 곳을 어서 떠나 수도에서 자유를 위해 일하는 새 삶을 시작하고 싶어 도저히 기다릴 수가 없었다. 에로드는 내게 작별 인사를 하지 않았다. 에로드는 게이우와 아하스를 데려갔다. 의사들과 의사들의 조수와 자산들은 모두 전날 이미 떠났다. 우리는 에로드의 비행기가 하늘 높이 날아오르는 것을 지켜보았다.

우린 본가로 돌아갔다. 본가는 죽어버린 뭔가처럼 느껴졌다. 본가에는 소유주가 전혀 없었고, 주인도, 우리에게 명령 내릴 아무도 없었다.

어머니와 나는 우리 옷을 챙기러 본가로 들어갔다. 우리는 서로 거의 말은 안 했지만, 거기에 머물 순 없다고 느꼈다. 우리는 다른 여자들이 베자를 뛰어다니며 타제이우 마님의 방들을 약탈하고 옷장을 뒤지고 깔깔 웃고 흥분해 소리 지르고 보석과 귀중품을 찾는 소리를 들었다. 우리는 복도에서 남자들의 목소리를 들었다. 보스들의 목소리였다. 어머니와 나는 아무 말 없이 우리 손에 든 것을 쥐고 뒷문으로 나갔고, 정원의 산울타리를 슬그머니 빠져나가 집단 주거지까지 내내 달렸다.

집단 주거지의 거대한 정문은 활짝 열려 있었다.

그게 우리에게 어떤 일이었는지, 그게, 그 정문이 열린 채로 있는 걸 보는 게 어떤 일이었는지 내가 어찌 당신에게 설명할 수 있겠는가? 어찌 설명할 수 있겠는가?

제스크라

에로드는 영지가 어떻게 돌아가는지 전혀 몰랐다. 보스들이 영지를 운영했기 때문이다. 에로드 역시 죄수였다. 에로드는 자신의 칸막이 속에서, 꿈속에서, 미래에 대한 상상 속에서 살았다.

집단 주거지의 할머니들과 다른 이들은 계획을 짜고 또 스스로를 지킬 수 있게 우리를 하나로 모으려 애쓰면서 밤을 꼴딱 샜다. 그날 아침 어머니와 내가 왔을 때는 사내종들이 농기구로 만든 무기를 들고 집단 주거지를 지키고 있었다. 할머니들과 자른 자들은 이미 투표를 통해 강하고 인기 있는 농장 일꾼을 지도자로 뽑았다. 그 사람들은 그런 식으로 젊은 남자들을 옆에 붙들어 놓고 싶어 했다.

그 희망은 오후에 깨졌다. 젊은 남자들은 난폭해졌다. 약탈하러 본가로 몰려갔다. 보스들은 창문에서 총을 쐈고 많은 젊은이들이 죽었다. 남은 이들은 도망쳤다. 보스들은 쇼메케 가문의 와인을 마시며 본가에 진을 쳤다. 다른 플랜테이션들의 소유주들이 보스들에게 증원부대를 보내주었다. 우리는 증원부대가 탄 비행기들이 하나씩 착륙하는 소리를 들었다. 본가에 남아 있던 계집종들의 운명은 이제 그자들의 손에 달려 있었다.

집단 주거지의 우리에 대해 말하자면, 정문은 다시 닫혔다. 우리는 거대한 빗장들을 바깥쪽에서 안쪽으로 옮겨놨었다. 적어도 밤엔 안전할 거라 생각해서였다. 그러나 그자들은 한밤중에 대형 트랙터들을 몰고 와 벽을 무너뜨렸고, 우리 보스들과 그 지역의 다른 모든 플랜테이션의 소유주들 100여 명 이상이 우르르 들어왔다. 그자들은 총으로 무장했다. 우리는 농기구와 나뭇조각들을 가지고 대항했다. 그자들 중 한두 명이 죽거나 다쳤다. 그자들은 우리를 죽이고 싶은 만큼 죽인 뒤 겁탈하기 시작했다. 그런 일이 밤새 계속되었다.

남자들 한 무리가 나이 든 여자들과 남자들 모두를 붙잡아 꼼짝 못하게 한 뒤 가축을 죽일 때처럼 미간에 총을 쐈다. 내 할머니도 그중 하나였다. 어머니가 어찌 됐는지는 모르겠다. 아침에 그자들이 날 데려갈 때는 살아 있는 사내종을 한 명도 보지 못했다. 나는 하얀 종이들이 땅바닥의 피 속에 떨어져 있는 것을 보았다. 자유 증서였다.

아직 살아 있는 우리 여자아이들과 젊은 여자들 몇몇은 트럭 안으로 몰아넣어져 비행장으로 옮겨졌다. 그런 뒤 그자들은 우리를 떠밀고 막대기로 찌르며 비행기에 태웠고, 우리는 하늘로 날아올랐다. 그때 난 제정신이 아니었다. 내가 그때 일에 대해 아는 모든 것은 남들이 나중에 얘기해준 것들이다.

어느새 우리는 모든 면에서 우리 집단 주거지와 비슷한 어느 집단 주거지에 있었다. 나는 그자들이 우릴 집으로 다시 데려왔다고 생각했다. 그자들은 자른자들의 사다리를 통해 안으로 들어가라고 우리를 떠밀었다. 아직 아침이었고, 일꾼들은 밖에서 일하는 중이었으며, 할머니들과 새끼들과 늙은 남자들만이 집단 주거지 안에 있었다. 할머니들이 사납게 얼굴을 찌푸리고 우리에게 왔다. 모르는 사람들이 왜 그렇게 많은지 처음엔 이해하지 못했다. 나는 내 할머니를 찾아보았다.

그 사람들은 우리를 탈주자가 틀림없다고 생각하며 두려워했다. 지난 몇 년 동안 플랜테이션 노예들이 도시로 가려 애쓰며 도망치고 있었다. 그 사람들은 우리가 다루기 힘든 놈들이라 생각했고, 우리 때문에 말썽이 생길 거라 여겼다. 그럼에도 우리가 몸을 깨끗이 씻게 도와주었고, 자른자들의 망루 근처에 있을 자리를 마련해주었다. 빈 오두막이 없다고 그 사람들은 말했다. 그리고 여긴 제스크라 영지라고 했다. 그 사람들은 쇼메케에서 무슨 일이 있었는지는 듣고 싶어 하지 않았다. 그저 우리가 거기 있는 걸 싫어했다. 그 사람들에게 우리가 처한 곤란은 남 이야기였다.

우린 몸 피할 가리개 하나 없이 땅에서 잤다. 사내종들 중 일부는 밤에 도랑을 건너와 우릴 겁탈했다. 그 사람들이 그러지 못하게 막을 것이 하나도 없었고, 우린 누구에게도 어떤 가치도 없었기 때문이다. 맞서 싸우기엔 너무 약해졌고 아팠다. 우리 중 한 명인, 아볘란 이름의 여자아이는 그 사람들과 싸우려 했다. 남자들은 아볘가 정신을 잃을 때까지 아볘를 두들겨 팼다. 아침이 되자 아볘는 말하지도 걷지도 못했다. 보스들이 와서 우릴 데려갈 때도 아볘는 그대로 그곳에 남겨졌다. 또 다른 여자아이 역시 뒤에 남겨졌다. 머리털 사이 두피에 마치 몸의 일부처럼 하얀 상처들이 있는 몸집 큰 농장 일꾼이었다. 보스들에게 끌려가며 나는 그 여자아이를 보았고, 그 아이가 내 친구이던 왈수란 걸 알았다. 우린 서로를 알아보지 못했었다. 왈수는 고개를 푹 숙인 채 흙 위에 앉아 있었다.

우리 가운데 다섯 명은 집단 주거지에서 제스크라의 본가로, 계집종들의 숙소로 끌려갔다. 거기서 나는 한동안 작은 희망을 품었다. 어떻게 하면 좋은 가사 하녀 자산이 되는지 알았기 때문이다. 그때 난 제스크라와 쇼메케가 얼마나 다른지 몰랐다. 제스크라의 본가는 사람들로 가득했고, 소유주들과 보스들로 가득했다. 대가족이었고, 쇼메케에서처럼 영주 한 명뿐이 아니라, 십수 명에 그 사람들의 종복과 친척과 방문자들까지 있었다. 따라서 남자들 공간에 30명 혹은 40명의 남자들이 있고, 베자에도 똑같은 수의 많은 여자들이 있을 수 있었다. 본가에서 일하는 사람들은 50명 이상일 터였다. 우린 가사 하녀로서가 아니라 사용녀로 끌려온 것이었다.

우린 목욕 후 사용녀 숙소에 남겨졌다. 개인적 공간이 전혀 없는 커다란 방이었다. 이미 열 명 이상의 사용녀들이 그곳에 있었다. 그중 자기 일을 좋아하던 이들은 우릴 보고 경쟁자라 여기며 반기지 않았다. 나머지는 우리가 자기들 자리를 대신해줄 수도 있다고, 우리 덕분에 가사 하녀로 들어갈 수도 있겠다고 생각해 우릴 반겼다. 그러나 누구도 그렇게 불친절하진 않았고, 몇 명은 내내 알몸이던 우리에게 옷을 주고 가장 어린 미오를 위로하며 친절하게 굴었다. 열 살 혹은 열한 살인 이 어린 집단 주거지 여자아이는 하얀 몸이 온통 갈색과 푸른 멍으로 얼룩덜룩했다.

그 사람들 중에 세이지-톼이란 키 큰 여자가 있었다. 세이지-톼은 빈정대는 얼굴로 나를 보았다. 세이지-톼의 뭔가 때문에 내 영혼은 갑자기 정신을 차렸다.

"넌 먼지놈이 아니야." 세이지-퇄이 말했다. "넌 악마 제스크라 영주만큼이나 시꺼메. 넌 보스의 아이야, 맞지?"

"아닙니다." 내가 대답했다. "전 어느 영주님의 아이입니다. 그리고 주님의 아이입니다. 제 이름은 라캄입니다."

"네 할아버지가 최근에 널 아주 잘 대해주진 않았구나." 세이지-퇄이 말했다. "넌 자비로우신 퇄 여신님에게 기도해야 할지도 모르겠어."

"전 자비를 구하지 않아요." 난 말했다. 그때부터 세이지-퇄은 날 좋아했고, 난 세이지-퇄에게 보호를 받았다. 내게 꼭 필요하던 것이었다.

우리는 밤이면 거의 남자들의 공간으로 보내졌다. 저녁 연회가 있을 때면, 마님들이 연회장을 떠난 뒤 우리가 들여보내져 소유주들의 무릎에 앉아 그자들과 함께 와인을 마셨다. 그런 뒤 그자들은 그곳의 소파에서 우릴 사용하거나 자기들 방으로 데려가곤 했다. 제스크라의 남자들은 잔인하지 않았다. 일부는 겁탈하는 걸 좋아했지만, 대부분은 우리가 자기들을 열렬히 원한다고, 그리고 뭐든 자기들이 원하는 걸 우리도 원한다고 생각하는 쪽을 선호했다. 그런 남자들은 만족시킬 수 있었다. 한 부류는 우리가 공포나 복종하는 태도를 보이면 됐고, 또 다른 부류는 하라는 대로 하고 기뻐하는 모습을 보이면 됐다. 그러나 방문자들 중 몇몇은 또 달랐다.

사용녀를 해치거나 죽이면 안 된다는 법이나 규칙은 없었다.

사용녀의 소유주는 그런 상황이 싫을 수도 있지만, 자존심 때문에 그렇게 말할 순 없었다. 소유주는 한두 명 잃는다고 해도 전혀 문제 되지 않을 정도로 자산을 아주 많이 거느려야 당연했기 때문이다. 그래서 고문에서 희열을 느끼는 남자들은 자신들의 기쁨을 위해 손님을 잘 대하는 제스크라 같은 영지로 왔다. 영주의 총아인 세이지-퇄은 항의할 수 있었고 실제로 항의했으며, 그러면 영주는 그런 손님을 다시는 초대하지 않았다. 하지만 내가 있는 동안, 미오, 즉 우리와 함께 쇼메케에서 온 이 어린 여자아이는 손님에게 살해당했다. 그자는 미오를 침대에 묶었다. 그자는 미오의 목을 너무 꽉 묶었고, 그래서 미오는 그자에게 사용되던 중에 숨이 막혀 죽었다.

이런 일들은 더 이상 얘기하지 않겠다. 내가 해야 하는 말은 다 했다. 세상에는 유용하지 않은 진실들도 있다. 모든 지식은 지역적이라고 내 친구는 말했다. 그 아이가 그런 식으로 죽어야 했다는 것이 진실인가? 그게 어디가 진실인가? 그 아이가 그런 식으로 죽을 필요가 없었다는 것이 진실인가? 그건 어디가 진실인가?

나는 중년 남자인 야세오 영주에게 종종 사용되었다. 야세오 영주는 내 거무스름한 피부를 좋아했고, 날 '마님'이라 불렀다. 또한 '반역자'라고도 불렀다. 쇼메케에서 벌어진 일을 사람들은 노예들의 반란이라 불렀던 것이다. 야세오 영주가 날 부르지 않는 밤이면 나는 공용녀로 봉사했다.

제스크라에 온 지 2년이 됐을 때, 세이지-퇄이 아침 일찍 내게 왔다. 나는 야세오 영주의 침대에서 늦게야 돌아온 뒤였다. 전날 밤 술을 마시는 파티가 있었기에 숙소엔 사람들이 많이 남아 있지 않았고, 공용녀들은 모두 불려 나가고 없었다. 세이지-퇄은 나를 깨웠다. 세이지-퇄은 덤불처럼 풍성하게 구불거리는 기묘한 머리털을 지니고 있었다. 날 내려다보던 세이지-퇄의 얼굴과 얼굴 주위로 온통 구불구불 말리던 그 머리털이 기억난다. "라캄." 세이지-퇄은 속삭였다. "방문객들의 자산 중 하나가 어젯밤 내게 얘기하더라고. 내게 이걸 줬어. 자기 이름이 수하메래."

"수하메." 나는 따라 말했다. 졸렸다. 나는 세이지-퇄이 내게 내민 것을 바라보았다. 더럽고 구겨진 종잇조각이었다. "전 글을 못 읽어요!" 나는 하품하며 조급하게 말했다.

하지만 나는 그 종이를 보았고, 알았다. 그게 무슨 뜻인지 알았다. 그건 자유 증서였다. 내 자유 증서. 나는 에로드 영주가 그 종이에 내 이름을 쓰는 것을 지켜봤었다. 에로드 영주는 종이에 이름을 쓸 때마다 큰 소리로 글자를 읽어서 지금 쓰는 게 뭔지 우리가 알게 해주었다. 나는 내 이름과 성의 크고 화려하게 쓴 첫 번째 글자들을 기억했다. 라돗세 라캄. 나는 종이를 받아 쥐었고, 손이 덜덜 떨렸다. "이거 어디서 났어요?" 내가 속삭였다.

"이 수하메란 자에게 묻는 게 나을걸." 세이지-퇄이 말했다. 이제 나는 그 이름이 뜻하는 바를 알아들었다. "하메에서 왔음." 그건 암호로 쓰는 이름이었다. 세이지-퇄도 그걸 알았다. 세이지-퇄은 나를 지켜보고 있다가, 갑자기 허리를 숙여 내 이마에 자기 이마를 대고 숨을 참으며 말했다. "가능하면, 도와줄

게." 세이지-퇄이 속삭였다.

나는 식료품 창고 중 한 곳에서 '수하메'와 만났다. 수하메를 보는 순간 그 사람이 누군지 알았다. 게이우와 더불어 에로드 영주의 총애를 받던 아하스였다. 먼지놈의 피부를 지닌 홀쭉하고 조용한 젊은 남자인 아하스는 이제까지 한 번도 내 마음을 크게 차지해본 적이 없었다. 아하스의 눈길에는 늘 경계심이 어려 있었고, 그래서 나는 게이우와 내가 얘기할 때 아하스가 악의를 품고 우릴 본다고 생각했었다. 이제 아하스는 묘한 얼굴로, 여전히 경계심이 어려 있지만 멍한 눈으로 나를 보았다.

"왜 네가 저 보에이바 영주와 여기에 온 거야?" 내가 말했다. "넌 자유 아니야?"

"난 너처럼 자유의 몸이야." 아하스가 대답했다.

난 아하스의 말을 이해하지 못했다.

"에로드 영주가 너마저 보호해주지 않았어?" 나는 물었다.

"아니, 난 자유민이야." 아하스의 얼굴이 처음 날 볼 때의 활기 없던 멍함을 벗어버리고 생기를 되찾기 시작했다. "보에이바 마님은 '공동체'의 일원이야. 나는 하메와 일해. 난 쇼메케의 사람들을 찾으려 애쓰고 있었어. 우린 여자들 중 몇몇이 여기 있단 말을 들었어. 아직 살아 있는 이들이 더 있어, 라캄?"

아하스의 목소리는 부드러웠고, 아하스가 내 이름을 말하자 숨이 멈추고 목구멍이 꽉 막혔다. 나는 아하스의 이름을 부르고 아하스에게 다가가 껴안았다. "라퇄, 라마요, 케이오가 아직 여기 있어." 내가 말했다. 아하스는 나를 부드럽게 안아주었다.

"왈수는 집단 주거지에 있어." 내가 말했다. "아직 살아 있다면 말이야." 나는 흐느껴 울었다. 미오가 죽은 뒤로 처음 울었다. 아하스 역시 눈물을 흘렸다.

그때 그리고 그 뒤에도 우리는 이야기했다. 아하스는 우린 사실 법적으로 자유지만 영지들에선 법이 아무 의미가 없다고 설명했다. 정부는 소유주들과 소유주들이 자신의 자산이라 주장하는 사이에 끼어들려 하지 않았다. 만일 우리가 우리의 권리를 주장한다면, 제스크라 가문은 우리를 죽일 게 뻔했다. 그자들은 우릴 훔친 재물로 여기므로 창피당하고 싶지 않아서였다. 우리는 도망치든지 아니면 훔쳐져야 했고, 도시로, 수도로 가야 조금이라도 안전할 수 있었다.

우리는 제스크라 자산들 중 누구도 질투심이나 이득 때문에 우릴 배신하지 않게 조심해야 했다. 내가 완전하게 믿는 건 오로지 세이지-톨뿐이었다.

아하스는 세이지-톨의 도움을 받아 우리의 탈출을 계획했다. 나는 세이지-톨에게 우리와 함께 가자고 간절히 말해봤지만, 세이지-톨은 자기는 서류가 없기 때문에 늘 숨어 살아야 할 거라고, 그리고 그건 제스크라에서 사는 것보다 훨씬 나쁠 거라고 생각했다.

"예이오웨이로 가면 돼요." 내가 말했다.

세이지-톨은 깔깔대며 웃었다. "내가 예이오웨이에 대해 아는 건 누구도 다신 돌아오지 않았다는 게 전부야. 뭐 하러 한 지옥에서 다른 지옥으로 도망쳐?"

라퐐은 우리와 함께 가지 않는 쪽을 택했다. 라퐐은 젊은 영주들 중 한 명의 총아였고, 그렇게 사는 데 만족했다. 쇼메케 출신 중 가장 나이가 많은 라마요와 이제 열다섯 살쯤 된 케이오는 함께 가길 바랐다. 세이지-퐐은 집단 주거지로 가서 왈수가 살아 있으며 밭의 일꾼으로 일한다는 걸 확인했다. 왈수의 탈출을 계획하는 것은 우리의 탈출 계획을 짜는 것보다 훨씬 더 어려웠다. 집단 주거지에선 탈출이란 불가능했다. 왈수는 날이 밝을 때만 거길 나올 수 있었고, 밭에선 감독자와 보스의 감시를 받았다. 할머니들이 워낙 의심이 많다보니 왈수와 얘기하는 것조차 힘들었다. 그러나 세이지-퐐이 어찌어찌 얘기할 기회를 만들어냈고, 왈수는 "자기 서류를 다시 볼 수만 있다면" 필요한 일은 뭐든 다 하겠다고 세이지-퐐에게 말했다.

보에이바 마님의 비행기가 막 수확이 끝난 거대한 게데밭의 가장자리에서 우릴 기다렸다. 늦여름이었다. 라마요와 케이오와 나는 서로 다른 아침 시간대에 각자 본가를 나왔다. 우린 갈 데가 없었기에 누구도 우릴 면밀히 감시하고 있지 않았다. 제스크라는 다른 거대한 영지들 사이에 있고, 노예는 도망쳐봤자 수백 마일을 가도 친구 하나 찾을 수 없다. 우리는 한 명씩 서로 다른 길을 통해 밭과 숲을 지났고, 내내 몸을 웅크리고 숨어가며 아하스가 우릴 기다리는 비행기까지 갔다. 나는 심장이 너무 뛰어서 숨도 쉴 수 없었다. 우린 거기서 왈수를 기다렸다.

"저기야!" 비행기의 날개에 앉아 있던 케이오가 말했다. 케이오는 그루터기가 가득한 넓은 밭 너머를 가리켰다.

왈수는 밭 저쪽에 늘어선 나무들에서부터 뛰어왔다. 왈수는 마치 두렵지 않다는 듯이 육중하게, 꾸준히 뛰어왔다. 그러다 갑자기 발을 멈췄다. 왈수가 몸을 돌렸다. 우린 잠시 영문을 몰랐다. 이윽고 나무 그림자에서 두 남자가 튀어나오는 게 보였다. 왈수를 쫓아온 거였다.

왈수는 그자들에게서 도망치지 않았다. 그자들을 우리 쪽으로 끌고 오지 않았다. 왈수는 다시 그자들에게로 달려갔다. 왈수는 사냥 고양이처럼 그자들에게 풀쩍 뛰어 달려들었다. 왈수가 뛰어오르는 순간, 남자 한 명이 총을 쏘았다. 왈수는 쓰러지면서 남자 한 명을 내리눌렀다. 다른 한 명이 총을 쏘고, 또 쏘았다. "들어가." 아하스가 말했다. "빨리." 우리는 허둥지둥 비행기 안으로 들어갔고, 비행기는 하늘 높이 날아올랐다. 모든 것이 한순간에 벌어진 듯 보였다. 왈수가 풀쩍 뛰어오른 것과 동시였다. 왈수 역시 하늘로 날아올랐고, 자신의 죽음으로, 자신의 자유로 날아올랐다.

도시

나는 내 자유 증서를 접어 작은 주머니 안에 넣어두었다. 비행기 안에서 내내 증서를 손에 쥐고 있었고, 땅에 내려 대중교통을 이용해 도시의 길거리를 가는 동안에도 증서를 손에서 놓지 않았다. 내가 그렇게 증서를 꼭 쥐고 있는 걸 본 아하스는 걱정할 필요 없다고 말했다. 우리의 해방 증서는 정부 관공서에 기록되어 있고 여기 이 도시에서는 유효하다고 했다. 우리는 자유민이라고 아하스는 말했다. 우리는 가레이오트였고, 가레이오트는 자산이 전혀 없는 소유주란 뜻이었다. "에로드 영주처럼 말이야." 아하스가 말했다. 그건 내게 아무 의미도 없었다. 배워야 할 게 너무 많았다. 나는 자유 증서를 안전하게 보관할 곳이 생길 때까지 꼭 쥐고 다녔다. 난 아직도 그 증서를 가지고 있다.

우린 거리를 조금 걸었고, 아하스는 우리를 포장도로에 줄줄이 늘어선 거대한 집들 중 하나로 이끌었다. 아하스는 그곳을 집단 주거지라 불렀지만, 우린 소유주들의 집이 분명하다고 생각했다. 그 집에 들어가자 중년 여자가 우릴 반겼다. 여자는 피부색이 옅었지만 소유주처럼 말하고 행동했기에 나는 여자의 정체를 알 수 없었다. 여자는 자기 이름이 레스이며 이 집의 임대인이자 연장자라고 말했다.

임대인은 소유주에 의해 회사로 임대된 자산이었다. 임대해 간 게 큰 회사면 임대인들은 회사 집단 주거지에 살았지만, 도시에는 작은 회사나 사업체를 위해 일하는 임대인이 아주, 아주 많았다. 임대인은 알아서 자기 몸을 챙겼고, 이익을 위해 운영되는 건물들에 살았으며, 이런 건물들은 열린 집단 주거지라 불렸다. 이런 곳에서 거주자들은 통금 시간을 지켜야 했고, 밤에는 문을 잠가야 했지만, 그게 다였다. 그 사람들은 스스로 규제하며 살았다. 여긴 그런 열린 집단 주거지였다. '공동체'가 원조했다. 거주자들 중 일부는 임대인이었지만, 많은 이들이 우리처럼 전에는 노예였던 가레이오트였다. 100명도 넘는 사람들이 40채의 아파트에서 살았다. 아파트들은 여러 여자들이 관리했고, 나라면 할머니라 불렀겠지만 여기 사람들은 그런 이들을 연장자라 불렀다.

아주 오래전 시골 깊은 곳의 영지들에선, 넓고 넓은 땅과 수백 년에 걸친 관습과 굉장한 무지에 의해 보호되는 삶에선, 어떤 자산도 그 운명이 절대적으로 소유주에게 맡겨져 있었다. 그곳에서 우린 2백만 명이라는 이 엄청나게 많은 사람들 속으로 들어온 것이었다. 그 무엇도, 그 누구도 우연이나 변화에 속수무책으로 노출되어 있고, 어떻게 해야 계속 살아남을 수 있는지 최대한 빠르게 배워야 했지만, 여기서 우리 목숨은 우리 자신의 손에 달려 있었다.

나는 한 번도 큰길을 본 적이 없었다. 나는 글을 못 읽었다. 나는 배울 게 아주 많았다.

레스는 곧바로 그 점을 명확히 했다. 레스는 빠르게 생각하고 빠르게 말하는 성질 급하고 공격적이고 민감한 도시 여자였다. 나는 오래도록 레스를 좋아하거나 이해할 수 없었다. 레스는 내가 바보 같고 느리고 시골뜨기 같다고 느끼게 만들었다. 종종 나는 레스에게 노여움을 느꼈다.

이제 내 안에도 노여움이 있었다. 나는 제스크라에 살 동안 한 번도 노여움을 느끼지 않았다. 노여워할 수가 없었다. 노여움이 날 먹어버릴 테니까. 여기선 노여움을 느낄 여유가 있었지만, 어디다 발산해야 좋을지 몰랐다. 그저 말없이 노여움을 껴안고 살았다. 케이오와 라마요는 함께 큰 방 하나를 썼고, 나는 바로 옆의 작은 방을 썼다. 나만의 방을 가져보긴 처음이었다. 처음엔 내 방에서 외롭다고 느꼈고 부끄러운 것도 같았지만, 곧 내 방을 좋아하게 되었다. 자유민 여자로서 처음으로 내가 자유롭게 한 일은 내 방 문을 닫는 거였다.

밤이면 나는 문을 닫고 공부했다. 날이 밝으면 아침에는 직업 훈련이 있었고, 낮에는 수업이 있었다. 읽기와 쓰기, 산수, 역사였다. 내 직업 훈련은 화장품이나 사탕, 보석 등과 같은 것들을 담기 위해 종이와 얇은 나무로 상자를 만드는 작은 가게에서 이루어졌다. 나는 상자를 만들고 꾸미는 모든 과정과 기술을 훈련받았다. 도시에선 대부분의 작업이 이렇게 자신의 일을 모조리 아는 장인들에 의해 이루어졌던 것이다. 그 가게는 '공동체' 일원의 것이었다. 나이 든 일꾼들은 임대인이었다. 훈련을 마치면 나도 임금을 받게 될 터였다.

그때까지 에로드 영주는 케이오와 라마요, 그리고 다른 집에 사는 다른 쇼메케 남자들을 비롯해 나도 후원해주었다. 에로드는 절대 집에 오지 않았다. 나는 에로드가 자신이 그렇게 큰 손해를 보며 자유롭게 놓아준 사람들 중 누구도 다신 보고 싶지 않았던 거라고 생각한다. 아하스와 게이우는 에로드가 쇼메케 땅을 대부분 팔고 그 돈을 '공동체'를 위해 썼으며 정치계로 나갔다고 했다. 이제 노예해방을 외치는 급진당이 있었기 때문이다.

게이우는 몇 번 날 보러 찾아왔다. 게이우는 말쑥하고 세련된 도시 남자가 되어 있었다. 나는 게이우가 날 볼 때 내가 제스크라에서 사용녀였던 것을 생각하고 있다는 걸 느꼈고, 게이우를 보고 싶지 않았다.

나는 그전까진 한 번도 아하스를 떠올려보지 않았지만 이젠 그가 용감하고 단호하고 친절하다는 걸 알고 그를 존경하게 되었다. 우릴 찾아다니고 우릴 찾아내고 우릴 구한 게 바로 아하스였다. 소유주들이 돈을 냈지만, 아하스가 해냈다. 아하스는 종종 우릴 보러 왔다. 아하스는 나와 내 유년 시절을 이어주는, 아직까지 끊어지지 않은 유일한 연결 고리였다.

그리고 아하스는 친구로서, 벗으로서 왔고, 절대로 날 내 노예의 몸으로 돌려놓지 않았다. 이제 난 날 여자로 보는 모든 남자에게 화가 났다. 날 성적인 눈으로 보는 모든 여자에게 화가 났다. 타제이우 마님에게, 나는 내 몸일 뿐이었다. 제스크라에서 나는 내 몸일 뿐이었다. 나를 건드리려 하지 않았던 에로드에게조차도, 나는 내 몸일 뿐이었다. 그자들이 원하는 대로 건드릴, 혹은 건드리지 않을 살덩이였다. 그자들이 선택하는 대로 사용할, 혹은 사용하지 않을 살덩이였다. 나는 내 몸의 성적인 부분들을, 내 생식기와 가슴과 불룩한 엉덩이와 배를 증오했다. 아이였을 때부터 나는 여자 몸의 성적인 면을 모두 보여주기 위해 만들어진 부드러운 옷을 입었었다. 임금을 받기 시작하고 스스로 옷을 사고 만들 수 있게 되자, 나는 딱딱하고 무거운 옷을 입었다. 내가 나에 대해 좋아한 부분은 그 사람들의 일을 능숙하게 해내는 내 손과, 배우는 데 재주가 있진 않지만 아무리 오래 걸려도 계속해 배우는 내 머리였다.

가장 좋아한 과목은 역사였다. 내가 자란 곳엔 역사 따윈 없었다. 쇼메케나 제스크라에는 어떤 역사도 없었고, 모든 것은 늘 그저 그 상태였다. 우리와 상황이 달랐던 시대에 대해 아는 이는 아무도 없었다. 우리와 상황이 다를 수 있는 장소에 대해 아는 이는 아무도 없었다. 우린 현재 시간의 노예였다.

에로드는 변화에 대해 말한 적이 있었지만, 사실 소유주들이 변화를 만들 터였다. 우리는 바뀔 것이고, 자유가 될 것이었다, 우리가 소유되었던 것처럼. 역사에서 나는 어떤 자유도 주어지는 것이 아니라 만들어지는 것임을 보았다.

내가 처음으로 혼자 읽은 책은 아주 간단하게 쓰인 예이오웨이의 역사였다. 그 책은 식민지의 날들에 대해, 4대 법인들에 대해, 우주선들이 남자 노예들을 예이오웨이로 실어 가고 귀중한 광석들을 다시 실어 왔던 끔찍했던 첫 100년에 대해 얘기했다. 그때 남자 노예들은 워낙 쌌기에 사람들은 광산에서 노예가 처음 몇 년을 넘기지 못하고 죽을 때까지 부렸고, 계속해서 새로운 노예들을 들여왔다. "오, 오, 예이오웨이, 누구도 절대 돌아오지 않네." 이윽고 법인들은 일하고 번식하라고 여자 노예들을 보내기 시작했고, 시간이 흐르며 자산들은 집단 주거지가 감당 못 할 만큼 넘치게 번식해 도시를 만들었다. 내가 살고 있던 이런 도시 같이 커다란 도시들을. 하지만 소유주들이나 보스들에 의해 운영되진 않았다. 우리가 이 집을 운영하는 식으로 자산들이 운영했다. 전에 예이오웨이에서 자산들은 법인들의 것이었다. 그 사람들은 보에 데이오의 일부에서 소작하는 자산들이 소유주에게 지불하는 식으로, 자신들이 버는 돈의 일부를 법인들에 지불함으로써 자신들의 자유를 빌릴 수 있었다. 예이오웨이에서 사람들은 그 자산들을 자유계약인이라 불렀다. 자유민이 아니라, 자유계약인이었다. 그때, 내가 읽던 이 역사책이 말했다. '왜 우리가 자유민이 아니지?'라고 그 사람들은 생각하기 시작했다고. 그래서 그 사람들은 혁명을, 해방운동을 일으켰다. 해방운동은 나다미라는 플랜테이션에서 시작됐고, 거기서부터 퍼져나갔다. 30년 동안 그 사람들은 자신들의 자유를 위해 싸웠다. 그리고 바로 3년 전, 그 사람들은 전쟁에서 이겼고, 자신들의 세계에서 법인들과 소유주들, 보스들을 몰아냈다. 그 사람들은 거리에서 춤추고 노래했다. 자유, 자유! 내가 읽던(천천히 읽었지만, 어쨌든 읽고 있었다) 이 책은 그곳에서 출간되었다. 거기 예이오웨이, 자유세계에서. 외계인들이 이 책을 웨렐로 가져왔다. 내게 이 책은 신성했다.

나는 아하스에게 예이오웨이는 지금 어떻느냐고 물었고, 아하스는 그 사람들이 자신의 정부를 만들고 있다고, 법 아래에선 모든 사람이 동등해지는 완벽한 헌법을 쓰고 있다고 말했다.

네트에서, 뉴스에서, 그 사람들은 예이오웨이 사람들이 자기들끼리 싸운다고, 거기엔 정부란 게 전혀 없다고, 사람들은 굶어 죽어가며, 시골에선 야만스러운 부족 남자들이 날뛰고 도시에선 젊은 패거리들이 판친다고, 법과 질서는 깨졌다고 말했다. 부패, 무지, 결국은 소용없는 시도, 죽어가는 세계라고, 그 사람들은 그렇게 말했다.

아하스는 보에 데이오 정부가 예이오웨이와 싸우고 전쟁에 진 뒤 이제는 웨렐에서 해방운동이 일어날 걸 두려워한다고 말했다. "어떤 뉴스도 믿지 마." 아하스는 내게 조언했다. "특히 근현실을 믿지 마. 절대로 거긴 들어가지 마. 다른 곳들 못지않게 거짓말뿐이지만, 일단 뭐든 느끼고 보게 되면 믿게 될 거야. 그자들도 그걸 알아. 그자들은 총이 없어도 우리 정신을 소유할 수 있어." 예이오웨이의 소유주들에겐 기자도 카메라도 없다고 아하스는 말했다. 그 사람들은 배우들을 이용해 자신들의 '뉴스'를 만든다고 했다. 에큐멘의 외계인들 중 일부만이 예이오웨이에 들어갈 수 있었고, 예이오웨이인들은 힘들게 쟁취한 그 세계를 자신들만의 것으로 하기 위해 그 외계인들조차 내보내야 할지를 토론 중이라고 했다.

"하지만 우린 어쩌고?" 내가 말했다. 나는 하메가 우주선을 빌려 사람들을 보낼 수 있게 되면 거기에, 자유세계에 가려고 꿈꾸기 시작한 참이었던 것이다.

"그 사람들 중 일부는 자산들이 올 수 있다고 말해. 또 일부는 그렇게 많은 이들을 먹여 살릴 순 없다고, 인구가 지나치게 많아질 거라 하고. 그 사람들은 민주적으로 토론 중이야. 곧 예이오웨이에서 첫 번째 선거가 열리면 결정이 날 거야." 아하스 역시 거기에 가는 걸 꿈꾸고 있었다. 우리는 연인들이 사랑에 대해 얘기하듯 우리의 꿈에 대해 이야기했다.

그러나 지금은 예이오웨이로 가는 우주선이 전혀 없었다. 하메는 공개적으론 활동할 수 없었고, '공동체'는 그 사람들을 위해 손쓰는 게 금지되어 있었다. 에큐멘은 가고 싶은 사람이 있으면 누구든 자기들 우주선으로 실어다주겠다고 제안했었지만, 보에 데이오 정부는 그런 목적이라면 어떤 우주항도 쓰게 할 수 없다고 거부했다. 에큐멘은 오직 자신들의 사람들만 실어 나를 수 있었다. 웨렐인은 절대 웨렐을 떠날 수 없었다.

웨렐이 마침내 외계인들을 받아들이고 외교 관계를 계속하게 허락한 지 겨우 40년이었다. 나는 계속 역사를 읽으면서 웨렐의 지배 세력인 사람들의 특성을 조금은 이해하기 시작했다. 거대 대륙의 모든 다른 이들을 정복하고 결국은 그 세계 전체를 정복한 검은 피부의 인종, 자칭 소유주들은 세상에서 사람은 오직 한 모습뿐이라 믿으며 살아왔다. 소유주들은 자신들이야말로 사람들이 궁극적으로 되어야 하는 모습이며, 사람들이 해야 하는 일을 하고, 알려진 모든 진실을 안다고 믿었다. 웨렐의 모든 다른 사람들은, 소유주들에게 맞서 싸울 때조차도 소유주들을 모방하며 그들처럼 되려고 애썼고, 그래서 소유주들의 자산이 되었다. 다른 모습을 지니고 다른 행동을 하고 다른 지식을 가졌으며, 정복되거나 노예가 되길 거부하는 민족이 하늘에서 나타나자 소유주 인종은 그런 자들과 상관하고 싶지 않아 했다. 400년이 지나서야 소유주들은 동등한 자들이 나타났음을 인정했다.

나는 급진당 집회에 참가했고 전처럼 아름답게 말하는 에로드를 보았다. 나는 내 옆에서 열심히 귀 기울여 듣고 있는 여자를 눈여겨보았다. 여자의 피부는 묘하게도 피니 껍질처럼 주황빛이 도는 갈색이었고, 눈 끝 쪽에 흰자가 보였다. 나는 여자가 아픈 거라고 생각했다. 고름벌레를 생각했던 것이다. 쇼메케 영주의 피부색이 달라지고 눈에 흰자가 보였던 일을 떠올렸다. 나는 몸을 떨며 비켜섰다. 여자는 나를 흘끗 보며 살짝 웃었고, 다시 연설자에게로 관심을 돌렸다. 여자의 머리털은 세이지-툴의 머리털이 그랬듯이 덤불처럼 혹은 구름처럼 구불거렸다. 옷은 섬세한 천으로 만들어졌지만 스타일이 이상했다. 나는 아주 느리게 여자의 정체를 깨달았다. 여자는 상상할 수도 없을 만큼 먼 세계에서 여기로 온 것이었다. 그리고 정말 놀라운 건 여자의 이상한 피부와 눈과 머리와 정신에도 불구하고, 여자가 나처럼 인간이란 점이었다. 거기엔 의심의 여지가 없었다. 나는 그걸 느꼈다. 잠시 나는 그 점 때문에 심하게 동요했다. 이윽고 마음이 좀 진정되자 대단한 호기심이 일었고, 여자에게 거의 열망을, 끌림을 느꼈다. 나는 여자를 알고 싶어졌고, 여자가 아는 것을 알고 싶어졌다.

내 안에서 소유주의 영혼이 자유로운 영혼과 분투하고 있었다. 나는 평생 이런 상태일 터였다.

케이오와 라마요는 읽기와 쓰기와 계산기 쓰는 법을 배운 뒤로 학교에 그만 나갔지만, 나는 계속 나갔다. 하메가 운영하는 학교에서 들을 수업이 더 없어지자, 선생님들은 내가 네트에서 수업을 찾을 수 있게 도와주었다. 정부가 통제하는 수업이긴 했어도, 전 세계에서 모인 좋은 선생님들과 모임들이 문학과 역사와 과학과 미술에 대해 이야기했다. 난 늘 역사를 더 배우고 싶었다.

하메의 일원인 레스는 나를 보에 데이오의 도서관으로 가장 먼저 데려갔다. 보에 데이오의 도서관은 소유주에게만 열려 있었기 때문에 정부도 검열하지 않았다. 자유로워진 자산들 가운데 피부색이 옅은 이들은 사서들이 이 평계 저 평계로 들어오지 못하게 막았다. 나는 피부가 거무스름했고, 여기 도시에서 무심한 자부심으로 무장해 여러 모욕과 공격을 피하는 법을 이미 배운 상태였다. 레스는 내게 마치 거기 주인이란 듯이 뚜벅뚜벅 들어가라고 했다. 나는 그렇게 했고, 아무 의심도 사지 않고 모든 특권을 누렸다. 나는 자유롭게 읽기 시작했고, 그 거대한 도서관에서 내가 원하는 어떤 책이든 읽고, 읽을 수 있는 모든 책을 읽었다. 그건, 그 읽기는 내겐 기쁨이었다. 내 자유의 정수였다.

보수가 좋고 즐거우며 동료들도 맘에 드는 상자 만드는 일을 빼면, 그리고 배우기와 읽기를 제외하면, 내 인생엔 별게 없었다. 난 더 이상은 원하지 않았다. 외로웠지만, 그 외로움이 내가 원하던 것의 대가라 치면 비싼 것도 아니라고 느꼈다.

내가 전에 싫어했던 레스는 이제 내 친구였다. 나는 레스와 함께 하메 모임에 나갔고, 또한 레스가 알려주지 않았다면 전혀 몰랐을 사교 모임들에도 나갔다. "이리 와, 시골뜨기야." 레스는 그렇게 말하곤 했다. "이 플랜테이션 애송이를 좀 교육시켜야겠다니까." 그러고는 날 마킬 극장이나 자산 무도장에 데려갔다. 거기 음악은 훌륭했다. 레스는 언제나 춤추고 싶어 했다. 나는 레스에게 춤을 배웠지만, 그렇게 즐겁진 않았다. 어느 날 밤, '슬로우-고'를 추고 있는데 레스가 두 손으로 날 꽉 껴안기 시작했고, 나는 레스의 얼굴을 보고 부드럽고 멍한 성적 열망을 읽었다. 나는 얼른 몸을 뗐다. "춤추고 싶지 않아요." 나는 말했다.

우리는 집으로 걸어갔다. 레스는 나와 함께 내 방까지 왔고, 문 앞에서 날 안고 키스하려 했다. 나는 화가 나 토할 것 같았다. "싫어요!" 내가 말했다.

"미안해, 라캄." 레스는 이제까지 들어본 중에 가장 부드러운 목소리로 말했다. "네가 어떻게 느낄지 알아. 하지만 넌 그걸 극복해야 하고, 네 인생을 살아야 해. 난 남자가 아니고, 널 원해."

나는 말을 자르고 끼어들었다. "남자가 그러기 전에 여자가 먼저 날 사용했어요. 내가 당신을 원하느냐고 물었어요? 난 절대로 다시는 사용되지 않을 거예요."

내 안에 쌓여 있던 분노와 원한이 감염 부위에서 독소가 터지듯 터져 나왔다. 레스가 다시 날 만지려 들었다면, 난 분명 레스를 해쳤을 것이다. 나는 레스 눈앞에서 문을 꽝 닫았다. 나는 덜덜 떨며 내 책상까지 가서 의자에 앉았고, 책상 위에 펼쳐져 있는 책을 읽기 시작했다.

이튿날 우리는 둘 다 부끄럽고 멋쩍었다. 그러나 레스는 도시적인 성급함과 거친 면만 있는 게 아니라 참을 줄도 알았다. 레스는 다신 내게 구애하지 않았지만, 내가 레스를 믿고 레스에게 얘기하게 만들었다. 내겐 레스 말고 달리 얘기할 사람이 없었던 것이다. 레스는 내 말을 집중해 듣고 자신의 생각을 얘기했다. 레스가 말했다. "시골뜨기, 넌 완전히 오해하고 있어. 놀랄 일도 아니지. 네가 무슨 수로 올바르게 이해했겠어? 넌 섹스가 네게 행해지는 뭔가라고 생각하지. 그렇지 않아. 섹스는 네가 하는 거야. 누군가와. 그자들에게가 아니라. 넌 한 번도 섹스해본 적이 없어. 네가 이제까지 안 건 모두 겁탈이었어."

"에로드 영주가 오래전 그 모든 얘기를 했어요." 나는 말했다. 씁쓸했다. "그걸 뭐라 부르든 상관 안 해요. 이미 충분히 겪었어요. 남은 평생 더는 필요 없어요. 더는 안 겪어도 돼서 기뻐요."

레스는 인상을 썼다. "스물두 살에?" 레스는 말했다. "어쩌면 한동안은 그렇겠지. 네가 행복하다면, 좋아. 하지만 내가 한 말 잘 생각해봐. 섹스는 그냥 잘라내버리기엔, 인생에서 아주 큰 부분이라고."

"섹스를 해야만 한다면, 혼자 하면 돼요." 나는 상대가 상처받든 말든 말했다. "사랑은 섹스와 아무 상관 없어요."

"그게 네가 틀린 부분이야." 레스가 말했지만, 난 듣지 않았다. 나는 내가 스스로 고른 것을 선생님들과 책들에서 배울 터였다. 그러나 내가 청하지 않은 조언은 받지 않을 터였다. 나는 뭘 하라든지, 뭘 생각하라든지 하는 말은 모두 거부했다. 내가 자유라면, 나는 스스로 자유로워질 터였다. 나는 처음으로 일어서는 아기와 같았다.

아하스도 내게 조언을 해왔었다. 아하스는 아직까지 교육을 받고 있는 건 멍청한 짓이라고 말했다. "책으로 그렇게까지 많이 배워봤자 쓸모 있는 일을 할 수가 없어." 아하스는 말했다. "그건 그냥 제멋대로인 짓이야. 우리에겐 실용적 기술을 가진 지도자들과 구성원들이 필요해."

"우리에겐 선생님들도 필요해!"

"맞아." 아하스는 말했다. "하지만 가르치기에 충분한 수준은 이미 1년 전에 넘었어. 고대 역사나 외계인 세계들에 대한 사실이 무슨 소용인데? 우린 혁명을 일으켜야 해!"

나는 읽기를 멈추진 않았지만, 죄책감을 느꼈다. 나는 내가 바로 3년 전에 배운 식대로, 하메 학교에서 수업을 맡아 문맹인 자산들과 자유계약인들에게 읽고 쓰기를 가르쳤다. 가르치는 건 힘들었다. 성인이 하루 종일 일을 마치고 밤에 지친 상태로 읽기를 배우기란 쉽지 않다. 네트에 정신을 맡기는 게 훨씬 쉽다.

나는 맘속으로 아하스와 계속 말다툼을 벌였고, 어느 날 아하스에게 말했다. "예이오웨이엔 도서관이 있어?"

"모르겠어."

"없다는 거 알잖아. 법인들은 거기에 도서관을 남겨두지 않았어. 그자들에겐 도서관이 전혀 없었어. 그자들은 이익 외엔 아무것도 모르는 무지한 사람들이었어. 지식은 그 자체로 좋은 거야. 내가 계속 배우는 건 내 지식을 예이오웨이에 가져가기 위해서야. 가능하다면, 난 그 사람들에게 도서관을 통째로 가져다줄 거야!"

아하스는 날 뚫어져라 보았다. "소유주들이 생각했던 것, 소유주들이 한 것, 그자들의 책들은 모두 그런 것에 대한 거야. 예이오웨이엔 그런 게 필요 없어."

"아니, 필요해." 나는 아하스가 틀렸다고 확신하며 말했다. 그러나 그 이유까지는 말할 수 없었다.

학교에서 그들은 곧 내게 역사를 가르쳐달라고 부탁했다. 선생님 중 한 명이 떠났던 것이다. 수업들은 잘 진행되었다. 나는 수업 준비에 열과 성을 다했다. 이제 나는 상급반 학생들의 스터디 그룹에서 강연을 부탁받았고, 이 또한 잘 진행되었다. 사람들은 내가 역사에서 끌어낸 개념들과, 내가 우리 세계를 다른 세계들과 비교한 부분들에 흥미를 느꼈다. 나는 온갖 사람들이 아이를 어떻게 기르는지, 누가 아이들을 책임지는지, 그 책임이 어떻게 이해되는지 따위를 공부해왔다. 내 눈엔, 사람들이 여기서 자신을 자유롭게 만들거나 노예로 만드는 모습이 보였던 것이다.

이런 강연들을 이어가던 중 한번은 에큐멘 대사관의 남자 한 명이 참석했다. 나는 청중 속에서 외계인 얼굴을 보고 겁에 질렸다. 그 사람을 알아보고는 더욱 겁에 질렸다. 그 사람은 내가 네트로 들었던 에큐멘 역사에 대해서 첫 번째 강의를 했던 이였다. 나는 완전히 몰두해 강의를 들었지만, 토론엔 한 번도 참여하지 않았다. 내가 배운 것은 내게 엄청난 영향을 끼쳤다. 나는 그 사람이 자신이 진실로 잘 아는 것들을 얘기하는 날 보고 주제넘다 여길 거라고 생각했다. 나는 강연하며 말을 더듬었고, 흰자위가 보이는 그 사람의 눈을 보지 않으려 애썼다.

그 사람은 강연 후 내게 와서 정중하게 자기소개를 하고 내 강연을 칭찬한 뒤 이런저런 책을 읽었느냐고 물었다. 그 사람이 어찌나 능숙하고 친절하게 날 이야기에 끌어들이는지 난 그 사람을 좋아하고 믿지 않을 수 없었다. 그 사람은 금세 내 믿음을 얻었다. 나는 그 사람의 안내가 필요했다. 남녀 간 힘의 균형에 대해 현명한 사람들조차 너무나 많은 멍청한 소리를 쓰고 말했으며, 여기에 아이들의 삶과 아이들 교육의 가치가 달려 있기 때문이었다. 그 사람은 내가 혼자서도 계속 배워나갈 때 어떤 책들을 읽으면 좋을지 알았다.

그 사람의 이름은 에즈다르돈 아야였다. 그 사람은 대사관에서, 뭔지 잘은 몰라도, 높은 위치에 있었다. 그 사람은 헤인에서, 구세계에서 태어났고, 그곳은 인류의 첫 번째 고향, 우리의 모든 조상이 온 곳이었다.

난 가끔 내가 이런 것들에 대해, 이런 거대하고 오래된 일들에 대해 알다니 참으로 묘하다고 생각했다. 여섯 살 때까지 집단 주거지 담 너머 일은 아무것도 모르던 내가, 열여덟 살 때까지 내가 살던 나라의 이름도 모르던 내가 말이다! 아직 도시가 낯설 때, 누군가 "보에 데이오"란 말을 했고, 나는 "그게 어디죠?"라고 물었다. 사람들은 모두 날 뚫어져라 보았다. 금속성 목소리를 지닌, 도시의 나이 든 임대인 여자 하나가 말했다. "여기야, 먼지놈. 바로 여기가 보에 데이오야. 네 나라고 내 나라야!"

나는 에즈다르돈 아야에게 그 얘기를 했다. 그 사람은 소리 내 웃지 않았다. "한 나라, 한 민족." 그 사람은 말했다. "이상하고 아주 어려운 개념들이죠."

"제 나라는 노예제 국가였습니다." 내가 말했고, 그 사람은 고개를 끄덕였다.

이 무렵, 나는 아하스를 거의 만나지 않았다. 나는 아하스의 친절한 우정이 그리웠지만, 그 우정은 이미 모두 질책으로 변해 있었다. "넌 늘 책을 쓰고 사람들에게 강연하면서 우쭐대." 아하스는 말했다. "넌 우리의 대의보다 널 우선시한다고."

나는 말했다. "하지만 난 하메에서 사람들에게 말하고, 우리가 알아야 하는 것들에 대해 책을 써. 내가 하는 모든 일은 전부 자유를 위한 거야."

"'공동체'는 네 그 소책자들을 맘에 들어 하지 않아." 아하스는 마치 내가 알아야 할 비밀을 알려준다는 듯 진지하고 조언하는 말투로 말했다. "다시 뭔가를 출판할 거면 그전에 위원회에 먼저 제출하라고 네게 말해달라더라. 그 인쇄소는 과격한 자들이 운영하고 있어. 하메는 우리 후보자들에게 상당한 문제를 일으키고 있어."

"우리 후보자들이라고!" 나는 격노하며 말했다. "소유주는 절대 나의 후보자가 아냐! 넌 아직도 그 도련님에게서 명령을 받고 있는 거야?"

내 말이 아하스를 자극했다. 아하스는 말했다. "계속 네 자신을 우선시하고 협조하지 않으면, 넌 우리 모두를 위험에 빠뜨릴 거야."

"난 날 우선시하지 않아. 정치가들과 자본가들이 그러지. 난 자유를 우선시해. 어째서 넌 내게 협조할 수 없는 거야? 모든 건 상호적인 거야, 아하스!"

아하스는 계속 화를 냈고, 나도 계속 화가 났다.

나는 아하스가 자신에게 기대던 나를 그리워했던 거라고 생각한다. 어쩌면 아하스는 내 독립성 역시 질투한 건지도 모른다. 아하스는 아직도 에로드 영주의 사람으로 남아 있었기 때문이다. 아하스는 충직한 사람이었다. 우리는 이 논쟁으로 둘 다 크고 씁쓸한 고통을 맛보았다. 나는 그 뒤에 이어진 괴롭던 시간에 아하스가 어찌 되었는지 진심으로 알고 싶다.

아하스의 비난엔 타당한 면이 있었다. 나는 내게 말과 글로 사람들의 정신과 마음을 움직이는 재능이 있음을 알게 되었다. 이런 재능이 강력한 만큼 위험할 수 있다는 건 누구도 내게 말해주지 않았다. 아하스는 내가 날 우선시한다고 말했지만, 난 내가 그러지 않는다는 걸 알았다. 난 진실을 위해, 그리고 자유를 위해 완전히 몸 바치고 있었다. 누구도 내게 결과가 수단을 정당화할 수 없다고 말해주지 않았다. 결과가 어찌 될지는 캄예 주님만이 아시는 것이다. 내 할머니가 살아 계셨다면 내게 말해줄 수도 있었을 것이다. 《아르캄예》를 보고 기억할 수도 있었지만, 나는 《아르캄예》를 자주 읽지 않았고, 도시에는 저녁마다 말씀을 노래할 나이 든 남자들이 없었다. 있었더라도, 나는 그 아름다운 진실을 말하는 내 아름다운 목소리 때문에 묻혀버린 그 소리를 듣지 못했을 것이다.

나는 내가 해를 끼치지 않았다고 믿는다. 우리 모두가 그랬듯, 보에 데이오의 지배자들에게 하메가 점점 더 대담해지고 급진당이 점점 더 힘세지고 있다는 사실을, 그리고 그자들이 결국 우리와 맞서야 한다는 사실을 일깨워준 점만 빼고는 말이다.

첫 번째 징조는 분열이었다. 열린 집단 주거지에는, 남자들의 공간과 여자들의 공간 말고도 부부를 위한 방들이 여럿 있었다. 이건 급진적인 일이었다. 자산들 간의 결혼은 어떤 식으로든 불법이었던 것이다. 자산들은 소유주들이 관대하게 봐줘야만 짝을 지어 살 수 있었다. 자산에게 유일하게 합법적인 충절은 소유주에게 바치는 충절이 다였다. 그 사이의 아이는 어머니의 것이 아니라 소유주의 것이었다. 그러나 가레이오트들이 남의 소유인 자산들과 같은 공간에 살고 있었기 때문에 이 부부용 아파트들은 용인되거나 무시되어왔다. 이제 갑자기 법이 실시되었고, 자산 부부들은 체포되었으며, 임금을 벌고 있으면 벌금형을 받고 서로 떨어진 뒤 회사에서 운영하는 집단 주거지 집들로 보내졌다. 우리 집을 운영하는 레스와 다른 연장자들은 벌금형에 처해졌고, 한 번만 더 '부도덕한 배치'가 발견되면 그 일에 책임을 지고 강제 노동 수용소로 보내질 거라 경고받았다. 부부 중 한 쌍의 어린아이 둘은 정부 목록에 올라 있지 않아서 그 부모가 잡혀갈 때 그대로 그곳에 버려졌다. 케이오와 라마요가 그 아이들을 데려갔다. 집단 주거지의 고아들이 언제나 그러하듯, 아이들은 여자들 공간에서 보살핌을 받게 되었다.

이 일을 두고 하메와 '공동체' 모임에서 맹렬한 토론이 있었다. 어떤 이들은 아이들과 함께 살고 아이들을 기를 자산의 권리가 급진당에서 지지해야 하는 대의라 말했다. 이건 소유권을 직접적으로 위협하지 않으면서, 어쩌면 많은 소유주들, 특히 투표할 순 없지만 귀중한 동맹인 여자들의 자연적 본능에 호소할 수도 있었다. 또 어떤 이들은 사적 애정이 자유란 대의보다 중요할 수 없으며, 어떤 개인적 문제도 노예해방이란 큰 문제에 비하면 부차적 위치에 있어야 한다고 말했다. 에로드 영주도 어떤 모임에서 이런 식으로 말했다. 나는 에로드에게 반박하기 위해 일어났다. 나는 성적 자유 없이는 어떤 자유도 없다고 말했으며, 여자들이 자기 아이들을 기를 권리를 보장받고 남자들이 기꺼이 자기 아이들을 돌보려고 하지 않는 한, 모든 여자는 소유주든 자산이든 자유롭지 못할 거라고 말했다.

"남자들은 삶의 공적인 면, 즉 아이가 들어가게 될 더 큰 세상에 책임을 져야 합니다. 여자들은 삶의 가정적 면을 책임져야 하며, 이는 아이들의 도덕적이고 육체적인 양육에 해당합니다. 이 경계는 신과 자연이 나눈 것입니다." 에로드는 대답했다.

"그럼 여자들의 노예해방은, 여자들이 자기 의지로 자유롭게 베자에 들어가 여자들 공간에 갇힐 수 있다는 뜻인가요?"

"물론 아닙니다." 에로드가 말하기 시작했지만, 나는 다시 에로드의 말을 끊으며 말했다. 에로드의 유창한 혀가 두려웠던 것이다. "그럼 여자들에게 자유란 뭔가요? 그 자유는 남자들의 자유와 다른가요? 아니면 자유민이 자유로운 건가요?"

사회자는 화가 나 의사봉을 내리쳤지만, 다른 자산 여자들이 내 질문을 이어받았다. "급진당은 언제 우릴 대변할 거죠?" 여자들은 말했고, 어느 연장자가 소리쳤다. "당신의 여자들은 어디 있습니까, 노예제 폐지를 원하는 소유주들은 어디 있는 겁니까? 왜 그 여자들은 여기 없습니까? 그 여자들을 베자에서 나오지 못하게 한 겁니까?"

사회자는 의사봉을 계속 내리쳤고, 결국엔 사람들을 조용히 시켰다. 나는 의기양양한 동시에 당황하고 있었다. 나는 에로드와 하메의 몇몇 사람들이 날 공공연한 말썽꾼으로 바라보는 모습을 목격했다. 사실 내 말로 사람들이 분열되기도 했다. 그러나 우린 이미 분열된 상태가 아니었던가?

우리 여자들 무리는 이야기하며 길을 걸어 집으로 갔고, 아주 큰 소리로 이야기했다. 이제 이 길들은, 그자들의 교통과 불빛과 위험과 삶이 있는 나의 길들이었다. 난 도시 여자였고, 자유민 여자였다. 그날 밤, 난 소유주였다. 나는 그 도시를 소유했다. 나는 미래를 소유했다.

논쟁은 계속되었다. 나는 많은 곳에서 강연을 부탁받았다. 그중 한 곳에서 강연을 마치고 떠나려 할 때 혜인인인 에즈다르돈 아야가 와서 마치 내 강연에 대해 토론하듯 아무렇지 않게 말을 걸었다. "라캄, 당신은 지금 체포될 위험에 처해 있어요."

난 이해하지 못했다. 에즈다르돈 아야는 다른 사람들과 떨어져 내 옆에서 함께 걸으며 계속 말했다. "대사관에서 어떤 소문이 들리더라고요……. 보에 데이오 정부가 해방된 자산들의 지위를 바꾸려 한다더군요. 당신은 더 이상 가레이오트로 여겨질 수 없어요. 소유주-보증인이 있어야 해요."

나쁜 소식이었지만, 곱씹어 생각해본 뒤 나는 말했다. "날 보증해줄 소유주를 찾을 수 있을 것 같아요. 아마도 보에이바 영주요."

"그 소유주-보증인은 정부에 승인을 받아야 할 겁니다……. 이로써 '공동체'는 자산과 소유주 구성원들 모두를 통해 약화될 거고요. 참으로 영리한 방법이지요." 에즈다르돈 아야가 말했다.

"승인받은 보증인을 구하지 못하면 우린 어떻게 되죠?"

"탈주 노예로 간주될 겁니다."

그 말은 죽음을, 강제 노동 수용소를, 혹은 경매를 의미했다.

"아 캄예 주님." 나는 말하며, 에즈다르돈 아야의 팔을 잡았다. 갑자기 눈앞이 캄캄해졌던 것이다.

우린 길을 따라 꽤 걷고 있었다. 다시 앞이 보이게 되자 눈앞에 이제까지 내가 내 것이라 생각했던 대로들과 도시의 높은 집들, 빛나는 불빛들이 보였다.

"제게 친구들이 좀 있습니다." 헤인인이 계속 함께 걸으며 말했다. "밤부르 왕국으로 여행을 계획 중인 친구들이죠."

잠시 후 내가 말했다. "전 거기서 뭘 하죠?"

"예이오웨이로 가는 우주선이 거기서 떠납니다."

"예이오웨이로." 나는 되뇌었다.

"그렇다고 들었습니다." 에즈다르돈 아야는 마치 전차 노선에 대해 말하듯 얘기했다. "몇 년 안에 보에 데이오는 예이오웨이로 가는 교통편을 제공하기 시작할 거란 게 제 생각입니다. 다루기 힘든 놈들, 말썽꾼들, 하메 조직원들을 내보내려고요. 하지만 그러려면, 아직까지 내켜 하지 않던 일, 즉 예이오웨이를 국가로 인정하는 일을 해야 합니다. 그래도 그 사람들은 자기네 속국들에 의해 이뤄지는 반은 합법적인 무역들은 허용하고 있어요……. 2년 전, 밤부르의 왕이 옛 법인 우주선들 중 한 척을 샀습니다. 저 옛날의 진짜 식민지 무역선들 중 한 척이죠. 왕은 웨렐의 달들을 방문하고 싶다고 생각했습니다. 하지만 왕은 달들이 지루하단 걸 알게 됐죠. 그래서 그 우주선을 밤부르 대학의 학자들과 자신의 수도 사업가들로 이루어진 협회에 빌려주었습니다. 밤부르의 제조업자들 중 일부가 우주선 내에서 예이오웨이와 약간의 무역을 하고, 동시에 대학의 몇몇 과학자들이 과학 탐험을 합니다. 물론 한 번 갈 때 엄청난 돈이 들고, 그래서 그 사람들은 갈 때마다 과학자들을 최대한 많이 데려갑니다."

나는 이 모든 걸 귓등으로 흘려들으면서도 들었고, 이해했다.

"지금까지는 들키지 않고 잘 해냈습니다." 에즈다르돈 아야가 말했다.

에즈다르돈 아야의 목소리는 늘 조용하고 살짝 즐거운 듯했지만, 거만하게는 들리지 않았다.

"'공동체'도 이 우주선에 대해 아나요?" 내가 물었다.

"아는 회원들도 있다고 생각합니다. 그리고 하메의 사람들도요. 하지만 알면 무척 위험합니다. 어느 속국이 값나가는 재산을 밖으로 내보내고 있다는 걸 보에 데이오가 알게 되면……. 사실, 우린 그 사람들도 좀 의심하고 있지 않겠느냐고 생각은 합니다. 그래서 이건 쉽게 내릴 수 있는 결정이 아닙니다. 위험하면서 또한 되돌릴 수 없습니다. 그 위험성 때문에, 전 당신에게 말해줘야 할지를 두고 망설였습니다. 제가 너무 오래 망설였으므로 당신은 아주 빨리 결정해야 합니다. 사실, 오늘 밤입니다, 라캄."

나는 도시 불빛에서 그 불빛 때문에 가려진 하늘로 눈길을 돌렸다. "가겠어요." 나는 말했다. 난 왈수를 생각했다.

"좋습니다." 에즈다르돈 아야가 말했다. 다음 모퉁이에서 그는 걸어가던 방향을 바꿔 집 쪽이 아닌 에큐멘 대사관을 향해 걷기 시작했다.

나는 그 사람이 왜 날 위해 이런 일을 해주는지 한 번도 궁금해하지 않았다. 그 사람은 비밀스러운 남자였고 비밀스러운 힘을 지녔지만 언제나 진실을 말했고, 난 그 사람이 가능한 한 자신의 양심이 지시하는 대로 움직인 거라고 생각한다.

이 겨울밤에 지상 조명들로 은은하게 밝혀진 거대한 공원, 즉 대사관 땅에 들어서자, 나는 발을 멈췄다. "제 책들." 내가 말했다. 에즈다르돈 아야는 무슨 뜻이냐는 표정을 지었다. "전 예이오웨이에 제 책들을 가져가고 싶었어요." 갑자기 눈물이 울컥 솟아오르며 목소리가 떨렸다. 내가 떠나려는 모든 이유가 그 한 가지로 집약된 듯했다. "예이오웨이 사람들에겐 책이 필요할 것 같아서요."

잠시 후 에즈다르돈 아야는 말했다. "제가 다음번 에큐멘 우주선 편으로 보내드리겠습니다. 당신도 그 편으로 가게 해드리면 좋겠습니다." 그는 낮은 목소리로 덧붙였다. "하지만 물론 에큐멘은 탈주 노예들을 맘대로 태워줄 수가 없습니다······."

나는 몸을 돌려 그자의 손을 잡고 잠시 그 손에 이마를 댔다. 내 자유의지로 그렇게 하기는 내 평생 처음이자 마지막이었다.

에즈다르돈 아야는 깜짝 놀랐다. "어서요, 서둘러요." 그는 말하면서 다급히 날 재촉했다.

대사관은 웨렐인 경호원들을 고용했고, 대부분 베이오트, 즉 전사 계급의 남자들이었다. 그중 근엄하고 정중하며 아주 조용한 한 남자가 나와 함께 거대 대륙 동쪽의 섬 왕국인 밤부르의 우주선으로 갔다. 그자는 내게 필요한 모든 서류를 가지고 있었다. 비행장에서 그자는 나를 왕립 우주 관측대로 데려갔다. 왕이 자신의 우주선을 위해 지은 곳이었다. 나는 거기서 지체 없이 우주선으로 인도되었고, 우주선은 떠날 준비를 마치고 거대한 발판 위에 놓여 있었다.

내 생각에 앞쪽에 있는 편안한 방들은 왕이 달들을 보러 갈 때 쓰려고 만들었던 것 같다. 농업 플랜테이션 법인 소속이었던 우주선의 몸통은 아직도 식민지 작물을 싣기 위한 거대한 칸들로 이루어져 있었다. 저 화물칸 네 개가 지금은 밤부르에서 만든 농기계를 싣고 있지만, 예이오웨이에서 돌아올 때는 곡물을 싣고 올 것이다. 다섯 번째 칸은 자산들을 실었다.

화물칸에는 좌석이 없었다. 바닥에 펠트 패드가 깔려 있었고, 우리는 거기 누워 화물처럼 칸막이 기둥에 몸을 묶었다.

약 50명의 '과학자'가 있었다. 나는 마지막으로 우주선에 탔고 몸을 묶었다. 승무원들은 바삐 서둘렀고 신경이 곤두서 있었으며 밤부르 말만 했다. 난 지시 사항들을 이해할 수가 없었다. 방광을 비우는 일이 아주 다급했지만, 그 사람들은 "시간 없어요, 시간 없어요!"만 외쳐댔다. 그래서 나는 그 사람들이 쇼메케 집단 주거지의 문들을 생각나게 하는 거대한 화물칸 문들을 닫는 동안 고통스럽게 누워 있었다. 주위에서 사람들이 각자의 언어로 서로에게 큰 소리로 말했다. 아기가 크게 울었다. 그 언어는 나도 알았다. 이윽고 우리 아래에서 엄청난 굉음이 나기 시작했다. 거대하고 부드러운 발에 밟히는 것처럼 천천히 몸이 바닥에 눌리는 게 느껴졌고, 급기야는 어깨뼈가 바닥으로 파고드는 것 같고 혀가 목구멍 속으로 눌려 들어가며 숨을 막는 것만 같았으며, 찌르는 듯한 날카로운 고통과 소변이 방광을 빠져나가는 뜨겁고 편안한 느낌이 함께 느껴졌다.

그런 뒤 무게가 사라지기 시작했다. 우리는 몸을 묶은 끈의 범위 안에서 둥둥 떠오르기 시작했다. 위는 아래가 되고, 아래는 위가 되었고, 위아래는 둘 다이면서 둘 다가 아니었다. 나는 주위 사람들이 다시 외치기 시작하며 서로의 이름을 부르고 "괜찮아? 응, 난 괜찮아"란 뜻이 분명할 말들을 하는 것을 들었다. 아기는 맹렬하게 귀를 찢는 듯한 소리로 악쓰기를 절대 멈추지 않았다. 나는 내 안전끈을 더듬기 시작했다. 내 옆의 여자가 바로 앉아 끈에 묶여 있던 부분인 양팔과 가슴을 문지르는 걸 보았기 때문이다. 그러나 확성기에서 크고 흐릿한 목소리가 우렁차게 울리며 밤부르어로, 그다음엔 보에 데이오어로 명령을 내리기 시작했다. "안전끈을 풀지 마십시오! 돌아다니려 하지 마십시오! 우주선이 공격을 받고 있습니다! 극도로 위험한 상황입니다!"

그래서 나는 내 작은 오줌 안개 속에 둥둥 뜬 채 누워, 전혀 이해할 수 없지만 주위의 낯선 이들이 하는 얘기에 귀 기울였다. 너무나 비참했지만, 평생 처음으로 어떤 공포도 느끼지 않았다.

나는 태평했다. 이건 죽는 것과 비슷했다. 죽으면서 뭔가를 걱정한다면, 그야말로 멍청한 짓일 터였다.

우주선은 이상하게 움직이며 덜덜 떨렸고, 방향을 바꾸려는 것 같았다. 많은 사람들이 구역질을 했다. 공기는 구토물의 냄새와 아주 작은 방울들로 가득했다. 나는 두 손을 안전끈에서 충분히 빼낸 뒤 목에 두르고 있던 스카프를 필터 삼아 얼굴로 끌어올리고 양 끝을 머리 아래에 밀어 넣어 고정시켰다.

스카프를 쓰고 있으니 내 위 혹은 아래로 뻗어 있는 화물칸의 거대한 둥근 천장이 더는 보이지 않았고, 이제 곧 내가 날려는 듯이 혹은 떨어지려는 듯이 느껴졌다. 스카프에선 내 냄새가 났고, 그래서 위안이 되었다. 이 스카프는 내가 강연을 나가려고 차려입을 때 종종 하던 것으로 옅은 붉은빛을 띤 고운 거즈 천에 은색 실이 군데군데 수놓여 있었다. 내 손으로 직접 번 돈으로 도시 시장에서 이 스카프를 사면서 나는 내 어머니가 타제이우 마님에게 받은 그 붉은 스카프를 떠올렸었다. 어머니의 스카프만큼 화려한 색은 아니지만, 난 어머니도 이 스카프를 보았으면 좋아하셨을 거라 생각했다. 이제 난 누워서 스카프 때문에 옅은 붉은색으로 침침해 보이면서 해치의 불빛들이 별처럼 빛나는 천장을 보았고, 내 어머니 요와를 생각했다. 어머니는 그날 집단 주거지에서 살해당한 게 거의 확실했다. 어쩌면 사용녀로 다른 영지에 끌려갔을지도 모르지만, 아하스는 어머니의 흔적을 전혀 찾지 못했다. 나는 어머니가 고개를 옆으로 살짝 기울이던 모습을 생각했다. 경의를 표하는 모습이었지만 민첩하고 우아했다. 어머니의 두 눈은 충만하고 반짝였으며, 노랫말처럼 "일곱 개의 달을 담은 눈"이었다. 나는 그때 생각했다. 하지만 난 다신 그 달들을 볼 수 없을 거야.

그 생각을 하자, 너무나 이상한 기분이 들었고, 그래서 나 자신을 위로하고 정신도 다른 곳으로 돌릴 겸 숨죽여 노래하기 시작했다. 내 숨결 때문에 따뜻한 내 붉은 거즈 천 텐트 안에서 나는 혼자 노래했다. 나는 하메에서 우리가 부르던 자유의 노래를 부르다가 이윽고 타제이우 마님에게 배운 사랑 노래들을 불렀다. 마침내 나는 "오, 오, 예이오웨이"를 불렀다. 처음엔 부드럽게 부르다가, 이윽고 조금 더 크게 불렀다. 저 밖의 부드러운 붉은색 안개 낀 세계 어딘가에서 목소리 하나가 내 노래에 동참하는 소리가 들렸다. 남자 목소리였고, 이윽고 어떤 여자 목소리가 동참했다. 보에 데이오의 자산들은 모두 그 노래를 알았다. 우리는 함께 노래했다. 밤부르 남자의 목소리가 끼어들어 자기 언어로 가사를 붙였고, 다른 이들도 함께 노래하기 시작했다. 마침내 노랫소리가 잦아들었다. 아기의 울음소리도 이젠 약해져 있었다. 공기가 몹시 불결했다.

여러 시간이 흐르고서야 마침내 깨끗한 공기가 환기구로 들어오고 안전끈을 풀어도 좋다는 말이 들렸다. 우리는 그제야 보에 데이오 우주 방위 함대의 우주선 한 척이 대기권 바로 위에서 우리 화물선의 진로에 끼어든 뒤 멈추라고 명령했었음을 알게 되었다. 선장은 그 신호를 무시하는 쪽을 택했다. 전함은 발포했고, 화물선은 거기에 맞진 않았지만 그 폭발 때문에 제어장치가 손상을 입었다. 화물선은 계속 갔고, 더는 전함을 보거나 듣지 못했다. 이제 예이오웨이까지는 약 열하루가 남았다. 그 전함, 혹은 여러 척의 전함들이 예이오웨이 근처에서 우릴 기다리고 있었을지도 몰랐다. 그자들은 화물선에게 서라고 명령하면서 그 이유가 "밀매 금지 상품 적재 의혹" 때문이라고 했다.

그 전함 함대는 수 세기 전에, 외계 제국으로부터 있을 수도 있는 공격에서 웨렐을 보호하기 위해 만든 것이었다. 외계 제국은 당시 웨렐이 에큐멘을 부르던 이름이다. 그자들은 이 가상의 위협에 너무나 겁을 먹은 나머지, 우주 비행 기술에 전력을 쏟아부었다. 그리고 그 결과 예이오웨이를 식민지화하게 되었다. 아무런 공격 위협을 받지 않은 채 400년이 지나자 보에 데이오는 마침내 에큐멘 특사들과 대사들을 보내도록 허락했다. 보에 데이오는 해방전쟁 동안 방위 함대를 이용해 군대와 무기를 날랐다. 이제 보에 데이오는 영지 소유주들이 사냥개와 사냥 고양이를 쓰는 식으로 함대를 써서 탈주 노예들을 추적했다.

나는 화물칸 안에 보에 데이오인이 두 명 더 있음을 알게 되었고, 우리는 우리의 '침대끈'을 한곳으로 움직여 이야기를 나눴다. 둘 다 하메에 의해 밤부르로 왔고, 이미 운임을 냈다. 그때까지 나는 운임을 내야 할 거란 생각조차 없었다. 나는 누가 내 운임을 내줬는지 깨달았다.

"우주선이 사랑만 먹고 날 순 없어요." 여자는 말했다. 이상한 사람이었다. 여자는 정말로 과학자였다. 자신을 빌린 회사에서 화학 쪽으로 고도의 훈련을 받은 뒤, 하메를 설득해 자신을 예이오웨이로 보내게 했다. 자신의 기술들이 필요해질 것이고 수요가 있을 거라 확신해서였다. 여자는 많은 가레이오트들보다 훨씬 높은 봉급을 받고 있었지만, 예이오웨이에서 훨씬 더 잘 벌게 될 거라 생각했다. "전 부자가 될 거예요." 여자는 말했다.

남자는 이제 겨우 소년에 불과했고, 북쪽에 있는 어느 도시의 제조소 일꾼이었는데, 무작정 도망쳤다가 운 좋게도 자신을 죽음이나 강제 노동 수용소에서 구해줄 수 있는 사람들을 만난 경우였다. 열여섯 살인 그 아이는 무지했고 소란스러웠으며 고집이 셌지만 본성은 다정했다. 아이는 강아지처럼 모든 이의 귀염둥이가 되었다. 나는 예이오웨이의 역사를 알았기 때문에 꽤 인기가 있었고, 우리의 언어를 모두 아는 어떤 남자를 통해, 우리가 가는 곳에 대해서 밤부르인들에게 좀 얘기해줄 수 있었다. 수백 년에 걸친 법인의 노예 소유, 나다미, 전쟁, 해방운동. 일부는 여러 도시에서 온 임대인이었고, 일부는 하메가 가짜 돈과 가짜 이름으로 경매에서 사들인 뒤 서둘러 우주선에 태운 영지 노예들이었으며, 자신들이 가는 곳에 대해 거의 아무것도 몰랐다. 바로 이 속임수 때문에 보에 데이오가 이 비행 편에 관심을 갖게 된 것이었다.

제조소 일꾼이던 남자아이, 요크는 예이오웨이인들이 우릴 어떻게 반겨줄까를 놓고 끝없이 생각에 빠졌다. 요크는 악단이 연주를 하고 사람들이 연설을 하고 우릴 위해 성대한 연회가 베풀어지는, 반은 농담, 반은 꿈인 이야기를 지껄여댔다. 날이 갈수록 연회는 점점 더 상세해졌다. 길고 배고픈 나날이 이어졌고, 우리는 아무 특징 없는 거대한 화물칸 속에 둥둥 떠서 지냈으며, 열두 시간마다 조명이 밝아졌다 침침해졌다 하는 점과 '낮' 동안 두 번 들어오는 식사만으로 시간을 구분했다. 음식과 물은 입에 넣고 빨아먹을 수 있게 튜브에 들어 있었다. 나는 앞으로 벌어질 일에 대해선 그다지 생각하지 않았다. 그때 난 잠시 막간에 있었다. 전함들이 우릴 본다면, 우린 분명 죽을 터였다. 예이오웨이에 도착한다면, 새로운 인생이 열릴 터였다. 우리는 이도저도 아닌, 공중에 붕 떠 있었다.

예이오웨이

우주선은 예이오웨이 항구에 안전히 착륙했다. 사람들은 기계가 든 상자들을 먼저 내리고 다른 짐들을 내렸다. 우리는 비틀거리며 서로를 잡고 내려왔고, 우릴 중심으로 계속 잡아당기는 이 새로운 세계의 거대한 힘 때문에 제대로 서지 못했으며, 겪어본 중 가장 가까운 태양의 빛에 눈이 멀었다.

"여기! 여기예요!" 한 남자가 소리쳤다. 나는 내 언어가 들리는 데 감사했지만, 밤부르인들은 우려하는 표정을 지었다.

이쪽으로 와, 이 안으로, 옷을 벗어, 기다려. 우리가 자유세계에 처음 도착해 들은 말은 모두가 명령이었다. 우리는 소독을 받아야 했고, 이는 고통스러웠으며 몸과 마음을 모두 지치게 했다. 우리는 의사에게 검진을 받아야 했다. 뭐든 우리가 지니고 온 건 모두 소독하고 검사되었고 목록에 올려야 했다. 나는 그리 오랜 시간이 걸리진 않았다. 내가 가져온 옷은 벌써 2주째 입고 있는 옷이 다였기 때문이다. 나는 소독을 받게 되어 기뻤다. 마침내 우리는 커다랗고 텅 빈 화물 창고들 안에 한 줄로 서란 말을 들었다. 문 위에는 여전히 APCY, 즉 예이오웨이 농업 플랜테이션 법인이라 표시되어 있었다. 우리는 한 명씩 입국 수속을 밟았다. 날 수속해준 남자는 키가 작고 하얬으며 중년에 안경을 꼈고, 도시의 여느 사무원 자산과 다를 바가 없었지만, 나는 경의를 품고 그 남자를 바라보았다. 그 남자는 내가 이야기한 첫 번째 예이오웨이인이었다. 그 남자는 서류를 보며 내게 몇 가지 질문을 했고, 내 대답을 받아 적었다. "글 읽을 수 있습니까?" "네." "기술은요?" 나는 잠시 더듬거리다 말했다. "가르치기요. 전 읽기와 역사를 가르칠 수 있습니다." 그 남자는 한 번도 날 올려다보지 않았다.

나는 기꺼이 참고 견뎠다. 어쨌든 예이오웨이인들은 우리에게 와달라고 부탁한 적이 없었다. 우리가 받아들여진 건 오로지, 우릴 돌려보내면 우리가 공개 처형을 당하며 끔찍하게 죽을 걸 그 사람들이 알기 때문이었다. 우린 밤부르에는 수익성 있는 화물이었지만, 예이오웨이엔 문젯거리였다. 하지만 우리 중 많은 이들이 그 사람들에게 꼭 필요한 기술을 가졌고, 나는 그 사람들이 우리에게 그런 기술에 대해 물어봐줘서 기뻤다.

모든 수속을 마치자, 우리는 두 무리로 나뉘었다. 남자와 여자. 요크는 나를 꼭 안은 뒤 껄껄 웃고 손을 저으며 남자 쪽으로 가버렸다. 나는 여자들과 함께 섰다. 우리는 모든 남자가 옛 수도로 가는 셔틀로 향하는 것을 지켜보았다. 이제 내 인내심은 바닥났고 희망은 나락으로 떨어졌다. 나는 기도했다. "캄예 주님, 여기선 안 됩니다, 여기서도 그럴 순 없습니다!" 공포 때문에 나는 화가 났다. 남자 하나가 우리에게 오며 다시 "이쪽으로" 하고 명령하자, 나는 그 남자에게 다가가 말했다. "당신은 누구죠? 우린 어디로 가죠? 우린 자유민 여자들이에요!"

그 남자는 몸집이 컸고, 얼굴은 둥글고 하얬으며 눈은 푸른빛이 돌았다. 그 남자는 나를 내려다보았고, 처음엔 찌무룩해했으나, 곧 웃음 지었다. "네, 누이여, 당신은 자유로워요." 남자가 말했다. "하지만 우린 모두 일해야 합니다, 안 그렇습니까? 여러분 마님들께선 남쪽으로 갑니다. 쌀 플랜테이션에 사람들이 필요합니다. 당신들은 일도 조금 하고 돈도 조금 벌고 주위도 좀 둘러보는 겁니다, 알겠습니까? 여기서 그러는 게 싫으시다면, 어서 돌아가시죠. 우리가 사용할 예쁘고 어린 마님들이라면 이 근처에선 언제나 넘쳐난답니다."

난 예이오웨이의 악센트를 그때 처음 들었다. 노래하는 듯 살짝 부드럽고, 모음이 길고 분명했다. 자산 여자들을 마님이라 부르는 것도 처음 들었다. 이제까지 누구도 나를 누이라 부르지 않았다. 남자는 분명 '사용'이란 단어에 내가 쓰던 그런 식의 의미를 부여하지 않았다. 남자는 그 단어를 호의적으로 썼다. 나는 당황했고 더는 말을 잇지 못했다. 그러나 화학자인 퇄탁이 말했다. "있잖아요, 전 밭일꾼이 아니랍니다. 전 훈련받은 과학자이고……."

"아, 다들 과학자셨군요." 예이오웨이 남자는 활짝 웃으며 말했다. "이리 오시죠, 마님들!" 남자는 앞으로 성큼성큼 걸어갔고, 우리는 뒤따라갔다. 톹탁이 계속 말했다. 남자는 웃음 지었지만 전혀 귀담아듣지 않았다.

우리는 측선에서 기다리는 기차칸으로 안내받았다. 거대하고 강렬한 태양이 지고 있었다. 하늘은 전체가 주황색과 분홍색이었고, 빛으로 가득했다. 기다란 그림자가 땅에 검은색으로 늘어졌다. 따뜻한 공기는 먼지가 많고 달콤한 냄새가 났다. 기차칸에 올라타려고 서서 기다리는 동안, 나는 허리를 숙여 땅에서 작고 붉은빛이 도는 돌 하나를 집었다. 돌은 둥글었고, 하얗고 투명한 줄무늬가 아주 가늘게 가운데를 지나갔다. 예이오웨이의 일부였다. 나는 예이오웨이를 내 손안에 쥐었다. 그 작은 돌 역시 아직 가지고 있다.

우리의 기차칸이 측선을 따라 주 조차장으로 간 뒤 기차에 연결되었다. 기차가 출발하자 저녁 식사가 나왔다. 사람들이 수레에 거대한 솥을 싣고 와 수프를 따라주고 달콤하고 걸쭉한 습지 쌀밥과 피니 과일을 주었다. 웨렐에선 호화로운 식사였지만, 여기선 평범한 음식이었다. 우린 먹고 또 먹었다. 나는 기차가 통과 중인 굽이치는 기다란 언덕들에서 마지막 빛이 사그라지는 것을 지켜보았다. 별들이 나타났다. 달들은 없었다. 다시는 없었다. 그러나 나는 동쪽에서 웨렐이 솟아오르는 것을 보았다. 웨렐은 거대한 푸른색과 초록색의 별이었고, 웨렐에서 보는 예이오웨이와 똑같아 보였다. 그러나 일몰 후 떠오르는 에이오웨이를 다시 볼 순 없을 터였다. 에이오웨이는 태양을 따라갔다.

나는 살아 있고, 여기 있어. 나는 생각했다. 난 태양을 따라가고 있어. 나는 나머지를 모두 놓아버리고, 기차의 흔들거림에 몸을 맡긴 채 잠에 빠졌다.

우리는 이튿날 거대한 요트 강가의 한 읍에 도착해 기차에서 내렸다. 스물세 명이던 우리는 거기서 갈라졌고, 열 명은 달구지를 타고 하가요트란 마을로 갔다. 이 마을은 전에는 에이오웨이 농업 플랜테이션 회사의 집단 주거지였고, 식민지 노예들이 먹을 습지 쌀을 재배했다. 이제 이곳은 협동 마을이었고, 자유민이 먹을 습지 쌀을 재배했다. 우리는 협동조합원으로 등록되었다. 우리는 지급금을 받아 협동조합에 빚진 부분을 도로 갚을 수 있을 때까지, 마을 사람들과 모든 걸 똑같이 나누며 살았다.

돈도 없고 이곳 언어를 모르거나 기술도 없는 이민자들을 다루기엔 합리적인 방법이었다. 하지만 난 그 사람들이 왜 우리 기술을 무시하는지 이해할 수 없었다. 왜 그 사람들은 밤부르 플랜테이션에서 온, 밭일꾼이던 남자들을 여기가 아닌 도시로 보낸 걸까? 왜 여자들만 여기로 보낸 걸까?

나는 왜 자유민의 마을에서 남자들 공간과 여자들 공간이 도랑을 사이에 두고 따로 있는지도 이해할 수 없었다.

또한 곧 보게 된, 남자들이 모든 결정을 내리고 명령도 모두 남자가 하는 상황도 이해할 수 없었다. 하지만 어쨌거나 현실이 그러했기에 그 사람들이 우리 웨렐 여자들을 두려워한다는 것은 이해했다. 우리는 동등한 자에게서 명령을 받는 데 익숙하지 않았던 것이다. 그리고 내가 명령을 받아들여야 하며, 거기에 의문을 품는 표정조차 지어선 안 된다는 것도 이해했다. 하가요트 마을의 남자들은 우리를 지독하게 의심하며 지켜보다가 어떤 보스 못지않게 곧바로 채찍을 휘둘렀다. "너희들이 온 먼 그곳에서는 너희들이 남자들에게 뭔가 명령을 했을 수도 있지." 밭에 나간 첫날 아침, 감독자는 우리에게 말했다. "하지만 그건 저 먼 그곳 이야기야. 여기선 아니야. 여기서 우리 자유민은 함께 일해. 너희들은 자신이 여자 보스라 생각하지. 여기에는 여자 보스 따위는 없어."

여자들 공간에는 할머니들이 있었지만, 이 할머니들은 우리 할머니들처럼 힘이 있지 않았다. 여기선 처음 100년 동안 여자 노예가 전혀 없었고, 남자들은 알아서 삶을 꾸려야 했으며 자기들만의 권력 체계를 만들었다. 마침내 여자 노예들이 이 남자들의 노예 왕국으로 보내졌지만, 여자들이 가질 권력은 전혀 남아 있지 않았다. 여자들은 목소리를 낼 수 없었다. 여자들은 도시들로 도망쳐서야 처음으로 예이오웨이에서 목소리를 내게 되었다.

나는 침묵하는 법을 배웠다.

하지만 나와 퇄탁은 우리의 밤부르 동지들 여덟 명만큼 힘든 상황은 아니었다. 우린 이 마을 사람들이 평생 처음 보는 첫 이민자들이었다. 그 사람들은 오직 한 가지 언어만 알았다. 마을 사람들은 밤부르 여자들이 '인간처럼' 말하지 않기 때문에 그 여자들을 마녀라고 생각했다. 마을 사람들은 밤부르 여자들이 자기네 말로 서로 얘기하면 채찍으로 때렸다.

고백하건대, 자유세계에서의 첫해 동안, 나는 제스크라에서 있었을 때만큼이나 침울하게 지냈다. 나는 논의 얕은 물속에 하루 종일 서 있는 게 죽도록 싫었다. 우리 발은 언제나 흠뻑 젖고 퉁퉁 불어 있었고, 살을 파고드는 조그만 벌레들이 잔뜩 붙어서 매일 밤 그걸 떼어내는 게 일이었다. 그러나 이건 꼭 해야 하는 일이었고, 건강한 여자라면 그렇게 힘든 일도 아니었다. 내가 우울해졌던 건 일 때문이 아니었다.

하가요트는 부족 마을이 아니었고, 나중에 알고 보니 오래된 일부 마을들처럼 보수적이지도 않았다. 이곳의 여자아이들은 의식을 통해 겁탈당하지 않았고, 여자는 여자들 공간에 있으면 안전했다. 여자는 자신이 택한 남자와만 '도랑을 건너뛰었다'. 하지만 여자가 어디든 혼자 가면, 혹은 논에서 일하는 다른 여자들과 떨어지기라도 하게 되면, 그 여자는 '그걸 해달라고 한다'고 간주되었고, 어떤 남자든 그 여자를 힘으로 갖는 게 자기 권리라고 생각했다.

나는 마을 여자들과 밤부르 여자들 중에 좋은 친구들을 사귀었다. 그 사람들이 무지한 정도는 겨우 몇 년 전의 나와 다를 바가 없었고, 몇 명은 앞으로도 내가 쫓아갈 수 없을 만큼 현명했다. 남자들은 자기네가 우리 소유주라 생각했으므로 남자들과 친구가 될 가능성은 전혀 없었다. 내가 보기엔, 이곳의 삶이 바뀌는 날은 절대 올 것 같지 않았다. 나는 밤마다 심하게 침울해졌고, 우리 오두막에서 잠든 여자들과 아이들 사이에 누워 생각했다. 이런 곳 때문에 왈수가 죽었던 거야?

그곳에서 두 번째 해에, 나는 날 위협하는 이 비참함을 벗어나기 위해 내가 할 수 있는 일을 하기로 결심했다. 온순하고 이해가 더딘 밤부르 여자들 가운데 한 명이 밤부르어로 말했다고 여자들과 남자들 모두에게 채찍질당하고 얻어맞은 뒤 커다란 논 하나에 빠져 죽었던 것이다. 그 여자는 발목 깊이밖에 안 되는 얕고 따뜻한 물속에 누워 있었고, 익사했다. 나는 그렇게 항복하기가 두려웠고, 그 자포자기의 물에 빠지는 것이 두려웠다. 나는 내 기술을 써서 마을 여자들과 아이들에게 읽는 법을 가르치기로 마음먹었다.

나는 우선 어린아이들을 위해 쌀 포대에 입문서를 좀 쓰고 그걸로 게임을 만들어냈다. 좀 더 나이 든 여자아이들과 여자들 일부가 호기심을 보였다. 몇몇은 시내와 도시에 사는 사람들이 글을 읽을 수 있다는 걸 알았다. 그 사람들은 그걸 신비로운 일이라 생각했고, 그 주술 때문에 도시 사람들이 그렇게 큰 힘을 지녔다고 생각했다. 나는 그 말에 아무 부정도 하지 않았다.

여자들을 위해 우선 《아르캄예》에 나오는 구절들과 문장들을 기억나는 대로 모두 적었다. 그걸 가지고 있으면, 자신을 '사제'라 부르는 남자들이 암송해줄 때까지 기다리지 않아도 되었기 때문이다. 여자들은 이 구절들을 읽는 법을 배우고 아주 자랑스러워했다. 그런 뒤 나는 내 친구 세이우기에게 이야기를 해달라고 부탁했다. 아이일 때 습지에서 야생 사냥 고양이를 만난 일을 회상해달라고 했다. 나는 그 이야기를 적고 "습지 호랑이, 아로 세이우기 씀"이란 제목을 붙인 뒤 둘러앉은 저자와 여자아이들과 여자들에게 큰 소리로 읽어주었다. 사람들은 경이로워하고 큰 소리로 웃었다. 세이우기는 흐느껴 울며 자신의 목소리가 담긴 글을 어루만졌다.

마을의 대장과 대장의 감독들, 십장들과 명예 아들들, 마을의 모든 성직자와 정부가 내 가르침에 의심의 눈길을 보내고 좋아하지 않았지만, 그러지 못하게 금지하고 싶어 하진 않았다. 요텝버 지역 정부는 자신들이 공립 학교들을 세우고 있으며, 마을 아이들이 그곳에 가 반년간 공부하게 될 거란 말을 이미 전해왔던 것이다. 마을 남자들은 자신의 아들들이 학교에 갈 때 이미 읽고 쓸 수 있다면 크게 득이 될 거란 걸 알았다.

몸집이 크고 온화하고 피부색이 옅으며, 전쟁에서 부상당해 한쪽 눈이 먼 '선택된 아들'이 마침내 내게로 왔다. 선택된 아들은 웨렐의 소유주들이 300년 전에 입었던 것 같은, 몸에 딱 붙는 긴 코트를 사무실에서 입고 있었다. 선택된 아들은 내게 여자아이들에겐 읽기를 가르쳐선 안 되며 오직 남자아이들에게만 가르치라고 말했다.

나는 배우고 싶어 하는 모든 아이를 가르칠 거라고, 그럴 수 없다면 누구도 가르치지 않겠다고 대답했다.

"여자아이들은 읽길 배우고 싶어 하지 않아." 선택된 아들이 말했다.

"배우고 싶어 합니다. 여자아이 열네 명이 이미 제 수업을 듣고 싶다고 했습니다. 남자아이들은 여덟 명이고요. 여자아이들에겐 종교적 훈련이 필요하지 않다고 말씀하시는 건가요, 선택된 아들?"

그 말에 선택된 아들이 잠시 침묵했다. "여자아이들은 자비로우신 여신님의 삶을 배워야 해." 선택된 아들이 말했다.

"여자아이들을 위해 튤의 삶을 글로 쓰겠습니다." 나는 곧바로 말했다. 선택된 아들은 위엄을 잃지 않은 채 자리를 떴다.

나는 변변친 않아도 승리했단 점에 살짝 기뻐했다. 적어도 나는 계속 가르치게 되었다.

퇄탁은 늘 내게 와서 도망치자고, 하류의 도시로 도망치자고 졸라댔다. 퇄탁은 기름진 음식들을 잘 소화할 수 없어서 살이 많이 빠졌다. 퇄탁은 일도 사람들도 모두 싫어했다. "당신에게야 괜찮겠죠. 당신은 플랜테이션 새끼였고, 먼지놈이었으니까. 하지만 전 아녜요. 제 어머니는 임대인이었고, 우린 하바 거리의 멋진 방들에서 살았어요. 전 제가 있던 실험실에서 최고로 똑똑한 훈련생이었다고요." 퇄탁은 자신이 잃어버린 세계에 살면서 계속해서 그 얘기를 하고 또 했다.

가끔 나는 도망치는 일에 대한 퇄탁의 이야기를 진지하게 들어주었다. 나는 내 잃어버린 책들에서 본 예이오웨이의 지도들을 기억해내려 애썼다. 나는 거대한 강인 요트 강이 내륙 한참 안쪽에서 시작해 3천 킬로미터를 달려 남해까지 흐른다는 것을 기억했다. 그러나 그 광대한 거리 중 우리는 도대체 어디에 있으며, 강의 삼각주에 있는 도시인 요텝버 시까지는 도대체 얼마나 멀단 말인가? 하가요트와 요텝버 시 사이에는 이런 마을이 수백

개는 있을 터였다. "겁탈당해봤어요?" 나는 퇄탁에게 물었다.

퇄탁은 화를 냈다. "전 임대인이지 사용녀가 아니에요." 퇄탁은 딱 잘라 말했다.

나는 말했다. "전 2년 동안 사용녀였어요. 다시 겁탈을 당한다면, 전 그 남자를 죽여버리든지 자살할 거예요. 전 여기서 웨렐 여자들이 단둘이 걷고 있으면 겁탈당할 거라고 생각해요. 그럴 순 없어요, 퇄탁."

"모든 곳이 여기 같을 순 없어요!" 퇄탁이 어찌나 필사적으로 소리쳤던지 나는 내 목이 다 눈물로 잠기는 것처럼 느꼈다.

"어쩌면 그들이 학교를 열 때, 그땐 도시들에서도 사람들이 올 거예요." 그게 내가 퇄탁에게, 혹은 나 자신에게 희망 삼아 할 수 있는 말의 전부였다. "어쩌면 이번 해에 수확이 좋아 우리 돈을 받을 수 있으면, 기차를 탈 수 있을 거예요……."

사실 그게 우리가 가질 수 있는 최선의 희망이었다. 문제는 대장과 그 무리에게서 우리 돈을 어떻게 받느냐는 거였다. 그자들은 협동조합의 소득을 자신들이 하가요트 은행이라 부르는 돌 오두막에 넣어뒀고, 그자들만이 그 돈을 볼 수 있었다. 누구나 계좌가 있었고, 그자들은 장부를 정확히 썼다. 누군가가 돈을 달라고 하면 나이 많은 은행 감독이 흙에 계좌 내용을 기록했다. 그러나 여자들과 아이들은 자신들의 계좌에서 돈을 인출할 수 없었다. 우리가 받을 수 있는 것은 일종의 가증권이 전부였고, 우리는 은행 감독이 표시한 이 진흙 조각으로 옷과 샌들, 도구, 구슬 목걸이, 쌀 맥주처럼 마을 사람들이 만든 물건들을 서로에게서 살 수 있었다. 우리의 진짜 돈은 은행에 안전하게 있다고 그자들은 말했다. 나는 쇼메케에서 나이 많은 절름발이 사내종이 폴짝거리고 노래하며 "은행에 돈이라고요, 영주님! 은행에 돈이라고요!" 하던 모습을 떠올렸다.

우리가 오기 전, 여자들은 이 시스템에 분개했었다. 이제 이 시스템에 분개하는 여자가 아홉 명 더 늘어났다.

어느 날 밤, 나는 머리털도 피부만큼이나 흰 내 친구 세이우기에게 물었다. "세이우기, 나다미란 곳에서 무슨 일이 있었는지 알아?"

"알아." 세이우기가 말했다. "여자들이 문을 열었지. 모든 여자가 보스들에 맞서 일어섰고, 그다음엔 남자들이 일어섰지. 하지만 그 사람들에겐 무기가 필요했어. 그리고 어떤 여자가 밤에 달려가 소유주의 상자에서 열쇠를 훔쳐, 보스들이 자기네 총과 총알들을 보관하던 튼튼한 곳의 문을 열었고, 온 힘을 다해 계속 그 문을 열어두었어. 덕분에 노예들은 무장할 수 있었지. 그리고 그 사람들은 법인들을 죽이고 그곳을, 나다미를 자유롭게 만들었어."

"웨렐에서조차 사람들은 그 이야기를 해." 내가 말했다. "그곳에서도 여자들은 나다미 이야기를, 여자들이 해방운동을 시작한 곳의 이야기를 해. 남자들도 그 얘기를 하지. 여기 남자들은 그곳 얘기를 하니? 여기 사람들도 그 이야기를 알아?"

세이우기와 다른 여자들이 고개를 끄덕였다.

"여자 한 명이 나다미의 남자들을 자유롭게 만들었다면, 하가요트의 여자들도 자신들의 돈을 자유롭게 만들 수 있을지 몰라." 나는 말했다.

세이우기는 깔깔대며 웃었다. 그러고는 할머니들에게 외쳤다. "라캄 말 좀 들어봐요! 얘 말 좀 들어봐요!"

며칠, 몇 주 동안 수많은 이야기가 오간 뒤, 우리 서른 명의 여자들은 여자들의 대표단을 만들었다. 우리는 도랑 다리를 건너 남자들 공간으로 갔고, 대장을 만나고 싶다고 예의 바르게 부탁했다. 우리의 주요한 교섭 수단은 창피 주기였다. 세이우기와 마을의 다른 여자들이 말을 도맡아 했다. 그들은 어떻게 하면 남자들을 분노나 앙갚음할 만큼 자극하지 않으면서 창피함을 느끼게 할 수 있는지 알았던 것이다. 그들의 말에 귀를 기울이며, 나는 한 존엄한 존재가 다른 존엄한 존재에게 얘기하는 것을, 한 자부심 있는 존재가 다른 자부심 있는 존재에게 얘기하는 것을 들었다. 예이오웨이에 오고 처음으로, 나는 내가 이 사람들과 하나라고 느꼈고, 나 역시 이 자부심과 위엄이 있는 존재라고 느꼈다.

마을에선 어떤 일도 빠르게 벌어지지 않는다. 하지만 다음 수확 때, 하가요트의 여자들은 자신들이 번 돈을 은행에서 현금으로 인출할 수 있었다.

"이젠 투표야." 나는 세이우기에게 말했다. 마을에는 비밀투표란 게 없었던 것이다. 지역 선거가 열릴 때면, 심지어 전 세계적 헌법 비준 때조차도, 대장들은 남자들을 선거인 명부에 등록한 뒤 투표용지를 채웠다. 여자들은 아예 명부에 등록조차 안 시켰다. 대장들은 자기들이 투표하고 싶은 대로 투표용지에 적어냈다.

그러나 나는 하가요트에 그 변화를 가져오는 일을 도우려 그곳에 남지 않았다. 퇄탁이 습지를 벗어나 도시로 간다는 열망 때문에 정말로 아프고 반은 미쳐버렸던 것이다. 나 역시 그러고 싶어 죽을 지경이었다. 그래서 우리는 우리 임금을 꺼냈고, 세이우기와 다른 여자들이 우릴 달구지에 태우고 둑길을 달려 습지 너머 화물역까지 태워다주었다. 거기서 우리는 깃발을 세워서, 승객이 있으니 멈춰달라고 다음 열차에 신호를 보냈다.

몇 시간 안 지나서 기차가 들어왔다. 습지 쌀을 싣고 요텝버 시의 제분소로 가는 기다란 유개화차였다. 우리는 기차 승무원들, 그리고 마을 사람들인 승객 몇 명과 승무원칸에 탔다. 나는 허리띠에 커다란 칼을 차고 있었지만, 남자들 중 누구도 우리에게 무례하게 굴지 않았다. 자기들의 집단 주거지를 벗어나자 남자들은 소심하고 수줍어했다. 나는 승무원칸의 내 간이침대에 앉아 크고 거칠고 깃털 같은 습지들과 넓은 강의 강둑 위 마을들이 어지럽게 지나가는 것을 지켜보았고, 기차가 이대로 영원히 달리길 바랐다.

그러나 퇄탁은 내 아래의 간이침대에 누워 기침을 하며 초조해했다. 요텝버 시에 도착했을 때 퇄탁은 몸이 심하게 약해져 있었고, 나는 퇄탁을 의사에게 데려가야 한다는 걸 알았다. 기차 승무원 중 한 남자가 친절을 보이며 대중교통을 이용해 병원까지 가는 법을 알려주었다. 우리는 사람들로 가득한 차를 타고 뜨겁고 북적이는 도시의 길들을 덜컹덜컹 달려갔지만, 그래도 나는 여전히 행복했다. 이건 내가 어쩔 수 있는 일이 아니었다.

병원에서 사람들은 우리에게 시민 등록 증서를 달라고 했다.

시민 등록 증서라니 내겐 완전히 금시초문이었다. 나중에야 나는 우리 증서가 하가요트의 대장들에게 주어졌으며 대장들은 그 서류들을 '자기들의' 여자들 증서 보관하듯 해왔다는 걸 알았다. 그때 내가 할 수 있는 일은 상대를 똑바로 보며 말하는 게 전부였다. "전 등록 증서 같은 건 전혀 모릅니다."

책상 앞에 앉은 두 여자 중 한 명이 다른 사람에게 말하는 소리가 들렸다. "주여, 어쩜 저렇게까지 먼지투성이일 수가 있대?"

난 우리가 어떻게 보일지 알았다. 우리가 더럽고 천해 보일 걸 알았다. 내가 무지하고 멍청해 보일 걸 알았다. 하지만 '먼지'란 말을 듣는 순간, 내 자존심과 위엄이 다시 깨어났다. 나는 가방에 손을 넣어 내 자유 증서를, 에로드가 쓴 그 오래된 증서를, 온통 구겨지고 접히고, 완전히 먼지로 뒤덮인 그 증서를 꺼냈다.

"이게 제 시민 등록 증서예요." 난 그 여자들이 깜짝 놀라 몸을 돌릴 정도로 큰 소리로 말했다. "내 어머니의 피와 내 할머니의 피가 여기 있어요. 여기 제 친구는 아프고요. 이 친구는 의사를 봐야 해요. 이제 의사를 데려와요!"

마르고 작은 여자가 복도에서 앞으로 나왔다. "이쪽으로 오세요." 여자가 말했다. 책상에 앉아 있던 두 여자 중 한 명이 항의하려 했다. 그러나 이 작은 여자가 그쪽을 획 보았다.

우린 그 여자를 따라 검사실로 갔다.

"전 의사인 예론이라고 합니다." 여자는 말한 뒤 다시 말을 정정했다. "간호사로 일하고 있죠." 여자가 말했다. "하지만 전 의사랍니다. 그리고 당신들, 당신들은 구세계에서 오셨죠? 웨렐에서요? 거기 앉으세요, 자, 아가씨, 셔츠 벗어보세요. 여기 온 지 얼마나 됐죠?"

15분 뒤, 여자는 진단을 마치고 휴식과 관찰을 위해 퇄탁을 병실에 눕혔고, 우리의 이야기를 모두 듣고는 쪽지 한 장을 써주며 날 자기 친구에게 보냈다. 그 친구가 내 살 곳과 일자리 찾는 걸 도와줄 거라 했다.

"가르친다고요!" 예론이 말했다. "선생님이군요! 아, 여인이여, 당신은 마른땅에 단비 같은 존재예요!"

실제로도 나와 얘기한 첫 번째 학교는 바로 날 고용하고 싶어 했고, 뭐든 원하는 대로 가르치라고 했다. 나는 자본주의 인간이 다 되었기에, 가르치는 걸로 돈을 더 받을 수 있는지 알아보려고 다른 학교들에도 찾아갔다. 그러나 결국 첫 번째 학교로 돌아왔다. 나는 거기 사람들이 맘에 들었다.

해방전쟁 전에 예이오웨이의 도시들은 자신의 자유를 돈으로 빌린 법인 소유 자산들의 도시들이었기에, 자신들의 학교와 병원과 온갖 종류의 훈련 프로그램들이 있었다. 심지어 옛 수도에는 자산들을 위한 대학까지 있었다. 물론 법인들은 이런 기관들로 들어가는 정보를 모두 통제했고, 모든 가르침과 쓰기를 감시하고 검열하며 모든 것이 자신들의 이익 극대화에 맞춰지도록

했다. 그러나 그 좁은 틀 안에서도 자산들은 자신들이 가진 정보를 원하는 대로 자유롭게 이용했고, 예이오웨이의 도시인들은 교육을 아주 값지게 여겼다. 30년간의 기나긴 전쟁 동안, 지식을 모으고 가르치는 시스템은 완전히 무너져 내렸다. 한 세대 전체가 아무것도 배우지 못한 채 자랐고, 싸우고 숨었으며, 기아와 질병만 알고 컸다. 내 학교의 교장은 내게 이렇게 말했다. "우리 아이들은 문맹에다 무식하게 자랐어요. 플랜테이션 대장들이 법인 보스들이 떠난 자리에 그대로 들어서도 하나도 이상할 게 없는 거죠. 누가 그자들을 막겠어요?"

이 남자들과 여자들은 오직 교육만이 자유로 가는 길이라고 열렬히 믿었다. 그들은 아직도 해방전쟁 중이었다.

요텝버 시는 크고 가난하고 햇볕이 잘 들며, 널찍한 대로들과 낮은 건물들, 그늘을 드리우는 크고 오래된 나무들이 이리저리 마구 뻗어 있는 도시였다. 사람들은 대부분 걸어다녔고, 천천히 걸어가는 사람들 사이에서 자전거들이 따르릉거리고 공용 자동차들이 뗑그렁거리며 함께 달려갔다. 강둑 뒤쪽에 있는 오래된 범람원에는 낡은 판잣집들과 오두막들이 엄청나게 서 있었고, 그곳의 땅은 비옥해서 재배용으로 안성맞춤이었다. 도시 중심은 낮게 솟아오른 언덕으로, 거기에서부터 제조소들과 조차장들이 뻗어나갔다. 도심지는 보에 데이오 시와 비슷해 보였고, 단지 좀 더 오래되고 더 가난하고 더 상냥했다. 사람들은 소유주들을 위한 커다란 상점들 대신, 열린 시장의 노점에서 모든 것을 사고팔았다. 이곳 남쪽의 공기는 온화했고, 따뜻하고 부드러운 바다 공기엔 안개와 햇빛이 가득했다. 나는 쭉 행복했다. 신의 은총으로, 난 불행한 일들은 잊어버릴 수 있는 정신 구조를 가지고 있다. 난 요텝버 시에서 행복했다.

톹탁은 건강을 되찾았고, 공장에서 화학자로서 좋은 일자리도 구했다. 우리의 우정은 선택이 아니라 필요에 의한 것이었기에, 나는 톹탁을 거의 만나지 않았다. 톹탁은 만날 때마다 하바 거리와 웨렐에 있는 자신의 실험실에 대해 얘기했고, 여기 자신의 일과 사람들에 대해 불만을 토했다.

예론이란 의사는 날 잊지 않았다. 예론은 쪽지를 써서 자길 한 번 찾아오라고 했고, 나는 그렇게 했다. 내가 안정되게 자리를 잡은 지금, 예론은 함께 어떤 교육계 모임에 가자고 말했다. 나는 이 모임이 대부분 선생들로 이루어진 민주주의자들의 모임임을 알게 되었다. 이들은 새 헌법 아래 부족 대장들과 지역 대장들의 독재적 권력에 대항해 싸웠고, 자신들이 노예 정신이라 부르는 것, 즉 내가 하가요트에서 겪었던 완고하고 여성 차별적인 계급제도를 없애려 애썼다. 그 사람들에게 내 경험은 유용했다. 그 사람들은 모두가 그 노예 정신에 지배당할 당시의 사람들만을 만나본 도시인이었기 때문이다. 그 모임에선 여자들이 가장 크게 분노했다. 그 사람들은 해방전쟁에서 대부분을 잃었고, 이젠 잃을 것도 별로 없었다. 대체로 남자들은 점진주의자들이었고, 여자들은 혁명을 일으킬 준비가 되어 있었다. 난 예이오웨이 정치에 무지한 웨렐인이었기에, 그저 귀 기울여 들었고, 말은 하지 않았다. 내겐 말하지 않는 게 힘든 일이었다. 나는 이야기하는 사람이고, 때론 말할 게 넘쳐나기도 했다. 하지만 혀를 꽉 잡아매고 열심히 들었다. 이들은 귀 기울일 가치가 있는 사람들이었다.

무지는 자신을 사납게 방어하고, 문맹은 나도 잘 알듯 날카로워질 수 있다. 투표를 부정하게 조작해 당선된 대장, 즉 요텝버 지역의 지역장은 우리가 학교 교육과정의 조작에 반대하는 것을 이해 못 할 수도 있었지만, 학교를 통제하는 데 너무 힘을 낭비하지 않았고, 그저 자신의 감독관들을 보내 우리 수업에 괜한 참견을 하고 책들을 검열하기만 했다. 그러나 대장이 중요하게 여기는 부분은, 법인들이 그랬듯, 자신이 네트를 조종한다는 사실이었다. 뉴스, 정보 프로그램, 근현실의 꼭두각시들, 모두가 대장이 줄을 놀리는 대로 춤을 췄다. 수많은 선생들이 거기에 대고 무슨 해를 끼칠 수 있겠는가? 학교 교육을 전혀 받아본 적이 없는 부모들의 아이들은 네트에 들어가, 대장이 아이들에게 알리고 싶어 하는 것들을 보고 듣고 느꼈다. 자유는 지도자에 대한 복종이며, 미덕은 폭력이며, 남자다움은 지배하는 것이라는 유의 지식이었다. 일상에서, 그리고 근현실의 고조된 흥미 위주의 경험에서 이런 진실들이 펼쳐지고 있는데, 말이 무슨 소용이 있겠는가?

"읽고 쓸 줄을 아는 것과는 전혀 상관이 없어." 우리 모임 중 한 명이 슬프게 말했다. "대장들은 우리 머리를 그냥 휙 뛰어넘어서 곧장 문자 이후 시대의 정보 기술로 진입했는걸."

나는 그 말을 곰곰이 생각하며, 상관이 없다느니, 문자 이후 시대라느니 그 여자가 멋지게 포장한 말들에 짜증을 냈다. 실은 그 여자의 말이 맞을까봐 겁이 났던 것이다.

다음 모임 때는 놀랍게도 외계인 한 명이 참석했다. 에큐멘의 그 부특사였다. 그자는 우리 대장들의 굉장한 자랑거리가 될 예정이었고, 이쪽에서 아직도 강력한 힘을 지니고 예이오웨이에서 모든 외국인을 몰아내야 한다고 소리 높이는 세계당에 명백히 대항해 대장의 입장을 지지하기 위해 옛 수도에서 보낸 이였다. 나는 이런 사람이 여기 있단 말을 얼핏 듣긴 했지만, 불온한 학교 선생들 모임에서 그자를 만나게 될 줄은 꿈에도 몰랐다.

부특사는 키가 작고 피부는 적갈색이었으며 눈에 흰자위가 보였지만, 그런 걸 무시할 수 있다면 잘생긴 남자였다. 부특사는 내 앞의 의자에 앉았다. 부특사는 가만히 앉아 있는 데 익숙하다는 듯 미동도 없이 앉아 있었고, 듣는 데도 익숙하다는 듯 말없이 계속 듣기만 했다. 모임이 끝나자 몸을 돌려 이상하게 생긴 눈으로 나를 똑바로 바라보았다.

"라돗세 라캄?" 부특사가 말했다.

나는 멍하니 고개를 끄덕였다.

"전 예헤다르헤드 핲찌바입니다." 남자는 말했다. "옛음악에게서 당신에게 전해줄 책을 좀 가져왔습니다."

나는 그자를 물끄러미 보았다. 내가 말했다. "책이라고요?"

"옛음악이 보내는 겁니다." 부특사는 다시 말했다. "웨렐에 사는 에즈다르돈 아야요."

"제 책이라고요?" 내가 되물었다.

부특사는 웃음 지었다. 부특사는 아주 잠시 스쳐 가는 환한 웃음을 지을 줄 알았다.

"오, 어디 있어요?" 나는 외쳤다.

"제 집에 있습니다. 원하시면 오늘 밤 함께 가지러 가셔도 됩니다. 제게 차가 있습니다." 부특사는 자신에게 차가 없을 것 같은데 실제로는 있지 않느냐는 식의 반어적이면서도 명랑한 말투로 말했다. 하지만 본인은 이 상황을 즐기는 듯했다.

예론이 다가왔다. "라캄을 찾아내셨군요." 예론은 부특사에게 말했다. 부특사가 어찌나 환한 얼굴로 예론을 보는지, 나는 둘이 연인이라 생각했다. 예론이 나보다 훨씬 나이가 많긴 해도, 말이 안 되는 생각은 절대 아니었다. 예론에겐 굉장한 매력이 있었던 것이다. 하지만 사람들의 연애사에 관심 끊은 지 오래인 내가 이런 생각을 한다는 게 좀 이상하긴 했다. 그런 건 정말 내 관심사가 아니었다.

부특사는 예론의 팔을 잡고 이야기했고, 나는 부특사가 얼마나 부드럽게 예론을 잡는지, 머뭇거리는 듯하면서도 얼마나 믿음이 가득하게 잡는지를 유난히 열심히 보았다. 이건 사랑이라고 나는 생각했다. 그러나 둘이 헤어질 때, 연인들이 곧잘 주고받는 비밀스러운 합의의 표정은 보이지 않았다.

부특사와 나는 부특사의 정부 전기차에 탔고, 부특사의 말없는 두 경호원인 여경들이 앞자리에 앉았다. 우리는 에즈다르돈 아야에 대해 말했고, 부특사는 에즈다르돈 아야란 이름이 옛음악이란 뜻이라고 설명해주었다. 나는 에즈다르돈 아야가 날 여기 보내서 내 목숨을 구해준 이야기를 했다. 부특사는 내가 얘기하기 편한 분위기로 내 말에 귀 기울여주었다. 내가 말했다. "책을 두고 와서 얼마나 괴로웠는지 몰라요. 계속 책 생각을 했고, 내 가족을 떼놓고 온 듯이 그리웠어요. 하지만 그렇게 느끼는 제가 바보일지 모른다는 생각도 해요."

"왜 바보죠?" 부특사가 물었다. 부특사의 말엔 외국 악센트가 있었지만, 이미 예이오웨이식의 경쾌한 가락을 익혔고, 목소리는 아름답고 낮고 따뜻했다.

나는 단숨에 모든 걸 설명하려 들었다. "음, 전 문맹인 상태로 도시에 왔기 때문에 책은 제게 아주 큰 의미가 있어요. 제게 자유를 주고, 세계를, 세계들을 준 것도 그 책들이었어요. 하지만 지금 여기에서 저는 네트와 입체 영상들, 근현실들이 사람들에게 현재를 주며 훨씬 더 큰 영향을 미치는 걸 보고 있어요. 어쩌면 책에 집착하는 건 그냥 과거에 집착하는 건지도 몰라요. 예이오웨이인들은 미래로 나아가야 해요. 그리고 단어들만 가지고선 절대 사람들의 정신을 바꿀 수 없을 거예요."

부특사는 모임에서 그랬듯 열심히 내 말에 귀 기울였고, 이윽고 천천히 대답했다. "하지만 단어는 생각의 근본적 방법입니다. 그리고 책은 그 단어들을 진실하게 유지하고요……. 저도 어른이 되어서야 글을 읽기 시작했습니다."

"당신이요?"

"읽는 법은 알았지만, 읽진 않았습니다. 전 시골 마을에서 살았습니다. 책이 있어야 하는 곳은 도시들이죠." 부특사는 이 문제에 대해 생각해봤다는 듯이 아주 단호하게 말했다. "도시에 책이 없으면, 우린 세대가 바뀔 때마다 계속해서 다시 시작해야 합니다. 그건 낭비입니다. 우린 단어들을 구해내야 합니다."

구시가지의 위쪽 끝에서도 위에 있는 부특사의 집에 도착하자, 현관에 책 네 상자가 보였다.

"모두 제 책은 아니에요!" 나는 말했다.

"옛음악은 이게 당신 거라고 했습니다." 예헤다르헤드 씨는 말하며 잽싸게 웃음 지었고, 날 곁눈질했다. 우리보단 외계인 쪽이, 어딜 보고 있는지 알아보기가 훨씬 쉽다. 우리의 경우에는, 푸른빛 도는 눈을 가진 소수의 사람들을 제외하면, 아주 가까이에서 봐야만 까만 눈에서 까만 동공의 움직임을 볼 수 있다.

"제겐 이렇게 많은 책을 놓아둘 곳이 없어요." 나는 그 묘한 남자, 옛음악이 어떻게 날 다시 한 번 자유로 이끌어줬는지 깨닫고 기뻐하며 말했다.

"당신 학교엔 어때요? 학교 도서관은요?"

좋은 생각이었지만, 나는 곧바로 대장의 감독관들이 책을 마구 뒤적일 것을 떠올렸다. 어쩌면 그자들이 책을 몰수해 갈 수도 있었다. 내가 그 부분에 대해 말하자, 부특사가 말했다. "제가 대사관에서 주는 선물이라며 학교 도서관에 기증하면요? 그럼 감독관들이 꽤나 난처할 것 같은데요."

"아." 나는 말했고, 갑자기 울먹하고 말았다. "왜 이렇게 친절하세요? 당신과 그 사람은…… 당신도 헤인인인가요?"

"네." 부특사는 나의 다른 질문엔 대답하지 않은 채 말했다.

"헤인이었습니다. 이제는 예이오웨이인이고 싶습니다."

부특사는 자기 경호원이 날 집까지 태워다주기 전에, 자기와 함께 앉아서 작은 잔으로 와인을 한 잔 마시자고 청했다. 부특사는 편안하고 다정했지만, 말이 별로 없었다. 나는 부특사에게서 상처를 봤다. 얼굴에 흉터들이 있었고, 머리 부상으로 머리털 사이에 틈이 있었다. 부특사가 내 책이 어떤 책들이냐고 물었고, 나는 대답했다. "역사책요."

그 말에 부특사는 웃음 지었고, 이번엔 느리게 웃었다. 부특사는 아무 말도 하지 않았지만, 날 향해 자기 잔을 들어 올렸다. 나도 부특사를 흉내 내며 내 잔을 들어 올렸고, 우리는 와인을 마셨다.

이튿날, 부특사는 우리 학교로 책들을 배달해주었다. 우리는 상자를 열어 책을 책꽂이에 꽂으면서 우리가 굉장한 보물을 얻었음을 깨달았다. "대학에도 이런 건 없어요." 대학에서 1년간 공부한 적이 있는 선생 한 명이 말했다.

웨렐의 역사와 인류학, 그리고 에큐멘 세계들의 역사와 인류학, 웨렐인들이 쓴 철학과 정치 저작들, 다른 세계 사람들이 쓴 철학과 정치 저작들이 있었고, 문학, 시, 단편소설의 요약본들, 백과사전, 과학책, 지도책, 사전들이 있었다. 책 상자 하나의 구석에는 몇 안 되는 내 책들, 내 보물들이 있었고, 심지어 내가 처음 봤던 작고 조잡한 책, 《예이오웨이의 역사, 자유 첫해에 예이오웨이 대학 펴냄》도 있었다. 나는 내 책의 대부분을 학교 도서관에 놔뒀지만, 이 책과 다른 몇 권만은 사랑과 위안 때문에 집으로 가져갔다.

　오래지 않아 나는 또 다른 사랑과 위안을 찾아냈다. 학교의 한 아이가 내게 선물을 가져다줬던 것이다. 막 젖을 뗀 얼룩 고양이였다. 그 남자아이가 어찌나 애정과 우쭐함에 가득 차서 그 선물을 내밀었던지, 나는 그 새끼 고양이를 절대 거절할 수 없었다. 내가 다른 선생에게 그 새끼 고양이를 넘기려 하자, 다들 깔깔대며 웃었다. "당신이 뽑힌 거예요, 라캄!" 다른 선생들은 말했다. 그래서 난 어쩔 수 없이 그 어린것을 집으로 데려갔고, 새끼 고양이의 연약함과 섬세함이 두렵다 못해 혐오감까지 들 지경이었다. 제스크라에서 베자의 여자들은 애완동물이 있었고, 얼룩 고양이와 여우개는 우리보다도 잘 먹고사는 버릇없는 응석받이 녀석들이었다. 나도 한때는 애완동물의 이름으로 불렸었다.

　나는 새끼 고양이를 바구니에서 꺼내며 녀석을 놀래켰고, 새끼 고양이는 내 엄지손가락을 뼈 있는 곳까지 깊숙이 물었다. 새끼 고양이는 조그맣고 연약했지만 이가 있었다. 나는 녀석에게 경외감을 느끼기 시작했다.

　그날 밤 자라고 새끼 고양이를 바구니에 넣었지만, 녀석은 내 침대로 기어 올라와 내 얼굴에 앉았고, 나는 결국 녀석을 이불 속에 넣어주었다. 새끼 고양이는 이불 속에서 밤새 정말 꼼짝도 않고 잤다. 아침이 되자 녀석은 내 위에서 춤을 추며 날 깨웠다. 햇빛에 보이는 먼지 조각들을 잡으려 애쓰는 중이었다. 나는 녀석 때문에 깔깔 웃으며 잠에서 깼고, 참으로 즐거웠다. 나는 이제까지 한 번도 이렇게 크게 소리 내어 웃은 적이 없었음을 깨달았고, 다시 그렇게 웃고 싶어졌다.

  새끼 고양이는 온몸이 까만색이었고, 몸의 얼룩은 특정한 빛에서만 보였다. 까만 얼룩의 까만 고양이였다. 나는 녀석을 소유주라고 불렀다. 내 조그만 소유주가 날 반겨주기에 매일 저녁 집으로 돌아오는 일이 즐거웠다.

  이제 다음 반년 동안, 우리는 여자들의 거대한 시위 운동 계획을 짰다. 여러 번 모임이 있었고, 그중 몇 번은 다시 부특사를 만났으며, 이제 내가 그 사람을 찾기 시작했다. 나는 부특사가 우리 주장에 귀 기울이는 모습을 보는 게 좋았다. 사람들 중에는, 평등은 모두를 위한 것이어야 하므로 이 시위가 여자들의 부당한 대우와 권리에 한정되지 말아야 한다고 주장하는 이들이 있었다. 또 어떤 이들은 시위가 어떤 식으로든 외국인들의 지지에 기대선 안 되며 순수하게 예이오웨이인들의 운동이어야 한다고 주장했다. 예헤다르헤드 씨는 조용히 귀 기울여 들었지만, 나는 화가 났다. "전 외국인입니다." 내가 말했다. "그렇다고 해서 제가 당신들에게 아무 소용 없는 사람이 되나요? 딱 소유주같이 말하네요. 마치 당신이 다른 이들보다 훨씬 나은 사람인 것처럼요!" 그러자 의사인 예론이 말했다. "예이오웨이 헌법에 평등이 모두를 위한 것이라 쓰인 걸 보게 되면, 정말로 평등이 모두를 위한 것이라 믿겠어요." 내가 하가요트에 있을 당시 전 세계적 투표로 확정된 우리의 헌법은 시민을 남자로만 얘기했던 것이다. 결국 우리의 시위는, 여성을 시민에 포함하고, 비밀투표를 규정하고, 자유롭게 발언할 권리, 언론의 자유와 집회의 자유, 모든 아이들을 위한 무료 교육을 보장하게 헌법을 개정하라는 요구가 되었다.

나는 그 더운 날, 여자 7만 명과 함께 기차 철로에 누웠다. 그 사람들과 함께 노래했다. 나는 그렇게 많은 여자들이 함께 노래하면 어떻게 들리는지, 노랫소리가 얼마나 크고 깊게 나는지 들었다.

그 거대한 시위를 위해 여자들을 모을 무렵은, 내가 다시 사람들 앞에서 강연하기 시작한 뒤였다. 그건 내가 가진 재능이었고, 우리는 내 재능을 이용했다. 가끔 패거리의 남자아이들이나 무지한 남자들이 와서 야유하고 위협하며 외쳤다. "여자 보스, 여자 소유주, 시꺼먼 창녀야, 네가 온 곳으로 돌아가버려!" 한번은 그자들이 그렇게 돌아가라, 돌아가라 외치고 있을 때, 내가 마이크에 몸을 숙이고 말했다. "전 못 돌아갑니다. 제가 노예였던 플랜테이션에서 우린 이런 노래를 부르곤 했죠." 그리고 나는 노래했다.

오, 오, 예이오웨이,
누구도 절대 돌아오지 않네.

노랫소리에 그자들은 잠시 조용해졌다. 그자들은 그 노래를, 그 끔찍한 슬픔을, 그 열망을 들었다.

거대한 시위 후 그 들끓음은 절대 사라지지 않았지만, 예론의 말대로, 힘이 빠지고 운동이 전진하지 않을 때는 있었다. 그때 중 언젠가, 나는 예론에게 가서 우리의 인쇄소를 세우고 책을 출판하자고 제안했다. 이건 하가요트에서 세이우기가 자신의 글을 만지며 울던 그날 이후로 내가 꿈꿔오던 일이었다.

"말은 사라져요." 내가 말했다. "그리고 네트의 모든 단어들과 이미지들도 사라지고, 누구라도 그걸 바꿀 수 있어요. 하지만 책은 그 자리에 그대로 있죠. 책은 영원해요. 책은 역사의 몸통이라고, 예헤다르헤드 씨가 그렇게 말했어요."

"감독관들은 어쩌고요." 예론이 말했다. "헌법이 수정되어 출판의 자유가 들어가기 전까지는, 대장들이 자기네가 직접 구술한 게 아니면 누구에게도 절대 출판 허가를 내주지 않을 거예요."

나는 내 생각을 포기하고 싶지 않았다. 나는 요템버 지역에선 정치적인 것은 어떤 것도 출판할 수 없다는 걸 알았지만, 그 지역 여자들이 쓴 이야기와 시는 어쩌면 출판할 수도 있을 거라 주장했다. 다른 이들은 그게 시간 낭비라 여겼다. 우린 오랫동안 이리저리 의논했다. 예헤다르헤드 씨는 옛 수도 북쪽에 있는 대사관에 다녀왔다. 예헤다르헤드 씨는 우리의 토론에 귀 기울였지만, 아무 말도 하지 않았고, 나는 실망했다. 예헤다르헤드 씨가 우리 프로젝트를 지지해줄지도 모른다고 생각했던 것이다.

어느 날 나는 학교에서 내 아파트까지 걸어가고 있었다. 내가 사는 아파트는 강둑에서 멀지 않은 크고 오래되고 시끄러운 건물 안에 있었다. 나는 내 집이 좋았다. 창문을 열면 나뭇가지들이 보이고, 나무 사이로 강이 보였던 것이다. 너비가 4마일쯤 되는 강은 건기에는 모래톱과 갈대숲과 버드나무 섬 사이를 천천히 흘렀고, 폭풍우가 몰아치는 우기에는 강둑 위로 넘실거렸다. 그날 집에 거의 다 왔을 때, 예헤다르헤드 씨가 나타났다. 평소처럼 찌무룩한 표정의 여경 두 명이 뒤에 딱 붙어 있었다. 그 둘은 내게 인사하고 얘기 좀 할 수 있겠느냐고 물었다. 나는 당황했고, 어찌할 바를 모르다가 함께 우리 집에 가자고 청했다.

경호원들은 로비에서 기다렸다. 3층에 있는 큰 방 하나가 우리 집의 전부였다. 나는 침대에 앉았고, 부특사는 의자에 앉았다. 소유주는 부특사의 발 주위를 빙빙 돌며 누구? 누구? 하고 묻듯 루루거렸다.

나는 부특사가 화려한 행렬과 줄줄이 지나가는 차들, 정교한 배지와 제복을 엄청나게 사랑하는 대장과 그 일당의 기대를 꺾으면서 기뻐하는 모습을 봐왔다. 부특사와 여경들은 그의 정부차를 타거나 혹은 걸어서 온 도시를, 요텝버 전체를 돌아다녔다. 사람들은 그 점 때문에 부특사를 좋아했다. 지금은 나도 알고 있듯이, 사람들은 부특사가 여기 온 첫날 혼자 걸어서 밖에 나갔다가 세계당 패거리에게 습격받아 두들겨 맞은 뒤 버려져 죽을 뻔했던 일을 알고 있었다. 도시 사람들은 부특사의 용기를 좋아했고, 부특사가 어디서나 누구와도 얘기하는 그 방식을 맘에 들어했다. 사람들은 부특사를 받아들였다. 해방운동을 하는 우리는 부특사를 '우리 특사'라고 생각했지만, 부특사는 사람들의 특사였고, 또한 대장의 특사였다. 대장은 부특사의 인기를 싫어했을지도 모르지만, 어쨌거나 부특사의 인기에서 이득을 챙겼다.

"인쇄소를 시작하고 싶어 하신다고요." 부특사는 네 발을 공중에 들고 벌렁 나자빠진 소유주를 쓰다듬으며 말했다.

"예론 선생님께서는 헌법 개정이 있기 전까지는 아무 소용이 없다고 하세요."

"예이오웨이에 정부가 직접 통제하지 않는 인쇄소가 하나 있습니다." 예헤다르헤드 씨는 소유주의 배를 쓰다듬으며 말했다.

"조심하세요, 그 녀석 물어요." 내가 말했다. "그게 어디 있죠?"

"대학에요. 그렇네요." 예헤다르헤드 씨는 말하며 자신의 엄지손가락을 보았다. 나는 사과했다. 예헤다르헤드 씨는 소유주가 확실히 수컷이라 생각하느냐고 내게 물었다. 나는 그렇게 들었다고 했지만, 실제로 보고 확인할 생각은 한 번도 해보지 못했다. "제가 받은 인상으론 당신의 소유주는 마님인데요." 예헤다르헤드 씨가 말했고, 그 말하는 방식 때문에 나는 걷잡을 수 없이 웃기 시작했다.

예헤다르헤드 씨도 나와 함께 웃으며 엄지손가락에서 피를 빨고 계속 말했다. "그 대학은 한 번도 대단한 곳이 되어본 적이 없습니다. 법인의 책략이었습니다. 자산들이 대학에 가는 척 하게 두는 거요. 전쟁의 마지막 몇 년 동안 대학은 문을 닫았습니다. 해방의 날 이후로 다시 문을 열었고, 아무도 그리 신경 쓰지 않는 가운데 어떻게든 살아남았죠. 교수진은 대부분 늙었습니다. 교수들은 전쟁 후 학교로 돌아왔죠. 예이오웨이 국가 정부는 예이오웨이 대학이 있다고 하면 듣기에 그럴듯하니까 대학에 보조금을 주고 있지만, 실제론 아무 신경도 안 씁니다. 대학이 아무 힘도 없거든요. 그리고 많은 이들이 미개한 남자들이라서요." 예헤다르헤드 씨는 어떤 비웃는 기색도 없이 담담하게 설명하듯 말했다. "그 대학에 인쇄소가 있습니다."

"알아요." 내가 말했다. 나는 내 옛 책을 들어 부특사에게 보여주었다.

 부특사는 잠시 책을 훑어보았다. 표정이 묘하게 부드러웠다. 나는 넋을 잃고 부특사를 지켜보았다. 아기에게 끊임없이 온갖 관심을 주며 반응하는 여자를 지켜보는 것과 비슷했다.

"선전과 오류와 희망으로 가득하군요." 예헤다르헤드 씨는 마침내 말했고, 목소리 역시 부드러웠다. "음, 제 생각엔 훨씬 낫게 개선할 수 있을 것 같습니다. 안 그런가요? 편집자 한 명만 있으면 됩니다. 그리고 작가 몇 명도요."

"감독관들은 어쩌고요." 나는 예론을 흉내 내며 경고했다.

"학문의 자유는 에큐멘이 쉽게 영향력을 발휘할 수 있는 부분이랍니다." 예헤다르헤드 씨는 말했다. "우린 헤인과 베에 있는 에큐멘 학교들에 와서 공부하라고 사람들에게 권하니까요. 우린 정말로 예이오웨이 대학의 졸업생들을 초청하고 싶습니다. 하지만 물론, 책이 부족해서, 정보가 부족해서 그 사람들의 교육 수준에 심각한 결함이 있다면……."

"예헤다르헤드 씨, 정부 정책을 뒤엎으실 '생각'인 건가요?" 나도 모르게 그런 질문이 입에서 터져 나왔다.

 부특사는 웃지 않았다. 부특사는 상당히 오랜 시간 뜸을 들이다가 대답했다. "모르겠습니다. 이제까지 대사는 절 지지해줬습니다. 우린 둘 다 견책당할 수도 있습니다. 혹은 잘리거나요. 제가 원하는 건……." 부특사의 기묘한 두 눈은 다시 나를 똑바로 보고 있었다. 부특사는 아직 손에 들고 있는 책을 내려다보았다. "제가 원하는 건 예이오웨이 시민이 되는 겁니다." 부특사가 말했다. "하지만 제가 예이오웨이에, 해방운동에 유용한 이유는 에큐멘과 관련된 위치에 있기 때문이지요. 그러니 전 그 사람들이 제게 그만하라고 할 때까지 계속 그 지위를 이용 혹은 남용할 겁니다."

부특사가 떠나자, 나는 부특사가 내게 하라고 부탁한 일에 대해 생각해봐야 했다. 나는 역사 선생으로서 그 대학에 가고, 일단 간 뒤엔, 인쇄소에서 편집자로 일하겠다고 자원해야 했다. 나 같은 배경을 지니고 나처럼 조금밖에 못 배운 여자가 하기엔 터무니없는 일처럼 보였고, 그래서 나는 내가 부특사의 말을 오해하고 있음이 분명하다고 생각했다. 자신의 말을 이해한 게 맞다고 부특사가 날 설득했을 땐, 나는 내가 누군지, 내 능력이 어떤지를 부특사가 무척 심하게 오해하고 있음이 분명하다고 생각했다. 그 일에 대해 좀 더 얘기한 뒤 부특사는 떠났다. 자기 때문에 내가 불편해하며 어쩌면 자기 자신도 좀 불편하다고 느끼는 게 확실했다. 그럼에도 우리는 사실 아주 많이 웃었고, 난 불편하게 느끼지 않았으며, 단지 내가 미친 게 아닌가 생각했을 뿐이다.

나는 부특사가 내게 부탁한 일에 대해 생각해보려 애썼다. 나 자신을 훨씬 뛰어넘어보려고 애썼다. 생각해보는 게 쉽진 않다는 걸 깨달았다. 내가 내려야 하는 이 거대한 선택, 내가 상상할 수 없는 이 미래가 마치 내 위에 내려앉아 있는 것만 같았다. 그러나 나는 부특사에 대해서, 예헤다르헤드 합찌바에 대해서 생각했다. 저기 내 낡은 의자에 앉아 허리를 숙이고 소유주를 쓰다듬는 부특사를 계속 보았다. 부특사는 엄지손가락에서 피를 빨았다. 큰 소리로 웃었다. 흰자가 보이는 눈으로 나를 보았다. 나는 도기색을 띤 부특사의 적갈색 얼굴과 적갈색 손을 보았다. 부특사의 조용한 목소리가 내 마음속에서 울렸다.

나는 이제 반쯤 자란 새끼 고양이를 집어 들어 뒤쪽 끝을 보았다. 수컷의 상징 따위는 전혀 없었다. 조그맣고 까맣고 비단처럼 부드러운 녀석의 몸이 내 두 손 안에서 꿈틀거렸다. 나는 부특사가 한 말을 떠올렸다. "당신 소유주는 마님이에요." 나는 다시 큰 소리로 웃고 싶어졌고, 그다음엔 울고 싶어졌다. 나는 새끼 고양이를 쓰다듬고 내려주었고, 고양이는 조용히 내 옆에 앉아 자신의 어깨를 핥았다. "아, 불쌍한 마님." 나는 말했다. 그때 내가 누굴 말했던 건지 모르겠다. 새끼 고양이인지, 타제이우 마님인지, 아니면 나 자신인지.

부특사는 자신의 제안에 대해 천천히 생각해보라고, 원하는 만큼 오랜 시간을 들여 생각해보라고 했다. 그러나 이틀 뒤, 내가 제안에 대해 전혀 생각해보지 않은 상태로 학교에서 나오는데 부특사가 걸어와 나를 기다리고 있었다. "강둑에서 산책하실래요?" 부특사가 말했다.

나는 주위를 둘러보았다.

"저기 있어요." 부특사는 차가운 눈빛의 경호원들을 가리키며 말했다. "제가 가는 곳마다 저 사람들이 있죠. 3미터에서 5미터쯤 떨어져서요. 저와 함께 걸으면 지루하긴 해도 안전은 하실 겁니다. 저에 관해선 믿으셔도 좋습니다."

우리는 함께 거리를 걸어갔고 이른 저녁의 기다란 햇살 속에서 강둑길로 올라갔다. 분홍색 섞인 금빛의 햇살은 따뜻했고, 공기에선 강과 진흙과 갈대 냄새가 났다. 총을 든 두 여자는 약 4미터쯤 뒤에서 따라왔다.

"당신이 대학에 가게 된다면, 저도 계속 거기에 있을 겁니다." 오랜 침묵을 깨고 부특사가 말했다.

"전 아직……." 나는 말을 더듬었다.

"당신이 여기 있겠다면, 저도 계속 여기에 있을 겁니다." 부특사가 말했다. "그러니까, 그래도 당신이 괜찮다면 말입니다."

나는 아무 말도 하지 않았다. 부특사는 고개를 돌리지 않은 채 나를 보았다. 불현듯 내 입에서 이런 말이 튀어나왔다. "당신이 어딜 보고 있는지 제가 알 수 있다는 점이 맘에 들어요."

"당신이 어딜 보고 있는지 제가 알 수 없다는 점이 전 맘에 듭니다." 부특사는 나를 똑바로 보며 말했다.

우리는 계속 걸었다. 왜가리 한 마리가 작은 갈대 섬에서 날아올라 거대한 날개를 치며 물 위를 날아갔다. 우리는 남쪽으로, 하구 쪽으로 걷고 있었다. 연기와 안개가 자욱한 도시 너머로 해가 지면서 서쪽 하늘을 온통 빛으로 물들였다.

"라캄, 전 당신이 온 곳이 어떤 곳인지, 웨렐에서 당신의 삶이

어땠는지 알고 싶습니다." 부특사는 아주 부드럽게 말했다.

나는 숨을 길게 들이쉬었다. "다 지난 일이에요." 내가 말했다. "과거예요."

"우린 우리의 과거입니다. 그것뿐만은 아니지만요. 전 당신을 알고 싶습니다. 절 용서하십시오. 전 당신을 굉장히 많이 알고 싶습니다."

잠시 후 내가 말했다. "저도 당신에게 말해주고 싶어요. 하지만 너무 나빠요. 너무 추해요. 지금, 여기는 아름다워요. 그걸 잃고 싶지 않아요."

"당신이 말해주는 건 뭐든 소중하게 간직하겠습니다." 부특사는 내 심장을 울리는 특유의 조용한 목소리로 말했다. 그래서 나는 쇼메케 집단 주거지에 대해 내가 해줄 수 있는 이야기를 모두 해주었고, 그런 뒤엔 내 이야기의 나머지를 서둘러 말했다. 부특사는 가끔 질문을 던졌다. 대체로는 듣기만 했다. 때로는 듣다가 내 팔을 잡았지만, 나는 그 순간에 바로 알아차릴 때가 거의 없었다. 내가 한 몸짓을 놔달라는 뜻으로 알고 부특사가 내 팔을 놓아줄 때면, 그의 가벼운 접촉이 아쉬웠다. 부특사의 손은 서늘했다. 나는 부특사가 손을 뗀 뒤에도 내 팔죽지에서 그의 서늘한 손길을 느낄 수 있었다.

"예혜다르헤드 씨." 우리 뒤에서 누가 말했다. 경호원 중 한 명이었다. 해가 졌고, 하늘은 금색과 붉은색으로 물들어 있었다. "그만 돌아가시는 게 좋지 않겠습니까?"

"네." 부특사가 말했다. "고맙습니다." 우리는 몸을 돌렸고,

그때 나는 부특사의 팔을 잡았다. 부특사가 움찔하는 것이 느껴졌다.

쇼메케를 나온 이후로 난 남자나 여자를 열망해본 적이 없었다. 이건 정말이다. 나는 사람들을 사랑했고, 사랑하는 마음으로 그 사람들을 만졌지만, 절대로 욕망에 이끌려 그런 적은 없었다. 내 문은 잠겨 있었다.

이제 문이 열렸다. 이제 나는 너무나 약해져서 부특사의 손만 닿아도 걸을 수조차 없을 지경이었다.

나는 말했다. "당신과 걸으면 안전하니 얼마나 좋은지 몰라요."

내가 무슨 말을 하는지도 모르면서 말했다. 나는 몸은 서른 살이었지만, 마음은 어린 여자아이, 내가 한 번도 살아보지 못했던 그런 여자아이와 마찬가지였다.

부특사는 아무 말도 하지 않았다. 우리는 사그라져가는 웅장한 빛 속에서 조용히 강과 도시 사이를 걸어갔다.

"저와 함께 집에 가시겠습니까, 라캄?" 예헤다르헤드 씨가 말했다.

이젠 내가 아무 말도 하지 않았다.

"경호원들은 함께 집에 들어가지 않습니다." 예헤다르헤드 씨는 내 귀에 대고 아주 낮은 목소리로 말했고, 나는 그이의 숨결까지 느꼈다.

"절 웃게 하지 말아요!" 나는 외치며 울기 시작했다. 강둑을 걷는 내내 울었다. 흐느끼다 울음이 그친다고 생각할 때면 다시 흐느낌이 터져 나왔다. 나는 내 모든 슬픔, 내 모든 창피함 때문에 울었다. 그 슬픔과 창피함이 지금 내게 남아서, 그리고 앞으로도 그럴 것이기 때문에 울었다. 문이 열렸고, 마침내 그 문을 지나갈 수 있기에, 반대쪽으로 들어갈 수 있기에, 하지만 그러기가 겁이 나서 나는 울었다.

차에 타고 학교 가까이까지 오자, 그이는 날 두 팔로 안고 그저 조용히 있었다. 앞좌석에 앉은 두 여자는 절대 뒤돌아보지 않았다.

우리는 그이의 집으로 들어갔다. 전에 한번 본 적이 있었는데, 법인 시절 어느 소유주가 쓰던 오래된 대저택이었다. 그이는 경호원들에게 고맙다고 인사한 뒤 문을 닫았다. "저녁 식사 들죠." 그이가 말했다. "요리사는 나갔어요. 원래는 당신을 레스토랑에 데려가려 했는데. 그만 깜박했습니다." 그이는 나를 부엌으로 데려갔고, 부엌에는 차가운 쌀밥과 샐러드와 와인이 있었다. 식사 후, 그이는 부엌 식탁 너머로 나를 보고는 다시 아래를 보았다. 그이가 머뭇대는 모습을 보자 온몸이 얼어붙고 아무 말도 나오지 않았다. 한참 뒤 그이가 말했다. "아, 라캄! 제가 당신과 사랑을 나누게 해주시겠습니까?"

"제가 당신과 사랑을 나누고 싶어요." 나는 말했다. "전 한 번도 사랑을 나누어본 적이 없어요. 그 누구와도 사랑을 나누어본 적이 없어요."

그이는 웃으며 일어나 내 손을 잡았다. 우리는 함께 2층으로 올라가며, 전에는 이 집에서 남자들의 공간이던 곳의 입구를 지나쳤다. "전 베자에 삽니다." 그이가 말했다. "하렘에서요. 전 여자들 공간에서 살죠. 그곳 경치가 맘에 듭니다."

우리는 그이의 방으로 갔다. 그이는 자기 방에 가만히 서서 나를 바라보다가 시선을 돌렸다. 나는 너무 겁이 났고, 너무나 당황했고, 그이에게 다가갈 수 없다고, 그이를 만질 수 없다고 생각했다. 나는 억지로 용기를 내 그이에게 갔다. 손을 들어 그이의 얼굴을 만졌고, 눈 옆의 상처들과 입가의 상처를 만졌고, 두 팔로 그이를 안았다. 이윽고 나는 그이를 내게로 더 가까이, 더 가까이 끌어당겼다.

그날 밤 언젠가, 그이와 한데 엉켜 누워 졸면서 내가 말했다.
"예론 선생님과 잤어요?"

나는 합찌바가 소리 내어 웃는 것을 느꼈다. 내 배와 닿아 있던 그이의 배 속에서 느릿느릿하고 부드러운 웃음이 터졌다.
"아뇨." 합찌바가 대답했다. "예이오웨이에서 당신 말고 그 누구와도 자지 않았어요. 그리고 당신은, 예이오웨이에서 저 말고 누구와도 자지 않았고요. 우린 처녀들이에요, 예이오웨이 처녀들…… 라캄, 아라하……." 합찌바는 내 어깨의 오목한 곳에 자신의 머리를 누이고 외국어로 뭐라 더 말하고는 잠들어버렸다. 합찌바는 깊고 곤하게 잤다.

같은 해 나중에, 나는 북쪽의 그 대학으로 갔고, 역사를 가르치는 교수로 받아들여졌다. 당시 그 사람들의 기준으로, 나는 충분한 자격을 갖추고 있었다. 나는 그 뒤로 쭉 거기에서 역사를 가르치면서 출판사의 편집자로 일했다.

그이는, 합찌바는 자신이 그러겠노라 말한 대로 쭉, 혹은 대부분 그곳에 있었다.

 헌법 수정안은 예이오웨이 해방 18년에 투표에 부쳐졌고, 거의 비밀투표였다. 여기까지의 사건들, 그리고 그 뒤의 사건들은 대학 출판사에서 새로 나온 세 권짜리 《예이오웨이의 역사》에서 읽을 수 있다. 지금까지 나는 말해달라고 부탁받은 이야기를 했다. 그리고 많은 이야기들처럼, 나 역시 두 사람의 결합으로 이야기를 맺었다. 두 세계의 역사, 우리 평생의 위대한 혁명들, 희망들, 우리 종족의 끝없는 잔학한 행위들 속에서, 한 남자의 그리고 한 여자의 사랑과 욕망은 과연 무엇인가? 아주 작은 것이다. 하지만 작은 열쇠가 문 옆에 있을 때는 그 문을 연다. 열쇠를 잃어버리면, 문은 절대 열 수 없을지도 모른다. 바로 우리의 몸속에서, 우리는 우리의 자유를 잃거나 자유롭기 시작하고, 바로 우리의 몸속에서, 우리는 우리의 노예 생활을 받아들이거나 끝낸다. 그래서 나는 이 책을 썼다. 이제껏 나와 함께 자유롭게 살아왔고 자유롭게 죽을, 내 친구를 위해.

웨렐과 예이오웨이에 관한 주해

FOUR WAYS TO FORGIVENESS

1. 이름과 단어의 발음

보에 데이오어(이는 예이오웨이의 언어이기도 하다)와 가타이어에서, 모음은 일반적인 '유럽 음가'를 따른다.

아: 파더father의 '아 ah'
에(에이): 렛let의 '에 eh' 혹은 헤이hey의 '에이 ay'
이: 머신machine의 '이 ee' 혹은 잇it의 '이 ih'
오: 고go의 '오 o' 혹은 오프off의 '오 oh'
우: 루비ruby의 '우 oo'

보에 데이오어에서 강세는 보통 마지막에서 두 번째 음절에 실린다. 따라서:

아르캄예: 아르-캄-예
밤부르: 밤-부르
보에이바: 보-에이-바
돗세: 돗-세
에로드: 에-로드
가레이오트: 가-레이-오트
가타이: 가-타-이
게데: 게-데
게이우: 게이-우
하메: 하-메
하가요트: 하-가-요트
하야와: 하-야-와
캄예: 캄-예
케이오: 케이-오
마킬: 마-킬
나다미: 나-다-미
노에이하: 노-에이-하
라마요: 라-마-요
레이가: 레이-가
레웨: 레-웨
산 우바트타트: 산-우-바트-타트
세이우기: 세이-우-기
쇼메케: 쇼-메-케

수하메: 수-하-메

타제이우: 타-제이-우

테예이오: 테-예이-오

티쿠리: 티-쿠-리

토에바웨: 토-에-바-웨

톨: 투-알 혹은 톨

베이오트: 베이-오트

보에 데이오: 보-에-데이-오

왈수: 왈-수

웨렐: 웨-렐

예이오웨이: 예이-오-웨이

예론: 예-론

요케: 요-케

요텝버: 요-텝-버

요와: 요-와

신의 이름인 캄예(캄)와 톨로 이루어진 이름은 그 부분에 강세가 주어지는 경향이 있다. 따라서:

압버캄: 압-버-캄

바티캄: 바-티-캄

라캄: 라-캄

세이지-톨: 세이-지-톨

톹탁: 톹-탁

헤인어

(헤인인들 사이에 보편적인, 극단적으로 긴 혈통-이름은 일상에서는 잘라서 쓴다. 따라서 마틴-예헤다르헤드-듀라-가-무루스케츠는 예헤다르헤드가 된다.)

아라하: 아-라-하
에큐멘(고대 테라 단어에서 나옴): 에-큐-멘
에즈다르돈 아야: 에즈-다르-돈-아-야
합찌바: 합-찌-바
이얀 이얀: 이-얀-이-얀
카쓰하드: 카쓰-하드
메쩨: 메-쩨
스트세: (영어로 'beST SEt'를 대문자 부분만 읽을 때처럼) 스트세
튜: 튜
베: 베
예헤다르헤드: 예-헤-다르-헤드

2. 웨렐 행성과 예이오웨이 행성

지역년 5467, 헤인 사이클 93, 헤인의 다란다에서 출판된 《알

려진 세계들의 안내서》에서.

   역사적 날짜가 '현재이전Before Present: BP'의 연도로 주어질 때, 에큐멘 해 2102년은 '현재'로 간주.

웨렐-예이오웨이 태양계는 황백색 별(RK-타모-5544-34) 주위를 도는 16개의 행성들로 이루어져 있다. 생명체는 세 번째, 네 번째, 다섯 번째 행성에서 발생했다. 보에 데이오어로 라쿠리라 부르는 다섯 번째 행성에는 건조한 추위를 견뎌낼 수 있는 무척추의 생명 형태만 있고, 아직까지 개발되거나 식민지화된 적이 없다. 세 번째와 네 번째 행성인 예이오웨이와 웨렐은 대기, 중력, 기후 등의 면에서 충분히 헤인의 기준치 안에 있다. 웨렐은 수백만 년 전, 팽창 후기에 헤인에 의해 식민지화되었다. 웨렐에서 발견된 모든 동물 생명 형태는 일부 식물군과 더불어 헤인에서 유래한 것들이므로, 사라진 토착동물군은 없었다고 보인다. 예이오웨이에는 웨렐이 BP 365년에 식민지화하기 전까진 어떤 동물 생명체도 없었다.

웨렐

자연사

   태양에서 네 번째 행성인 웨렐은 일곱 개의 작은 달들을 가지고 있다. 웨렐의 현재 기후는 냉온대이며, 양극은 심하게 춥다.

식물군은 대체로 자생이고, 동물군은 완전히 헤인에서 기원했으나, 토착식물들과 공생시키기 위해 의도적으로 개량되었고, 유전자 부동과 적응을 통해 더욱 개량되었다. 인간이 적응한 경우로는 피부의 청변 현상(검은색이 푸른 색조를 띤 옅은 색으로 바뀌는 것)과 흰자가 보이지 않는 눈이 있으며, 둘 다 태양 복사 스펙트럼에 적응하기 위한 것이 분명하다.

보에 데이오: 최근의 역사: BP 4000~3500년, 하나뿐인 거대한 대륙 중 적도 남쪽(현재 보에 데이오 국가인 지역)에 사는 공격적이고 진보적인 검은 피부의 사람들이 북쪽에 사는 피부색이 훨씬 옅은 사람들을 침공해 지배했다. 이 정복자들은 피부색에 기초하는 주인-노예 사회를 구축했다.

보에 데이오는 이 행성에서 가장 크고 가장 인구수가 많으며 가장 부유한 나라다. 양쪽 반구의 다른 모든 나라들은 속국, 보호국이거나, 경제적으로 보에 데이오에 의존하고 있다. 보에 데이오의 경제는 최소 3천 년 전부터 자본주의와 노예제에 기초하고 있다. 보에 데이오의 헤게모니 덕분에 웨렐이 모두 한 사회인 것처럼 개략적 묘사를 하는 것도 가능하다. 그러나 사회가 빠르게 변화하고 있어서 이런 설명은 곧 과거 시제로 바뀔 것이다.

노예제도하의 사회 계급들

계급: 주인(소유주 혹은 가레이오트)과 노예(자산). 예외 없이, 어머니의 계급이 자식의 계급이었다.

피부색: 청흑색에서부터, 푸른빛 혹은 회색빛이 도는 베이지

색, 그리고 거의 탈색된 하얀색까지 있다(백색증만이 거무스름한 머리 색과 눈 색에 영향을 미친다). 관념적으로, 그리고 이론적으로, 피부색이 계급이었다. 소유주들은 검은색, 자산들은 흰색이었다. 사실, 많은 소유주가 검은색이었지만, 그중 대부분은 거무스름한 색이었다. 일부 자산은 검은색이었고, 대부분은 베이지색이며, 일부는 하얀색이었다.

소유주: 남자, 여자, 아이들이라 불렀다.

부적절한 단어인 '소유주'는 전체로서의 계급 혹은 둘 이상의 노예를 소유한 개인 또는 가족을 의미했다.

노예가 하나 있거나 아예 없는 소유주는 무보좌 소유주 혹은 '가레이오트'였다.

'베이오트'는 소유주 중 세습되는 전사 계급의 사람들이었다. 그 신분은 '레이가', '자됴', '오가'로 나뉘었다. 베이오트 남자들은 거의 예외 없이 군대에 들어갔다. 베이오트 가족들은 대부분 지주들이었다. 소유주가 대부분이었고, 일부는 가레이오트였다.

여자 소유주: 하위 계급 혹은 열등한 특권 계급이었다. 여자 소유주는 법적으로 남자(아버지, 삼촌, 형제, 남편, 아들, 혹은 보호자)의 재산이었다. 대부분의 옵저버들은, 웨렐 사회에서 성별에 따른 구분이 주인과 노예의 구분만큼이나 뿌리 깊고 중요하지만, 두 가지 구분이 교차하면서 여자 소유주들이 남녀 자산 양쪽 모두보다 사회적으로 우월하게 여겨지기 때문에, 성별에 따른 구분이 훨씬 눈에 덜 뜨인다고 주장한다. 여자는 재산이므로, 인간 재산을 포함해 어떤 재산도 직접 소유할 수 없었다. 그

러나 재산을 관리할 수는 있었다.

자산: 사내종, 계집종, 새끼 혹은 어린것이라 불렀다. 경멸어로 노예, 먼지놈, 분필, 횐둥이가 있다.

'룰'은 노동-노예로, 개인 혹은 가족의 소유였다. 웨렐에서 모든 노예는 룰이었고, 마킬과 자산-군인만이 예외였다.

'마킬'은 연예 법인이 사서 소유하는 노예였다.

'자산-군인'은 군대가 사서 소유하는 노예였다.

'자른자' 혹은 내시는 지위와 특권을 얻기 위해 거세된 남자 노예였다(나이 등에 따라 차이는 있지만 거의 자발적인 거세였다). 웨렐의 역사를 살펴보면 온갖 정부에서 굉장한 권력을 쥐었던 자른자들이 다수 나온다. 많은 이들이 관료 제도 도처에서 영향력 있는 자리에 올랐다. 집단 주거지에서 계집종 공간의 보스들은 언제나 자른자였다.

해방 증서: 지난 세기 전까지는 극도로 드물었고, 아주 유명한 역사적, 전설적 경우의 극소수 노예에만 국한되었다. 그 노예의 지고한 충성과 덕행에 감명받은 주인이 자유를 준 경우였다. 예이오웨이에서 해방전쟁이 시작될 무렵, 웨렐에서 해방 증서는 훨씬 빈번하게 발행되었다. 노예제도 폐지를 주장하는 소유주 무리인 '공동체'에 의한 것이었다. 해방 증서를 받은 자산은 법적으로 가레이오트가 되었으나, 사회적으로는 잘 받아들여지지 않았다.

해방전쟁 당시, 보에 데이오에서 자산 대 소유주의 비율은 7 대 1이었다(이 소유주 중 반 정도는 자산이 하나 있거나 아예 없는 가레이오트였다). 좀 더 가난한 나라들에서는 그 비율이 더

낮거나 역전되었다. 적도 국가들에서 자산 대 소유주의 비율은 1 대 5였다. 웨렐 전체로 보면, 그 비율은 대략 한 소유주당 자산 셋으로 추정되었다.

본가와 집단 주거지

역사적으로, 그리고 그 나라에서, 영지와 농장과 플랜테이션에서, 자산들은 울타리나 담으로 둘러싸이고 정문이 하나뿐인 집단 주거지에서 살았다. 집단 주거지는 정문의 담과 평행하게 흐르는 도랑에 의해 반으로 나뉘었다. 정문 쪽은 남자 숙소였고, 안쪽은 여자 숙소였다. 아이들은 안쪽에 살았고, 남자아이들은 일할 나이(8~10세)가 되면 공동주택으로 보내졌다. 여자들은 오두막에서 살았고, 보통 엄마와 딸, 자매 혹은 친구들로 이루어진 두 명에서 네 명의 여자가 아이들과 함께 한 오두막에서 살았다. 남자들과 남자아이들은 정문 쪽 막사에서 살았는데, 이 막사는 공동주택이라 불렸다. 부엌 텃밭들은 일하러 나가지 않는 노인들과 어린아이들이 돌봤다. 노인들은 일반적으로 일하는 이들을 위한 요리를 담당했다. 할머니들이 집단 주거지를 다스렸다.

자른자(내시)들은 담장에 붙어 있는 별개의 집에서 살았고, 벽에 감시 초소가 있었다. 그자들은 집단 주거지 보스로 일했고, 할머니들과 작업 보스들(소유주 가족의 일원이거나 고용된 가레이오트였는데, 노동 자산들을 감독했다) 사이의 조정자 역할을 했다. 작업 보스들은 집단 주거지 밖의 집에서 살았다.

소유주 가족과 그자들의 소유주 계급 식솔들은 본가에 살았다. 본가란 용어에는 별채가 몇 개라도 포함될 수 있었고, 작업 보스들의 숙소와 동물용 축사 역시 포함되었지만, 특히 그 가족의 커다란 집을 의미했다. 전통적인 본가에서는 남자들 공간(아자데)과 여자들 공간(베자)이 엄격하게 나뉘었다. 여자들에 대한 구속의 정도가 그 가족의 부와 권력, 사회적 자부심을 반영했다. 가레이오트 여자들은 움직임과 직업에서 상당한 자유를 누릴 수도 있었지만, 부잣집이나 명문가에서는 여자들을 집 안이나 담장이 쳐진 정원 안에 가둬두었고, 다수의 남자 호위자들 없이는 절대로 내보내지 않았다.

수많은 여자 자산들이 가사 하녀로 쓰이고 또 남자 소유주에게 사용되기 위해 여자들 공간에 살았다. 어떤 본가에선 남자를 가사 하인으로 두었는데 보통 남자아이나 노인이었다. 또 어떤 본가에선 자른자를 하인으로 썼다.

공장, 제조소, 광산 등에서는 집단 주거지 시스템이 약간씩 변경되어 쓰였다. 분업이 이루어지는 곳에서는, 고용된 가레이오트들이 모든 남자 집단 주거지를 전적으로 통제했다. 모든 여자 집단 주거지는 시골의 집단 주거지에서처럼 할머니들이 질서를 잡아도 좋다고 허락되었다. 모든 남자 집단 주거지에 임대된 남자들은 평균 수명이 약 28세였다. 식민지 초기에 예이오웨이로 노예 무역을 하면서 자산 부족 사태가 발생하자, 일부 소유주들은 협동 번식 집단 주거지를 만들었고, 해마다 계집종들을 그곳으로 보내 가벼운 일을 하며 번식하게 했다. 이 '번식자'들 중 일부는 20년 이상을 매해 아기를 낳았다.

임대인: 웨렐에서 모든 자산은 개인의 소유였다. (예이오웨이의 법인들은 이 관행을 변화시켰다. 법인들은 사적 주인이 없는 노예를 소유했다.)

웨렐의 도시들에서, 자산은 전통적으로 소유주의 가정에서 가사 하인으로 살았다. 지난 1천 년간, 소유주들이 여분의 자산을 숙련 노동자 혹은 비숙련 노동자로서 사업체와 공장에 임대하는 일은 점점 더 보편화되었다. 소유주들 혹은 회사의 주주들은 개개의 자산들을 개인적으로 사고 소유했다. 회사는 자산들을 임대해 와서 자산들의 쓸모를 통제하고, 그 이익을 나눴다. 숙련된 자산 둘의 임대료로 소유주 한 명이 생활할 수 있었다. 따라서 임대인들은 모든 도시와 많은 마을에서 가장 큰 자산 집단이 되었다. 임대인은 '합동 집단 주거지', 즉 고용된 가레이오트 보스들이 감독하는 아파트형 집에서 살았다. 임대인들은 통금 시간을 지키고 출입을 기록해야 했다.

(소유주가 임대하는 웨렐의 '임대인'과, 자유롭게 택한 일에 대해 자신의 소유주에게 십일조 혹은 세금, 소위 '자유 임대료'를 지불하는 노예로 훨씬 더 자치권이 있는 예이오웨이의 '자유 계약인' 간의 차이에 주목하라. 보에 데이오의 자산해방 지하조직인 하메의 초기 목표 중 하나는 웨렐에 '자유 임대'의 관습을 심는 것이었다.)

대부분의 합동 집단 주거지들과 모든 도시 가정들은 성별에 따라 아자데와 베자로 나뉘었지만, 일부 사적 소유주들과 회사들은 자신의 자산 혹은 임대인이 짝지어 살게 허용했다. 그러나 결혼은 허용하지 않았다. 소유주들은 언제 어떤 이유에서든 자신의 자산들을 갈라놓을 수 있었다. 어떤 자산 쌍이 아이를 낳을 경우, 어머니의 소유주가 그 아이들을 소유했다.

전통적인 집단 주거지에서, 이성애적 접근은 소유주와 보스와 할머니들에 의해 통제되었다. '도랑을 뛰어넘으려면' 목숨을 걸어야 했다. 소유주가 이상적으로 원하는 것은, 남자 자산과 여자 자산을 완전히 분리하고, 보스들의 관리하에 선택적 번식을 하는 것이었다. 보스들은 새끼를 가장 이상적인 숫자로 생산하기 위해, 종자로 선택된 남자 자산들이 최적의 간격을 두고 여자 자산에게 봉사하게 했다. 착취적인 농장에서 여자 자산들은 원치 않는 번식과 매해 임신을 피하기 위해 큰 노력을 기울였다. 자비로운 소유주를 만나면, 할머니들과 자른자들은 종종 여자아이들과 여자들이 겁탈당하지 않게 보호할 수 있었고, 심지어 애정에 기초한 짝짓기도 허락할 수 있었다. 그러나 애착 관계를 형성하는 것은 소유주와 할머니 모두가 반대했다. 그리고 웨렐의 법에서든 관습에서든 노예 결혼은 어떤 형태로도 허락되지 않았다.

종교

뾸, 즉 관음보살 같은 평화와 용서의 신인 이 어머니 신의 숭배는 보에 데이오의 국교다. '철학적으로', 뾸은 창조되지 않으신 아마^{Ama}, 즉 조물주의 가장 중요한 체현으로 여겨진다. '역사적으로', 툴은 수많은 지역적, 자연적 신들의 혼합물이며, 지역에 따라 다시 다원적 존재로 나뉘기도 한다. '국가적으로', 국교를 시행하면, 그 종교가 본질적으로 개종을 권하거나 공격적인 성격이 아님에도, 다른 나라들에서 보에 데이오의 헤게모니를 동반하는 경향이 있다. 툴교도 사제들은 정부에서 높은 공직에 재직할 수 있고 그렇게 한다.

계급: 웨렐과 예이오웨이 모두에서, 툴교도 이미지들과 숭배는 모든 노예 집단 주거지에서 소유주들에 의해 지속되었다. 툴교는 소유주의 종교였다. 자산들은 따라서 툴을 섬기도록 강요받았고, 툴교의 신화와 숭배의 면면들을 자신들의 의식에 포함하면서도 대부분은 캄예교도였다. 캄예를 '사내종'으로, 그리고 아마의 좀 더 못한 측면으로 여김으로써, 툴교 성직자들은 노예들과 군인들(베이오트 대부분은 캄예교도였다) 사이의 캄예교 풍습을 포함하고 용인했다(캄예교에는 공식적인 성직자가 없었다).

《아르캄예》 혹은 검객 캄예의 일생(캄예는 또한 목자이자 야수들을 다스리는 신이며, 황혼 영주에게 오랫동안 봉사하고 있는 사내종이다): 전사의 서사시로, 약 3천 년 전 거의 전 세계적으로 자산들에 의해 그들 종교의 원전으로 받아들여졌다. 이 책은 전사와 노예의 미덕이 복종, 용기, 인내, 무욕이라 장려하며, 또한 영적 독립심에 더불어 이 세계의 것들에 대한 금욕적 무관심, 열정적 신비주의를 고취한다. 진실한 것은 진실해 보이는 것을 놓음으로써만 얻을 수 있다. 자산들과 베이오트들은 툴을 캄예의 화신으로서 경배 대상에 포함시키며, 캄예는 그 자신이 창조되지 않으신 아마의 화신이다. '삶의 단계들'과 '침묵으로 빠져들기'는 캄예교도들과 퇼교도들이 공유하는 상징적인 개념과 관행들 중 일부다.

에큐멘과의 관계

첫 번째 특사(EY 1724)는 극도의 의심에 직면했다. 대표단은 면밀한 감시 속에 우주선 '후굼'에서 내리는 것을 허락받았지만, 동맹은 거절당했다. 보에 데이오 정부와 그 동맹국들은 외계인들이 자신들의 태양계에 들어오는 것을 금지했다. 이윽고 웨렐은, 보에 데이오의 지휘하에, 급속하고도 경쟁적인 우주 기술 개발과 모든 기술-산업 개발의 강화에 착수했다. 수십 년 동안, 보에 데이오 정부와 산업, 그리고 군은 무력 정복을 추구하는 외계인들이 무장하고 돌아올 거란 편집증적 망상에 시달렸다. 겨우 13년 만에 예이오웨이의 식민지화가 가능해진 것도 이 개발 덕분이었다.

다음 3세기 동안, 에큐멘은 이따금씩 웨렐과 접촉했다. 밤부르 대학의 주장으로 정보 교환이 시작되었고, 대학 협회와 연구 기관들이 여기에 참여했다. 마침내, 300여 년 만에 에큐멘은 옵저버를 몇 명 보내도 좋다고 허가받았다. 예이오웨이의 해방전쟁 동안, 에큐멘은 보에 데이오와 밤부르에 대사들을 보내달라는 요청을 받았고, 이윽고 가타이, 40국, 기타 국가들에서도 특사들을 요청받았다. 한동안 웨렐은 무기 협약 위반 때문에 에큐멘에 가입할 수 없었다. 보에 데이오가 다른 나라들에 압력을 행사했음에도 불구하고, 다른 나라들은 자신들의 무기를 계속 가지고 있겠노라고 고집했던 것이다. 무기 협약을 폐기한 뒤에야 웨렐은 에큐멘에 가입했고, 이는 첫 접촉 이후 359년, 해방전쟁이 끝난 뒤로는 14년 만의 일이었다.

 예이오웨이 식민지의 웨렐인 소유주들은, 예이오웨이 식민지가 법인들의 재산이고 자체 정부가 없으므로 에큐멘의 일원이 될 자격이 없다고 여겼다. 에큐멘은 4대 법인들이 행성과 사람들에 대해 소유권을 주장할 수 있는가를 놓고 계속해 이의를 제기했다. 해방전쟁의 마지막 몇 해 동안, 자유당은 에큐멘 옵저버들을 예이오웨이로 초청했고, 정식 특사가 그곳에 와 자리를 잡을 무렵 마침 전쟁이 끝났다. 에큐멘은 법인들과 보에 데이오 정부가 예이오웨이 행성을 경제적으로 통제하는 일에 종지부를 찍을 수 있도록 예이오웨이가 협상하는 것을 도왔다. 세계당은 예이오웨이 행성에서 웨렐인을 몰아내는 것뿐 아니라 외계인들을 몰아내는 데도 거의 성공했지만, 그 움직임이 무산되자, 에큐멘은 선거가 열릴 수 있을 때까지 임시정부를 지지했다. 예이오웨이는 웨렐이 가입하기 3년 전인 해방 11년에 에큐멘에 가입했다.

예이오웨이

자연사

태양에서 세 번째 행성인 예이오웨이는 계절 변화가 적고 기후가 온화하다.

박테리아 생명체는 아주 오래되었고, 일반적으로 굉장히 복잡하면서, 적응을 통한 다양성을 띠고 있다. 다수의 예이오웨이 해양 미생물 종들이 동물로 규정되어 있다. 이와 달리, 이 행성의 토착생물상은 식물들이었다.

육지에는 굉장히 다양하고 복잡한 종들이 있었다. 광합성을 하거나 부패 유기물을 영양원으로 하는 종들이었다. 대부분은 정착 식물이지만, 느리게 움직일 수 있는 군락 식물 혹은 개체 식물인 '덩굴식물'이 약간 있었다. 나무는 대형 생물의 주된 형태였다. 남대륙은 해안선들에서 남극 산맥의 수목 한계선들까지, 그리고 남극권의 타이가까지 거의 완전하게 열대 정글과 온대성 우림이었다. 북극과 남극 양극에 숲이 있는 거대 대륙은 중심부의 높은 고도로 가면 스텝 지역과 사바나 지역이었고, 해안 평야에는 수렁과 습지와 바다 습지가 광대하게 펼쳐져 있었다. 가루받이해주는 동물이 없는 관계로, 식물들은 타가 수정을 하고 번식하기 위해 바람과 비를 이용하는 온갖 방법을 고안해냈다. 폭발성 씨앗, 날개 달린 씨앗, 바람을 타고 수백 마일을 날아갈 수 있는 씨앗 그물, 방수 포자, '굴을 파는' 씨앗, '수영을 하는' 씨앗, 이동하는 날개, 섬모가 달린 식물 등등이 있었다.

따뜻하고 비교적 얕은 바다들, 그리고 거대한 바다 습지들은 엄청나게 다양한 섬모와 물에 뜨는 식물들에게 자양분을 제공했다. 플랑크톤, 조류, 해초, 영구적 구조물을 이루는 산호형 식물과 해면형 식물(대부분 실리콘으로 이루어졌다), 그리고 '뱃사람'과 '거울해초'처럼 독특한 식물들 따위가 여기에 속한다. 법인들이 광대하게 연결된 '백합멍석'을 어찌나 효율적으로 수확했던지, 이 종은 30년 만에 멸종에 이르렀다.

웨렐 식물과 동물 종들을 무분별하게 도입한 결과, 토착종 중 약 5분의 3이 절멸되거나 밀려났고, 산업 공해와 전쟁이 여기에 일조했다. 소유주들은 자기들의 사냥을 위해 사슴과 사냥개, 사냥 고양이, 큰 말 따위를 데려왔다. 사슴은 크게 번식해 토착 서식 환경의 상당량을 파괴했다. 예이오웨이에 도입된 동물 종들은 결국엔 대부분 실패했다. 예이오웨이에서 인간 말고 웨렐의 동물 중 살아남은 것들은 다음과 같다:

―새(가금류가 사냥감이나 식용으로 들어옴. 노래하는 새들도 풀었지만, 소수의 종들만이 적응해 살아남음)

―여우개와 얼룩 고양이(애완동물)

―가축(사육용. 버려진 지역에서 많은 수가 야생화됨)

―사슴(늪사슴이라 불리는 야생 사슴이 습지 지역에 적응함)

―사냥 고양이(야생, 희귀, 습지대에 서식)

강에 전래된 일부 물고기 종들이 토착식물에 재앙을 몰고 왔고, 살아남은 물고기들은 독 때문에 절멸했다. 바닷물고기를 들여오려는 노력은 모두 실패했다.

말들은 소유주의 상징적 소유물로 간주되어 해방전쟁 동안 학살되었다. 살아남은 말은 전혀 없다.

식민지: 정착

웨렐의 초기 로켓들은 BP 365년에 예이오웨이에 도착했다. 탐사, 지도 작성, 시굴 따위가 열렬히 행해졌다. 주로 보에 데이오 투자자들의 소유인 예이오웨이 광산 법인이 독점적 시굴권을 받았다. 25년 뒤, 더 크고 더 효율적인 우주선들 덕분에 채광은 수지맞는 장사가 되었고, 예이오웨이 광산 법인은 정기적으로 노예를 예이오웨이로 실어 나르고 광석과 광물을 웨렐로 실어 오기 시작했다.

그다음으로 설립된 주요 회사는 '두 번째 행성 삼림 법인'이었고, 예이오웨이의 목재를 잘라 웨렐로 실어 갔다. 웨렐은 산업 및 인구 팽창으로 인해 숲이 맹렬한 속도로 줄어들고 있었다.

첫 세기가 끝날 무렵엔 바다 개발이 주요 산업이 되었고, 예이오웨이 선적 법인은 백합명석을 수확해 엄청난 이익을 거뒀다. 그 자원을 다 써버리자 예이오웨이 선적 법인은 다른 바다 종들을 채취해 가공하는 일로 관심을 돌렸고, 특히 기름이 풍부한 부레해초에 열을 올렸다.

식민지의 첫 100년 동안, 예이오웨이 농업 플랜테이션 회사는 예이오웨이에 도입된 곡물과 과일 및 오이-갈대와 피니 과일 같은 토착 종들을 체계적으로 재배하기 시작했다. 예이오웨이 대부분 지역의 따뜻하고 변화가 거의 없는 기후와, 작물에 해를 끼치는 곤충과 동물이 없는 환경(꼼꼼한 검역 규제로 가능했다) 덕분에 농업의 엄청난 팽창이 이루어졌다.

이 4대 법인 각각의 사업과 그들이 경영하는 지역들은, 광업, 임업, 해양 목장, 농업 중 무엇을 다루든 '플랜테이션'이라 불렸다.

이 거대한 4대 법인들은 각자의 생산물을 계속해 절대적으로 통제했지만, 수십 년 동안 한 지역의 개발에 대해 권리가 서로 충돌하면서 (법적, 물리적) 싸움이 여러 번 있었다. 어떤 경쟁 회사도 법인들의 독점을 깰 수 없었고, 법인 이익의 주요 수익자인 보에 데이오 정부가 이를 완전하고 적극적으로, 즉 군사적, 정치적, 과학적으로 지지했다. 법인들에서 자본의 주요 투자자는 언제나 보에 데이오의 정부와 자본가들이었다. 정착기에 강력한 나라이던 보에 데이오는 식민지를 만들고 3세기가 지나자 웨렐에서 단연 가장 부유한 나라가 되어, 다른 모든 나라를 지배하고 통제했다. 그러나 예이오웨이의 법인들에 대한 통제는 명목상일 뿐이었다. 보에 데이오 정부는 마치 강력한 주권국가와 협상하듯 법인들과 협상했다.

인구와 노예제도

첫 100년 동안, 행성 간 카르텔을 통해 노예 수송을 완벽하게 독점한 법인들은 오직 남자 노예들만 예이오웨이 식민지로 수출했다. 첫 100년간 이런 노예들 중 높은 비율이 웨렐의 좀 더 가난한 나라들에서 왔다. 나중에, 예이오웨이 시장을 위한 노예 번식이 수지가 맞자, 노예 중 많은 수가 밤부르, 40국, 그리고 보에 데이오에서 왔다.

이 기간 동안, 인구는 소유주 계급(남성이 80퍼센트) 약 4만 명과 노예 약 80만 명(모두 남성)으로 늘어났다.

예이오웨이에는 실험적인 '이민자 소도시'가 여럿 있었는데, 이는 가레이오트(노예들이 없는 소유주 계급)의 정착지로, 이런 공동체 대부분은 제조소와 서비스를 주업으로 삼았다. 법인들은 처음엔 이런 정착지들을 묵인했지만, 이윽고 완전히 파괴해버렸다. 웨렐의 정부들을 설득해 이민을 법인 직원으로 한정하게 만들었던 것이다. 가레이오트 정착민들은 다시 웨렐로 보내졌고, 그들이 시작한 서비스들은 노예들이 대신하게 되었다. 그리하여 예이오웨이에서 '중산 계급'인 소도시 사람들과 소매상들은 웨렐에서처럼 가레이오트와 임대인이 아닌, 반半독립적인 노예들(자유계약인)로 이루어지게 되었다.

특히 광업과 농업 법인들이 노예의 목숨을 마구 낭비한 탓에 사내종의 가격은 계속 올라갔다(처음 100년 동안 광산 노예 한 명의 기대 '작업 수명'은 5년이었다). 개인 소유주들은 성적 및 가사 하인으로서 점점 더 자주 여자 노예들을 밀수했다. 이러한 압력 아래에서, 법인들은 규칙을 바꿔 계집종의 수입을 허가하게 되었다(BP 238년).

처음에 계집종들은 번식용 가축으로 여겨졌기에 플랜테이션의 집단 주거지에만 갇혀 있었다. 계집종들이 모든 종류의 작업에 유용함이 명백해지면서, 소유주들은 대부분의 플랜테이션에서 이러한 구속을 완화했다. 그러나 여자 노예는 남자 노예들이

100여 년 동안 구축한 사회제도에 순응해야 했고, 그 말은 여자 노예들이 열등자로, 노예의 노예로 들어간다는 뜻이었다.

웨렐에서 모든 자산은, (연예 법인이 소유주들에게서 사들인) 마킬과 (정부가 소유주들에게서 사들인) 자산-군인 외에는 전적으로 개인의 소유였다. 예이오웨이에서 모든 노예는, 법인이 웨렐 소유주들에게서 사들였기에 법인의 소유였다. 예이오웨이에선 어떤 노예도 개인의 소유일 수 없었다. 예이오웨이에선 어떤 노예도 자유로워질 수 없었다. 플랜테이션 소유주의 아내를 위한 하녀처럼, 개인적 하인으로 들여온 노예조차도, 그 플랜테이션을 소유한 법인에 소유권을 이전해야 했다.

해방 증서는 허용되지 않았지만, 노예 인구가 매우 급속도로 늘어나 많은 플랜테이션에서 잉여 인력이 발생했기 때문에, '자유계약인'이 되는 노예가 점점 더 흔해졌다. 자유계약인은 피고용 상태로 혹은 독립적으로 일할 거리를 찾았고, 독립적 일에 대한 세금으로 자신들에게 부과된 수수료(보통 약 50퍼센트)를 법인 하나 혹은 둘 이상에 달마다 혹은 해마다 지불함으로써 '자유를 임대'했다. 대부분의 자유계약인은 소작인, 상인, 제조소 일꾼 등으로 일했고, 서비스 산업에서도 일했다. 식민지의 세 번째 세기 동안, 직업을 가진 부류의 자유계약인은 여러 도시에서 잘 정착했다.

세 번째 세기가 끝나갈 무렵, 인구 성장이 어느 정도 둔화되어 예이오웨이의 총 인구는 약 4억 5천만 명이었다. 소유주 대 노예의 비율은 1 대 100이 약간 안 되었다. 노예 인구의 절반 정도는 자유계약인이었다. (해방이 되고 20년 뒤의 인구는 다시 4억 5천만 명이었고, 모두 자유로운 신분이었다.)

플랜테이션에서는 모두 남자로만 이루어진 원래의 사회구조가 노예사회의 양식을 결정했다. 노동패들은 일찍이 사회적 집단들로 발전했고(패거리라 불렸다), 패거리들은 부족으로 발전했으며, 각기 권력의 계급제도가 있었다. 부족민 위에 노예 감독 혹은 우두머리가 있고, 그 위에 보스가 있고, 그 위에 소유주가 있고, 다시 법인이 있었다. 유대감과 경쟁, 대항, 동성애적 특권, 양자 관계를 통한 혈통이 제도화되었고 종종 정교하게 성문화되었다. 노예에게 안전을 도모할 수 있는 유일한 길은 부족의 일원이 되고 그 규칙에 엄격히 따르는 것뿐이었다. 원래 있던 플랜테이션에서 팔려 가는 노예들은 그곳 부족의 일원으로 받아들여질 때까지 몇 년씩 노예의 노예로 살아야 했다.

여자 노예들은 예이오웨이로 들여졌을 때 대부분 법인의 재산이면서 부족의 재산이 되었다. 법인들은 이 현상을 장려했다. 부족은 법인에 의해 통제되고 있었으므로, 여자 노예들이 부족에 의해 통제되는 쪽이 자신들에게도 이로웠던 것이다.

반항과 반란은, 절대로 광범위하게 조직화될 수 없었기에, 무한히 우월한 무기에 의해 언제나 즉각적이고 무자비하게, 일말의 여지도 없이 진압되었다. 감독과 대장들은 보스들과 은밀히 결탁했고, 소유주와 법인을 위해 일하는 보스들은 부족들 간의 경쟁과 부족 내의 권력 다툼을 이용해먹으면서, 한편으론 '이데올로기'에 대한 절대적 금지령을 유지했다. 보스들이 말하는 이

데올로기란 교육과, 플랜테이션 외부에서 들어오는 모든 종류의 정보를 의미하는 것이었다. (대부분의 플랜테이션에서, 두 번째 세기가 한참 지나갈 때까지도, 읽고 쓸 수 있는 능력은 범죄였다. 노예가 책을 읽다 걸리면 눈에 산을 떨어뜨리거나 눈알을 빼내 눈을 멀게 만들었다. 라디오나 네트워크 접속기를 쓰다 걸리면 하얗게 달군 꼬챙이를 고막에 찔러 귀를 멀게 만들었다. 법인들과 플랜테이션들의 '적절한 처벌 목록'은 길고 자세하고 노골적이었다.)

두 번째 세기에, 대부분의 플랜테이션에서 노예 인구가 과잉 수준까지 치솟자, 자유계약인이 운영하는 '상점가'로 노예들이 조금씩 빠져나가던 경향은 남녀 모두 끊임없이 흘러나가는 수준으로 바뀌었다. 수십 년에 걸쳐, '상점가'는 큰 마을로 자라나고, 마을은 완전히 자유계약인만이 사는 도시로 바뀌었다.

소유주들 중 재난을 예측하는 비관론자들은 '자산동네'와 '흰둥이마을'과 '먼지시'가 계속해 커지고 독립적이 되어가는 것을 위험이 다가온다는 신호로 지적하기 시작했지만, 법인들은 도시들이 안전하게 통제되고 있다고 생각했다. 큰 건물은 허용되지 않았고, 어떤 종류의 방어용 구조물도 불가했다. 화기를 소지하면 배를 갈라 창자를 빼내는 벌을 받았다. 어떤 노예도 날아가는 탈것은 절대 몰 수 없었다. 노예 혹은 자유계약인에게 어떤 식으로든 무기를 제공할 수 있는 원료와 산업 공정은 모두 법인들에 의해 철저하게 지켜졌다.

'이데올로기', 즉 교육은 도시들에 존재했다. 식민지화된 뒤

두 번째 세기 후반, 법인들은 정보를 검열하고 여과하고 바꾸는 한편, 자유계약인의 아이들과 일부 부족 아이들이 열네 살까지는 학교 교육을 받아도 좋다고 공식적으로 허가했다. 법인들은 노예 공동체들이 학교를 세우도록 허락했고, 책과 다른 자료들을 노예에게 팔았다. 세 번째 세기, 법인들은 도시를 위한 정보와 연예 네트워크를 만들어 운영했다. 교육을 받은 노동자들은 유용한 존재가 되고 있었다. 부족들의 한계는 이미 점점 더 명확해졌다. 행성의 자원 남용 때문에 방법과 목표 면에서 급진적 변화가 일어나고 있는 이때에조차도, 대부분의 부족 대장들과 보스들은 완고하고 보수적이어서 어떤 식으로든 관행을 바꿀 의지도 능력도 없었다. 이제 예이오웨이의 수익원은 이전의 노천 채굴이나 개벌*, 단일 경작에서 점차 정제 산업, 신기술을 배우고 낯선 명령에 따를 능력이 있는 숙련 노동자가 일하는 현대식 공장 쪽으로 기울고 있다는 것이 확실했다.

  자본주의 노예사회인 웨렐에서, 노동은 사람들이 했다. 단순한 육체노동이든 고도의 숙련 기술 노동이든, 노예가 하는 일은 손으로 하는 작업이었고, 우아하지만 보조적인 기계 기술이 그 일을 거들었다. "훈련된 자산은 가장 정교한 기계이고, 가장 싸다." 굉장한 첨단 기술 제품을 생산하는 일이라 해도, 근본적으로는 아주 품질이 좋은 물건을 만드는 전통적 공예였다. 생산 속도나 양은 특별히 중요하지 않았다.

---

*벌채 구역 내의 나무를 한꺼번에 모두 베어내는 방식.

식민지의 세 번째 세기 후반, 원료 수출이 실패하면서 예이오웨이에서 노예 노동력은 새로운 방식으로 쓰이게 되었다. 생산 속도와 가격 인하의 목적뿐 아니라, 노동자가 노동 공정을 전체적으로 파악하지 못하게 하려는 의도에서 조립 라인이 개발되었다. '두 번째 행성 법인'은 이름에서 삼림이란 단어들을 빼버리고 새로운 제조업을 이끌었다. 두 번째 행성 법인은 대량생산한 완성품들을 웨렐의 가난한 국가들에 팔아 엄청난 이익을 거둬들이며 예전의 거인들인 광업과 농업 법인들을 재빨리 추월했다. 반란이 일어날 즈음, 예이오웨이의 자유계약인 노동자들은 반 이상이 두 번째 행성 법인의 소유이거나 그곳에 임대된 상태였다.

사회 불안은 부족 플랜테이션들보다는 제조소들과 제조소 마을들에서 훨씬 더 심했다. 법인 간부들은 '통제되지 않은' 자유계약인들의 숫자 증가에 그 탓을 돌렸고, 많은 이들이 학교 문을 닫고 도시들을 파괴하고 모든 노예를 밀폐된 집단 주거지에 다시 집어넣어야 한다고 주장했다. 법인들의 도시 의용군(웨렐에서 데려온 가레이오트 용병들과 무장하지 않은 자유계약인 남자들로 이루어진 경찰 병력)은 상당한 상비군으로 증가했고, 가레이오트들도 중무장을 했다. 도시의 사회 불안과 항의 시도 중 대부분이 조립 라인을 쓰는 제조소들에 집중되었다. 노동자들은 자신이 지적인 과정의 일부라고 느끼면 아주 고된 환경도 견뎌냈지만, 작업환경이 어떤 면에선 개선되었더라도 작업이 의미가 없다고 생각하면 참기 힘들어했다.

하지만 해방운동은 도시가 아니라, 플랜테이션의 집단 주거지들에서 시작되었다.

반란과 해방

반란은 거대 대륙의 플랜테이션들에 있는 부족 여자들의 조직에서 기원했다. 이 조직들은 어린 여자아이들이 의식을 통해 겁탈당하는 일을 막고, 사내종이 계집종을 성 노예로 삼는 일과 윤간, 여자를 때리는 일과 살해하는 일 모두 어떤 처벌도 규정되어 있지 않으니 이런 일들을 부족 법으로 금지해달라고 요구하기 위해 한데 뭉친 것이었다.

이들은 우선 여자들과 남녀 어린이들을 교육하는 것으로 행동을 시작했고, 이윽고 남자들뿐인 부족 의회들에서 인구에 비례하는 발언권을 달라고 요구했다. 여자 모임이라 불린 이 조직들은 식민지화 이후 세 번째 세기 내내 두 대륙 모두로 퍼져나갔다. 여자 모임들은 수많은 여자아이들과 여자들이 플랜테이션을 떠나 도시로 가도록 용기를 북돋아주었고, 결국 대장들과 보스들의 불평이 법인들의 귀에까지 들어가게 되었다. 법인들은 지역의 부족 남자들과 보스들에게 '도시로 가서 사내종들의 여자들을 도로 데려오라'고 격려했다.

종종 플랜테이션 경찰이 이끌고 법인 도시 의용군이 돕는 이 습격들은 극단적으로 잔인해질 때가 많았다. 이런 폭력은 플랜테이션에선 일반적이어도 도시의 자유계약인에겐 익숙지 않은 일이었기에, 자유계약인은 이에 격렬하게 대응했다. 도시의 사내종들은 저절로 여자들과 함께 방어하고 싸우게 되었다.

BP 61년, 에유 지방의 소예소 마을에서, 노예들은 나다미 플랜테이션(농업 플랜테이션 법인)에 행해진 경찰 습격을 성공적으로 막아냈고, 그 여세를 몰아 나다미 플랜테이션 자체를 공격했다. 경찰 막사들은 습격당하고 불태워졌다. 나다미의 대장들 중 몇 명도 반란에 참여했고, 반역자들에게 자신들의 집단 주거지 문을 열어주었다. 다른 대장들은 플랜테이션 본가에 있던 자신의 소유주들을 지키는 일에 힘을 합쳤다. 어느 노예 여자가 반란자들을 위해 플랜테이션 병기고 문의 자물쇠를 열었다. 대규모의 노예들이 강력한 무기에 접근한 일은 예이오웨이 식민지 역사상 이번이 처음이었다. 소유주들이 무참히 학살되었지만, 일부는 목숨을 구했다. 반란자들은 플랜테이션 본가의 아이들 대부분, 그리고 남녀 스무 명을 살려주고 기차에 태워 수도로 보냈다. 반란에 대항해 싸운 성인 노예는 한 명도 남기지 않고 죽였다.

반란은 총과 탄약이란 방법을 통해 나다미에서 인근 플랜테이션 세 곳으로 퍼져나갔다. 모든 부족이 여기에 동참했고, 짧지만 격렬했던 나다미 전투에서 법인 병력을 무찔렀다. 인근 지역의 노예들과 자유계약인들이 에유로 쏟아져 들어갔다. 대장들과 집단 주거지의 할머니들, 폭동의 지도자들은 나다미에 모여 에유 지방을 자유 국가라 선포했다.

열흘 뒤, 법인의 폭격과 지상군의 투입이 폭동을 분쇄했다. 붙잡힌 반란자들은 고문당하고 처형되었다. 특히 소예소 마을에 집중적 보복이 이루어졌다. 그곳에 남아 있던 모든 사람은, 대부분 아이들과 노인이었는데, 마을 광장으로 끌려간 뒤 트럭들과 밟아 돌리는 바퀴가 달린 광석 운반기들에 짓밟히고 또 짓밟혔다. 그자들은 이를 '먼지로 도로 포장하기'라 불렀다.

법인들의 승리는 신속하고 손쉬웠지만, 곧 다른 플랜테이션에서 새로운 봉기가 일어났고, 어디에선 소유주의 가족이 살해되고, 또 어디에선 도시 자유계약인 노동자들이 파업을 일으켰다. 전 세계에서 반란이 일었다.

이 불안은 그치지 않았다. 플랜테이션 병기고와 의용군 막사를 향한 공격이 다수 성공했다. 반란자들은 이제 무기를 가졌고, 폭탄과 지뢰 만드는 법을 익혔다. 정글과 거대한 습지대에서 치고 빠지는 식의 게릴라전은 반란군에게 유리했다. 법인들에게 더 많은 무기와 인력이 필요하다는 것이 확실해졌다. 법인들은 웨렐의 가난한 나라들에서 용병을 수입했다. 이 용병들 모두가 충성스럽거나 유능하진 않았다. 법인들은 곧 예이오웨이 소유주들을 방어하기 위해 군대를 보내야 국익을 지킬 수 있다고 보에 데이오 정부를 설득했다. 처음에는 마지못해 그리했지만, 나다미 사건 이후 23년이 지나자, 보에 데이오는 이 사회 불안을 영원히 확실하게 잠재우기로 결심하고 4만 5천 명의 군인을 보냈다. 모두 베이오트들(세습 전사 계급) 혹은 자원한 소유주들이었다.

7년 뒤, 전쟁이 막바지에 이르자, 웨렐에서 온 군인 중 30만 명이 예이오웨이에서 죽었다. 대부분 보에 데이오에서 왔으며,

또한 대부분이 베이오트들이었다.

  법인들은 전쟁이 끝나기 몇 년 전부터 자기 사람들을 예이오웨이에서 빼내기 시작했고, 전쟁 마지막 해에는 예이오웨이 행성에 남아 있는 민간인 소유주는 거의 없었다.

  30년에 걸친 해방전쟁 동안, 일부 부족들과 많은 노예들이, 안전과 보상을 약속하며 무기를 지급한 법인들의 편을 들었다. 해방 과정 동안에조차도 경쟁 부족들 간에 싸움이 있었다. 법인들과 군대가 철수한 뒤, 거대 대륙 전체에서 부족 간 전쟁이 본격적으로 시작되고 불타올랐다. 어떤 중앙 정부도 세워질 수 없는 상태에서, 압버캄의 세계당이 많은 지역 선거에서 자유당을 참패시켰고, 최초의 세계 의회 선거를 치르게 될 듯이 보였다. 해방 2년, 세계당이 부패 혐의로 급작스레 무너졌다. 에큐멘의 특사들(전쟁 마지막 해에 자유당이 예이오웨이로 초대했다)은 자유당이 헌법을 만들고 선거 준비를 시작하도록 지지했다. 자유당이 주관한 첫 선거(해방 3년)는 다소 위태로운 입장의 새로운 헌법을 제정했다. 여자들은 투표가 허용되지 않았고, 많은 부족 투표들이 오로지 대장에 의해서만 치러졌으며, 계급적인 부족 구조의 일부가 유지되고 합법화되었다. 더욱 맹렬한 부족 전쟁이 여러 번 일어났고, 불안과 시위로 점철된 세월이 이어졌다. 그동안 자유로운 예이오웨이의 사회가 구축되었고, 예이오웨이는 해방 11년, 즉 BP 19년에 에큐멘에 가입했으며, 그해에 첫 번째 대사가 파견되었다. 18세가 넘은 사람은 누구나 비밀투표에 의한 투표권이 있으며 동등한 권리가 보장된다는 예이오웨이 헌법의 주요 수정 조항들은 해방 18년 자유 보통선거에 의해 가결되었다.

옮긴이 최용준

서울대학교 천문학과를 졸업했으며 미국 미시간 대학에서 이온추진 엔진에 대한 연구로 비(飛)천문학 박사 학위를 받았다. 저온 플라스마 현상을 연구한다. 옮긴 책으로는 《이 사람을 보라》《넘버 나인 드림》《래그타임》《끌림》《3등급 슈퍼 영웅》《아메리칸 러스트》등이 있다. 《이 세상을 다시 만들자》로 제17회 과학기술 도서상 번역 부문을 수상했다. 시공사의 '그리폰 북스', 열린책들의 '경계 소설선', 샘터사의 '외국 소설선'을 기획했다.

어슐러 K. 르 귄 걸작선 02
용서로 가는 네 가지 길

초판 1쇄 발행일 2014년 9월 5일
초판 4쇄 발행일 2025년 8월 1일

지은이 어슐러 K. 르 귄
옮긴이 최용준

발행인 조윤성

발행처 ㈜SIGONGSA **주소** 서울시 성동구 광나루로 172 린하우스 4층(우편번호 04791)
대표전화 02-3486-6877 **팩스(주문)** 02-598-4245
홈페이지 www.sigongsa.com / www.sigongjunior.com

이 책의 출판권은 ㈜SIGONGSA에 있습니다. 저작권법에 의해
한국 내에서 보호받는 저작물이므로 무단 전재와 무단 복제를 금합니다.

ISBN 978-89-527-7183-4 04840
ISBN 978-89-527-7181-0 (세트)

*SIGONGSA는 시공간을 넘는 무한한 콘텐츠 세상을 만듭니다.
*SIGONGSA는 더 나은 내일을 함께 만들 여러분의 소중한 의견을 기다립니다.
*잘못 만들어진 책은 구입하신 곳에서 바꾸어 드립니다.